孤胆神鹰

董连辉◎著

花山文艺出版社

河北·石家庄

图书在版编目（ＣＩＰ）数据

孤胆神鹰 / 董连辉著. -- 石家庄：花山文艺出版
社，2023.12
ISBN 978-7-5511-6964-6

Ⅰ.①孤… Ⅱ.①董… Ⅲ.①长篇小说－中国－当代
Ⅳ.①I247.5

中国国家版本馆CIP数据核字(2023)第243543号

书　　名：**孤胆神鹰**
　　　　　GUDAN SHEN YING
著　　者：董连辉
责任编辑：董　舸
责任校对：李　伟
美术编辑：王爱芹
出版发行：花山文艺出版社（邮政编码：050061）
　　　　　（河北省石家庄市友谊北大街330号）
销售热线：0311-88643299 / 96 / 17
印　　刷：北京一鑫印务有限责任公司
经　　销：新华书店
开　　本：700毫米×1000毫米　1/16
印　　张：19
字　　数：270千字
版　　次：2023年12月第1版
　　　　　2023年12月第1次印刷
书　　号：ISBN 978-7-5511-6964-6
定　　价：58.00元

目　录

一 官宦世家降天使

1919 年腊月初十正午，北风呼啸，天空湛蓝清澈，暖阳当空。天津河北四大马路四顺里周府宅院广亮大门楼庄严气派，门口前除拴马桩外，还竖立着两个麒麟石像，格外威武。朱漆大门两侧贴着一副对联：万里祥光辉吉宅，四时瑞气集华门。门楼上面悬挂着两个大红灯笼，喜气祥和。

院子里洒满阳光，西墙边挺立一棵青松，正北坐落一排整齐的青砖瓦房，东侧厢房前朵朵腊梅绽放，香气四溢。整个院子雅致秀气，别有一番情趣。

此时，少夫人正在厢房临产，府里上下一片忙碌。

"夫人，用力……"

"倩绮，不要担心。予孜正往家赶呢……"

婆婆李老太太、接生婆在旁边不停地安慰着。

"看来，少夫人这是难产啊。为稳妥起见，还是送医院吧。"接生婆建议。

"去医院怕是来不及了，快去请同仁堂药铺坐堂大先生来！"李老太太吩咐仆人。

一会儿，四大马路同仁堂坐堂先生背着药箱匆匆赶来，他刚踏进客厅，卧室里面传来欢呼声。

"生啦！生啦！是个胖小子！"

"这孩子头真大，挺帅。"

"恭喜太太！贺喜太太！"

"咦，这孩子咋不哭呢？"

大家疑惑着。

坐堂先生走过来，抱起孩子仔细检查后，说："小家伙很健康，没问题！"

说着，他提起孩子的小腿呈倒挂状，用力拍打一下儿，伴随"哇"一声，清脆的啼哭声传遍整个大院。

正房西侧书房里，窗明几净，墨香飘逸，一位七旬老者正在教孙子写字。老人慈眉善目，长须飘飘，精神矍铄。

练了一会儿，老人停下笔来，问孩子："志宏，你盼望妈妈生个妹妹还是弟弟？"

"爷爷，我希望妈妈给我生个弟弟，我们好一起读书！"

"好！有了弟弟你要学会让着他。兄弟者，分形连气之人也。"

"爷爷放心，我一定会照顾好弟弟的！"

"宏儿乖！"老人笑了。

此人正是户主周暻，五岁的孙子叫周志宏，是老人最疼爱的长孙。

周暻，直隶省滦县柏各庄人，原名周文藻，字采臣。他自幼勤奋好学，寒暑不辍，光绪八年（1882年）考中举人，出任工部郎中。公职之余，周暻潜心研究西方科学文化知识，此举遭到世人讥讽嘲笑，人们认为他痴傻，学的东西与做官无关。周暻不予理睬，有人当面取笑时，他理直气壮地辩驳道："国家要富强，必须首先提倡新学，否则中国就不能强盛！"

1894年，中日甲午战争结束，中国海禁大开，与外国交涉的事情骤增，国家急需专门人才。周暻因精通新学，被朝廷提拔为北京会典馆提调，负责编撰官署职掌制度的书籍。光绪二十四年（1898年），朝廷在官书局原址创建京师大学堂（北京大学前身），周暻为第一任总办。在职期间，他兢兢业业，勤于职守，育才有方，传播维新思想，培养出中华民国临时政府教育总长蔡元培、外交总长王崇惠等大批人才。不久，周暻被调往云南，历任临安府、东川府、曲靖府、楚雄府、开化府知府。每到一地，周暻见当地风气闭塞，陈俗旧习根深蒂固，青少年求学者很少，他深感痛心，竭力提倡新学。

周暎任东川知府期间，守旧上层人物写八股文章，迷恋腐朽的科举制度。周暎决心改变这种旧习俗，他在知府署内创办中学堂和陆军小学堂，聘请品德端正、学业精深的教员任教。从政之余，周暎亲自教授学生算术、英语、理化、史地等课程。每年办学经费白银达千两，全由他个人捐助筹集。

周暎常说："应该做的事，有钱要做，没钱也要做。"由于他倡办教育业绩显著，青年学子纷纷背着书箱来东川求学。陆军小学堂考试，周暎发现一个叫唐继尧的学生出类拔萃，亲自保荐他去日本留学。后来，唐继尧加入孙中山组织的同盟会，反对袁世凯称帝，均得到周暎大力扶植。

周暎后调任云南府知府，任职仅三个月，因不善官场逢迎又被远调开化府补边缺。开化接壤越南，苗瑶杂居，难于管理。有人为周暎鸣不平，但他坦然面对，毅然前往。周暎到任后，因势利导，逐步推行新政，建学堂，设警察，兴修水利，革除陋习，深受民众爱戴。当时，革命潮流震动全国，周暎施政太新，总督锡良对新政深感不安，又调周暎任职东川府。调令一到，百姓攀辕相送，络绎不绝。周暎施政志向不能如愿，不久，他辞职还乡。

1912年，周暎定居津门。1917年天津发生水灾，诸河洪水泛滥，周暎慨叹道："此非天灾，皆因治河无术。"周暎认为，只有根治天津诸河，才能消除水患。后来，周暎应水利局总编纂之聘，详尽撰述五大河流，提出许多兴利除弊良策，论述精辟，有理有据。周暎谈道："若改北运河由筐港各引河经北塘入海，改南运河由靳官屯引河多开数十里直达海口。不入海河则五河已分其二，海河宣畅，水患息而，水利兴矣。二河虽改运道无疑，不过经北塘不经天津尔。"当局给周暎薪俸报酬，他坚决不受，说："吾为桑梓服务，非图利也。"

周暎共三个儿子，长子周予觉，次子夭折，三子周予孜。周予觉从小受到父亲严格教育，新旧学基础扎实，善诗文，精骑射。周暎任职东川府时，周予觉协助父亲管理中小学堂校务，并兼任英语、算术、史地教员。周暎从开化回原籍，周予觉随父北返，入天津北洋讲武堂求学。中华民国临时政府在南京成立，南方革命如火如荼，周予觉从北方赴南京，投身革命，任临时总统府秘书。不久，周予觉被授予陆军步兵中校，继而升任少将。1919年，周予觉任总统府侍从武官。三子周予孜幼时攻读之余辄习武事，高中毕业后赴日本东京帝国大学法律系攻读。周予孜读书期间，加入孙中山组织的中华革命党。周予孜大学毕业后，没有到政府任职，与父母一起在天津生活，精心研习中国传统文化。

"老爷，少夫人生了！是个大胖小子。"仆人阿福匆匆跑到书房向周暻汇报。

"太好了！快去看看！"

孙子志宏高兴得蹦了起来，喊道："我有弟弟啦！我有弟弟啦！"说着跑出书房。

周暻疾步来到产房看望儿媳和孙子，老人笑得合不拢嘴，关切地问："倩绮和孩子咋样？"

"一切安好！咱们又得个孙子，足有九斤呢！"李老太太笑着说。

"好啊，我们周家后继有人啊！来，让爷爷抱抱。"

周暻端详着孩子，只见这个孩子圆圆的脸，眉毛下一双圆眼睛，乌黑的眼珠滴溜溜转，着实可爱。

"帅！这孩子把他爸爸妈妈的优点都继承下来了！"

"这小家伙要是长孙该多好啊！"李老太太有些遗憾地说。周府重男轻女，特别重视长子、长孙。

"奶奶，难道我长得不帅吗？"周志宏不知什么时候钻进屋子，听到奶奶的话噘起小嘴。

"宏儿帅！你们哥俩都帅！"李老太太赶紧说。周志宏笑了，跳上床拉起弟弟的小手亲个不停。

"爸，您给孩子起个名字吧！"床上的王倩绮平静地说。

周暻沉思片刻，说："国家动荡，列强虎视眈眈，我孙儿要携壮志走天涯，堪当大任，为天地立心，为生民立命，为往圣继绝学，为万世开太平，就叫志开吧！"

"嗯，今天是开日，黄道吉日，万事开通！小家伙会给周家带来福气！"李老太太念叨着。

"好名字！好名字！"大家赞许道。

"吩咐厨师，摆上几桌酒席，大宴宾朋，我们好好庆祝一番！"

整个周府到处洋溢着喜庆气氛。

天津火车站，一个二十多岁学生模样的青年提着箱子走下车厢。青年长方脸，相貌英俊，气质儒雅，此人就是周暶最小的儿子周予孜，他从南京看望大哥周予觉回来。在南京，周予孜接到妻子临产的电报后，匆忙赶回天津。出了站台，周予孜来到街头叫了一辆黄包车，驶向周府。刚进家门，正赶上志开降生。

"阿福，少夫人可好？"院门口处，周予孜迫不及待地问仆人。
"恭喜少爷贺喜少爷，小少爷平安降生！母子俩安好！"
"太好啦……"
周予孜匆匆来到卧室，见到妻子王倩绮母子平安，悬着的心总算落了下来。
"倩绮，辛苦你了……"他激动地握着妻子的手。
"看看孩子吧，爸已经给他起好名字了，叫志开！"
"矫鹰凌云志，腾空太平开！好名字！愿我儿日后堪当大任！"周予孜抱起儿子，端详许久舍不得放下。
"少爷，一路风尘仆仆舟车劳顿，请喝杯茶吧！"
丫鬟端上一杯茶递给周予孜，周予孜接过茶，一饮而尽。

傍晚，周予孜到正房客厅给父母请安。
"爸、妈，这是大哥大嫂给你们捎来的南京特产。"周予孜将一只盐水鸭递给母亲，将一包雨花茶放在茶几上。李老太太接过盐水鸭走进厨房。周暶、周予孜父子俩继续聊着。
"你大哥大嫂还好吗？"
"挺好的。大哥不久前升任陆军少将啦！大哥大嫂盼望二老开春去游览秦淮河呢。"
"你妈我们年岁已高，不便远行了。今后希望你们弟兄俩和睦相处，为国家效力！孜儿，你跟我到书房来。"
说着，父子俩来到书房，周暶语重心长地说："你毕业已经有几年了，不能总陪伴我和你妈。我们儒家强调积极入世，'内圣外王'方为读书人使命，你要发挥法律专业特长，开启中国法律先河！"
"您放心吧！我不会荒废所学专业的！"

"我做了大半辈子地方官员，深谙为官之道，凡事要讲关系。倩绮的叔叔王芝祥是陆军上将，当年在广西率兵北伐也算有功之臣，凭我们的影响给你在政府谋个一官半职不成问题，但我觉得你的性格更适合潜心研究学问，特别是应该在开创中国法治制度方面有所建树。我们既要传承好中华文化精髓，也要向西方文明学习。"

"爸爸，您放心，我一定靠自己努力，争取明年参加政府的法官选拔考试。"

"好样的！不愧是我周暻的儿子。"

"感谢父亲教诲。"

"我与你妈身体越来越差，趁还能走动，明年清明节回滦县老家祭祖。周家添丁入口，要告诉祖上一声，记得带上宏儿、开儿……"

"好的，爸爸请放心！"

除夕夜，周家大院好不热闹，周予觉带着妻儿从南京回来省亲，祖孙三代一家人难得大团圆。

饭桌上，晚辈们轮流向周暻夫妇献上祝福。周予觉提议："宏开寿域，甲第增辉。让我们一起祝二老寿比南山，福如东海！"孩子们也纷纷跑过来祝爷爷奶奶健康长寿，一家人其乐融融。

饭后，志宏和堂兄志和跑到院子里放鞭炮。周予觉和妻子来到三弟的房间看望新添的侄儿。小志开躺在床上，大眼睛一闪一闪，偶尔朝大人们笑着。

"小侄儿真棒！愿他快快长大，参军入伍保家卫国！"

周予觉抱起小志开，将一个压岁红包放进孩子衣袋。

"大哥大嫂，你们不要破费了！"

王倩绮阻拦，将红包递回去。

"弟妹嫌少吗？我头次见侄儿怎么也得表示一下啊！"

"对，收下吧，这是孩子大伯大妈的一片心意嘛。还有爷爷奶奶这份儿。"

周暻和李老太太走进屋，也将一个压岁红包塞给王倩绮。

王倩绮盛情难却，只好收下，冲着怀里的小志开说："开儿，给爷爷奶奶、大伯大妈笑一个……"

果然，小志开咧开小嘴笑起来，"孩子真懂事！"大家不住地夸着。

客厅里，周暻与两个儿子聊着家事与时局。

"觉儿显得消瘦，想必政府工作难为啊！"周暻说。

"南北政府政争剧烈，议和会议开开停停，会上会下斗争激烈，最终还是破裂了。参与议和大事，确实心力交瘁。"周予觉说，"今年大事不断，我们本来是战胜国，巴黎和会上却依然受人欺凌摆布。"

"内部不团结，国家何以强大？赶跑一个皇帝，我们并没有真正迎来共和，国家七零八落，弱国无外交啊！中国一定要统一，结束纷争，借鉴西方科学，发展科技，增强军事力量！"周暻感慨地说，"我老了，心有余力不足。这次元培带领他的学生们上街游行，很勇敢，表现非常优秀！看来，我没白栽培提携他，有如此门生，此生足矣！"

"列强亡我之心不死，东瀛倭国更是虎视眈眈，我们一定要提高警惕。"周予孜说。

周暻点了点头说："中日两国文化交流连绵不断，但日本人崇强鄙弱，奉行实用哲学，他们从来没有真正学到我们的儒家之道。日本通过明治维新崛起后就开始侵略扩张，给我们带来沉重灾难。每想到屈辱的马关条约，总是悲愤难眠……慈禧误国，挪用海军军费贪图享受，威海卫保卫战，北洋舰队覆没……千万不要忘记洗雪马关春帆楼的耻辱啊！国家海防塞防建设同等重要！"

"甲午战败根源在于封建专制，清廷腐败无能，消极防御放弃海权。不过，您放心，现在不比清末，国家会好起来的。"周予孜安慰父亲说。

"唉，我们摊上这样一个恶邻真是不幸。"周暻叹了口气说。

"日本明治维新后成为世界强国，而大清洋务运动却失败了。日本确实也有值得我们学习之处。"周予孜深有感触地说。

"是的，日本人善于向强者学习，弱小时会隐忍，强大时显贪婪。对这样一个侵略成性的恶邻，我们唯有强大自身才能震慑它！必须团结啊！你们哥俩要恪守孔孟之道，懂得读书方能明白道理，我不想给你们留下多少产业，而想给你们留下学问。不可见利而趋，遇害则避，但凭天理良心做去，虽败亦无可悔，勿因目前利害而变节，徒致身败名裂耳。你们要注意潜心研究学问，成为对社会有所贡献的栋梁之材，为国家发展做贡献。切记：兄弟同心，其利断金。忠厚传家久，诗书继世长。一定要和睦相处，传承好家风。"

周暻嘱咐着哥俩。

"父亲，孩儿谨记于心。"

周予觉、周予孜恭敬地说。

"你们的世藻二叔去世早，二婶王氏迁居娘家滦县九百户落户。你们哥俩利用春节假期去看望一下老人及老家的堂兄弟。"

"好的，请父亲放心！"哥俩应诺道。

"周家'官宅'的人回来啦！"清明节一大早，滦县柏各庄村西口，街头人声鼎沸，原来，村民听说周暻携一家老小回乡祭祖，纷纷走出家门来迎接。

周暻带着周予孜一家四口乘马车而来，村长和村政副赶紧跑过来搀扶老人。

"周老爷，可把您一家盼来了！"

"我说悄悄来，不要惊扰乡民嘛。"

"大家知道您每年清明节必来祭祖，不用通知，都是自发赶来的……"

"是的，我们太想您了……半年不见您就不放心……"

"确实年龄大了，近年身体多有不适。这不，老伴这次没来，快走不动了。"周暻笑着说。

"乡民生活可好？"

"去年滦河发洪水，收成减了一半，日子比较紧。不过，今年应该有转机，您放心吧！"

"予孜，把大洋拿来！"

"好的！"

周予孜转身从车上拿过一个红绸包裹递给父亲。

"我这次给全村乡民带来六百大洋，你根据各户经济贫弱状况分别救济一下吧！"

周暻将红包交给村长。

"周老爷，您真是菩萨心肠啊！我们都记不清这是第几次救济大家了！"

说着，村长带领村民一起给周暻跪下。

"大家快快起来，使不得啊！"

周暻将村长和前边一位老者搀扶起来。

"乔木思北国，行云恋旧山。越老越思乡啊！我告诉大家一个好消息，年前，我又得一个孙儿，叫志开，今儿头次回乡。倩绮，把开儿带过来，跟乡亲们熟悉一下儿。"

王倩绮抱着四个月的小志开走上前，村民们争相看望。

"孩子真可爱！"

"这孩子太漂亮了！"

村民啧啧称赞，小志开在母亲怀里来回晃着脑袋，睁着亮晶晶的大眼睛，望着眼前场面，开始有些陌生，然后笑个不停。

"开儿，这是你的父老乡亲，以后可不要忘了他们啊。"周暶微笑说。

与乡亲们寒暄完毕，周暶拄着拐杖来到坐落在村中心的周家祠堂，青色瓦房坐北朝南，整个大院清静整洁。祠堂内，供奉着周家先祖的牌位。周暶率子孙祭拜祖先后，给大家讲述起家史。

"明朝永乐二年（1404年），我们周家的先祖从山西省洪洞县大槐树下迁至这里，形成一个村落。当时，周氏兄弟五人，为五大门人，长门人无后，我们的先祖为二门人。海滩盐碱地不长农作物，当地人生活都比较困难，村民基本靠出海打鱼勉强度日。我爷爷以捕鱼为生，生活状况一般，家中养了几艘靠人工摇的小帆船，雇几位渔民出海打鱼维持生计。一次海风中，爷爷家的船全部沉没。周家沉船后，为抚恤死难雇员，采用传统赔偿办法，叫作'开顶'，即把全部家产由死难者家属来合理分配。自此，周家倾家荡产，爷爷一急病故，留下奶奶与两个年幼的儿子。不久，老人哭瞎了双眼，她带两个孩子讨饭为生。奶奶虽然双目失明，但性格刚强，白天讨要，晚上为人纺线，挣零钱补贴家用。"

"一年春节前夕，奶奶带俩儿子到娘家求助以度过年关，家嫂嫌弃娘儿几个穷，将门闩上，不让他们进屋，奶奶只好领着孩子回家，并发誓永不与家人往来。黄昏时分，娘仨走在乡间小路上，途经一条小河，小河中间结了一层薄冰，无法通过。天气寒冷，娘仨冻得直哆嗦，在岸边徘徊。突然，小儿子被一物绊倒，他伸手一摸，原来是一个布袋，打开一看，里面居然有许多铜钱，'妈妈，我们有钱啦！'小儿子站起来，拿着布袋兴奋地喊着。奶奶接过布袋，说：'孩子，这钱需要归还失主。'"

"娘仨等了许久，也不见有人寻找。这时，岸边路上来了一辆牛车，于是，娘仨儿搭车过河回家，他们用捡来的铜钱过了年。奶奶嘱咐儿子说：'穷人过河太困难，今后如果有了钱，一定要在小河上修座桥。'两个孩子点头称是。

"在奶奶艰难抚养下，哥俩渐渐长大，大儿子起名周步墀，小儿子起名周慎枢，也就是我的父亲。大伯周步墀八岁开始给人家放牛，后来闯关东，到东北奉天富户蔺家学艺，每年给家寄些钱财。后来，父亲也找大伯到蔺家打工。周家日子渐渐好起来，但奶奶依然不与娘家人来往，形同陌路。不久，大伯病逝，奶奶也随后故去。"

"父亲周慎枢志向远大，在奉天教书期间捐了典史。做官后，他不忘奶奶教诲，在那条小河上修了一座桥，谓之'报恩桥'，以纪念当时拾钱救难一事。父亲后来担任江西铜鼓知府，开启民智，革除陋习，他为官清廉，轿围子、身穿的官服等破了均用补丁补好，故人送外号'补丁周'。父亲八十岁才告老还乡……他和母亲生育我们兄弟俩，家教非常严格。你们的二叔周世藻也是深受百姓爱戴的县令，在奉天彰武治理有方，可惜壮年早逝……"

大家津津有味地听老人讲述，小志开居然没有哭闹一声，瞪大眼睛看着眼前的一切。

"我们祖上本寒门，任何时候都不要忘记贫苦农民。切记，低调做人，本分做事！为官一任，造福一方！"

"孩儿谨记！"周予孜说。

中午，村民争相留周家老少用餐，周暻婉言谢绝，他说："津门距此不远，我们还是早点儿赶回去，不打扰大家了……还望大家代为照看周家祠堂与祖上墓地为盼。"

"放心吧，老爷，我们一定会好好照看的。我们忘不了，当年世藻二爷去世后，其灵车从北京运至滦县车站，我们抬着灵车，步行一百多里，硬是将二爷遗体从滦县站运回故里安息。"

"父老乡亲的大恩大德，文藻永世不忘！"

"老爷言重了！您和周家几代人都是咱们柏各庄的骄傲！是咱们海阳的自豪！"

"惭愧惭愧……乡亲们留步，今天就告辞吧！"

周暻向村民抱拳施礼后，一家人登上马车缓缓驶出村子，村民依依不舍送到村西口马路边。

"周老爷可是清朝二品官呢，像他父亲一样，没有一点儿架子。"

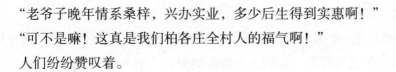

"老爷子晚年情系桑梓，兴办实业，多少后生得到实惠啊！"

"可不是嘛！这真是我们柏各庄全村人的福气啊！"

人们纷纷赞叹着。

天津周府大院，小志开由哥哥志宏牵着手，蹒跚走路。周暻看在眼里，乐在心上。

"爷爷，您叫弟弟一起跟我读书吧，他会跑了！"志宏说。

"好的，爷爷教你俩一起学习。"

入冬，周暻得了一场伤寒，身体每况愈下，看了几位医生不见好转。这天，病床上的周暻把周予孜叫到身边，嘱咐道："大丈夫志在四方，国家正是用人之际，你求学这么多年，不能总拴在家里。我恐怕时日不多了，你尽快考取职员，把家眷带过去。"

"爸爸，您没事的，我明天带您到协和医院再检查一下儿。"

"不用了。生老病死乃自然规律，我身后回归故里，一切从简，切记。"

周予孜含泪点着头。

半个月后，这天傍晚，一代清官、教育家周暻辞世。周予孜按父亲生前嘱托，丧事从简，只是告知南京大哥周予觉和居住在滦县九百户的二叔家后人，甚至老人生前好友、门生都没有通知。家人准备悄悄将老父亲的遗体运回柏各庄入土为安。但是，还是有仆人透漏出消息，京津地区周暻生前友好纷纷前来周府吊唁。次日，大哥周予觉，堂兄周祐、周予洁等人先后从南京、奉天、滦县等地赶来奔丧。葬礼上，哀乐声声，前来祭奠的达官显贵络绎不绝，人们怀着沉重心情缅怀老人不平凡的一生。主持者念着悼词："周公谓暻，字采臣，前清道光二十八年生，光绪壬午科举人，充云南各府知府，候补道，二品衔。所到之处，辄创立学校，举办新政，救国图强。周公明达老成，精明干练，热心公益，造福百姓……"第三天清晨，在周予觉、周予孜等人护送下，周暻的灵车缓缓驶出津门，开往滦县柏各庄。灵车接近柏各庄时，十里长乡间马路两旁悬挂挽幛，路边站满了村民，老人、青年、孩子不约而同地在寒风中站直身子，默默致哀，有的啜泣着。柏各庄村口，村长率领全村数十青壮年拦住灵车，"周老爷回家了，让我们送他最后一程！"说着，大家眼含热泪，从灵车上抬下棺椁，在唢呐声中，沿全村村街转了一圈，然后抬到周家墓地进行安葬。

　　"慎枢和文藻、世藻，爷仨团聚了！最令我们骄傲的'海阳三周'离我们而去了……"村民哀叹着，有的老人放声痛哭。"家乡的父老们，我们一定会继承周家祖训，无论走到哪里，都不会忘记大家的！海阳柏各庄，这里是我们的根！"周予觉、周予孜哥俩安慰答谢大家。"孩子，周家名人辈出，后继有人！我们相信周家后生将来一定会更加星光灿烂！莫忘给你们的祖辈争光啊！"一个花白胡子老者嘱咐周予觉、周予孜及其堂兄弟，周予觉等人不住点头，"我们一定不辜负家乡父老的期望！"

　　春节过后，周予孜考取司法官，被安排到山西太原地方检察厅任职。考虑到志开还小，周予孜没有携带家眷，而是独自赴太原上任。丈夫周予孜走后，照顾老人和孩子的重担全部落在王倩绮肩上，她丝毫没有大家闺秀的娇气，每天起早贪黑，将周府上下打理得井井有条，然后给两个孩子讲述爱国励志故事，志宏、志开兄弟俩健康快乐成长着，志宏开始读小学高年级。志开聪明懂事，五岁时，母亲王倩绮开始给他聘请家庭教师。在家庭教师指导下，志开读书识字，学习传统文化知识。

　　暑假一天，王倩绮带领志宏、志开哥俩回柏各庄祭祖。午后，哥俩背着母亲来到海边游玩。湛蓝的天空下，海面一望无际，海风吹来，岸边浪花有节奏地拍打着沙滩。第一次来到海边的志开格外兴奋，光着小脚丫在沙滩上跑来跑去。哥俩正追逐着，志开突然喊了一声："哥快看，浪花把小鱼冲上岸了！"志宏停下来低头一看，果然，脚下有很多条小鱼在沙滩上乱蹦。"太好啦！快抓住它们！拿回去让妈妈给咱俩炖着吃！""不行！哥，大海是鱼儿的家，离开水时间长就不能活了，我们送它们回家吧。"说着，志开蹲下身用手捧起小鱼放回海水中，看着鱼儿自由自在游走了，志开开心极了。"弟弟，冲上沙滩的小鱼很多，你救不过来的！"志宏喊道。"能救一条是一条！"志开回答。无奈，志宏也只好弯下腰，跟志开一起将沙滩上的小鱼放回海水中。

　　哥俩捡完鱼，坐在沙滩上眺望大海。"哥，我喜欢大海，也想像鱼儿一样在水中游来游去。你教我游泳好吗？"志开抬头望着志宏问道。"好！不过海边危险！回天津后哥在游泳池教你！"志宏说。"真是我的好哥哥！"志开高兴地说。

晚上，王倩绮给志宏、志开兄弟俩讲岳母刺字的故事，哥俩听得津津有味。

一会儿，志宏说："妈，岳母把'尽忠报国'刺在岳飞背上该多疼啊？"

"少年强则国强！这是一位母亲对儿子的殷切希望。"王倩绮说。

小志开说："妈，我不怕疼，您给我背上也刺'尽忠报国'吧。"

"开儿真懂事，不用背上刺字了，已经刻在心上了！"王倩绮笑着说。

"长大我也要成为岳飞那样的大英雄！"小志开说。

"对，做岳飞一样的人！"志宏说。

"宏儿、开儿将来一定有出息！"王倩绮欣慰地说。

这天，李老太太病逝了。志开看到疼爱自己的慈祥奶奶躺在床上再也起不来，他伤心地哭起来，高喊着"我要奶奶！我要奶奶！"，唢呐声中，人们闻之无不动容。

1924年入夏，周予孜从山西太原调任河南开封地方审判厅推事，家里老人不在了，周予孜决定携家眷离津南下开封。这天，周予孜派人回津接妻儿，王倩绮送了阿福等仆人一些银两，安排他们自谋生路，然后一家人恋恋不舍告别天津四顺里周府大院。

"妈妈，我们去哪里呀？还回来吗？"小志开问。

"我们去河南开封找你爸爸去，会回来的。"王倩绮安慰着。

哥哥周志宏故意逗弟弟："傻弟弟，这里的家散了，你没看人都走光了吗？我们不回来了！"

"我不想去南方，我想爷爷奶奶！"小志开哇的一声哭起来。

王倩绮瞪了大儿子一眼，责怪道："你咋一点儿也不知道哄弟弟……"

志宏低下头，赶紧将手里的玩具塞给志开，说："好弟弟，不哭！我们快见到爸爸啦！"

"开儿，听话，你不是喜欢岳飞吗，开封有他的雕像！"王倩绮哄着志开。

小志开破涕为笑，他蹦蹦跳跳地喊道："太好了，我要看到岳飞啦！"

二 乱世狼烟明星梦

六岁的志开跟随父母来到开封不久，他入第二小学读初小一年级，开启了小学生活。

这天傍晚，志宏、志开放学回到家，见母亲脸色很不好，眼眶红肿。

志宏问："妈妈，您怎么啦？"

"你们的大伯遇害了，你爸去南京处理善后事宜……"母亲王倩绮痛心地说。

小志开哇的一声哭了起来。虽然他与大伯周予觉没见过几次面，但大伯温和可亲，给他留下了深刻印象。

"开儿，不哭，坚强些！"王倩绮哄着志开。

"妈妈，大伯咋没的？"志宏问。

"起初说劳累染疾去世，后怀疑是被军阀孙传芳暗杀的……你们哥俩一定要记住大伯，他是个好人。"

志宏、志开使劲地点着头。

王倩绮给小哥俩介绍周予觉的往事，她说："你们的大伯文武双全，不满二十岁就协助爷爷处理政务。爷爷任职云南临安府时奉命剿匪，他冲锋陷阵、英勇善战。武昌起义后，腐朽的清政府土崩瓦解，中华民国临时政府成立，他任临时总统府秘书，参与南北议和，为革命做出了突出贡献……"

说完，王倩绮从书柜里拿出周予觉著的《应用武学问答》，递给哥俩说：

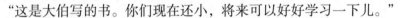

"这是大伯写的书。你们现在还小，将来可以好好学习一下儿。"

志宏接过书，说："我们一定好好珍藏这本书！"

"妈妈，长大我也要做大伯一样的好人，学好武艺，当大英雄！"

志开攥紧小拳头，坚定地说。

"好的，我们志开将来一定会成为大英雄！"

大伯周予觉去世，小志开似乎一夜成熟了许多，他天资聪颖，各门课程都非常优秀。四年初小毕业，志开顺利升入开封十小攻读高小。小学时代，在学校博爱教育与儒家文化熏陶下，志开早熟，他多愁善感，爱惜动物，性格有些内向。不久，志开的大妹志同出生，周予孜、王倩绮不喜欢女孩儿，对长子志宏读书寄予厚望，照顾妹妹志同落在志开肩上。每天放学，志开经常哄志同玩。志同胆子极小，又爱哭，志开总是想方设法把她逗乐。

入夏一个星期天，志宏带志开来到开封动物园游玩。动物园绿树葱茏，鸟鸣声声，百兽喧闹，游人如织。哥俩来到一个水池旁。突然，志开发现一条小金鱼跳出水池，他赶紧跑过去，小心翼翼地将金鱼捧起来放回水池中……

志开站起身，脚踩到水池边沿上爬行的几只大蚂蚁，他低头一看，发现其中两只蚂蚁被踩死了，不由得哭了起来。

志宏愣住了，问："志开，你怎么啦？"

志开说："我踩死两只大蚂蚁！"

志宏笑了，说："小小蚂蚁不足惜，地上有的是。"

"它再小也是生命！我犯错误了！"

看志开天真的样子，志宏琢磨一会儿，问："你怎么踩到蚂蚁的？"

"我救金鱼时不小心踩到的。"

"那不就得啦，你又不是故意的！我替蚂蚁原谅你，不怪你！"

"蚂蚁正忙着奔走找食吃，可能还没吃饱，就被我踩死了，我心里难受……"

"好弟弟，别难受了，如果你还觉得过意不去，就跑两圈，惩罚一下你的双脚！"

"好的！"

志开撒开小腿，顺着园中甬路跑起来。志宏看着志开的认真劲儿，感觉挺好笑，他意识到自己这个弟弟跟别人不一样，天性善良，实在可爱。

几年后，志同开始读小学，在学校经常挨欺负。一天傍晚，志开放学后来到志同的班级教室门口，发现两个男孩儿正逗志同，将她的课本传来传去。志同干着急没办法，"哇哇"哭着。志同哭得越厉害，两个男孩儿笑得越开心。志开见状，喊道："住手！快把书还给我妹妹！"两个男孩儿一愣，看到志开握紧拳头的样子，丢下书跑开了。志开拾起地上课本递给志同，安慰说："妹妹，不要哭鼻子，你越哭人家越欺负你！"谁知，志同还是哭个不停，直到志开把一块糖塞到她嘴里才止住哭声。无论在学校还是在家里，志开百般疼爱志同，成了妹妹的靠山。志同在严厉的父母面前不苟言笑，在志开面前却经常撒娇要赖。一次，志开从河边捡来一块鹅卵石拿回家，志同见后非常喜爱，说："二哥，把这块石头给我吧！""给你可以，但以后坚强些，不要动不动就哭鼻子！""好！"志同接过石块看了一下说，"二哥，你在石头上刻上我的名字吧？""这么光滑的石块刻上字不好看了……"志开话还没说完，志同用双手捂着脸"呜呜"哭起来，她一边哭一边从手指缝中查看志开的神色。志开摇摇头，拿起刻刀，费了好大一阵工夫在石块上刻下"志同"两个字。刻完字，志开把石块塞到志同手里说："给你！爱哭的小丫头！"……此后，"小丫头"成了志开对妹妹志同的戏称，志同也不反感，爽快地答应着，她经常对志开胡搅蛮缠，志开总是让着她。志同遇到不开心的事，总是找志开诉苦。渐渐地，兄妹感情越来越深，在志同心目中，二哥志开是个强者，是她最信赖的好哥哥。

这年夏天，马蜂在屋檐下搭起三个蜂窝，王倩绮多次嘱咐孩子们说："不许动那些蜂窝！否则蜂子蜇人是很痛的！"志同不信，她看到马蜂飞来飞去、出出进进的样子很好玩，心想，那些莲蓬似的蜂窝里究竟是什么样子呢？周末，志同趁父母不在家，跑到志开的房间，央求志开将蜂窝捅下来。志开点头同意，说干就干，他找来一根竹竿，谁知，竹竿刚碰到蜂窝，许多马蜂"嗡嗡"地朝他们飞来，吓得志同边跑边哭，志开扔掉竹竿急忙用手拍打。最后，两人胳膊脸上被蜇得红肿，志同疼得"哇哇"直哭。志开一边用毛巾蘸凉水给妹妹敷，一边拿出小镜子照，逗妹妹："小丫头成丑八怪了，以后嫁不出去啦……"志同撒娇地踢打志开:"二哥坏!都怪你!"正哭闹着,王倩绮从外边回来了,志同知道母亲不喜欢自己,赶紧止住哭声。

王倩绮见兄妹俩捅了马蜂窝,这还了得?气得大骂:"你俩简直是无法无天!志同,你这个臭丫头一点儿也不守规矩,到处闯祸!哪个女孩子像你这样?"王倩绮越骂越生气,她抄起床上笤帚想打志同。志开赶紧拦住说:"妈,不怪妹妹,都是我惹的祸!您打我吧……""你真不让人省心!咋不跟你大哥学学?"王倩绮扔下笤帚,数落兄妹俩一番,罚两人在院子站立一小时,不能按时吃晚饭。

兄妹俩受罚后,志开悄悄对志同说:"不要怕,明天我们用衣服把头和手包起来再捅,非把它们捅下来不可!"志同点头同意。

第二天傍晚,兄妹俩放学回家后,发现三个蜂窝都不在了。原来,王倩绮担心兄妹俩再闯祸,趁他们上学后把蜂窝都取走了。志开很后悔,安慰志同说:"希望再有蜂子来筑窝,咱们一定要探个究竟。"可惜,以后再也没有马蜂来屋檐筑巢了。

不久,志开二妹志敏出生,周家成了六口之家,其乐融融。

这天晚上,志开突然缠着母亲王倩绮:"妈妈,您给我讲一下我是从哪里来的,好吗?"

王倩绮一愣,说:"你是妈妈生的呀!"

"您误会了,我的意思是请您讲讲我们的家史。祖德源流远,宗功泽世长。您和爸爸不是总说我们的家史深厚吗?"

王倩绮笑了,说:"好,我给你们说说前辈的故事。"

王倩绮给小女儿志敏喂完奶后,安排大女儿志同看护,她给志宏、志开讲述起周家的名人往事。

"我们周家在直隶滦县柏各庄,原属于海阳县所辖。周氏祖先以捕鱼为生。你们的老太爷叫周慎枢,字樾卿。他小时候,周家遭遇沉船事故,导致家境贫寒。太爷自幼放牛,靠双目失明的母亲昼夜纺线织布挣得手工钱,在本村从师就学,十三岁读完'五经',开笔做文章。一天,老师把太爷叫到身边问道:'为师发现你有治世之才,日后当真做了官,你将如何为政?'太爷回答:'如果我做了官,用心治理。'老师说:'心怎么能治理呢?'太爷说:

'想要推行治道，就要顺民心，办事公正。'太爷虽然有远大志向，但屡次参加科举考试没能考中。科场失意后，他闯关东，到东北找你们的大太爷。那时，大太爷在奉天一个姓蔺的富户家做学徒。就这样，哥俩一起给蔺家干活儿。后来，大清朝廷设海防捐，蔺家主人考虑你太爷勤快，帮他捐了典史一职……"

志宏问："妈，典史是个什么官啊？"

"就是知县下面掌管监狱囚犯的小官。不久，太爷得到上司器重，调任盖州巡检。巡检平时负责巡逻、防盗抓贼，归县令管。盖州向西靠近辽东湾，匪患频繁，官府剿不过来，社会治安非常差。太爷到任后，主动请缨剿匪。知州拨给他几十人的游击队，并为其壮行。太爷知道土匪众多，不宜强攻，他采取分化瓦解、各个击破的方法，首先率众打败一个叫盖天红的土匪。盖天红很狡猾，逃回老巢后在掩体工事摆放几门土炮，官兵不敢贸然进剿。太爷仔细查看前沿敌情，趁夜黑人静时，派兵丁潜伏在匪巢近处。天快亮时，伏兵用火枪射击炮口，打燃火炮。盖天红带领土匪慌忙出逃，太爷率伏兵一举将盖天红这股土匪歼灭。随后，太爷又率兵将其他小股土匪逐一消灭了。"

"太爷真厉害！"志开、志宏羡慕地说。

"是的，打仗一定要动脑子。太爷不仅剿匪有谋略，革除地方陋习也有方法。太爷因剿匪受到州府嘉奖，升调江西瑞州府铜鼓任同知，同知就是知府的副职。江西铜鼓县，地处边远山区，民风闭塞，盛行恶俗，所生女婴多被父母等长辈淹死。"

"太可怕了，为啥要淹死女孩儿啊？女孩儿多可爱呀！"志开说。

"是的，男孩儿女孩儿一样可爱。但受旧习俗影响，很多人重男轻女……"王倩绮说。

"这是不对的。妈妈，您和爸爸以后对妹妹要好一点儿。"志开认真地说。

王倩绮有些脸红，沉默了，她没料到志开小小年纪平等意识如此强烈。王倩绮停了一会儿，接着讲述周家祖辈故事。

"清光绪元年，太爷来到铜鼓后，获悉这一情况后，他拟好几篇劝诫淹死女孩儿的文章，发到城乡各地进行劝阻。由于恶俗沿袭的日子很长，收效不大。于是，太爷召集绅士商议，决定在铜鼓城内创办育婴堂。他带头捐款，当地有钱人纷纷效仿。太爷还吩咐世藻二爷去各乡募捐。仅用几个月时间，便捐足了款项。育婴堂建成后，那些嫌弃女孩儿的家庭就将孩子送进育婴堂抚养。太爷经常去育婴堂查视，制定规章制度。每到年底，由育婴堂将婴儿出入、款项开支等项刊刻'征信录'，送给所有捐输的人们。离城远送女婴入堂不方便的人家，可自家抚养，由育婴堂根据家庭贫寒程度酌情补助钱米。极贫人家每年周济六个月钱米，次贫户每年救济三个月钱米。生女婴的爸爸妈妈因有补助，便留下女婴。爸爸妈妈在抚养女孩儿过程中，逐渐加深与女儿的感情，也就不忍心抛弃了。官府如果发现有私自淹死女孩儿的，就给予惩罚，知情不报的邻居也要受到惩罚。太爷采取办育婴堂结合劝惩办法，两年后，淹死女孩儿的恶习杜绝了，朝廷将太爷升任知府。太爷在铜鼓连续任职十六年，深受百姓爱戴，当地人自发为他修了生祠堂。因为祠堂是太爷活着时建的，所以叫生祠堂。后来太爷因年事已高，回到滦县柏各庄颐养天年。"

"太爷真伟大！"志开说。

"就是，长大我要向太爷学习！"志宏说。

"你太爷、爷爷、大伯居官清廉，关心百姓疾苦，热心教育事业，号称'海阳三周'……"

王倩绮话还没说完，小志开喊道："我将来要让'海阳三周'成为'海阳四周'！"

"开儿有志气，娘相信。"王倩绮微笑说。

"好啦，今晚就讲到这儿，明晚给你俩讲你们爷爷的故事。"

第二天晚饭后，志开、志宏坐在小板凳上，央求母亲继续讲述长辈故事。王倩绮哄小女儿志敏睡着后，继续给哥俩讲家族往事。

志开建议说："把志同大妹也叫来一起听吧。"王倩绮点头同意，于是，志同也围在王倩绮身边听故事。

"你们太爷共有两个儿子，老大叫周文藻，也就是你们的爷爷，老二叫周世藻。今天咱们讲爷爷的故事！"

"妈妈，爷爷的故事奶奶和爸爸给我们讲过好几遍，我们都清楚了。您说说二爷的故事吧，听说他特别能打仗。"志宏说。

王倩绮说："好，那我就给你们讲二爷打土匪的故事。二爷曾任奉天省彰武县令。彰武在沈阳西北，交通不便，土地沙化严重，百姓贫穷，土匪经常围城抢劫。二爷到职后，先后率兵剿灭几股土匪，摧毁三十余座土匪巢穴，军威大振。有个土匪头子叫'六十三'，在县境烧杀抢掠，无恶不作。二爷率兵进剿，苦战三日不能取胜，弹药都快打没了。危急时刻，援军赶到，二爷率兵与援军合力夹击，'六十三'败走。'六十三'不甘失败，他盘踞老巢，偷偷购买军火，负隅顽抗。二爷率兵继续围剿，激战数昼夜，因官兵弹药不足，'六十三'又逃跑了。后来，'六十三'纠集朝阳土匪头子王玉珠率千余名土匪反攻彰武。当时，援军迟迟未到，情形危急。官员劝二爷赶紧携带家眷出走，二爷说：'家眷一动，人心瓦解。我享受朝廷俸禄，国家有恩于我绝不能在这时候逃走！'于是，他写下绝命词，准备全家自焚殉节。这时，二爷获悉一个重要情报：协助'六十三'攻打彰武的王玉珠这股土匪是残兵败将，他们被热河练军陈管带率兵追击逃到彰武。陈管带追到彰武县界停止追击，准备返程。于是，二爷星夜驰赴陈营请求支援，陈管带答应了二爷的请求，率兵支援。恰巧，这时援军也赶来了。最后，三支队伍聚在一起，彻底歼灭'六十三'等匪徒。平定匪患后，二爷兴建县衙，修城墙，减轻民众赋税，社会逐渐安宁下来。二爷离任彰武县令时，当地百姓送给他两块牌匾、四把万民伞，表彰他执政期间治理有方。"

"二爷太勇敢了！我爷爷打过土匪吗？"志开问。

"你爷爷也打过土匪。他在云南临安任知府时，辖区内有周大麻子多年聚众扰乱社会秩序，百姓苦不堪言，总督都拿他没办法。你爷爷率兵剿匪，将周大麻子活捉了。从此，百姓安居乐业，你爷还得到上峰嘉奖呢。"

王倩绮讲完故事，问哥儿俩："宏儿、开儿，你俩听了长辈的故事，有何感想？"

"太爷、二爷在东北保护百姓，爷爷在西南保护百姓，他们都是我们的好榜样！"志宏说。

"两位爷爷是保护百姓的大英雄！"志开说。

"对，要向你们的太爷、爷爷、二爷学习！无论在哪里心中都装着老百姓。"王倩绮说。

"我要学文，用手中的笔写正义文章，替天下老百姓说话！"志宏说。

"我文武都要学，将来也像太爷和爷爷、二爷一样勇敢，保护老百姓！"志开坚定地说。

"志开，土匪很厉害的，你不害怕吗？"志宏故意问。

"我才不怕呢！我要把他们都活捉，教他们重新做人！"志开说。

"那你去东北还是西南保卫百姓？"志宏问。

志开想了一会儿，认真地说："我要到天上，驾驶飞机，保护全中国所有的老百姓！"

"开儿人小志气大！"王倩绮微笑着说。

"二爷比爷爷年龄小，怎么先去世了呢？"志宏歪着脑袋问母亲。

"光绪三十三年（1907年），二爷调任绥中县令。一次，钦差大人去沈阳，路过绥中，公开索要财物，二爷断然拒绝。钦差恼羞成怒，回朝向皇帝参了他一本，称二爷性格急躁，不宜留用。皇帝准本，二爷被革职回乡。不久，二爷到北京求人述职，朝廷了解真实情况后，准备安排他到直隶一地任知府。但二爷因革职一事恼火患伤寒病去世了。"

"我们祖籍在滦县城南的柏各庄，为啥二爷一大家子都住在县城北的九百户？"志宏继续问。

"二爷去世后，二奶回到柏各庄居住，当时大户人家不兴分家，二奶带着孩子与一个寡妇五嫂子共同生活，五嫂很霸道，处处欺负你们二奶，二奶受不了这气，就通知滦县九百户她娘家的弟弟，娘家弟弟将二奶和孩子们接到九百户居住。由于你爷爷我们这一家也早就离开柏各庄，你二奶他们搬迁后，柏各庄就没有我们周家近亲了。"

"哦，原来是这样。"志宏说。

"妈妈，我们一家咋到天津的呢？"志开好奇地问。

"你爷爷救国图强，提倡新学，遭到清朝守旧势力打击，他愤然辞官后，带着家眷来到天津居住。宏儿、开儿，记住，无论走到哪里，滦县柏各庄是你们的故乡，那里民风淳朴，有广阔的大海。"王倩绮说。

"妈妈放心吧，我们不会忘记故乡的。"志宏说。

"长大后，我要当好人，做好事，为家乡增光！"志开说。

"真是妈的乖儿子！"王倩绮抚摸着志开的头说。

"妈妈，明天给我们讲讲姥爷家的故事吧。"志宏说。

"我们家族的故事半个月也说不完。你们哥俩一定要记住，不要躺在祖辈功劳簿上，只有靠自己奋斗，才能成为国家栋梁之材。你们要做到青出于蓝而胜于蓝。"王倩绮嘱咐两个儿子，志开、志宏认真地点着头。

周末，周予孜带着志宏、志开来到龙亭公园游玩，这里是北宋皇城宫殿所在地。公园主干道东西分布两个宽阔的湖，湖面玉桥飞架，波光粼粼，岸边杨柳依依。转了一会儿，细心的志开发现东西湖面颜色不一样，他好奇地问道："爸爸，为啥东边的湖水不如西边湖水清澈呢？"周予孜解释说："东侧是北宋奸臣潘仁美的相府所在地，人们称这里的湖为潘家湖。潘仁美残害忠良，所以东边湖水是污浊的。西侧是忠臣杨继业老令公的府邸，人们称这里的湖为杨家湖。杨家忠心卫国，很多将士战死沙场，所以西边的湖水清澈透明。"

"哦，我明白了，向杨家将学习！"志开若有所思地说。周予孜赞许地点着头，看着志开笑了。

两年后，志开升入开封中州中学读初中。像读小学一样，志开在全班年龄还是最小的，但他的成绩总是遥遥领先，从没有让父母操心过。此时，周家一家人住在开封法院街，聘了一位厨师和管家，厨师吴妈负责一日三餐做饭，管家老李负责院落房间卫生清扫。院子非常开阔，房间较多，志宏、志开哥俩分别拥有各自独立房间。与志宏不同，志开从不让老李打扫自己房间，每天清晨起床，他总是将房间打扫得干干净净。有时放学归来，看到老李在清扫院子，他走上前说："李伯，您歇会儿，把扫帚给我，我来打扫吧。"老李不肯，志开找来笤帚与老李一起清扫。老李看着志开卖力干活的样子，赞叹道："这哪里是富家少爷啊？"

暑假的一天，志宏带着志开到电影院看了一场外国电影，志开一下被迷住了，他觉得，电影主人公帅气潇洒，行侠仗义。电影散场后，志开对哥哥说："哥哥，你说我能不能也像电影里那位英雄一样？为百姓除暴安良！"

"嘿，电影里的人是演员扮演的。"

"哥，怎么才能当演员呢？"

"百里挑一，那叫明星！你啊，个头太矮了！"

志宏故意摇摇头。

"我要做电影明星！哥哥，怎么才能长高个子？"

"你每天往上跳吧，跳得越高长得越快！"志宏故意逗弟弟。

志开信以为真，每天坚持立定跳、跑步跳，直跳得腿脚红肿为止。

志宏看到弟弟的认真劲儿心疼了，嘱咐说："光跳还不行，要补充营养，多吃饭，勤锻炼，个头很快就会长起来。从明天早晨起，你跟我跑步！""好！"

此后，每天早晨，公园里、操场上、马路边，人们经常看到志宏、志开哥儿俩跑步的身影，风雨无阻。尽管哥俩都喜欢运动，志宏喜欢独自骑自行车，志开热衷与大家一起踢足球。

这天，王倩绮又生了个男孩，周予孜给孩子起名志兴。志宏高兴地说："我又多了一个弟弟！"志开更是乐得直蹦，喊道："我不仅有哥哥，还有弟弟和妹妹，太幸福了！"

一个月后，志宏高中毕业，考入北京朝阳大学。志宏接到大学录取通知书这天，正好赶上志兴满月，周予孜、王倩绮在饭店置办了几桌酒席，冀东滦县老家的亲朋好友纷纷远道赶来，庆祝周家双喜临门。在东北奉天北镇任县长的堂兄周予洁也千里迢迢赶来祝贺。

午饭后，周予孜与周予洁坐在客厅沙发上，谈兴正浓。哥儿俩一起回忆起在日本东京帝国大学留学时的难忘时光。

"兄弟啊，我这法律专业算荒废了，很羡慕你啊，能够从事本专业，学以致用。"

"两千多年的封建专制统治，民众皇权奴性意识根深蒂固，培养民众法治权利意识不容易，以法令形式约束、规范官员行为更是艰难。普及全民法律常识，营造全社会守法风尚任重道远啊！"周予孜感慨地说。

"是啊！法治建设关乎国家和社会进步，这需要漫长过程。"周予洁说。

"我们祖辈、父辈为官一任造福一方，哥哥作为一县之长，想必也不会忘记做官为民的祖训。谈谈北镇的事吧。"周予孜说。

"惭愧，不过我为官做人是有原则的。我讲一件不久前发生的事。张作霖的五姨太娘家是北镇人氏。这个五姨太在张氏家族中最受宠幸，她娘家人经常仗势欺人，他们在家门前养了五只大狗，见人就咬，百姓没人敢从他们家门口通过。我听说此事后，骑着马持撸子枪，特意来到他们家门前。突然，这群狗蜂拥扑过来，我眼疾手快，一枪一只，将五只狗全部击毙。后来，五姨太的侄子身着军服到县府闹事，我问他是否军人，他回答说不是。于是，我命令衙役扒下这小子外衣，裹上狗皮，游街示众……"

周予孜听后哈哈大笑，"你还真是有办法……不过，要小心惹恼张家啊！"

"没事，不管怎么说，你二叔与张作霖曾是结义兄弟嘛，还是给情面的。最令我头疼的是吸食鸦片者屡禁不止。每次抓到吸食者，不论贫富，我一律严厉惩罚，可依然有人吸食。热河县长的岳父吸食鸦片被抓后，他报出女婿的名字吓唬我，我当即命令衙役打了这老家伙两个耳光，告诉他就是冲着他女婿打的，并照例罚款。"

"哥哥有魄力！是啊，鸦片对我们这个苦难民族精神肉体摧残是巨大的。必须从源头堵住毒品，依法严惩与耐心教育相结合，还要采取医学手段制止民众吸食鸦片。"周予孜说。

"对，政府要加大综合治理力度！"

"志光侄儿现在怎么样？"

"我把他带到东北读书了，学习不错，也懂事。不过，比不上咱志宏，人家志宏都读大学了！兄弟，咱们周家你这儿人丁最兴旺！我真高兴，所以路途再远也要看看这小哥仨！可惜上一代老哥俩都走了……"

"是的，如果父亲和二叔都在该多好啊！还有予觉大哥、志和侄儿，他们走得太早了……"周予孜遗憾地说。

这时，志宏、志开一起走进客厅。

"伯父好！"说着，哥俩给堂伯父周予洁和父亲倒好茶水。

"宏儿，伯父北平的朋友多，有什么事尽管说。"周予洁说。

"谢谢伯父关心！"

"咱们周家不仅世代为官，更是书香门第，宏儿是新一代第一个大学生。这是伯父对你们哥俩的奖励。"

说着，周予洁从衣袋里掏出两个红包分别塞给志宏、志开。

志宏接过红包再次感谢堂伯父。志开却说什么也不要，他说："伯父，开儿还没有考入大学呢，受之有愧。"

周予孜也劝道，"孩子多，哥哥来一次不容易，就别破费了。"

周予洁说："我好不容易见到三个侄儿，三份红包一个不能少。"

他执意将给志开的红包放在茶几上。

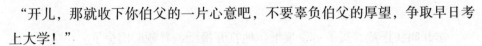

"开儿，那就收下你伯父的一片心意吧，不要辜负伯父的厚望，争取早日考上大学！"

"谢谢伯父！我一定会努力的！"

"你伯父是东北北镇的'白脸包公'。你不是喜欢玩枪吗，他枪法特别好。"周予孜介绍着。

"向伯父学习！"志开礼貌地说。

周予洁仔细端详一下儿志开，叹道："几年不见，我们开儿长这么高了，真帅！一会儿伯父教你打枪！"

"太好了，谢谢伯父！"

"志开，读几年级了？"

"初一！"

"将来有什么打算？"

"考大学，当一名电影演员，饰演救国救民的英雄侠客！"

"嗯！我们志开有出息，一定会成为大明星！"

"伯父过奖！"

聊完天，周予洁带着志开、志宏一起到郊外练习射击。

志宏去北平读大学后，志开更加懂事了，每天下午放学帮母亲照顾弟弟妹妹。早晨很早就起床，一个人坚持跑步锻炼。很快，志开身高猛长，力量也上来了，体育测试成绩总是在班级领先。志开不仅拥有强健体魄，而且文化课成绩非常优秀，经常得到老师表扬。同学们羡慕不已。志开待人热情，充满活力。他喜欢黄色，每到夏天，他总是身着黄色T恤和运动短裤在街头或运动场上跑来跑去。志开将自己居住的房间也设计成橘黄色调，温暖明亮。志开好奇心强，他不仅喜欢国语、历史、地理，也喜欢物理、化学、数学课，课堂外，他迷上无线电设备，自己的房间书桌上摆满不同种类的收音机，回家后经常研究真空管、晶体管等。志开疼爱弟妹，但他不允许弟弟妹妹进入自己的房间乱动。

这天中午，志开放学回家路上，发现街头比往常人明显增多，人们三五成群聚集在一起，面色凝重。

"看报，看报！日本关东军侵占沈阳！少帅张学良放弃抵抗，东三省沦陷！"

志开叫住报童，买了一份报纸。他打开报纸一看顿时震惊了。

"怎么会这样？人家打到家门口，作为军人却不抵抗？"

回到家，志开吃不下午饭，心情久久不能平静。王倩绮以为他在学校出事了，赶紧问："开儿，今天怎么了？考试成绩不理想？"

"妈，日本小鬼子侵占沈阳，东三省沦陷了！"

"孩子，我上街也听到这个消息，这是国家的不幸……"王倩绮沉重地说。

"这小鬼子太可恶了，干吗跑别人国家来欺负人？"

"我们国家太弱啊！你还小，现在主要任务是好好学习，才能有机会报效国家！"

志开点了点头。

回到学校里，课堂上，老师将日军制造九一八事变侵占东三省的消息告诉同学们，勉励大家立志报国。志开眼含泪水，攥紧拳头。

两年后，十五岁的周志开初中毕业，考入济汴中学读高中。入学第一天，周志开早早来到学校，按通知要求办理完报到手续后，他来到所在班级教室主动打扫卫生。这时，教室只有一个高个子同学坐在前排凳子上，他一边看着连环画一边津津有味地吃着零食。

"你好！我——周志开！请不要在教室吃零食好吗？"周志开不失礼貌地说。

高个子同学看了志开一眼，不屑地说："我叫孙承宏！看你这书生模样挺爱劳动，管事还挺宽。别费傻劲啦！等同学们到齐，老师自然会安排大家一起清理教室卫生的！"

周志开没有生气，说："这里是我们今后学习的园地，就该保持整洁！"

"走吧，傻小子，咱们去校园逛逛，管这闲事干吗？"

"这不是闲事，流自己的汗，给别人快乐与己快乐！既然我们先来了，就应该先尽义务！"周志开认真地说。

"你这书呆子想求表扬吧！"

说着，孙承宏把连环画往桌子上一扔跑出去玩了。周志开一个人继续清扫着，很快将教室打扫得干干净净。

课堂上，班主任老师见整个教室窗明几净，有些诧异，询问是谁主动打扫了教室卫生。志开沉默不语，同学们反映是最早来校报到同学做的好事。

"谁最早来学校报到的？"班主任想起来是孙承宏，于是他表扬孙承宏集体观念强，主动打扫教室卫生，肯为大家付出汗水。同学们报以热烈掌声。

孙承宏有些脸红，欲言又止，他偷偷看了一眼周志开。周志开微笑着注视他，也鼓着掌，孙承宏恨不得找个地缝钻进去。

课下，孙承宏想找班主任说明真相，但还是没有勇气。正巧，调整位子时，孙承宏与周志开被安排为同桌，这更让孙承宏尴尬。不过，周志开倒也坦然，他根本没在意老师表扬错对象。孙承宏深受教育，他内心感激志开，加上周志开成绩好，热心助人，他决心交定这个朋友。渐渐地，两个人成了无话不谈的好友。

周志开的个头明显长高，而且英俊帅气，加上成绩优秀，成为同学们的榜样。同学有不懂的问题，他总是耐心解答。孙承宏学习成绩欠佳，周志开没少帮助他解决学习过程中遇到的难题。

周末，周志开帮孙承宏辅导完功课，两个人来到朱仙镇，一起游览岳飞庙。岳飞庙坐北朝南，殿堂恢宏，气势磅礴，碑亭林立。在岳母刺字的雕塑前，周志开想起小时候母亲讲的故事，仿佛自己就是岳飞，母亲正在自己背上认真刺着"尽忠报国"大字……周志开久久不愿离开。

"岳飞是我最崇拜的英雄，他精忠报国，激励一代又一代爱国志士保家卫国！忠臣千古！"周志开虔诚拜祭后，感慨地说。

"以后你也从军吧！"孙承宏说。

"说心里话，我既想从军成为岳飞式的英雄，也想做一名电影演员！"

"也是，你这英俊相貌不当演员怪可惜了！"

孙承宏故意说，周志开脸涨得通红。

"我做演员也要扮演英雄人物！对了，最近一部叫《人猿泰山》的电影进入中国影院了，我们这里什么时候上演？但愿先睹为快！"

"我也听说了，这部影片确实挺轰动，有机会咱俩一起去看。"

"好的！"

周末下午放学，孙承宏神秘地说："志开，送你一件你最喜欢的礼物！"说着，他拿出两张《人猿泰山》电影票在手中晃了晃，"我知道你喜欢看这部电影，今晚首次在开封上映，我托朋友好不容易买到两张票，晚上陪你一起去看电影！"

"承宏，你真好！"

周志开非常高兴，他被孙承宏的义气感动了。

晚饭后，周志开和孙承宏来到电影院，电影正好刚上映，他们被《人猿泰山》的情节深深吸引住了，特别是扮演泰山的主演约翰尼·韦斯默勒精彩的演技令周志开羡慕不已，他梦想有朝一日也成为这样一位演员。

《人猿泰山》播放完毕，影院加播国产抗战电影《风云儿女》，显然，爱国志士为避人耳目特意安排放映这部影片。《风云儿女》抗战主旋律更是令周志开热血沸腾，演出结束，有人高呼口号："打倒日本军国主义！中国人民团结起来！"紧接着，几位青年学生来到前台发表演讲。

"同胞们，两年前，日军制造九一八事变！东北沦陷！如今，长城抗战失败，冀东沦陷！华北危急！我们再也不能沉默了……""打倒日本帝国主义！还我河山！决不做亡国奴！"

说着，几位青年学生高喊口号，开始向观众散发抗日传单。周志开眼眶湿润了，他激动地喊起来："冀东是我的老家，还我河山！"

旁边的孙承宏提醒他说："我们快走吧，一会儿警察要来了！"

随着时局动荡，周志开经常组织同学们演讲宣传抗日救国，这年秋季，志同升入开封女子中学读初中。周末，志开带着志同来到大剧院看话剧《雷雨》，演出结束，志开又开始散发抗日传单，然后带着志同迅速离开。回家路上，志同问："二哥，你发那些传单是什么内容啊？为何要急匆匆离开？""志同，小鬼子占领东北和咱们冀东老家了！中国人必须奋起抵抗！刚才那些传单是呼吁民众起来赶走小鬼子的！""鬼子是什么东西啊？他们为啥侵略咱们？""鬼子是日本东洋人！因为我们太软弱……大妹，二哥将来可能要从军打鬼子，收复失去的河山，保卫中国百姓。你读初中了，不是小丫头了，要坚强些，别总哭鼻子。注意帮妈妈照顾好小弟小妹……"志同若有所思地点点头。

1935 年春，中央航空学校在开封招第七期学生，周志开决心报名，他与孙承宏商量。

"承宏，我们从军当个飞行员吧！"

"为什么要当飞行员呢？去打内战？"

"炸自己同胞那是中国人干的吗？！我原想做一个电影明星，现在连自己冀东老家都沦陷了，我没有心情在这里继续读下去了。我报考航校，捍卫祖国领空，早日收复失去的国土！"

"可是从军后必须服从命令啊！"

"民族危亡，全国一定会团结起来的，相信我们总会有用武之地！我们不能再碌碌无为啦！国之不存，何以为家？！"

"好！志开，我支持你！我也报名！"

"父母可能不同意，我们来个先斩后奏，先报考再说。"

于是，两人瞒着家里人偷偷报名，经过严格的体格检查，然后参加航校录取招生考试，一路顺利通过。

这天放学，周志开拿着航校录取通知书，把报考航校的消息告诉父母。

周予孜埋怨道："你这孩子咋这么有主意？！这种大事怎么不跟父母商量一下呢？我本想等你明年高中毕业，送你到英国读书呢！两年前，国民政府在杭州笕桥成立中央航空学校，旨在加快发展中国空军，随着军事委员会陆续接收地方势力的空军力量，全国空军逐步趋于统一，但是情形并不乐观。目前，中国空军力量极其薄弱，飞机制造能力极差。国家战事危机重重，报考空军非常危险……将来你若是有个三长两短让你妈和我怎么办？"

"是啊，开儿，选择空军危险太大了！"王倩绮也担忧地说。

"男儿志兮天下事，但有进兮不有止！爸爸妈妈，您二老总教导我要胸怀远大，勇于担当！如今，日寇狼子野心昭然若揭，白山黑水呜咽，长城震荡，偌大中国已经容不下一张安静求学的书桌了。再说，即便将来孩儿遭遇不测，为国捐躯也死得其所。我确实对不起二老……您二老不是说过自古忠孝难两全吗？家里有大哥、大妹，如今又添小弟小妹，相信他们都会替我尽孝的！"

周志开的一番心声令周予孜和王倩绮刮目相看，他们觉得志开似乎突然长大了。王倩绮赞许地点点头。

"开儿说得对！只是你心地善良，天性胆小，需要战火磨砺一番。"

"爸爸妈妈，请放心，孩儿一定将自己锤炼成铮铮男子汉！"

事已至此，周予孜也不好反对了。"爸爸妈妈，以后孩儿不在你们身边，请多保重。另外，教育妹妹、弟弟学会独立生活。李伯和吴妈年岁大了，给他们涨些工钱吧。"志开恳切地说。"好，就依你！"周予孜点头说。

这天，在父母恋恋不舍的目光中，周志开与孙承宏提前结束高中生活，踏上去南京受训的列车。

志同不知道志开赴南京从军读书，既没有告别，也没有送行。傍晚放学后，她听父母议论，说志开偷偷去考航校，任何人都劝不住他。志同心里很失落，她知道二哥的性格，只要是他想做的事，谁也无法叫他改变主意。王倩绮告诉志同说："你二哥只许你到他房间温习功课，不许动他房间里的东西。以后你二哥要回来的，还会住在他原来房间。"志同点了点头，她想，放寒暑假二哥就会回来。于是，志同将志开的房间打扫得干干净净，保持他走时的样子。

志同坐在床上，拿出志开送给自己的鹅卵石端详着，心想："二哥走了，我没靠山了，今后再也不能哭鼻子了……"

三 投笔从戎志冲天

这天上午，周志开等数百名热血青少年集中到南京，他们被临时安排入住大中桥营房里，实施军事化管理。营房里，播放着雄浑嘹亮的《空军军歌》："凌云御风去，报国把志伸，遨游昆仑上空，俯瞰太平洋滨，看五岳三江雄关要塞，美丽的锦绣河山，辉映着无敌机群。缅怀先烈莫辜负创业艰辛，发扬光大尤赖我空军军人……"学员们穿上草绿色皮列兵军服，军服尺寸偏大，很多学员穿上去显得松松垮垮，却也精神。部队给每个学员发了礼服和皮鞋，平时不允许穿，只能穿普通军服和草鞋。

周志开和孙承宏被编入不同编队。

营房 115 宿舍里，周志开等八名分到一起的学员聚齐后开始自我介绍。

"我叫刘孟晋，奉天锦县人，十八岁。"高个子刘孟晋操着东北腔首先说。

"我叫张祖骞，湖南长沙人，十七岁。"英武潇洒的张祖骞说话语速有些快。

"我叫——李壮飞，四川成都人，十九岁。"性格沉稳的李壮飞不紧不慢地说。

"我叫全抗日，北平人，十八岁。"全抗日身材魁梧，沉默寡言。

"我叫江南，广东中山人，十七岁。"个头不高的江南操着不太标准的普通话。

"我叫黄河，陕西西安人，十八岁！"黄河带着西北腔响亮地说。

"我叫冯天亮，福建人，十七岁。很高兴结识各位好汉！我腊月生日，年龄最小，请各位哥哥多多关照！"皮肤黝黑、短小精悍的冯天亮抱拳施礼。

"我看你个子最矮吧！"

刘孟晋一句调侃逗得大家哈哈大笑。

冯天亮也不生气，他笑嘻嘻地说："咱短小精悍，浓缩的可都是精华呀！"

轮到周志开，他噌地一下从床上站起来，腰板挺得直直的，绷紧两腿，行了个不太标准的军礼，有些拘谨但又自信地说："我——周志开！来自河南开封，河北滦县人，十六岁。"

周志开话音未落，冯天亮说："原来你才是个小不点儿！你到底是哪里人？河南又河北的，找不着北了吧？也难怪，听说东北军经营多年的空军毁于一旦，飞机、航空工厂和机场设备完整无损地落入日军之手，这些家伙就知道往南跑。冀东也早被小鬼子占领了，该不是让鬼子吓得从冀东跑河南开封去的吧！"

冯天亮是个机灵鬼，喜欢恶作剧，见周志开年龄最小，他故意挑逗起来。

周志开认真地说："慷慨悲歌士，自古燕赵多！我们冀东响当当英雄汉多的是！辛亥革命滦州起义就在我老家那里爆发的！"

这时，刘孟晋上前抓住冯天亮的衣领子，喝道："你这个瘦猴子跟'木乃伊'似的！瞎咧咧什么，老子也是沦陷区来的！谁说北方人不想抵抗倭寇？我们的心在滴血呢！你再胡说八道欺负老实人老子对你不客气！"

冯天亮见刘孟晋气势汹汹的样子，知道不好惹，急忙说："刘兄息怒，我最佩服像您这样的北方壮汉了，真英雄也！"说着，他跷起大拇指。刘孟晋余怒未消，将冯天亮推到一边。

"东北军不抵抗，不代表东北人不抵抗！我们沦陷区来的人心里都憋着一股火呢！谁再拿这个说事儿，我就用拳头告诉他沦陷区人的血性！"

"哼，像个土匪！有本事找日本人横去！"冯天亮背着刘孟晋，伸出舌头做了个鬼脸，嘀咕了一句。

"'木乃伊'你嘟囔啥？小心我砸扁你！"刘孟晋转过身喝道。

冯天亮就是机灵，为了缓和气氛，他开起玩笑。

"好汉哥！我说您叫我'木乃伊'没什么不好，那可是古埃及国王享受的待遇，我巴不得死后做成'木乃伊'呢，也算永垂不朽啦，多好！"

冯天亮的一番自嘲把大家都逗乐了，刘孟晋也笑了，觉得这个机灵小子挺可爱的。

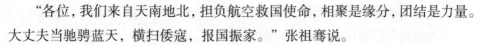

"各位，我们来自天南地北，担负航空救国使命，相聚是缘分，团结是力量。大丈夫当驰骋蓝天，横扫倭寇，报国振家。"张祖骞说。

李壮飞说："祖骞说得对，我们不管来自哪里，都是好兄弟。这样，咱们按年龄排个顺序，结成八兄弟好不好？"

"好！"大家一致赞成。

李壮飞是老大，全抗日、刘孟晋、黄河、张祖骞、冯天亮、江南依次为老二、老三、老四、老五、老六、老七，周志开是最小的兄弟——老八。

"开饭啦！"隔壁宿舍战友喊道，周志开等人一起去食堂吃饭。

周志开打了一份饭，在大厅一个角落处的餐桌旁坐下。这时，刘孟晋也端着打好的盒饭坐在周志开旁边。两人一边吃一边聊天。

"孟晋哥，谢谢你刚才仗义相助！"周志开礼貌地说。

"对付冯天亮那种兵混子不要示弱，你强硬他就尿！"

"其实天亮哥人不坏，爱开玩笑。"周志开说。

"志开，看你像个书生，怎么也来当兵？"刘孟晋岔开话题问。

"实不相瞒，我原想做电影明星，东三省和冀东沦陷后，促使我改变主意，连高三都没读完就报考航校了。我觉得，日军肯定会进一步侵略我们国土，咱们的空军力量太薄弱，要救国必须壮大空军！"

"你说得对！日寇咄咄逼人，航空救国势在必行！对了，你说话咋没有冀东调儿呢？"

"三哥，我出生在天津，后跟随父母来到河南，在开封长大的，只是童年回过几次老家。我老家有长城、滦河、大海……我特别喜欢那地方。"

"哦，原来如此。我出关必经你老家，那里风景确实不错，人也朴实。"

"听说你老家风景也挺好，我还没去过东北呢。那里冬天挺冷吧？"

"是的，那是一片肥沃的黑土地，可惜被倭寇霸占了……"

两人正聊着，张祖骞端着盒饭走过来。

"祖骞，坐下来一起吃吧！"刘孟晋招呼着。

"好的，三哥、八弟，你们都在啊！"张祖骞坐在周志开旁边。

"五哥好！惟楚有才，于斯为盛。我很欣赏你们湖南人的霸蛮性格，勇敢强悍。"志开说。

"燕赵人慷慨，质朴坚韧，亦不乏血性壮士嘛！"张祖骞说。

"为什么你们湖南人说话语速那么快呢？"周志开问。

"湖南人性子急嘛，可能是吃辣椒吃的吧。"张祖骞笑着说，"其实，东北是我第二故乡，我曾在大连商业学校就读。九一八事变后，日寇占领东北三省，我目睹东北同胞在日寇铁蹄下被残暴凌辱的一幕幕痛心不已，于是弃学从戎，请缨报国，参加空军。"

"哦，咱俩真相似，我祖籍是湖南常德！我们算是双重老乡呢！"刘孟晋惊喜地说。

"是啊，太巧了！咱仨都是老乡，我们一定打回老家去！"张祖骞激动地说。

"打回老家去！"周志开握紧拳头。

哥仨越说越激动，禁不住哼起《松花江上》来……

周志开感激刘孟晋打抱不平，欣赏张祖骞的豪爽，对他们平添好感。刘孟晋、张祖骞也格外喜欢周志开，人小志高，三个人无话不谈。

当天下午，学员进行入营第一件事："削发明志"，即剃光头，将剃下的头发装入信封，邮寄给亲人，表示今后的生命将属于全中华民族所有，仅献上这点儿头发，聊表身体发肤受之父母的孝敬之意。

周志开激动万分，他与天南海北聚在一起的战友们排队剃发，然后小心翼翼将自己剃下来的乌黑头发装进信封，并在信中写道："父母大人见信如面，孩儿今日已经入营开始航校生活，按学校要求剃发并寄给双亲以敬养育之恩。今后孩儿五尺身躯当属国家，随时准备牺牲……孩儿今生不孝，如有不测，就让这头发永远陪伴二老，孩儿来世再报亲恩……万望父母双亲珍重！儿，志开。"随后，他与战友来到邮局，将这封特殊的信寄出。

周志开回到宿舍，看到全抗日一个人捧着自己的头发发呆，他有些奇怪，走上前问："二哥，你怎么啦？头发还没有寄回家？"

"我是个孤儿，长城抗战时爸爸妈妈和妹妹都让小鬼子炸死了，往哪里邮寄啊？"全抗日伤感地说。周志开鼻子一阵发酸，心中不是滋味，他不知说什么好。

"只要见到鬼子，我就与他们同归于尽，为父母和妹妹报仇！"说着，全抗日划亮火柴，准备烧掉自己的头发。

周志开赶紧拦住，劝道："二哥且慢，仇一定要报！不仅要为父母亲人报仇，还要为所有死难同胞报仇！但不能轻言牺牲，我们报考航校，留着有用之身，在航空救国上发挥更大价值！北平河北乃一家，我俩有燕赵人个性！大哥如信得过小弟，你的头发我暂时替你收藏，等抗战胜利后物归原主……"

全抗日望着这个年龄最小的兄弟，听着诚恳的话语，似乎得到一种久违的亲情。全抗日内心充满了感激之情，眼眶湿润了，说："好兄弟……"他紧紧握住周志开的手。

晚上，学员们先后进行文化课学习和体能训练，学习训练结束，回到各自宿舍休息。周志开和战友们回到宿舍，冯天亮甩掉上衣，光着膀子喊道："麻将，开打！"说着，他从裤腰口袋里掏出一盒香烟逐一分发，"志开，来一支！"周志开连忙摆手说道："我不抽烟！"说完，周志开坐在床上拿起一本书看起来。冯天亮等人聚在一起玩起麻将。这边，刘孟晋拉着小提琴哼着歌曲，李壮飞忙着给女朋友写信。

过了一会儿，周志开到水房打来满满一桶水回到宿舍，将每个战友的水盆倒上水，说道："我把水打来了，大家不要玩了，赶紧洗洗脚上床休息吧，明早还要出操训练呢！"冯天亮等人玩兴正浓，他们没有理会周志开。

周志开卷起裤管，将双脚泡在盆里慢慢搓洗着……洗完脚泼完水回来，他发现冯天亮几个人还在玩，于是说了声："教官来了！"

这一招果然灵，冯天亮等人迅速藏好麻将，纷纷从床上跳了下来。大家清楚，如果被教官抓住玩麻将要受处分。冯天亮望了一会儿，见室外没有动静，才知道周志开故意吓唬大家。

"志开，就你假干净，那双脚有什么好洗的，还不是跟我们一样穿草鞋！一看就没吃过苦，纨绔子弟少伟男啊！"冯天亮说道，"对啦，以后志开就负责给大家打洗脚水！"

冯天亮的话刺痛周志开的心，起初他确实不习惯穿草鞋，适应几天后，发现穿草鞋一样舒服。

"志开细心，服务要彻底喽！给哥几个做下按摩吧！"江南跟着起哄。

"就你俩南蛮子爱欺负人，谁再欺负志开，我拳头不答应！"刘孟晋喝道。

"志开虽然年龄最小，但他比我们任何一个人都成熟！"全抗日说。

"别取笑志开了，北方人朴实。"李壮飞说。

"大哥说得对，我们北方人确实朴实厚道。"黄河说。

"我们南方人更朴实，而且文明，不会张口骂人！"江南不服气地说。

"就是，你们北方人就爱动武耍混。谁是南蛮子？我看你们才是北鞑子！"冯天亮见有人支持，也强硬起来。

"你骂谁？'木乃伊'！"刘孟晋扔下小提琴冲上前。

"骂你东北刘胡子！江南，咱哥儿俩一起上，给他点儿颜色看！"

"好！能入航校，咱不是吃素的！"冯天亮、江南也不示弱。

李壮飞赶紧拦住，"刚到一起就吵架！我看你们都应该好好向八弟学习。有本事训练场上见，在这儿逞什么能？！"

"对不起几位哥哥，都怪我不好，引起大家不痛快，请大家多指点。六哥说得对，小弟以前确实很少参加体力劳动。今后一定加强锻炼。无论北方南方，我们都是好兄弟！"周志开恳切地说。

"志开说得好，不管哪里人，我们都是好兄弟！"张祖骞说。

"对，天南海北中华兄弟一家亲！别看志开年龄最小，他素质最高！"黄河说。

突然，冯天亮像发现新大陆一样喊道："大家快看，志开不仅脸蛋好看，皮肤光滑，胳膊腿儿也一样细腻，这皮肤比女孩儿还香嫩，秀色可餐啊！以后咱们就叫他'小白胖'！"

"对，'小白胖'！志开是我们最小的兄弟，要重点保护！"

"白面书生，女人最爱！"

周志开脸涨得通红。

"人家长得就是比我们帅！本来是要当明星的。如果不是救国，会跟我们这些粗俗人在一起？冯天亮，志开虽然皮肤白，但比你有男人味，你看，他小腿多发达，腿肚子都是腱子肉！就你那芦柴棒体形，扔给狗都不吃……"刘孟晋还没说完，大家哈哈笑起来。

冯天亮不服气，索性脱下裤子亮出黝黑的小腿，故意绷紧腿肚子，"我虽然瘦点儿，但也都是肌肉，这颜色才有男人味儿！"

这天一大早，周志开和学员们接到任务，到营区训练基地锄草去。大家分成几个小组，展开锄草竞赛。周志开正锄着草，突然，草丛爬过一条蛇，周志开惊叫了一声"蛇！"赶紧后退几步。旁边的冯天亮见状，一个箭步冲上前将蛇捉住，缠在胳膊上，故意在周志开眼前一晃，周志开禁不住"哆嗦"一下儿。

"八弟，就你这样子，一条蛇都把你吓成这样，还想开飞机上天打鬼子？"冯天亮不屑地说。他走到营房墙角处，将蛇放生了。

周志开沉默了，他知道冯天亮说得对，自己胆子确实太小了，以前连踩死个蚂蚁也总感觉心里过意不去，这种心态怎么能上战场？片刻，自尊心很强的志开说："我小时候也捅过马蜂窝的……""敢捅马蜂窝？就你这胆儿……"冯天亮摇着头说。

由于周志开年龄最小，胆子也小，皮肤白嫩，像个书生，"小白胖"这个绰号很快在战友中间叫开了。冯天亮不仅胆子大，而且调皮机灵，刘孟晋给他起绰号"木乃伊"也在战友中间传开了。冯天亮对此并不介意，每逢有人喊"木乃伊"，他总是爽快地答应着。周志开则不然，他讨厌"小白胖"这个称呼，为了把自己的皮肤晒得黄些、黑些，他经常利用别人休息时跑到烈日下拔军姿，一站就是半个小时。可是奇怪得很，周志开皮肤尽管晒破了，过了几天，他的脸、手、身上，依然保持白皙颜色。

冯天亮见周志开性格细腻，胆小像女孩儿一样，他经常逗周志开，刘孟晋、全抗日总是像老大哥一样打抱不平。

晚饭后，学员们训练结束回到宿舍，大家自由聊着。冯天亮见刘孟晋、全抗日都出去了，又将话头转到周志开头上，说："'小白胖'，你如果当电影演员最适合演美女，恐怕男人抢不过来！"

"来一段'牛郎织女'鹊桥相会吧，'小白胖'演织女，'木乃伊'演牛郎！"江南说。

"来什么'鹊桥相会'？我俩直接入洞房吧，让我尽情享受一下儿'小白胖'这如玉般的'胴体'……"冯天亮闭着眼睛喊道。

"我也想欣赏'小白胖'玉体呢！"

"那好，咱们把'小白胖'扒光，一起欣赏……"

大家跟着起哄，说着几个人上前要动手。

周志开红着脸说："几位哥哥，玩笑有点儿过了……求哥哥们不要取笑弟弟了！这样，我和六哥比试一下对对子，三次对不上来算输。"

"那可不行！对对子那是地方大学生的把戏，我们军校学员要来实际的！我和志开比试掰腕子，谁输了自己脱光！"冯天亮急忙说。

"掰腕子也行！"周志开信心十足。

"好！说话算数！"冯天亮说。

"决不反悔！"只见周志开卷起袖子，将攥紧的拳头舒展开，说道，"来吧！"

冯天亮根本没把周志开放在眼里，轻蔑地说："我用左手吧，否则说六哥欺负兄弟了！"

"哼！一会儿让你用双手！"周志开镇定地说。

两人在战友加油起哄声中用力掰起了手腕。时间不长，冯天亮咧起嘴，额头冒出汗珠。周志开面不改色，渐渐将占上风，看到冯天亮很吃力，他轻松地说："六哥，你可以用双手掰！"

冯天亮低估了周志开的力气，他顾不上那么多了，以双手想扭转危局，但最终还是被周志开掰倒。

"'木乃伊'这回栽了，赶紧'春光乍泄'吧！"

"真扫兴，谁想看黑不溜秋的'木乃伊'。"

"是啊，看了想吐！"

冯天亮好不尴尬，他狡辩说："我晚上没吃饱……"

"算了，都是玩笑，别当真！"周志开微笑着说。

这时，刘孟晋走进宿舍，了解情况后笑着说："这下服了吧！你们不仅低估志开的力气，而且低估他的意志！"

大家面面相觑，此后不仅冯天亮有所收敛，其他战友再也不敢小瞧周志开了。

周志开虽然挽回了面子，但并不开心。他经常一个人跑到训练场苦练，别人休息他在跑步，别人玩麻将打扑克，他做器械或徒手训练，阳光下练，月光下练，甚至晚上睡觉前，他也要连续做二百个俯卧撑，二百个仰卧起坐，直练得腰酸腿痛。

晚饭后，周志开、孙承宏从各自编队来到操场会合，一起散步，孙承宏问：

"这日子你过得惯吗？"

"对于我的第一个梦想是不习惯的。"周志开坦率地说。

"你第一个梦想还是做电影明星吗？"

"当然。"提到做明星，周志开还是有些纠结。

"我觉得若是咱们能学成飞行，像美国的林白，像我们中国的孙桐岗，不是比明星名气更大吗？"

孙承宏十八岁，比周志开大两岁，他以长兄和老乡的资格劝慰道。周志开心想，孙承宏说得有道理，如果学飞成功，成为一个著名航空专家，这还比较踏实一点儿。不过，有同学告诉他说，将来一百人只能四十人学飞成功，那六十人必须淘汰掉。

于是，周志开问道："你知道将来准能学成飞吗？他们说，一百人中有六十人要在中途淘汰出去的。"

"我也听到此说。不过，我们已经入伍了，既来之，则安之！再说你智商高，身体棒，好好学，总可以学得成的。"孙再次安慰他说。

"战友关系处得怎样？"

"挺好的，当然，大家来自全国各地，饮食、习俗、方言都不同，文化素质参差不齐，要多包容，以诚待人，靠实力赢得尊重。"周志开感慨地说。

"你没去你大伯家看看？"

"大伯早已去世了，堂兄也不在了，我不想给他家人添麻烦。"

一个月后，学员们入住"小营"，正式开启军旅生涯。

午后，传来集合哨声，有人喊道："马上集合，到操场接受教官训话！"

学员整齐排成二十列纵队，教官站在队伍前，嘹亮地喊着口令："稍息！立正！"

"大家好！"

"教官好！"

"我姓李，今后是你们的训练教官！贪生怕死毋入斯校，升官发财勿入此门！你们这批航空学员属于中央航空学校第七期，一共三百人，是从全国各地经过严格选拔招录的，文化高、体格强。你们抱着航空救国的梦想，能考入这里可谓过五关、斩六将，百里挑一，沙里淘金，一定要珍惜！经过一个多月的准军事训练，今天起开始踏上真正的军旅生涯！本科分初、中、高三级，初、中级班学习基本飞行，高级班专习驱逐、攻击、侦察及轰炸飞行。你们需要在这里进行为期一年的淬火磨砺，初级班培训考试合格后才能升入总校中高级班继续深造，中高级班培训成绩合格，最终成为一名飞行员！期间需要层层淘汰！你们不仅要具备视死如归的精神，还要拥有现代科学知识和机敏的驾驭能力。这里是你们成为一名合格飞行员起步的地方，要洒满汗水、血水。你们要接受高空心理素质考验，要在恶劣环境中挑战体能，武术格斗、滚环、登云梯、二十公里耐力跑……都将成为你们的日常训练，谁叫苦喊累，马上遣送回去！千锤百炼，为了你们早日成龙，一飞冲天！"

周志开注视着这位李教练，身体壮硕，威武严峻，不苟言笑。

冯天亮窃窃私语，说："嘿，遇上个活'阎王'，以后有好日子过啦……"

"木乃伊，别牢骚！小心'阎王'惩罚你！"身边的全抗日提醒道。

李教练瞪着眼睛喝道："左排第二个第三个列兵出列！报上名来！"

"报告教官，我叫'木乃伊'！不对！我叫冯天亮！"

"报告教官，我叫全抗日！"

冯天亮一着急顺口喊出自己的绰号，顿时引起一阵笑声。

"名字有何解释？"

"报告教官，立志抗日救国，所以改名全抗日！"全抗日高声喊道。

"报告教官，我妈天亮时生的我，'木乃伊'是我的外号！因为我想将来永垂不朽，所以他们叫我'木乃伊'！"冯天亮的回答又一次把大家逗笑了。

李教官继续绷着脸喝道："把你们在队伍中的悄悄话重复一遍！"

"我说：严是爱，教官您对我们太好了！"冯天亮抢着说。

"好，让你们先品尝这道'爱'的大餐！每人围着训练场跑二十五圈！"

"啊？"冯天亮一伸舌头，不禁吐出两个字，"魔鬼……"

李教练指着冯天亮说："对，魔鬼盯上你啦，再加二十五圈！"

冯天亮心中暗暗叫苦，只好硬着头皮与全抗日一起跑起来……

李教练继续训话。

"军人，必须绝对忠诚！绝对勇敢！现在你们是羊，我要把你们训练成狼，释放你们的血性，捍卫国家的领空！有没有信心？"

"有！有！……"大家异口同声地喊着！然后，学员们开始结组训练搏击对抗。

冯天亮、全抗日两人围着训练场跑着。渐渐地，全抗日将冯天亮落下，提前完成二十五圈耐力跑。训练场上只剩下冯天亮一个人枯燥地跑着。

李教练喝道："冯天亮若不能在规定时间跑完再加一百个俯卧撑！"

"真是个'阎王'！"冯天亮心中骂道，但没办法，只好加快步伐。跑到最后 1 公里，冯天亮实在跑不动了，他速度越来越慢，似乎想放弃。

"跑不下来，马上退回原籍！"李教练吼道。

周志开看在眼里，他知道李教练说到一定能做到，不禁为冯天亮捏把汗。于是，他冲到跑道前，喊道："天亮哥，加油！跟着我跑！"

在周志开带跑鼓励下，冯天亮终于跑完了五十圈，足有二十公里，但时间超了。冯天亮累得气喘吁吁，差点儿趴在地上。

大家纷纷替冯天亮求情，不要再做俯卧撑了，李教官不准，"一个不能少！"

冯天亮使出吃奶的劲儿，痛苦地做着俯卧撑……

周志开跑到李教官前，立正敬礼，说："报告教官，训练强度要循序渐进，天亮体质弱些，他会吃不消的！再说，他也没犯什么大错误，为什么如此惩罚他？"

"少啰唆！"

"我愿替他受罚！"周志开高声说。

李教练打量一下周志开，不禁暗暗称道，这小子长得太帅了，两道剑眉，双眼炯炯有神，对待战友还挺讲义气。

"你叫什么？"

"我——周志开！"

"刚才是你带他跑？"

"是的！"

"为什么？"

"我们是一个宿舍战友，八位英雄好汉一个不能少！"

"假如面对敌人射向战友的子弹，你也要替他挡吗？"

"挡！掩护战友，死而无憾！"

"说得好！冯天亮一百个俯卧撑继续！周志开二百个俯卧撑，开始！"

"是！"周志开弯腰俯身，一边做着俯卧撑，一边鼓励冯天亮坚持。周志开神态自若，动作标准流畅，很快在战友加油声中完成了二百个俯卧撑。然后站起身汇报："报告教官，列兵周志开完成二百个俯卧撑！"

李教官被周志开的娴熟动作与坚韧气质深深折服了，心想，总算物色到一个好苗子。

"好！周志开归队！"

冯天亮龇牙咧嘴地做完一百个俯卧撑后趴在地上了……

晚上，冯天亮躺在床上"哎呀哎呀"地叫着，骂着李教练："我咋这么倒霉啊！这个'李阎王'真是害死老子啦！老子明天就离队，不遭这罪啦！"

"都怪你那张破嘴，话总是那么多！这回长教训了吧！"刘孟晋幸灾乐祸地说。

这时，周志开打来一盆温水，"六哥，我帮你揉揉腿脚。"

说着，他将冯天亮红肿的双脚泡进水中，耐心地帮他按摩着。

"还是八弟心眼儿好，患难见真情啊！"冯天亮感激地说。

周志开问："六哥，不要客气。我们为啥要当兵？"

"打鬼子啊！"

"小鬼子的体能素质、军事素质非常高！平时多流汗，战时少流血。李教练要求严格，他是对的！训练看似残酷，但只有这样，将来战场上才能减少牺牲。你起初不是说我细皮嫩肉禁不起摔打吗？我都能坚持你为啥不行？再说，军人要勇于血洒战场，就是倒下也要保持冲锋的姿势！如果做一个逃兵，那将是终生的耻辱！"

周志开一番话，说得冯天亮心服口服，他说："志开，你心肠太好了，懂得也多，我真该死，以前做了很多对不起你的事。"

"没关系，你那也是在激励我嘛。其实，我缺点也不少，有时胆子太小……还需要你帮我壮胆呢！"

"好兄弟……"冯天亮握着周志开的双手说不出话来。

严酷的训练开始了，烈日当头，狂风迎面，每天学员们在铿锵的校歌中摸爬滚打，苦练杀敌本领。"得遂凌云愿，空际任回旋，报国怀壮志，正好乘风去，长风万里，复我旧河山。努力！努力！莫偷闲苟安，民族兴亡责任，待吾肩！须有牺牲精神，凭展双翼一冲天！"

"小白胖"的绰号本是战友们对周志开的亲昵称呼，但倔强的周志开始终觉得有一丝难堪，他认为这是自己柔弱的体现，必须实现脱胎换骨的蜕变，破茧成蝶。周志开要让战友们看一看，自己不仅是一个精兵，而且是最出色的飞行员。于是，他经常额外给自己"加餐"训练。每天早晨，周志开总要提前起床一个小时，来到训练场上拉单杠，直练得双手磨出老茧，胳膊上划出道道血痕。等战友都到齐了，他继续参加集体训练。滚圈训练心理素质，他特意要求战友加快旋转速度，从器械上下来，他被转得直想吐。为了训练胆量，大卡车开过来，他睁大眼睛坐在路面上，然后迅速躺下，盯着大卡车从身上驶过……周末清晨，战友们经历一周的魔鬼训练，终于可以舒筋展骨地睡一个懒觉了。天刚蒙蒙亮，周志开就沿着训练场不停地跑着，一跑就是二十公里。寒冬跑步，气候干燥，他嘴唇裂开，鼻孔出血，眉梢眼睫上挂满冰花，视线模糊，但他依然坚持奔跑。衣裤被汗水浸湿后冻得硬邦邦，他索性脱下长裤，穿着短裤继续跑，寒风吹来，脸上、两腿刀割一样痛，他根本不在乎。盛夏三伏天，暑气熏蒸，他干渴难耐，浑身湿透，如水里捞出来一样，但他像"夸父追日"一般，宁可"道渴而死"，不坚持跑完二十公里，绝不喝一口水。

宝剑锋从磨砺出，梅花香自苦寒来。周志开刻苦训练换来一身铁骨，他很快脱颖而出，别看年龄最小，每次训练科目考核他总是拿第一，各科成绩出类拔萃，他被战友们一致推选为学员队小队长。

周志开个头也在猛长，一年时间，他的个头接近一米八，磨炼出傲人的体形，胸肌健硕，腹肌块垒分明，浑身上下洋溢着一股男子汉的阳刚味道。在战友眼里，他不再是需要大家照顾的书生"小白胖"了。

这天傍晚，周志开与老乡孙承宏一起约好到操场上散步，周志开来到孙承宏身边，孙承宏还在左顾右盼等人。

"看什么，我在这里！"孙承宏揉了揉眼睛，吃惊地说："你是志开？几个月不见，这个头比我高半头，我都认不出来啦！"

"吃得多，练得紧，个子确实长上来了！可光有傻大个儿有啥用？"周志开谦虚地说。

"志开，你知道吗？教官经常在我们队表扬你呢！大家私下送你雅号，你知道叫什么吗？"

"还不是'小白胖'？"

"不是！大家称你为'周一帅'！大中桥好汉第一帅哥！"

"这副皮囊是父母给的，男人不能靠相貌吃饭！将来浴血长空捍卫国家领空，成为王牌飞行员那才叫帅呢！"

"听说评上王牌飞行员太难了，需要单机击落五架敌机才行！"

"我的目标绝不是五架！"

"我相信你！志开，有同学说，将来我们也许被安排去剿共？"

"日寇亡我中华狼子野心昭然若揭，为什么还要自相残杀？我们从军报国绝不是为了同胞自相残杀！"

"可军人服从命令乃天职！"

"我自小受儒家文化熏陶，崇尚'仁'与'和'，长辈和师长教导我要以德为首，心中有爱，克己正身，承担社会责任，我不能违背内心初衷……"

"志开，你跟我说的话千万不要跟别人讲，以后公开场合莫谈政治。"

"好！谢谢孙哥提醒。我很快就要第一次单飞了，不过心里还是没底。教练带我时也指出我的弱点，我虽然不怕苦，但有点儿胆小。你知道，我是从来不杀生的，真不知道怎样面对战场上那些血腥场面！"

"你心地太善良，可战场凶险，你错过杀敌机会就可能被敌人杀掉，我也担心你会因此吃亏！不过，我相信你，其实你并不怕死，而且很有血性，也有韧劲儿，心细，技术又好，一定会成功的！我们一起加油！"

"谢谢鼓励！加油！"两人互相勉励着。

这天，李教官带领学员们尝试空中跳伞。蓝天上飘浮着朵朵白云，周志开第一次跳伞，心里还是有些紧张。他默默温习着早已熟记于心的技术要领。然而，当他站在飞机舱口时，在强大气流冲击下，他不自觉地倒退半步，几十秒胆怯后，身后的李教官毫不留情地一把将他推出舱口。飘在空中，周志开的胆怯似乎被风吹跑了，他熟练地按照李教官平时训练要求逐一操作着，顺利落了地。

落地后，刘孟晋、全抗日跑过来说："祝贺志开成功！"周志开却高兴不起来，他说："我是被教官推下来的，胆量还是不足。"

"没关系，下次就好了！我们也都是被李教官踢下来的！"

"我是小队长，必须做出表率！这是我的耻辱！"

周志开不能原谅自己的胆怯，他笔挺地伫立良久，一脸凝重，眺望着远方的天空。

教官办公室，李教官单独找周志开谈心，帮他寻找克服心理素质差的办法。

"志开同志，你的执着韧劲与要强心非常可贵！拥有一名军人不怕苦不怕牺牲的精神品质，但仅仅做到这一点还是不够的。不到万一，不牺牲自己又能完成任务，这需要有一流的技术和临危不惧的胆识！你要进一步强化技术训练，培养沉着冷静的心理素质，像练功一样，学会心如止水，达到无我境界，这样胆怯心理自然会消除……"

李教官的一席话，点拨周志开埋在内心深处的纠结，他豁然开朗了。在李教官指导下，周志开在提高心理素质和技术上不断下苦功夫。然而，更大的考验还在后边。当时，中国空军异常简陋，飞机主要靠从世界发达国家购买，供应短缺，而且，购买的飞机缺乏完善的通信及导航设备，主要靠地形地物来辨识方向。学员进行单飞训练面临的难度可想而知。

这天，周志开第一次单飞，他在全年级学员中第一个被安排单飞，战友们羡慕不已。周志开兴奋得早早起了床，"只许成功，不许失败！"他心中默念着。

吃过早饭，周志开来到训练场，深秋的天空蓝得沁人心脾，李教官安排地勤人员在机场布置好号旗，并向周志开反复交代飞行路径与关键操作要领，最后，他拍了拍周志开的肩膀说："别紧张！"

"报告教官，保证成功！"这时，航校分校区队长、全体学员都来到训练场。一切准备就绪，周志开迈着矫健步伐从容登机，他向大家敬了一个标准军礼，稳稳坐进机舱，熟练地扣上保险伞，双眼注视前方做好起飞准备。伴随指挥塔一声令下，在"隆隆"的轰鸣声中，周志开驾驶战机徐徐上升，瞬间飞出人们视线，冲向蓝天。

空中，周志开两眼紧盯着机上各种仪表和前方空域，熟练地操作着，完成一个个规定动作。地面上，队长和李教官会心地笑着，悬着的心放了下来。观摩的战友们不约而同地鼓起掌来。根据地面号旗，周志开完成飞行轨迹，按预定方案返航！最终平稳驾机落在跑道上。战友们立刻围上来，将周志开从驾驶舱拉出，然后抬起来，做着上抛动作……

　　这次单飞成功，极大增强了周志开的信心与勇气。他不仅在第七期学员中第一个单飞成功，而且初级班综合考试中也取得第一名成绩，顺利升入中央航空学校杭州校本部中级班。在周志开的带动下，冯天亮、刘孟晋等同宿舍七人也升入中级班。

 # 四　烈火磨炼英雄胆

这天正午，周志开等大中桥升入中级班的学员们在李教官带领下，从南京乘车来到中央航空学校。航校坐落在杭州市东北郊区笕桥，一座古老的小镇。学员们刚下车走进学校大门口，就被校内一块铜铸碑座石刻吸引了，上面刻着两行大字："我们的身体、飞机和炸弹，当与敌人兵舰阵地同归于尽！"

李教官介绍说："这就是我常跟你们讲的航校校训，以后你们会逐渐领悟到其中的含义。"

周志开默默念着，心中涌起从没有过的悲壮感，他清楚，这既是校训，也是一个空军战士必须坦然直面的归宿。

当天下午，中级班学员接受训练营队长训话。走上前台的是一位独臂将军，他叫石邦藩，在"一·二八"淞沪战役中失去左臂。石邦藩还没开口，学员们就窃窃私语起来。

"这位看起来不简单！"

"肯定是战斗英雄！"

"对，据说每次新生来了，他都负责讲第一课。"

…… ……

"大家好！恭喜你们顺利通过初级班考核。我叫石邦藩，是你们中级班、高级班的训练营队长。你们的成绩属于过去，新的挑战即将开始！中级班训

练半年后成绩合格就能升入高级班，不合格则被淘汰，前几期考入飞行科的，淘汰率约在 30% 以上。经过数个阶段飞行训练评估，凡是体格状况、反应速度及情绪管理不合格的学生，都会被淘汰！你们一定要负重加压，艰苦训练，争取进入高级班，早日成为一名合格飞行员！有没有信心？"

"有！"学员们齐声喊道。

"风云际会壮士飞，誓死报国不生还！"

学员们的呐喊声久久回荡在校园上空。

晚饭后，周志开回到宿舍，冯天亮说道："上有天堂下有苏杭。志开，杭州太美了，咱们趁训练还没开始，逛逛杭州城，欣赏夜景……"

"不行，你没听石队长说吗？中高级班淘汰率依然很高，我们要抓紧时间训练。趁晚上休息，把飞行科目理论教材熟悉一下吧。"

"哎呀，训练训练，跟到西天取经似的，哪里是个头儿？我们要学会苦中寻乐，自我解脱一下嘛！"

"我们就是要拿出唐僧师徒西天取经的韧劲儿，只有历经八十一难才能翱翔长空修成正果，决不能半途而废！"周志开认真地说。

刘孟晋也说："'木乃伊'，没有志开帮忙，你早就淘汰出局啦！听志开的话，赶快准备训练吧，这里竞争压力更大！"

见没人响应，冯天亮不吭声了。

第二天，航校举行中级班开训典礼。校长黄光锐说："同学们好！值此国家用人之际，你们经过层层选拔接受中高级训练，非常难得！大家可谓精英中的精英！切记，我们空军是国家的军队，只可以对付敌人，不可以对付同胞，杀人只能在战场上，不能滥施胡为……"

台下，周志开认真听着黄光锐的训词，不禁暗暗称赞他的大格局。

宿舍里，战友们谈着时局。

全抗日说："国内形势日趋严重，看来日本侵略者要把华北变成另外一个'满洲国'！"

李壮飞说："小日本区区一个岛国，我认为倭国没这个实力！"

黄河说："对，我们这么大一个国家，还怕他小日本？据说日本人长得像倭瓜一样，战场上我一脚就把他们踢趴下！"

江南说："国家现在真是内忧外患，政府要求我们'攘外必先安内'，只有解决好内部问题，才能更好对付小日本！"

周志开听了大家的议论后，平静地说："我们万不可轻视日本！这个国家实力强，侵略成性！日本根本目的不是侵占东北、华北，他们必将侵略整个中国！而且是全方位的，包括军事、政治、经济、文化等各种手段。中日之间迟早会爆发一场恶战，全国同胞应该团结起来一致对外……"

听着周志开的分析，战友们赞许地点点头……

航校中级班的训练显然比南京训练还要严格，好在大家经过初级班的摔打磨炼，也渐渐习惯了。周志开尽管年龄最小，因其技术过硬，经常辅导同期学员。每次学员有问题，他都有求必应，给大家留下随和助人的印象。中级班训练科目不仅数量多而且内容难，更接近实战，在紧张训练生活中，不管训练多累，周志开养成了写日记的习惯，他总是及时整理当天的训练学习体会，然后抱着航空学等方面的书研读。而且，周志开喜欢整洁，他经常一个人将宿舍打扫得干干净净。训练结束，必须冲个澡。晚上睡前，总要泡脚。

起初，冯天亮、江南看不惯，认为周志开有洁癖。

"志开，你跟个女人似的，假干净！"

"志开，这点你确实不像男人，男人就该不修边幅嘛！"

周志开微笑着说："衣冠不整何以修身？一屋不扫何以扫天下？我像不像男人咱们训练场见！"

冯天亮、江南理屈词穷。

突然，冯天亮献殷勤地说："八弟要是女孩儿就好了，我一定娶你！"逗得大家哈哈大笑。

刘孟晋说："'木乃伊'，你别癞蛤蟆想吃天鹅肉了！就你这瘦骨嶙峋脏兮兮的样子，哪个女孩儿敢嫁给你？！"

江南也插科打诨："'小白胖'这皮肤比女孩儿还光滑细腻，确实人见人爱！"

周志开脸腾地一下红了，说："求七哥别叫我'小白胖'了……"

大家又一阵哄堂大笑。不过，在周志开带动下，刘孟晋等人开始你追我赶，成绩明显上升，而且寝室整洁有序。

周志开精读飞行学、航空战术、航空仪器等理论科目，历次文化课考试的成绩总是优秀。他一如既往地保留南京时训练的劲头，不断发现并克服身上的弱点，实践操作技术过硬，每次受训成绩也是优秀。周志开不仅令同学们叹服，石邦藩也对其刮目相看，他发现这个学员乍一看给人书生印象，但仔细观察，不仅体格健壮，而且头脑灵活，善于思考。于是，石邦藩多次单独辅导周志开，周志开的飞行技术进一步得到提升。

周志开每天与战友训练之余，密切关注着时局。校园内经常传来歌声，有昂扬激越的空军军歌："尽瘁为空军，报国把志伸，遨游昆仑山，俯览太平洋滨。看五岳山川，雄关要塞，美丽的锦绣河山，辉映着无敌机群……"也有悲怆的救亡歌曲《松花江上》："我的家在东北松花江上，那里有森林煤矿，还有那满山遍野的大豆高粱……"周志开听得热血沸腾，他恨不得马上驾机腾空，赶走东北和冀东老家的小鬼子。

傍晚，周志开在宿舍认真研读《空中战术》，全抗日拿着报纸跑进来，喊道："志开！西安事变和平解决了！国共两党结成抗日统一战线！"

"终于盼到这一天啦！度尽劫波兄弟在，相逢一笑泯恩仇。国共两党合作御外辱，此乃民心所向！这下我们可以全力以赴打鬼子啦！"周志开兴奋地说，"走，咱们喝两杯，庆祝一下！"

周志开、全抗日两人来到小酒馆，点了俩菜喝起来。这是周志开首次喝酒，喝到尽兴处，两人一起唱起《救国军歌》："枪口对外，齐步前进；不伤老百姓，不打自己人……"

周末，周志开与刘孟晋、全抗日、冯天亮等八兄弟身着便装上街，他们专程来到西湖栖霞岭南麓岳王庙拜祭岳飞。从航校到岳庙，需要先乘火车到杭州市区，然后再换乘去栖霞岭的车。

在岳王庙，与战友们轻松游览不同，周志开每到一处都驻足凝视，表达对岳飞的崇敬之情。在岳飞雕像前，周志开叩拜后，默念《满江红》："怒发冲冠，凭栏处，潇潇雨歇。抬望眼，仰天长啸，壮怀激烈……"他久久不愿离去。

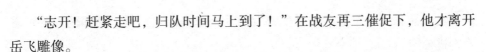

"志开！赶紧走吧，归队时间马上到了！"在战友再三催促下，他才离开岳飞雕像。

周志开等人要了两辆黄包车，车夫将他们拉回市区。街头上，人来车往，商贩吆喝声此起彼伏。八个人刚下车，一位老人拄着拐杖端着一个大海碗颤巍巍地走过来，身边跟着一个瘦骨嶙峋的孩子，老人说："几位先生，行行好吧，我们爷俩从安徽逃荒到这里，两天没吃东西啦……"

"走开！我们没钱！"江南喝道。周志开停下脚步，在衣袋里摸了摸，掏出几个铜板，递给老人："大爷，您和孩子买点儿东西吃吧！"

"谢谢先生，您真是我们的救命恩人啊！"说着，他领着孩子"扑通"一下给周志开跪下了。周志开赶紧将老人扶起来，说道："大爷，这可使不得！"

老人千恩万谢走开了，看着老人和孩子远去的背影，周志开心里很不是滋味。

这时，又一个孩子跑过来，抱着周志开的大腿说："叔叔，我饿，救救我吧……"

周志开俯下身子，将口袋里最后一个铜板塞到孩子手里，嘱咐说："去小摊买个馒头吃吧……"

孩子站起身跑开了。

"志开，你太天真了！这年头兵荒马乱的，街头乞丐多的是，我们这点可怜的津贴根本救不过来！"江南说。

"能救一个算一个吧！唉，我们国家什么时候才能远离战火？百姓何时不再流离失所呢？"周志开感慨地说。

这时，李壮飞发现冯天亮不见了，问："天亮呢？"

"他最后一个下车，刚才还在身后。"

"天亮！天亮……"大家开始四处寻找。

原来，冯天亮下车后，被一个擦肩而过的妙龄女孩儿吸引住了。女孩儿亭亭玉立、楚楚动人，无意识瞥了冯天亮一眼，冯天亮的心立刻莫名其妙地一通乱跳。于是，他悄悄尾随在女孩儿身后，想知道女孩儿是哪里人，进而取得联系。冯天亮跟随女孩儿来到一所大学校门口，他刚想走过去与女孩子搭腔，这时，只见一个男生跑过来，喊道："宝贝，你上街怎么不叫我陪你？

真担心你跑丢了！"说着，男生将女孩儿抱起来亲热一番，随即两人手牵着手走进校园。

看着两人的背影，冯天亮摇头叹息："哎，名花有主喽！真羡慕这小子……"

冯天亮失魂落魄地往回走着，正赶上兄弟们在满大街寻找他。

"天亮，你怎么一个人跑到这里来了？"李壮飞问道。

江南看到他丢了魂的样子，笑着说："还用问？被女生迷住了呗！失落了吧？"

"我们航校连个饱眼福的女生都没有……地方高校男生太幸福了，身边美女如云……"冯天亮带着醋意说。

"杭州街头漂亮女孩多的是，不过，你那黝黑的皮肤少了竞争力。这事，得求八弟，让他把人吸引过来，然后慢慢介绍给你。"江南挖苦说。

"七哥，你说什么啊？"周志开红着脸说。

"归队时间快到了，我们赶快回校吧！"李壮飞说。

八个人有说有笑向火车站走去。

晚上，周志开与冯天亮轮值岗哨，下岗后已经是后半夜了。走在校园甬路上，冯天亮眼前禁不住又浮现出白天街头偶遇的女孩儿。

"志开，说心里话，我满脑子都是那女学生的身影……太遗憾了，没能跟她搭上话……你说我还能再见到她吗？"

"那得看缘分。缘分不到，何苦太急？"周志开笑着安慰说。

"我特别羡慕你和大哥，大哥已经有女友，很快就会结婚。你实力超群，随时可以挑选一个心上人。"

"我有什么实力？爱情要彼此吸引，需要缘分。大哥结婚恐怕不现实，别说学员不允许，就是毕业成为军官，也得等到28岁才能结婚，这是空军规定。"

"什么狗屁规定，等老子28岁不知死几次了，还结什么婚啊！"

周志开沉默了，片刻，他说："别急，等航校毕业了，我帮你物色一个……现在我们要集中精力刻苦训练，学好本领，万不得分心。"

回到宿舍，大家早已入睡。两人悄悄上床，睡在大铺靠墙角处。一会儿，冯天亮传来轻微的鼾声。不知为什么，周志开却怎么也睡不着了。突然，冯天亮踢开被子，将右胳膊和大腿搭在周志开身上，嘴里念叨着："姑娘，我喜欢你……跟我走吧！"

周志开吓了一跳，仔细一看，原来冯天亮在说梦话，还沉浸在白天街头暗恋女生的情景中。周志开不忍叫醒冯天亮，轻轻挪开他的胳膊和腿，帮他盖好被子。

夏日，周志开进行中级班科目考核，他再次驾机单飞。飞机翱翔在蓝天上，周志开熟练操作着，透过机窗，周志开从空中饱览祖国壮丽河山，想起东北、华北锦绣山河被日军蹂躏，顿时感觉身上沉甸甸的，自己生命变得微不足道了……

由于战机是从德国买回来的旧飞机，性能极差，周志开返航途中，机箱突然漏油。周志开首次空中单飞遭遇事故，飞机没有通信设备，无法请示地面得到教官指导。瞬间，周志开额头冒出冷汗，他深知如果处理不当，可能造成机毁人亡！"镇定！还没打鬼子呢，我不会死的……"周志开深吸一口气，自我安慰着……他想起李教官平时训练关于应急处理空中遭遇突发事故的嘱咐：一定要及时跳伞！"保住战机，不到最后关头不能放弃！"周志开暗下决心。此刻，油已经漫过周志开的脚面，他又做了几次深呼吸，很快镇定下来，沉稳地操作着，保持飞机平稳运行。

训练场上，李教官突然发现周志开驾驶的飞机机身冒起了黑烟，他大惊失色，立即发出"立即跳伞"的信号旗语。顿时，训练场上所有人都慌了。

空中，周志开隐约发现李教官发出跳伞的指令，但他还是决定挽救战机。周志开凭着熟练高超的技术，调整飞机飞行速度，渐渐地，冒着烟的飞机飞到训练场正前方，并打出按原计划降落的号旗。关键时刻，李教官相信周志开的判断，打出回应号旗，同意降落。

终于，周志开驾驶战机平稳地降落在跑道上，战友们急忙冲上前将黑烟扑灭，战机完好无损。

周志开跳出舱，李教官吼道："你不要命啦！为何不跳伞？"

周志开立正敬礼，随即解释说："报告李教官，我判断可能是发动机油路漏油引起着火，只要沉着应对，切断油路，即使飞机熄火，也能滑翔迫降。

我们的飞机太少了，摔毁一架损失太大！"

"你要是有个三长两短损失更大！"

"我这不是挺好嘛！再说作为小队长，我应该给大家做好榜样！"周志开微笑着说。

李教官用拳头捶了周志开胸前两下，说："你这倔小子，我真是低估你了！"

"李教官过奖，感谢您今天对志开的信任！感谢您多年对志开的栽培！"周志开敬了个礼。

中级班各项考核科目结束，周志开又以优秀成绩升入高级班。一般来讲，通过中级班考核，淘汰的威胁就不存在了。在周志开帮助下，刘孟晋、冯天亮等大中桥 115 宿舍兄弟都通过考试，顺利升入高级班。大中桥最初学员经过淘汰，一共保留 88 人。高级班培训一年毕业后，学员们就可以到空军见习，成为真正的飞行员。

周志开升入高级班后，由于他学科基础好，飞行技术高，为人沉默、细心，被分到侦察科。学了一个月，周志开觉得侦察科的主要任务是悄悄出动搜集敌情，遇到敌机，只有挨打，没有攻击主动权，不易发挥自己格斗的长项，他想与日军战斗机正面交锋。

傍晚，老乡孙承宏与周志开一起在训练场散步。

"志开，我听说飞侦察机不容易有立功的机会。你飞行技术这么好，我觉得该飞轰炸机或驱逐机。"

"我不想飞轰炸机，不愿看到活生生的人被炸得支离破碎的惨景……我觉得最好飞驱逐机，像一个搏击运动员一样与对手进行对抗。不过，驱逐科竞争太激烈。"

"你实力绝对没问题。需要个人提出申请。"孙承宏说。

"好，我争取一下儿。"

第二天，周志开向学校递交了飞驱逐机的申请，很快得到批复，周志开改入驱逐科学驱逐飞行。入高级班学驱逐后，主要进行攻击等实战技术训练，周志开对自己更"狠"了，他做了两架飞机模型，其中一架是日本驱逐机。

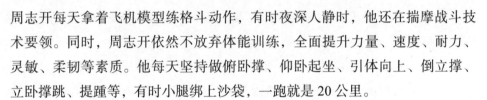

周志开每天拿着飞机模型练格斗动作，有时夜深人静时，他还在揣摩战斗技术要领。同时，周志开依然不放弃体能训练，全面提升力量、速度、耐力、灵敏、柔韧等素质。他每天坚持做俯卧撑、仰卧起坐、引体向上、倒立撑、立卧撑跳、提踵等，有时小腿绑上沙袋，一跑就是 20 公里。

周末傍晚，周志开与全抗日、冯天亮等做完技术训练回宿舍，途经学员食堂，炊事员老李正在捕捉一只四处乱飞的大公鸡。

"同学们，今天晚上炖鸡肉犒劳大家。不巧，这只鸡刚从鸡笼跑出来，快帮我逮住它！"

在周志开等人帮助下，老李捉住大公鸡，准备屠宰。冯天亮知道周志开胆小，有意试探一下，他故意说："李师傅，我们好事做到底，帮您把这只鸡宰了吧！"

"太好了，厨房里的活儿正忙不开呢，谢谢你们……"

说着，老李将鸡和一把厨刀递给冯天亮。冯天亮接过刀具和挣扎的大公鸡，递给周志开，说："志开，看你的手艺啦！"

周志开连忙摆手，"这个我不在行！"冯天亮故意激将说："我的飞天大英雄，连只鸡都不敢杀咋打鬼子呀？"

全抗日也笑着说："志开，试试吧。"

周志开脸有些发烫，说："我长这么大没杀过生……"

"志开，你就把它当成小鬼子练练手嘛……"

周志开接过厨刀，注视着公鸡犹豫许久，不知如何下手，于是，他将刀递给冯天亮，红着脸说："六哥，还是你来吧！"

见周志开再三推托，冯天亮摇摇头，"就你这胆儿，还飞驱逐机呢！来，看我的！"说着，冯天亮手起刀落，照着鸡脖子处砍下去，随着大公鸡惨叫一声，鲜血四溅，鸡头落地，大公鸡摆动一下翅膀不动了……周志开闭上双眼。

随后，冯天亮蘸着温水，开始煺鸡毛。

夜里，周志开躺在床上辗转反侧睡不着，冯天亮讥笑自己胆小的话语，公鸡临死前的挣扎……他内心很纠结，别说杀人，就是杀一只鸡，他确实不忍心，但他明白战场上鬼子杀人不眨眼。训练时，李教练也不止一次批评自己胆小……

"周志开啊周志开，面对残暴的敌人，胆小是懦弱的表现，这样下去永远成不了英雄！"他心里有些自责。

此后，周志开开始有意识训练胆量，他多次现场参观屠宰猪和羊的过程，每逢看到动物被屠宰前的挣扎和血腥场面，周志开心里非常不舒服，甚至多日不吃荤。

这天，周志开和刘孟晋来到学校附近的屠宰场，一个壮汉牵过来一只山羊，壮汉抚摸一番后，山羊十分顺从地卧在地上，望着壮汉。壮汉抽出尖刀，对准山羊的胸膛刺下去，山羊一声不吭地倒下了。随即，壮汉伸手将山羊的心脏掏出来，山羊蹬了几下腿不动了，两只大眼睛还睁着……此刻，周志开眼眶湿润了，他用手擦拭着。

"志开，你怎么啦？"刘孟晋问。

"这只羊太可怜了，那双水汪汪的眼睛分明在哀求人们不要杀它……"

"当今世界就像动物一样弱肉强食，羊太软弱，天生就任人宰割。"

"一个和谐世界，所有的生命都应该得到尊重。"

"你如此多愁善感，又不愿杀生，我看只能去做和尚！"

"我内心确实很矛盾，既想成名，比如做一个明星人物，又喜欢清静独处……"

"你这性格在战场上非常不利，你不杀死对手，对手就要将你置于死地！作为军人，我们要把自己训练成狼，而不是羊！"

"我是属羊的，珍爱世上每个生命。"

"属羊的人也不都像你这样胆怯啊！"

"我同样拥有男儿的血性，只是不愿滥杀无辜……"

返回学校的路上，两人一边走一边争论着。

高级班要求每个学员必须掌握游泳技术。周志开童年虽然跟大哥志宏简单学过游泳，但还是个旱鸭子，只会狗刨，这无疑对他是个挑战。在教练指导下，周志开经常一个人跑到泳池反复训练，认真研究腿部技术、臂部技术、腿臂与呼吸的配合技术。每次训练完，腰酸腿痛，脚踝更是肿痛难忍。渐渐地，周志开掌握了各类游泳技术动作要领。

这天，周志开与全抗日、冯天亮集体训练结束后，三人决定来场比赛。

冯天亮自小在河边长大，游泳技术非常棒，加之体形瘦小，每次学员举行游泳比赛，冯天亮总是摘取第一名，他根本没把周志开放在眼里。岂料，这次三人比赛，长距离短距离，蛙泳仰泳，每个项目冯天亮均落在周志开后面。比赛结束，三人站在跳台上，冯天亮、全抗日累得气喘吁吁，周志开依然面不改色。两人吃惊地看着周志开，仿佛眼前换了一个人似的，心中暗想，虽然朝夕相处，但他根本不是初级班时候的"小白胖"了。

"志开，这么短时间你就破茧成蝶，有什么训练秘诀啊？"全抗日问。

还没等周志开回答，突然，冯天亮像发现新大陆一样喊起来："二哥，快看志开这身腱子肉，太漂亮啦！"

阳光下，周志开浑身皮肤光滑细腻，仿佛涂了油一般闪闪发亮，双肩挺拔宽厚，胸肌隆鼓，六块腹肌凹凸有致，四肢矫健，两条小腿尤其健壮，轮廓清晰的腿肚子隆成球状，跟腱修长……

"啊，这体形简直跟雕塑一样！我明白了，志开成功的秘密就蕴含在他的体形中！"全抗日赞叹道。

"原以为志开穿军装最帅，没想到脱光了更帅！"冯天亮戏谑道。

"肌肉是男人最好的衣服嘛！"周志开笑着说。

"志开是做健美模特的天才，赶紧去拍健美写真吧！"

"杂志刊发能挣不菲的稿酬呢！"

周志开被两人说得脸通红，他迅速穿上衣服。不过，他内心深处涌动着一种自信。

"你们看看我这双手和双脚就知道背后的汗水了。我说过，属羊的男人照样可以磨炼成铮铮男子汉，成为一名合格飞行员。"说着，周志开亮出手掌和脚掌，上面布满老茧和道道血痕。

"志开最能吃苦！惭愧，我白长大块头了。"全抗日说。

"当然，仅有力量还不够，还要注意臂、腿与呼吸配合技术，牢记动作技术要领。如蛙泳腿部口诀：边收边分慢收腿，脚掌外翻正对水，向后弧形蹬夹腿，并拢伸直滑一会儿。"

全抗日、冯天亮认真听着，心悦诚服地点着头。

周末休假，周志开在航校图书馆看到一本《健与力》杂志刊发常年招聘健身模特的消息，条件合格者杂志社不仅免费拍摄健身照片，择优刊发在杂志上，而且提供优厚报酬。

周志开想起冯天亮和全抗日鼓舞自己的话，决定试一试。于是，他身着黄色短袖衬衣和短裤便装，一个人步行数里来到杂志社。周志开敲开杂志社一间办公室的门说明来意，编辑将他领到主编的办公室，主编被周志开帅气的相貌吸引住了，他立即召集杂志社两位摄影师作为专业评委，与自己一起把关面试。

"小伙子，你身材条件不错！我们招聘健美模特，不仅要求相貌阳刚帅气，还要有健美体形，请你展示一下全身各部位肌肉……"

周志开起初有些拘谨，但很快释然，他干脆利落地褪去衬衣，露出健硕的胸肌、厚实宽阔的背肌、块垒分明的腹肌……特别是正面六块腹肌构成一个"王字"，两侧的鲨鱼线、子弹肌刀刻一般，与两条刚劲有力的发达小腿相得益彰，浑然一体，全身散发出青春阳刚魅力。

主编和两位摄影师被周志开健美体形惊呆了，"太帅了！""浑身闪耀青春力量光芒！""是啊！我拍这么多年照，从没见过如此完美的体形！"大家赞叹不已。

周志开刚想演示一下健身动作，主编兴奋喊道："不必展示了！通过！通过！"随即，他安排摄影师为周志开拍了一组写真照。

作为航校学员，周志开不便公开刊发自己的照片，但他同意不署名，隐去头部，以局部写真方式刊出。杂志主编深感遗憾，但还是尊重周志开的意见，准备将其展示腹肌线条与四肢发达肌肉的几组特写照片刊发在杂志上。主编本想长期高薪聘周志开为杂志健美模特，周志开心存顾虑，婉言谢绝了。

一周后，刊有周志开局部健美写真的《健与力》杂志卖得很火，读者纷纷打电话询问编辑那组男子健美体形是如何训练出来的，杂志社约周志开写一篇训练心得，以飨读者。周志开以化名方式写了一篇健身训练心得文章刊发在下一期杂志上。同样，因为周志开这篇文章，这期杂志又一次热销了。

按照协议，杂志社给周志开寄来近千元的稿酬，并去信征求他是否同意刊发全身健美写真照，主编在信中写道："本刊致力于使我中华民族之皆能发扬健与美精神，增强健与美的常识及体格，以符强民强种要义！国家贫弱，列强侮辱我民众'东亚病夫'，实乃奇耻大辱！然民众营养不良，加之深受鸦片摧残毒害，国民体质普遍孱弱，芸芸众青年中难觅一健美先生矣。今见先生健美体形叹为观止，加之帅气容貌，实属我民族之自豪，亦为国之骄傲。诚恳期待先生同意刊发全身肌肉照，并做一期封面特别报道，以彰显我中华男儿阳刚之形象，给民众注入一股强健中华风，强我中华民族体魄！稿酬定当加倍补偿！"

周志开虽然性格有些内向，但他非常愿意推动民众普及健与美，摘掉"东亚病夫"的蔑称。他思虑再三，感觉条件尚不成熟，还是婉言谢绝了。

周志开在回信中诚恳表示："尊敬的主编先生，我乃一名热爱生活的普通军校学生。自入军校那天起，学生七尺之躯已许给国家，时刻准备为国捐躯，何谈稿酬回报。感谢您及贵刊抬爱，学生实在受宠若惊，感动于贵社推动中华男儿健与美之精神所付出的努力！凡于社会于他人有利的事皆为学生所愿也，若能推动民众强身健体，壮我华夏之魂，更为学生夙愿。但适逢国家处于乱世，倭寇入侵，军人身份敏感而特殊，非不慷慨也，实为纪律所束也。如果我牺牲后，贵刊可以刊发所有健美写真照，但不要透露我的名字。如果我能走出战火，待到国泰民安和平盛世脱下军装时，悉听贵社之安排。祝杂志越办越好！"

杂志社主编收到周志开的信，激动得流下眼泪。

"多么可爱善良的小伙子啊！倭寇铁蹄正在践踏中华大地，和平遥遥无期啊……祈祷小伙子平安归来，无论何时，这个封面人物我们一直给你留着！"主编自言自语地说。

随后，主编吩咐手下，两期杂志的额外收入两千元，全部作为稿酬支付给周志开。数日后，周志开接到稿酬和主编热情洋溢的来信，他心潮起伏，稿酬不好退回，他乘一次休假外出，将两千元稿酬全部捐给杭州市区一家社会福利机构，用来救助无家可归的老人、孩子及残疾人等弱势群体。

晚上，周志开躺在床上，打着手电筒在日记中写道："今天真高兴！我做了一件有意义的事，凭几张个人照片救助一批社会上需要救助的人。只要心中有爱，随处都可以帮助他人，快乐自己……感恩父母给我帅气容颜！感恩师长对我的教诲！感恩军营淬炼、汗水赋予我健美体形！我既属于父母，更属于我的祖国！为了国家领土完整，为了百姓平安，我将青春推向枪膛，随时准备献出自己的一切，包括生命！"

周志开从没有意识到自己的价值与使命如此之重，他拍了拍胸脯暗自笑

道："没白苦练，我再也不是'小白胖'了，不仅雕刻健美体形，更重要的是在蓝天上塑造民族精神之魂！今后，我要发挥更大作用！"

这天中午，周志开与战友们一起进行战机实弹地靶训练归来，广播中传来一个震惊消息："昨日，倭寇在我北平宛平城发起进攻，我29军奋勇抵抗！"

"中华民族争取解放的炮声终于打响啦，同学们，浴血长空的时候到了！"周志开激动喊道。训练场上，学员们群情激昂。

全面抗战爆发后，航校教官取消一切休假，所有训练模拟实战。周志开与战友们密切关注华北抗敌动态。随着平津沦陷，周志开痛心疾首，他多次找到石队长，请求参战。

"石队长，南苑机场小鬼子的飞机太嚣张了！麻烦您跟校长反映我们的心声，请求提前毕业，支援地面兄弟部队作战！"

"倭寇狂得很，你们迟早要冲天作战！现在，你很多师兄都在前线枕戈待旦，还轮不到你们上呢！我们的飞机无论在性能还是数量上远远不如日军，唯有坚韧意志支撑。你们目前主要任务就是苦练技术，提高提高再提高！不飞则已，一飞惊人！"

"是！请队长放心！时刻准备着：浴血长空，捍我河山！壮我国魂！"周志开坚定地说。

日军开始进攻上海，淞沪会战爆发，中国空军各航空部队官兵奉命出击，在空中痛击日军。1937年8月14日傍晚，周志开在教室看着书，他隐约听到空中传来轰鸣声。这时，冯天亮跑进来，喊道："志开，高志航率空军第四大队来笕桥了，要在这里与小鬼子决战！"

"太好啦！我要去助战！"

周志开再次跑到石队长办公室递交请战决心书。

石队长说："上峰有令，严禁学员参战！你参战的迫切心情可以理解，但没有实战经验……做好替补准备，等待通知。"

周志开失望地走出教学楼，站在训练场上仰望天空。

空中飘着小雨，能见度很低，伴随着刺耳的警报声，中国的"霍克Ⅲ"

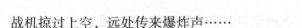

战机掠过上空，远处传来爆炸声……

　　当晚，笕桥大战中国空军大获全胜的消息传到航校，周志开和学员们雀跃欢呼，兴奋得一夜没有睡。周志开暗想，一定找机会拜访心目中的偶像英雄——大队长高志航。

　　第二天上午，高志航率队在杭州上空再次击落多架日机，中午奉命飞往南京，保卫国民政府首都的领空。

　　"八·一四，西湖滨。志航队，飞将军，怒目裂，血沸腾，振臂高呼鼓翼升。群英奋起如流星，掀天揭地鬼神惊。我何壮兮一当十。彼何怯兮六比零，一战传捷举世詟声……"

　　连日来，航校校园内，学员们不时哼唱杭州空战歌曲。

　　周志开未能见到高志航，非常遗憾，他做梦都想成为高志航的兵，期待有朝一日与这位"战神"并肩作战，也成为他那样的飞天英雄。

　　这天，石队长将周志开叫到办公室，说："志开，你参战的愿望要实现了！上峰命令，航校迁往武汉受训！驻汉期间，你将担任空中警戒！"

　　"太好啦！总算盼到这一天了！"

　　"志开，连日来，你的师兄们用鲜血乃至生命践行咱们航校的校训！打出了中国空军的军魂！你是咱们第七期最优秀的学员，要争气啊！"

　　"请队长放心，志开牢记母校校训，决不辜负您的厚望！"周志开高声说。

　　"队长，什么时候出发？"

　　"今天晚上。"

　　"乘火车还是汽车？"

　　"步行！"

　　"啊？"

　　"有困难吗？"

　　"没有！"

　　原来，由于战争形势日趋严峻，奉上峰命令，航校将西迁内地，准备在昆明开办，先期由杭州迁往武汉。战事紧张，交通不便，第七期、第八期学员跟随教练一律步行到武汉。一路上，大家走得两脚血泡叠加，疼痛难忍，还要边训练边学习。没有单杠、双杠、滚环、云梯，学员们每天要完成200个俯卧撑。教员抽空讲解各类飞机性能，在地面练习看航线和地标。为了躲避日军空袭，大家白天睡觉，夜晚走路。无论听教员讲解还是自学，周志开学得格外认真。别人休息，他总是在观察，慢慢练就凭声音判断前来袭击敌机的机种，是单发动机还是双发动机。

经过一周时间的长途跋涉，这天，学员们终于来到武汉。在武汉，学员们训练一段时间后，由于持续空中鏖战，国民政府首都南京不断遭到日军轰炸，空军将士损失严重，为了补充飞行员队伍，周志开所在的第七期驱逐组学员奉命提前毕业，担负武汉警戒任务，第七期其他学员与第八期学员随航校继续向西南搬迁。

临行前，航校为周志开等十余名优秀学员举行简单的毕业典礼，周志开作为代表发言。

"大家好，值此倭贼肆虐神州，国家处于危难之际，我们驱逐组学员提前告别母校，奔赴战场！很激动……感谢母校师长近三年的精心培育！感谢战友们摸爬滚打中悉心陪伴！"

场下，爆发热烈掌声。周志开稍作停顿后，继续发言。

"抗战关系到中华民族的生死存亡，乃正义之战！我本一普通学生，基于倭寇猖獗，长城震荡，生灵涂炭，乃立志从军，考入中央航校。三年来，在各位教官精心教导下，历经千锤百炼，终于成为一名飞行员，得以驾机冲天驱倭寇！留校继续学习训练的战友们，你们的训练环境异常恶劣，一定要分秒必争，珍惜每次训练机会，时刻为实战做准备！战争爆发以来，我空军将士同仇敌忾浴血沙场，涌现出无数英烈，激励我奋进！我等大中桥好汉一定踏着历届师兄浴血长空的足迹，践行母校誓词：以我们的身体、飞机和炸弹，当与敌人兵舰阵地同归于尽！还我山河！壮我国魂！誓与倭寇血战到底！"

"还我山河！壮我国魂！""誓将热血洒神州！""血战到底！"……

现场学员们呐喊声此起彼伏。

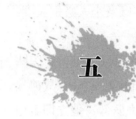

五　受命危急赴国难

午后，航校第七、第八期学员与教职人员开始继续悲壮西撤。

路边上，周志开与大中桥 115 室李壮飞等七兄弟聚在一起依依惜别。

"志开，你年龄最小，却提前离校，雄鹰展翅于民族危亡之际，救国民于水火之中！你是兄弟们的骄傲……"李壮飞握着周志开的手说。

"大哥，眼前空军太缺飞驱逐的，我学的科目赶上了……其实大家都很优秀。我们很快会在战场重逢的！"

"志开，鬼子凶残无比，枪弹不长眼睛，你可要保重啊……"全抗日紧紧握住周志开的手嘱咐着。

"放心吧，二哥！"周志开说。

"志开弟，很遗憾，兄弟们连杯分别酒都没条件喝。"刘孟晋说。

"三哥，学校安顿下来告诉我一声，等七位哥哥正式毕业离校时，我去找你们庆祝，补上这杯酒。"周志开说。

冯天亮抱住周志开流着泪说："兄弟，我真后悔没听你话苦练，如今不能与你一起并肩战斗……"

"六哥，咱们很快就会在一起战斗的。"周志开拍了拍冯天亮的肩膀说。

随后，七兄弟加入行进队伍，周志开伫立许久，目送他们远去。

周志开所在的驱逐组学员统一在汉口受训，日夜担负空中警戒任务。这天，周志开轮休间隙，从广播里听到中国空军第二大队飞行员沈崇海驾驶发生故障的轰炸机与日军军舰同归于尽的消息，他流下热泪，默默说："崇海师兄，好样的！你用青春生命兑现了我们的誓言！你是空中邓世昌！永远是我的榜样！诚既勇兮又以武，终刚强兮不可凌。身既死兮神以灵，魂魄毅兮为鬼雄……"周志开没有机会见沈崇海，但了解这位师兄简单情况，沈崇海清华大学毕业后报考中央航校，是第三期学员，他以身许国，无暇顾及个人婚姻大事，也不愿牵累对方，始终孑然一身。

不久，周志开被分配到中国空军第四大队任见习官，重新回到南京。四大队在杭州空战中威震敌胆，赢得"皇家空军"之称，大队长高志航被誉为空中"战神"。

9月下旬的一天，高志航伤愈归队，回到南京光华门大队部，他立即看望新队员并训话。"兄弟们好！我叫高志航，是你们的队长！大家多数来自笕桥中央航校，可能熟悉我。我是航校一期毕业生，曾担任航校飞行教官，是你们的师兄。没说的，这个时候来四大队，都是过命的兄弟！这里就是你们的家！作为一名成熟飞行员，不仅要技术过硬，还要学会思考，有分析问题的能力！空中作战，决胜负于俄顷之间，若平时不养成守纪负责、服从命令的习惯，则临阵之际，有如散鸭，何以作战？如有违纪，我决不客气！"

周志开久闻高志航带兵非常严厉，在航校担任驱逐队队长时，他经常对队员进行魔鬼训练，要求队员跑步进入餐厅，五分钟内吃完饭……周志开求学时没有机会领教这位教官的魔鬼训练方式，今日一见果不其然。他端详着高志航，个头不高，走路腿脚不太利落，但威严英武，讲话十分干脆。

"强将手下无弱兵，我要争气，做最优秀的飞行员！"周志开对高志航充满崇敬之情，暗下决心。

高志航训完话，与大家逐一握手，他走到周志开面前，一下被眼前这个年轻英武的军官吸引住了。身着空军军官服的周志开尽显英武本色，他身高接近一米八，气宇轩昂，军官帽下，脸庞线条分明，皮肤细腻光洁，微红稍黄，两道剑眉下明亮的大眼睛闪着刚毅光芒，鼻梁端正挺立，双耳匀称，耳廓分明，如雕刻刀雕出一般，嘴唇润厚，微微上翘，透露着忠厚谦逊。

"报告大队长，我——周志开！"周志开立正敬了个标准的军礼，喊道。

"周志开！这个名字好熟悉！对啦，你综合评测在第七期学员中名列第一，提前毕业！嗯，长得挺帅，但愿你的飞行格斗技术也如你相貌一样帅！"

高志航一番话，说得周志开脸"唰"地一下红了……

"谢谢大队长抬爱！志开决不辜负大队长厚望！"周志开朗声回答。

随后，高志航带领周志开等新战友一起参观荣誉室，为大家讲述英雄事迹。

"我们大队队史是血写的，苦战数月，战绩辉煌，涌现刘粹刚、乐以琴等一大批空战英雄，几乎每次空战都有人殉国……"

听着讲述，周志开热血沸腾，他仿佛驾机与英雄们一起搏击长空。"师兄们，我一定像你们一样优秀！"周志开暗暗发誓。

周志开刚入四大队，就以帅气闻名，大家私下评出空军"四大帅哥"，周志开名列榜首。周志开戴上金光闪闪的大盖帽，穿上耀眼得体的军官服，军裤笔挺，脚上的皮鞋擦得锃亮，显得格外威武。他喜欢沉默思考问题，爱微笑，带有天然亲和力。周志开走在街上，人们总想多看他几眼，暗暗称赞，这小伙子也太帅了。因为长得威武帅气，周志开每逢上街，时常有人与他主动搭话，一些思想开放的美女要求跟他一起合影留念，弄得周志开好不尴尬。最后，周志开只好穿便装上街，戴上墨镜，但还是经常被人认出来。面对赞誉，周志开没有一丝傲气，他反而有点儿自怜，尽管身边的战友们再没有人称他"小白胖"了，但他还是坚持"腹肌修身"，雕刻阳刚体形，磨炼意志。只要有空闲时间他就连续做俯卧撑、仰卧起坐，进行深蹲、提踵、蛙跳等动作训练，强化腿部力量。周志开是个完美主义者，他认为男人不应靠一张脸吸引人，要有协调匀称的健美体形。男人之帅更应该体现在战场上，体现于骨子里的英雄之气。"但愿你的飞行格斗技术也如你相貌一样帅！"大队长高志航的鼓励话语深深刻在他心上。

深秋的一天，高志航以空军上校驱逐机司令的身份奉命赴兰州接收苏联援华战机，临行，他挑选乐以琴、董明德等精英队员，包括见习飞行员周志开随行。

途中，大家获悉五大队 24 中队队长刘粹刚在支援忻口战役途中牺牲。原来，刘粹刚在山西高平县城迫降过程中，为保住飞机不慎撞上了东南城垣上二十多米高的魁星楼。刘粹刚是高志航带出的得意弟子，两人情同手足，他的牺牲对高志航打击很大。高志航许久说不出话来，他无法接受这个噩耗。

"粹刚自 8 月 16 日首开纪录，共击落日机十一架，历经百战自己毫发无损，这么好的身手，他怎么就……唉，老天妒忌啊！他太累了，太累了……"高志航不停念叨着，眼角流下泪水。周志开走上前，掏出手帕递给他，安慰道："大队长，粹刚哥是好样的！相信我，一定为他报仇！战神不死！中国不亡！"

高志航接过手帕擦拭眼泪，握住周志开的双手说："战神不死，中国不亡！我相信你一定比淬刚还优秀！"两双手紧紧握在一起。此刻，在场的人没有意识到，这对中国空军抗战英雄的两双手，传递着一种使命，延续着一种精神！六年后，周志开梁山威震世界，继续演绎高志航的神话，成就自己抗战后期空中"战神"地位。

三周后，高志航历尽千难万险带领十四架飞机飞到河南周家口机场，按上峰命令在此过夜一宿，然后飞往南京。谁知，第二天天气恶劣，上峰限制起飞，队员们只好继续留宿周家口。

这天，天气稍有好转，煎熬中，高志航等人终于接到起飞命令。早饭后，他对大家说："今天下午，我们可能要飞到南京了！"大家听后非常开心，紧张有序地做起飞准备工作。

突然，一个参谋从指挥台跑出来，他边跑边叫："高司令，有警报！紧急警报！"喊声未落，空中传来"嗡嗡"的机群轰鸣声，敌机已经飞临机场上空。原来，前来袭击的日军战机是调防北平南苑机场的日军航空队，因汉奸传递情报，获悉高志航等人行踪，十一架日军战机直扑周家口机场。

高志航命令全体飞行员立即登机起飞。此刻，东北方向黑压压一群"九六"式日军轰炸机扑过来。高志航率先登上飞机，军械长冯干卿迅速攀住螺旋桨盘车，机械士站在旁边注油。第一次开车失败了，高志航大喊："再来一次！"冯干卿使劲按着螺旋桨，抬头一看，敌机已飞到机场上空，他大喊："敌机要投弹啦！司令快下飞机吧！"高志航头也不抬地骂道："这是打仗，你再说话，我就毙你！"冯干卿和机械士都沉默了。

随即，高志航笑着说："咱们再试一次吧！"……第三次开车又失败了。此刻，空中传来炸弹"嘶嘶嘶嘶"下坠声，"你们快走！"高志航将机械士从座舱边上推出很远，机械士顺势一滚，潜入起飞线旁一个排水沟里……炸弹砸下来，烈焰冲天……全场九架飞机瞬间东倒西歪，高志航的飞机尾巴翘得很高，他摔在机外，血肉模糊，冯干卿被炸得肢体离散……

这时，周志开驾驶战机伊—16腾空，很快撵上一架敌机，"嗒嗒嗒——"一开火，将敌机右发动机打灭了，这架敌机落荒而逃。紧接着，乐以琴、董明德等也成功升空，跟敌机纠缠起来。日军领队机见势不妙，慌忙率队逃走。

敌机逃走后，周志开等人赶紧降落机场看望高志航。此时，高志航端坐在机舱中早已停止呼吸，大家含泪收殓了高志航的遗体运往武汉。

"长空起悲风，遗恨周家口！"一路上，周志开心如刀割，自己还没有来得及得到大队长深入指点呢，就这样永别了。南京空战在即，需要大队长挂帅出征，一代空军"战神"怎么就这样陨落了呢？

高志航的遗体运到武汉，举国哀悼。高志航牺牲后，由李桂丹接任四大队大队长，乐以琴为副大队长，四大队也被称为志航大队。周志开因周家口出道之战表现突出受到表彰，因见习期未满，还不能转为正式飞行员。

七七事变以后，周予孜赴山东济南工作。王倩绮辞退了吴妈和老李，临行前，她额外支付给两位老人一个月的工钱，嘱咐他们做好避难准备。家里异常冷清。志同就读的开封女子中学学生们开始罢课请愿，学生们为前方抗日将士募捐、义演。志同虽然不懂深刻道理，但她铭记二哥志开嘱咐自己的话，觉得高年级大哥大姐宣传抗日是对的。于是，不论学校有什么活动，她都举着小旗跟着高年级同学身后跑。在剧场，高年级同学演话剧《放下你的鞭子》，志同等小同学负责守门、看衣服。高年级同学上街演讲时，志同就扯圈子，当忠实听众，喊口号。王倩绮见志同一天到晚在外面疯跑，担心她有危险，责骂道："你这个丫头真是疯了！"志同也不生气，安慰妈妈一番，第二天照旧跟着同学活动，她始终觉得志开在注视着自己。深夜，志同坐在桌子前，铺开纸，给志开写信，诉说心里话。"二哥：你好吗？今天又跟同学上街宣传抗日了，我再也不是以往那个爱哭鼻子的小丫头了！我们是不是成为战友了？二哥，你的房间我经常打扫，始终保持你走时的样子。三年了，今年寒假你能回来吗？好想你……"

由于南京城危机四伏，国民政府被迫迁都重庆。入冬，敌机袭击南京，苏联志愿军来华协助中国空军对日作战，虽然取得一系列战果，但由于南京及其附近的机场无法降落，只好撤到武汉、南昌。这天清晨，防空警报拉响，乐以琴抢先跳进机舱，他驾驶战机呼啸着冲上天空，与九架日机遭遇。乐以琴驾驶战机翻上覆下，左右翻滚，宛若游龙，甩开敌机包围，突然，油箱警告红灯亮了，他瞄准一架敌机扑过去扣动扳机，与此同时，"轰"的一声，他的战机油箱被高空俯冲下来的敌机击中，乐以琴被迫跳伞。为了不给敌机当活靶打，他推迟打开降落伞时间，结果触地捐躯。乐以琴牺牲后，江南大地再也没有能升空作战的战机，南京陷落了，日军进行野蛮的屠杀。

国民政府虽然西迁重庆，但政府机关和军事统帅部集中在武汉，武汉成为当时全国军事、政治、经济的中心，四大队奉命移防武汉。随着战争进一步发展，中国空军面临的局势愈来愈严峻。

武汉街头，不时有前线撤下来的陆军伤兵质问四大队官兵们。"空军兄弟，你们为啥不去南京打那些畜生啊？！你们知道小鬼子如何丧心病狂屠杀我们的同胞吗？报纸上不总是说你们打胜仗吗？"

寒风中，周志开和战友们泪眼模糊，他们无法解释残存的飞机都已经打光了，只能默默无语，缓缓举起手臂向伤兵敬礼。

眼看军队节节败退，百姓惨遭杀戮，作为一名飞行员却不能冲天报仇，周志开感到奇耻大辱。他一个人跑到浴室水龙头下失声痛哭，任凭水龙头冲洗着全身。突然，他甩开上衣，握紧拳头，高喊："还我战友！还我同胞！还我河山！杀鬼子！杀！杀！杀！……"

周志开像换了一个人似的，他跺着脚，拳头捶在墙壁上，额头青筋鼓起，袒露的胸脯肌肉随着急促呼吸不停起伏着……

"得遂凌云愿，空际任回旋，报国怀壮志，正好乘风飞去，长空万里，复我旧河山。努力！努力！莫偷闲苟安，民族兴亡责任待吾肩！须具有牺牲精神，凭展双翼一冲天！"

沉静片刻，他默默唱起了《航校之歌》，悲壮的旋律回荡在空荡荡的浴室里……

日军制造震惊世界的南京大屠杀，使周志开幡然醒悟，对待恶魔，不能讲慈悲，必须血债血还！

1938年春节刚过，四大队终于装备了苏式新飞机，苏联志愿航空队也陆续进驻武汉附近机场。这天，武汉第一次空战爆发。日海军航空兵轰炸机十二架、战斗机二十六架大举来袭。四大队大队长李桂丹率二十九架战斗机起飞拦截。周志开再三请战，由于实战经验不足，没有得到批准，只好在营房加紧训练。武汉上空枪炮隆隆，战机上下翻腾，双方展开激烈厮杀……周

志开仰望天空，默默为战友加油。

中午，周志开结束训练，他回到宿舍脱下训练服正准备去浴室冲热水澡，一个战友跑来沉重地说："刚接到通知，今天上午，大队长李桂丹同志在武汉空战中英勇捐躯了，下午没有警戒任务的队员去参加李队长遗体告别仪式。"

周志开惊呆了，手上的毛巾香皂掉在地上，瞬间，泪水夺眶而出……

"大队长，今生没有机会与你并肩作战，来世，我们一起浴血长空！你未竟的事业，我替你完成！"周志开发誓。此后，武汉上空经历多场激烈空战，周志开奉命担任警戒任务，始终没有机会与日机格斗。

两个月后，周志开见习期满，终于成为一名正式飞行员。此时，暂居云南昆明巫家坝办学的中央航空学校第七期学员正式毕业，由于合并洛阳、广州分校学员，七期毕业飞行员包括提前毕业的周志开等学员共一百五十二人，其中大中桥训练出来八十八人。蒋介石特派云南省主席龙云主持毕业典礼，派空军前敌副总指挥毛邦初代表自己致训词。提前接受数月战火锤炼的周志开等十余名优秀学员奉命回母校参加毕业典礼。毕业典礼上，周志开作为优秀学员代表，结合实战体会再次应邀发言，赢得全场热烈掌声。毕业典礼结束时，校领导公布了每名学员去向，要求学员们两日内到所在部队报到。周志开大中桥同宿舍七兄弟分到空军不同大队，刘孟晋、张祖骞、全抗日、冯天亮分到四大队，李壮飞、黄河、江南分到五大队。

傍晚，周志开等大中桥115室八兄弟聚在宿舍，大家围着周志开嘘寒问暖，既兴奋又遗憾，兴奋的是终于将好兄弟周志开盼回来了，遗憾的是马上就要分别，奔赴各自前线。

"志开，几个月不见，仿佛过了几年，总算把你盼回来啦！"

"说好一起离校，岂能食言？"周志开微笑着说。

冯天亮拉住周志开，抻胳膊又拽腿，从上到下将周志开检查个遍，"还好，我们的帅弟弟没留下一块伤疤。"冯天亮说。

周志开伤感地说："我是完好无损，但很多优秀师兄都血洒长空了，四大队高志航、李桂丹两任大队长先后壮烈捐躯……在不久前武汉大空战中，师兄陈怀民践行航校的誓言！当时，他首先咬住一架日机猛烈扫射，日机旋转落地，陈怀民掉转机头，又盯上一架日机。日本飞行员发现他很善战，五架飞机围拢过来，疯狂向陈怀民的座机射击。陈怀民的飞机多处中弹，无法操纵了。突然，陈怀民座机开足马力，高速向一架敌机背上冲去，刹那间，轰然一声巨响，只见火光四溅、浓烟滚成两条火龙下坠……"周志开讲到这里，眼泪"唰唰"流下来。大家被英雄壮举震撼了，不停地擦着眼泪。

"怀民师兄是航校五期毕业生，最早用生命践行我们航校誓言的是航校三期师兄沈崇海，他毕业后分到二大队。在去年夏季上海空战中，崇海师兄的战机出现故障后，他驾机撞上敌舰的弹药库，沉入大海。崇海师兄参军前是清华大学毕业的高才生，还是一名优秀运动员。当中华民族处于亡国灭种时刻，他没有机会谈女友，搭建个人安乐窝，毅然投笔从戎，壮烈捐躯连遗骨都没有留下……崇海、怀民两位师兄都是我们的榜样！"周志开痛苦地讲述牺牲战友的悲壮事迹。

"为师兄报仇！'我们的身体、飞机和炸弹，当与敌人兵舰阵地同归于尽'！"李壮飞、全抗日等举起拳头与周志开一起宣誓。

大家沉默了一会儿，李壮飞提议："今晚咱们兄弟好好喝一顿，庆祝志开凯旋与我们哥七个正式毕业！"大家积极响应："对，一醉方休！""抓紧时间，现在就去！"……

说着，八兄弟来到学校大门口附近一个小酒馆，酒馆内人很多，大都是即将毕业的学员在话别。

八个人包了一个单间，点了酒菜。

开场前，周志开首先站起来说："我提议，这一杯，我们八兄弟一起敬给那些牺牲在空战中的师兄和前辈们！"

"好！"大家纷纷斟满酒杯将酒洒在地上。

"作为大哥，我很惭愧，无论在军事上还是在生活中，没有真正起到带头作用。其实，志开才是我们的带头大哥！"李壮飞惭愧地说。

"大哥言重了，小弟备受各位哥哥关爱，航校三年是小弟成长进步最快的三年，也是最快乐的时光！"

"来，兄弟们把酒杯满上。第二杯，咱们敬志开，他给咱们兄弟增了光！给大中桥八十八好汉添了彩！"李壮飞说。

"不，这第二杯，我敬各位哥哥，我们有难同当，一辈子，一生情！祝七位哥哥永远平安！"周志开站起来，说完一饮而尽。

"好，像志开说的一样，一辈子，一生情，把杯中酒喝光！"李壮飞说着，端起酒杯一饮而尽，其他六人也纷纷将满杯酒喝尽。

"志开，第三杯大家敬你！你率先与小鬼子空中格斗，为哥哥们做出榜样！"全抗日端着酒杯说。

"二哥过奖了。其实，这几个月我只是辗转奔波的地方多些，作为见习飞行员，一直受战友保护，与鬼子搏杀机会并不多，跟哥哥们在学校训练差不多。严格来说我还没有真正参加空战呢……"周志开有些遗憾地说。

"但你毕竟经历了实战，见证太多悲壮的战场！"黄河说。

"志开，别客气了，第三杯酒必须敬你！"张祖骞说。

"就是啊，志开，兄弟们聚一起太不容易了。以前我也没少开你玩笑，其实内心最佩服的就是你！给我一次致歉的机会吧。"江南说。

"七哥这是哪里话？你始终是我心中的好哥哥。"周志开说。

周志开推托不掉，只好与大家一干而尽。

随后，八兄弟轮流分头畅饮，彼此之间似乎都有说不完的心里话。冯天亮端着酒杯与李壮飞连续喝了三杯，说："大哥！六弟祝你和嫂子早日结婚！早得贵子！"

"好！谢谢兄弟！你也抓紧给我找个弟妹！"

最后，冯天亮晃晃悠悠走到周志开面前，他神秘地说："志开！我昨天兴奋得一宿没睡。""为什么？"

"做梦和你在一起战斗！没想到今天果真跟你分到一起，而且是赫赫有名的第四大队！就凭我这底子，岂不是福气？"

"六哥，四大队战功累累，整个空军将士都是好样的！要自信，给咱空军添彩，为咱自己争口气！"

"争气！兄弟，都说你们北方人能喝，咱们连喝三杯，一醉方休！"

"六哥，你喝不少了，明天早晨就出发了，少喝点儿吧。"

"我没醉……"说着，冯天亮又连续干了三杯，周志开端起杯也一饮而尽。

冯天亮打了一圈，坐下来掏出一盒香烟，逐一递给各位兄弟。

"一起抽完这最后一支烟吧……"

大家吸着烟，默默回忆着航校的一幕幕。

"不说再见，我们还会相见的！"全抗日打破沉默，端起酒杯说。

"对，还会相见！干杯！"……八兄弟又是一顿豪饮。大家心里都清楚，数月来空战异常惨烈，很多优秀飞行员都牺牲了。今日一别，谁也无法保证何时能重逢。

沉默片刻，周志开郑重地说："我衷心渴盼我们八位都能重逢在抗日胜利的战场上，但我们既然把生命交给国家，就要随时做好牺牲的准备。刚毅是我们的灵魂，牺牲是我们的本分！为了减少遗憾，我建议，每人留下老家详细地址，今后万一谁牺牲后均由活着的战友负责照顾烈士父母，替战友尽孝。"

周志开的建议得到大家一致响应，李壮飞补充说："有妻儿或女友的，征求对方同意后，可以重新组建家庭，抚养烈士遗孤健康成长。"大家表示赞同。于是一个不成文的约定深深刻在每个人心中。

全抗日自言自语地说："我父母早被鬼子杀害了，我也没女友，就光棍一条，我死后兄弟们能记住'全抗日'这个名字就行了，最好告诉侄儿侄女，他有个伯父（叔叔）叫全抗日，是个抗日英雄！我就知足了……"

周志开拉住全抗日的手，说："二哥，你不会寂寞的……"

"你这名字太俗了，没特点，大家都在抗日嘛！你注定是个无名英雄，没人会记得你！"冯天亮故意开起玩笑。

"确实没有你'木乃伊'好记，可惜'木乃伊'是具干尸，影响英雄形象，所以你不适合成为英雄！"刘孟晋笑着说。

"你别说，我肯定能成为英雄，等咱光荣挂了，这身腱子肉躺在墓里不会腐烂！那墓碑就是一尊千古不朽的雕像！"冯天亮带着醉意，摇头晃脑地说。

"嘿，真不害羞，还没说你胖就开始喘了！"刘孟晋扮着鬼脸说。

两个人的玩笑给大家带来片刻轻松。

聚餐结束，八兄弟一起步行回到宿舍，一夜未眠，聊到天亮。早饭后，八人分成两组分别奔赴空军第四、第五大队驻防基地。

来到武汉，周志开将四大队光辉战斗足迹及严格纪律介绍给刘孟晋、张祖骞、全抗日、冯天亮等新来战友，五个人每人单独住一间宿舍，经常在一起训练、执勤。

半年来，空军精英损兵折将，威震敌胆的中国空军著名四大天王高志航、李桂丹、刘粹刚、乐以琴全部殉国。中国空军高层下密令：迅速在战时培养新的空军王牌飞行员，鼓舞军民抗战斗志。周志开的优秀表现很快进入各级指挥官的视野，他们对这位年龄最小的飞行员寄予厚望。周志开切实感受到战争的残酷，作为一名飞行员，无法冲天迎战，被迫一路向西行，他感到迷茫、痛苦，经常寝食难安。同时，周志开更加发奋苦练射击技术，精心研读航空理论书籍，研究日军战机的性能优势及弱点，总结殉国将士空战经验教训。

这天周志开休假，他正在宿舍钻研日本军机特点，收音机广播传来令人振奋的消息："新华快讯：饱受日伪蹂躏的冀东民众在中国共产党领导下，以国共合作为基础的抗日民族统一战线为旗帜，掀起了轰轰烈烈的冀东人民武装抗日大起义。数月内，抗日起义遍及二十一个县，参加群众达二十余万人，组成了十万余人的冀东抗日联军，先后攻克日伪控制的九座县城和所有重要集镇，冀东日伪政权土崩瓦解……"

这条来自冀东老家的消息拨开周志开积郁心中数月的阴霾，他恨不得马上驾机飞回冀东，目睹这场波澜壮阔的抗日大起义。虽然，他童年在冀东生活时间很有限，但亲切的冀东乡音，巍巍燕山，滔滔滦水，蜿蜒起伏的万里长城，浪花飞溅的渤海湾……都给他留下不可磨灭的印记。无论津门的繁华还是古城开封的深邃，都比不上冀东对他富有魅力。以至于无论走到哪里，他总说自己是滦县人。如今，家乡爆发抗日大起义，岂不令人振奋！

周志开跑出宿舍，像个孩子似的高喊："我的家乡冀东觉醒啦！中国雄狮怒吼了！"随后，他跑到武汉街头，寻找半天终于从一个报童手中买下十余份刊发有冀东抗日大起义消息的报纸。他要珍藏当天的报纸，化作自己浴血长空战倭寇的动力。

回营房路上，周志开途经汉口总商会，只见会馆铁栅栏大门悬挂的大型条幅格外醒目："国家兴亡，匹夫有责！""投笔从戎，为国尽忠！"大门口人声鼎沸，数百青年学生围在一起七嘴八舌地议论着，"军官学校与军士学校有什么不同？""管他军士还是军官，只要能开飞机打东洋鬼子就行！赶紧报名！"

周志开上前一了解，原来是空军军士学校在招生。看着眼前的一幕，周志开想起当年自己报考航校时的情景，多么相似的场景啊。

这时，两个学生走过来说："这位大哥，您好！我们是从沦陷区千里迢迢走到武汉的中学生。看您这身威武打扮像是空军，您能给我们介绍一下军官学校与军士学校的招生区别吗？"

周志开微笑着说："你们好！很高兴认识你俩！我是笕桥中央航空学校第七期毕业生。现在母校已经迁往昆明，也在招生。据我所知，空军军士学校刚刚成立，在成都办学。'军士学校'与'军官学校'的招生标准区别在于学历，军官学校招高中毕业生，军士学校招初中毕业生，你们可根据自己学历情况报名。"

"我们刚读高中就辍学了，看来无法报考您的母校了！"

"读军士学校有机会打鬼子吗？"

"有！关键靠自己磨炼，你们一定要做好吃苦准备！我们的飞行员严重不足，急需人员补充！"

"谢谢大哥，我们做梦都想成为您这样的飞天大英雄！"

"不要客气，同学们！我不是什么英雄，只是一个普通空军飞行员。"

"您打下几架鬼子的飞机了？"学生这样一问，周志开脸"唰"地一下红了，是啊，自己多想击落几架日机啊，作为刚毕业的学员，战机异常宝贵紧缺，根本没有迎战机会。可是，跟学生解释这些又有什么意义呢？

于是，周志开微笑着说："惭愧，我飞行技能不足，还没有击落一架日机。"

"那您肯定与鬼子飞机战斗过。能成为空军，就是我们心中的大英雄！大哥，前边不远处有家照相馆，我们掏钱，能跟您合个影吗？"

"等我击落日机时找你们合影！我身上也没带什么，这样，我送你们一份报纸，这是我刚买的，我老家冀东爆发抗日大起义了！只要全民族同仇敌忾，一定会将小鬼子赶出中国！"

"谢谢大哥！您叫什么？能给我们写句话吗？"

"可以！"周志开掏出钢笔在报纸空白处写下一行字：雄鹰振翅卫河山，男儿浴血保国家！中国抗战必胜！——周志开与学生共勉。"

然后递给两个学生！

"周大哥的字刚劲有力，真漂亮！"

"谢谢周大哥！愿我们再相逢！"

两个学生感激不已。

"你俩叫什么名字？"

"我叫刘帅。"

"我叫王超。"

"好，祝你俩成功！愿我们重逢在长空！"

六 首战告捷声鹊起

周志开告别两名学生，路过一家医院，医院门口停着几辆军车，不时有陆军士兵从军车里抬下前线撤下来的重伤员。

突然，医院广播里传来紧急求救声："同胞们，同胞们，医院血库告急，急需广大市民前来献血，抢救前线受伤将士！……"

周志开毫不犹豫跑进医院采血房，经过简单身体检查后，他撸起袖子献了四百毫升血。周志开想多捐点儿，医护人员说一次不能抽太多，否则影响身体健康。周志开恳切地说："医生，我也是军人，身体健壮，多抽点儿吧！"

"不行！战时用血需求非常大，你可以过一段时间再来捐献。"

"受条件限制，我暂时不能在空中掩护地面部队战友杀敌，只能以这种方式弥补我对他们的愧疚！再说，部队随时转移，在武汉献血机会有限，请满足我的愿望吧！"

在周志开再三恳求下，医护人员很感动，只好从他胳膊上又抽了二百毫升。

周志开心里感到安慰，刚走出采血室，他看到几个陆军士兵揪住一个年轻医生吵闹着。原来，年轻医生给一个负伤战士做完手术后，伤兵的好腿居然不会运动了。官兵们不依不饶，非得要枪毙这个医生。

"老子在前线拼命！兄弟受了伤还要遭你这个汉奸医生算计！今天必须偿命！拿你的头换我兄弟的腿！"带头陆军少尉拔枪顶着年轻医生的脑袋吼道。

周志开赶紧上前制止。

"少尉息怒！子弹是为打鬼子的。估计这位大夫也不是故意为之，得饶人处且饶人。"

陆军少尉一看周志开穿着空军服，怒气消了一半，抱怨道："这种庸医连个普通手术都做不好，弄坏我兄弟一条好腿，他就是在帮鬼子嘛！饶了岂不是太便宜他？！"

"陆军大哥，给他一个改错机会吧。我们打鬼子不就是为了保护百姓嘛！再说，很多伤员和病患都需要医生救护啊！"

在周志开劝说下，双方达成谅解。医院成立调查组，分析手术事故原因，保证下不为例，并给予伤兵一定物质补偿。

临走前，陆军少尉对周志开说："兄弟啊，前线特别惨，死的人太多了！都说你们空军能打胜仗，陆军兄弟需要你们空军部队不断支援啊！"

周志开默默点点头，他无法解释空军战机性能严重落后与数量不足，几个月空战下来已经陷入弹尽粮绝的尴尬处境。

陆军少尉带着士兵走后，年轻医生拽着周志开感激不尽，再三道谢。

"谢谢大哥！我一辈子忘不了您的救命之恩！"

周志开说："做手术一定要谨慎，千万不可大意啊！哪怕炮弹炸在身边，也要处乱不惊。"

"大哥，我性格沉稳，向来做事小心，给伤者做手术这么大的事丝毫不敢马虎。"

"既然如此，为什么不能避免这种低级手术事故呢？"

"唉！一言难尽啊！实属无奈，我没有外科临床经验，上了几年医科大学，一具尸体我都没解剖过，有时连人体动脉静脉都无法准确区分。仅从书本上了解，根本无法全面掌握人体内部结构，跟盲人夜行差不多。这不，战事起来，学校要求我们这批临床医学毕业生提前毕业，刚出校门，马上就被安排到救治一线抢救伤员，经常做手术。伤员一多，老医生没有时间现场指导，我们只能硬着头皮上了，难免出事故……"年轻医生诉苦道。

周志开听后有些惊讶，虽然隔行如隔山，但他也懂得解剖学在西医的重要作用。周志开没想到中国西医教学尚停留在如此困顿地步。

"你们学校没有开设解剖实验课？"

"都是摆设，老师照着书读，学生跟着念……国人传统观念根深蒂固，没人捐献遗体，我们除了看看模型，连仔细观察人体内部脏腑结构的机会都没有，更别说动手操作了……最后，只能在活人身上练手，出了事我们还是罪人，医生难为啊……"

周志开心想，目前的医学跟军事何其相似，国家积贫积弱，与列强相比，国内科技实乃全方位落后。

"解剖学是医学最基础课程，只有掌握人体器官的形态、结构和功能特点，才能学好临床医学课程。没有实践，怎么可能成为一名合格医生？"周志开说。

"可不是嘛！刚入学，老师就告诉我们：解剖是火，点亮生理的灯；生理是灯，照亮病理的路……战火起来，尸体倒是不难找了，可大多数被炸得残缺不全，有时遇到完整的，没有其亲人许可，我们这些准医生还是不敢碰。否则，被人发现照样挨胖揍……"年轻医生继续吐着苦水。

"唉，落后不可怕，可怕的是陈旧观念束缚人们的手脚……我的国家何时才能独立强大啊……"

周志开站在医院大门口，凝视着天空，沉思良久。

晚上，周志开一个人躺在床上，白天医院年轻大夫诉苦的话回荡在他耳旁，"解剖是火，点亮生理的灯；生理是灯，照亮病理的路……"周志开突然萌生一个念头："万一我牺牲，遗体捐给医学院校做解剖研究……要破除陈旧观念，总得有人敢于第一个吃螃蟹，全面振兴国民素质从我做起！"

"可残酷空战，能否留下完整遗体？父母能同意吗？谁来做执行人？……"

"不管怎样，一定要将自己的青春燃烧成一团火，照亮民族复兴之路！"

周志开失眠了……

第二天傍晚，刘孟晋约周志开一起来到训练场上散步，两人聊着战况。

"志开，前方损失太大，估计我们很快会递补上去。"

"我正盼望这一天呢！作为国家培养的飞行员，我们不能再向西撤啦！死也要死在前线！痛心的是，经过几个月苦战，空军几乎全军覆没，有限的战机更是损失殆尽。幸好苏联空军志愿队来华支援，但也无力扭转战局。"

"是啊，来到四大队后，我切身感受到空战残酷，那么多优秀的师兄先后捐躯，噩耗来得太快了……"

"三哥你怕了？"

"我不怕死，只是家里还有老爸老妈……而且，空战残酷得难以想象。听同学说，他的一位堂兄遭敌机袭击，飞机坠落爆炸，战友最后只找到他半截脚掌，惨不忍睹……家人都崩溃了！"

"国家民族到了最危险时刻，必须有人赴死，我们穿上飞行服那一刻起就意味着选择了死神！连死亡的方式也无法选择……满腔热血祭河山，七尺之躯卫国魂！何必在乎捐躯方式呢？！纵使粉身碎骨也无所谓，只求此生无憾！不过，我们死后最好先不让亲人知道……"周志开感慨地说。

"志开，很惭愧，我比你大两岁，境界还不如你。说心里话，面对战争的残酷，我心里确实后悔来航校，听了你的话我豁然开朗了，你如此优秀都不惜生命，我又在乎什么？"

"我们每个飞行员的生命都同样宝贵，没有贵贱高低之分，但要死得其所。小鬼子太残忍，他们是魔鬼！对待魔鬼，决不能手软！"

"志开，你终于想通啦！我特别担心你太善良，性格像绵羊一样温顺，极易在战场上吃亏。战争是不讲人性的！"

"是的，战争改变了我！鬼子的残忍警醒了我！我们不能再像羊一样任人宰割了！你说得对，军人要有狼一样的精神！"

"日本鬼子妄想让我们亡国灭种，就应该把小鬼子杀绝！我真不明白，不久前我们两架战机远征日本，投的不是炸弹，却是传单！对日本人也太仁慈了吧！"

"我们是文明国家，不能滥杀无辜，纸弹攻心，远胜于炸弹。我们要把日本军阀和日本百姓区别开来，有些日本兵也是被迫参与杀戮的……"

"兄弟，你真是天生一副菩萨心肠。"

"作战，要德威并用，智勇双全！"

"对了，志开，追你的人那么多，我劝你赶紧找个女朋友结婚。否则，太遗憾了……"

"谈女朋友的事我还没考虑过，更别提结婚了……等抗战胜利再说吧。"

周志开认真地说。

"敌强我弱，胜利日不知何年何月。"

"我们代表正义！只要全民族团结一致，浴血奋战，在世界正义力量的支持下，中国一定会赢得这场战争的最后胜利！只是，我们不一定能看到那一天……"

"就是啊，来世一回，享受不到销魂时刻太不值啦！"

"何为值得？生命的价值难道在于肉体寻欢作乐？"

"万一你有个三长两短谁来传宗接代？"

"我在家行二，上有哥哥下有弟弟，这一点我没有后顾之忧。"

"你长得这么帅，如果牺牲……不可惜吗？"

"再帅的肉体皮囊终究要化为尘埃，我更在乎拥有不俗的灵魂，那就是民族存亡危急时刻的担当与牺牲，敢为人先的大爱仁心！这才是真正的帅，永远为后人所铭记的帅！"

"可不孝有三，无后为大啊！"

"你误解这句话的意思了，无后其实是指没有尽到后人的责任，没有尽到责任才是不孝，并非没有儿女为不孝。这实在是曲解圣人的原意。"

"你的想法总是跟别人不一样。"

"如果自己的看法是对的，为什么要跟别人一样呢？踩着别人的脚印永远走不出属于自己的独特人生！"

"你牺牲成为烈士了，但你想到亲人失去你的痛苦吗？是不是有点儿自私？"

"所以，现在不能谈情说爱，女孩容易坠入爱河，为何让一个无辜女孩因为自己离去而痛苦终生？我很欣赏沈崇诲师兄，既然准备捐躯，就要独行。国之不存家安在？在国家需要的时候将生命献给国家何谈自私？如果说自责，确实对不起父母，今生无法报答他们的养育之恩……我觉得，为国家尽忠也是为父母尽孝。"

"钦佩你的思想境界，如果大家都有你这个觉悟，国家何至于沦落至此？"

"过奖啦，比我优秀的人有的是，我就是想以自己的青春热血乃至生命，启发民智，唤醒后来者，使我中华民族爆发磅礴之力，不再受列强欺凌！人的一生，应该像太阳一样，给万物以光亮，既有一个辉煌的开始，也有一个灿烂的结尾！"

"佩服！"

"当然，我珍惜自己的生命，绝不做无谓的牺牲，要死得其所！哪怕生命停止后，也要实现最大价值！"

"什么意思？"

"三哥，我有个想法，如果我先走了，请你帮我完成一个心愿……"

"兄弟，别说这话，我们都会看到抗战胜利那一天的！"

"我们现在还活着，是因为众多师兄和战友在血染长空。现实告诉我们，我们要随时做好捐躯准备。"

刘孟晋沉默片刻说："感谢兄弟信任，你说吧，兄弟托付的事，愚兄刻骨铭记并办好！"

"如果我牺牲后遗体保存完整，捐给我们后方城市医学院做教学科研标本！麻烦你和抗日等几位哥哥作为执行人。"

"啊？……"刘孟晋听后惊呆了，他没想到周志开会有这个想法，"志开，身体发肤受之父母，不可毁啊！"

"日本人每天都像屠宰动物一样屠杀我们的同胞，现在你还谈这个岂不是太天真吗？我昨天在医院遇见一个青年医生给伤员做手术失败，了解到我们国家的西医临床实践太滞后，医学生竟然因没有尸体上不了解剖实验课。"

"这跟你有什么关系？再说，战场上尸体有的是，让他们随便找几具研究不就行了！"

周志开摇了摇头，平静地说："这个应该靠自愿。作为有知识的青年，我有责任倡导文明进步观念。没有国家的强大与社会和平安定说什么都是虚的。人有一心分左右心室，做事不应只为自己，还要为别人打算。活着，我的使命是让民众远离战火蹂躏！死后，我愿为凝聚民族魂献出一点儿微薄力量！你们都认为我体形标准，这点我也自信。经过军营摔打，我身体素质确实很好，长这么大没得过什么大病，身体各个器官都是健康的，适合制成标本。就让这具躯体最后发挥点儿作用吧，从中得出一个健康中国男人内部结构的标准数据，科学指导医学临床实践，提高医生手术治疗水平，改善民族基因，让子孙后代远离疾病折磨……生前死后，从肉体到精神，我都要证明中国人不是'东亚病夫'，我们不仅有强健体魄，更有一颗博大爱心，中华民族是

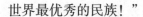

世界最优秀的民族！"

"志开！你真伟大……"刘孟晋紧紧搂住周志开，眼泪"唰唰"流下……

"我担心的是死后无法保有完整遗体而不能实现最终愿望……"

"志开，不要说了……你有这种超奉献想法足以照亮人们的精神世界了！"

"生命意义在于闪光，不管长短，都要燃烧着走完全程！切记，即便躯体残缺不全，也不要落在鬼子手里，要保持一名中国士兵肉体与灵魂的尊严……"

"记住了……"

刘孟晋使劲地点着头，他彻底被周志开感染了，庆幸交上这样值得珍惜一辈子的好兄弟。枪弹无情，前路无常，世事难料，今天聚在一起，明天说不定谁就先走了，一个点头，一句安慰，就是对战友最大的支持，也是对生命的最好珍惜。

这天，周志开从收音机广播里听到河南省会开封沦陷的消息，不禁心头一震，上次通信母亲告诉他家里一切安好，大妹志同学习成绩不错，小妹志敏与小弟志兴渐渐懂事，父亲已赴山东任职，哥哥志宏在朝阳大学毕业后留北平秘密从事抗战宣传工作，奔走呼吁全民族团结抗敌。随着战况变化，他愈加担心亲人的安危。自日军全面侵华战争爆发以来，交通断绝，航校西迁，周志开与亲人通信越来越不方便。随着四大队东迁西调，担负各大城市空中警戒迎敌任务，周志开已经没有条件与家里通信了，他渐渐与亲人失去联系。

周志开担心亲人的安危，父母也在牵挂着他的安全，王倩绮几次去信石沉大海，周予孜坚守在沦陷区济南从事司法系统抗日工作，他也多次打听儿子的消息未果。周予孜知道开封守不住，为避免家人遭日军屠杀，他委托朋友在开封沦陷前帮家眷南迁。

清晨，在隆隆炮声中，王倩绮带着志同和年幼的妹妹弟弟开始逃难。离家时，王倩绮不停地流眼泪，志同将每个房间收拾得干干净净，她以为不久还要回到这个"家"。在周予孜朋友的帮助下，一家人从开封登上南下的火车。一路上，不时遭到敌机狂轰滥炸，火车走走停停，铁轨被炸坏了，火车变换车头前行。沿途都是前线撤下来的伤员和逃荒的难民，死尸遍地，惨不忍睹。大地在颤抖，天空飘洒泪雨……仇恨的怒火在王倩绮和志同胸中燃烧，母女俩终于明白志开为什么那么执着要当飞行员打鬼子了，有血性的同胞，谁甘心这样窝窝囊囊地被炸死？！一家人随着难民来到信阳，从信阳换乘火车到达武汉，不足两天的行程，他们整整走了一个星期。随着武汉形势日趋恶化，王倩绮携子女三人又辗转向西部内陆奔波避敌。辛酸步步向西来，侧身北望思悠悠。一家人饱含流亡之恨，不知道第二天会发生什么事。

这天傍晚，地处长江、嘉陵江汇合处的重庆朝天门码头车来船往，人声鼎沸，从江北和南岸过河进城的人络绎不绝，大多是从内陆西迁的人群。荷枪实弹的士兵守卫着码头。一艘轮船停靠在码头，王倩绮带着三个孩子离船上岸，他们历经千辛万苦，终于来到这座战时陪都。到重庆不久，在周予孜朋友帮助下，志同进入钟南中学继续读中学。王倩绮原想侨居重庆只是短时避难，她怎么也没料到自此长期困在山城，而且两年后与儿子周志开在这里重逢。

1938 年 10 月，武汉失守后，日军疯狂对重庆展开大轰炸。春节过后，空军第四大队将士主动请战，要求移驻重庆，驻扎广阳坝、白市驿机场。董明德任四大队大队长，郑少愚任副大队长。周志开优秀的履历及训练中的突出表现引起董明德、郑少愚的关注，两人都想重点培养周志开。前方战况日趋紧张，周志开多次请战，董明德总是耐心安慰他等机会。

这天，郑少愚专门找周志开谈话。

"志开，你的航校成绩非常好，战时提前到志航大队历经战火锤炼。一年来，你飞行训练与实战均取得重大突破。在第七期、第八期两批学员中，无论是特技、编队，还是格斗、射击，你的技术项目考核都是最好的！"

"谢谢大队长鼓励！理论基础依然薄弱，还缺乏实战经验，请您多指导！"周志开谦逊地说。

"我们的飞机都是外援购买的，机枪瞄准系统相当落后。战机性能不如敌人，我们平时必须深入研究，提高飞行技术，补上短板方能克敌制胜。"

"是的，各类战机更新换代很快，必须在实战中加快提升科研实力步伐，掌握技术要领。现在，我们接收苏联的伊-16 和伊-15 战机后，驱逐机总算配备无线电通话设备，但苏联的设备既笨重又难用，很容易受到地形及距离影响。"

"关键还得靠自主研发啊！远水解不了近渴。如今最现实的是拼飞行员的勇气与血性！"

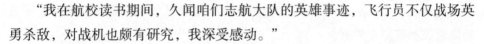

"我在航校读书期间,久闻咱们志航大队的英雄事迹,飞行员不仅战场英勇杀敌,对战机也颇有研究,我深受感动。"

"是啊,高大队长、李大队长都是我们的楷模,我们要踏着他们的足迹前进!"

"是!牢记大队长教诲,奋勇杀敌!"

"现在,我们的处境很艰难,不仅战机匮乏、性能落后,战斗员、指挥员也严重不足。从中队长到分队长,挑选一个太困难了!一个优秀飞行员,不仅要冲锋在前,还要注意不断提升组织能力,发挥更大作用。"郑少愚语重心长地说。

"明白!不怕大队长笑话,别看我长这么大块头,其实胆子特别小,如果不是战争爆发,我是想做一名电影演员的。"

"做不了电影明星,就做打鬼子的英雄,也能成为家喻户晓的明星!没有国家太平,再美好的梦想也实现不了。"

"是的!爷爷给我起'志开'这个名字,就是盼望国家太平,希望我有所作为。"

"我们都祈盼和平,建设一个强大的国家,百姓不再挨欺负!"

郑少愚的学识与随和的语气,给周志开留下深刻印象。

日军为切断中国国际交通线并威胁西南大后方,筹划在广西进行登陆作战。入冬,日军集中十万兵力占领南宁,然后分兵进攻桂南战略要地昆仑关。从昆仑关向北,日军可以攻占柳州,切断大后方重要交通线湘桂和黔桂铁路。同时,向西可以进军云南,切断中国抗战所依赖的国际交通线滇缅公路,将重庆国民政府扼杀在四川盆地。国民政府军事委员会意识到事态严重,紧急调部队增援广西。空军第四大队奉命从重庆调至桂林驻防,与第三、第五、第六大队共同掩护第一大队轰炸机出击南宁东北的昆仑关敌军阵地,对敌军进行低空扫射和轰炸,配合地面部队夺回昆仑关。不久,日军出动大批飞机前来轰炸昆仑关。地面日军组织反扑,中国守军抵挡不住,昆仑关再次陷入日军手中。此后,中日空军你来我往,反复缠斗,相互轰炸对方前沿阵地、指挥机关、后勤供应线。第一次出击,周志开驾机协助陆军攻克八塘,出色完成了任务,他盼望有朝一日与日军战机直接空中对决。

这天正午十二点，副大队长郑少愚率第22中队长张威华和队员周志开飞赴昆仑关实施制空作战。

周志开驾驶2204号伊—15式战机最后一个起飞，当张威华带领编队战机靠拢爬升时，周志开单独落在后面，他一面追赶飞机编队，一面在视界所及的天空仔细搜索着敌机。突然，周志开发现一群黑点从北向南直飞过来。周志开驾驶的战机没有无线电对讲机，只能靠振动机翼的老办法发信号。此刻，战友驾驶的飞机距离自己一公里远，如果赶上编队机群，再摇翼通知领队机共同战斗，肯定会坐失良机，敌机可能乘机逃遁。周志开想，若改变追赶领队机的航向，对着敌机航线取一点交叉线飞过去，会与这群敌机遭遇……于是，他推动操纵杆，果断驾机左转，与原来航向成九十度角飞着，密切注视迎面飞来的那群黑点。渐渐地，他发现，这是九架日本九七式轰炸机。

周志开第一次单独驾机迎敌，不免有些紧张，但很快镇定下来，打轰炸机，他在训练中积累了很多要领。突然，周志开驾驶战机如运动员长跑冲刺般杀向敌机群。敌机看到有一架双翼绿色飞机冲来，知道战斗在即，立即靠拢飞行。周志开飞到距离敌机五百米处，一按机枪电钮，"嗒嗒嗒……"对准敌机第二小队2号机发动机射击，敌机十八挺后座机枪集中回射周志开的战机。周志开临危不惧，采取娴熟翻转侧滚术，避开纷纷射来的子弹。紧接着，他冒着敌机密集的子弹再次向敌2号机猛烈射击，这架敌机招架不住，紧急侧转，转弯时左翼偏下，右翼翘起，机腹暴露，周志开迅速瞄准敌右翼发动机攻击，子弹正好击中敌机的主油箱，瞬间，敌机冒出一股浓烟，紧接着"轰隆"一声，犹如火球般爆炸坠地。

这时，编队赶到，周志开与郑少愚合力击落第二架敌机，余下敌机落荒逃走。事后得知，这九架日军轰炸机是前来袭击柳州机场的，没想到遇上周志开主动出击。

战斗结束，周志开驾机一落地，立即在自己座机翼下、发动机上、机身前后寻找弹痕，他发现自己的战机被击中三弹。弹痕不仅证明自己击落了敌机，也便于更好总结经验教训。这次战斗是周志开第一次真正意义的空战，他的机智勇猛得到战友一致赞赏，并获得一块手表奖励。

两天后，日军十八架驱逐机空袭柳州，郑少愚率周志开等飞行员再次迎击，大家奋勇作战，合力击落敌机八架，我战机人员无任何损失，创造抗战以来

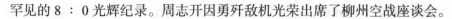

罕见的 8：0 光辉纪录。周志开因勇歼敌机光荣出席了柳州空战座谈会。

周志开首战告捷，信心大增，他连续作战，越战越勇，不断刷新克敌纪录。

这天，日军十八架九六式驱逐机再次袭击柳州。四大队副大队长郑少愚率周志开等队员驾机迎战。郑少愚绕场巡逻机场西南角处，发现一架敌机正在摇动机翼，似乎在指挥攻击……郑少愚迅速逼近该机射出子弹。突然，十余架单翼亮银色敌机赶来增援，猛烈围攻郑少愚座机，一架日机的子弹击中郑少愚左脚，顿时鲜血直流。郑少愚忍着疼痛，将最早发现的那架日机击落……这时，一架双翼深绿色战机冒着如帘弹雨冲过来，与敌机撕咬，郑少愚注意到醒目的 2204 机号，知道驾驶员是周志开，他暗想这回自己有救了。正巧，苏联志愿者战机也赶来投入厮杀，与周志开一起救出郑少愚。敌机见势不妙，慌忙逃走。战斗结束，郑少愚的战机中弹三十多发，周志开的战机受微伤。

1939 年最后一天，在地面和空中将士奋勇搏杀下，中国军队最终夺回昆仑关，几乎全歼号称"钢军"的日军第 21 旅团，旅团长中村正雄少将被击毙。昆仑关战役结束后，四大队再次移防重庆广阳坝机场。不久，周志开被任命为四大队 22 中队分队长，不仅是四大队年龄最小的分队长，也是航校第七期最早成为分队长的学员。周志开战场上机智勇敢，声名鹊起。全抗日、张祖骞、刘孟晋、冯天亮四人更是兴奋不已，为有周志开这样一位英雄兄弟感到无比自豪。

周末，全抗日等四人一起找到周志开，哥几个准备给他好好庆祝一下。

"志开，你真厉害！我们连升空作战机会都没有，你居然独自打下一架敌机！这差距也太大啦！"冯天亮高兴地喊道。

"志开，太羡慕你啦！一战成名！"全抗日激动地说。

"对，志开首战告捷，骁勇神鹰，实至名归！"张祖骞赞叹道。

"志开，恭贺你升任分队长！"刘孟晋也表示真诚祝贺。

"对！双喜临门，今天咱哥几个一醉方休！"冯天亮喊道。

周志开笑着说："谢谢几位哥哥关心。我比你们早到四大队见习，应该有所作为。昆仑关战役取得最终胜利，源于大家齐心协力，地面陆军战友和我们整个空军兄弟表现都很英勇。我单独击落第一架敌机有幸运成分，没啥了不起的。现在制空权依然被敌人控制着，守卫重庆的任务非常艰巨，还没有到狂欢庆祝时。哥哥们的好意志开心领了，聚餐庆贺就免了吧。"

"当官了就瞧不起兄弟啦？周队长这是不给哥们儿面子！"冯天亮揶揄道。

"天亮哥误会了。哪里有什么周队长，我永远是你们的弟弟！"周志开说。

"好了，志开说得对，等战事平静些哥几个再聚餐庆祝。"全抗日说。刘孟晋、张祖骞点头同意。

"志开以后可得关照哥哥呀！"冯天亮嬉皮笑脸地说。

"好，我的战功就是哥哥的战功！"周志开笑着说。

此后，面对大队各级领导给予自己的荣誉，周志开始终保持低调，每次执行作战任务归来或训练结束，他及时写日记总结。周志开清楚，战绩远远未达到自己确立的目标。

不出任务时，四大队官兵常玩文人的游戏，打油诗，联句，对对子，射文虎，周志开样样精通。

正月十五晚上，四大队部分官兵聚在一起联欢破谜儿，猜得格外尽兴。

"一口咬掉牛尾巴，谜底打一字。"主持人刚说出谜面，机灵鬼冯天亮喊道："是'告'字。"

"可上又可下，老二喊老大！"

"我猜谜底是'哥'字！"周志开抢先答出。

"两山在一道，猜出就错了。"

"不是'出'，那就是'击'字！击败的'击'！"冯天亮大喊。

"正确！"主持人说，"现在我说最后一个字谜谜面：两个动物并排站，一个会游泳，一个会爬山。打一字。"

"谜底是新鲜的'鲜'字！"周志开朗声答道。

"正确！"主持人说完，大家报以热烈掌声。

冯天亮有点儿不服气，嘟囔说："王八还会游泳，猴子还会爬山呢！这个谜面不好！"冯天亮的话把大家逗乐了。

联欢会上，每次谜面一出，第一个给出答案的不是周志开就是冯天亮。战友们打心眼里佩服两个人的快速反应能力，特别是周志开独特的思维方式。最后，战友们请周志开出一谜题。周志开沉思片刻说："我的谜题是：马占山，打现代抗敌名将一员，破者赏十枚火腿！"周志开所说的火腿其实是花生米与豆腐干。于是，大家纷纷从"马"从"山"从"占"从"贴"各个思路去猜，但猜了很长时间就是破不了。突然，冯天亮喊道："我知道谜底，是薛岳将军！"

"说说理由！"

"理由是薛仁贵征东大破摩天岭，结果他的人'马''占'领了'山'岭。我这种破谜法比'无边落木萧萧下'射'日'字还要妙。"冯天亮骄傲地说。

冯天亮一番话又将大家逗笑了。周志开认真地说："答案不正确！"

这时，就寝号声响了，周志开悄悄把谜底告诉了大家，并且约好瞒着冯天亮。

一周后，冯天亮执行任务，在机场即将出发，他还没有忘掉那个未破的谜题。冯天亮看到周志开正在检修飞机，走上前说："志开，求你把那个谜底告诉我吧！这几天我昼夜琢磨答案，还是没想出来。你不告诉我，会影响我今天执行任务的！"

周志开看着他一本正经的样子，笑着说："马占山就是马占山，他不就是现代抗敌名将嘛！用不着猜的，还要绕什么弯儿兜什么圈子呢！"

冯天亮听后愣住了，他哭笑不得，一拳头捶在周志开胸前，说："你小子把我害苦了，我猜的那匹'马'足足'站'在'山'上一个多星期了……"

"六哥，记住，困境时注意换个思路则柳暗花明。战场瞬息万变，有时也跟猜谜儿一样，不要钻死胡同。"周志开耐心地说。

冯天亮若有所思地点了点头，说："大家称我'机灵鬼'，其实比你差远了！你小子不仅四肢发达，大脑更发达，我自愧不如。"

周志开笑了……

七　舍生忘死卫陪都

　　1940 年初夏，侵华日军派遣军总司令部和日海军中国方面舰队司令部达成轰炸中国大后方的《陆海军中央航空协定》，制定"101 号作战"战略行动，企图通过对重庆、成都的政治、军事目标轰炸，加以地面进攻，彻底摧毁中国人民的抵抗意志。

　　四大队驻地广阳坝机场，周志开和战友们昼夜紧张训练。午饭后，骄阳似火，烤得地表处处发烫。周志开带着冯天亮准备进行空中格斗训练，两人穿着飞行衣坐在各自飞机座舱里如进了火炉一样，汗水涔涔而下。冯天亮咧嘴喊道："志开，没等升空我俩就蒸熟了。今天只不过是训练，别那么严了，脱掉飞行衣上去凉快会儿吧！"

　　"不行！我们的飞机没有舱罩，不穿飞行衣飞到高空，你这个瘦皮猴很快会冻僵变成冰棍的！敌机说来就来，我们必须忍受熏蒸磨炼，时时处处保持警惕！"说完，周志开一加油门，一拉机头，战机在跑道滑行升空。冯天亮紧随其后。空中，周志开耐心传授冯天亮外翻大筋斗等高难技术。

　　这天晚上，日军海军基地会议室，日海军中国方面舰队司令官海军中将岛田繁太郎与部下狂欢。

　　"来，为我们海军在这次空中作战中大获全胜，干杯！"岛田繁太郎举起酒杯阴笑着说。

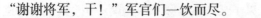

"谢谢将军，干！"军官们一饮而尽。

岛田繁太郎盯着身边一个粗壮的鬼子军官说："诸位，我第二杯祝贺山口多闻少将荣任联合空袭部队司令，他是我们海军航空队最出色的指挥官！"

山口多闻"咔嚓"起身立正，喊道："感谢司令栽培！"说完，将酒杯喝个底朝天。

随即，山口多闻再次斟满酒杯，粗声大气地说："我提议，为司令官阁下的健康干杯！"军官们争先恐后一干而尽。

岛田繁太郎将着八字胡，肥脸泛起红光，慢吞吞地说："此番作战，我们海军总参战飞机三百架，是陆军的四倍。我要让大本营瞧瞧，海军作战能力就是比陆军厉害！"说完，他示意山口多闻宣读《陆海军中央航空协定》。

"这次行动的代号是 101 作战，即连续轰炸一百零一天。整个作战分两个阶段，第一阶段是'航空歼灭战'，对分布在重庆、成都等地的中国空军基地实施毁灭性打击，消除空中威胁！第二阶段全面实施对重庆、成都不停的、密集的'地毯式轰炸'，摧毁经济设施，轰炸居民区、学校、政府机关等人口密集区，彻底解决中国事变！我们要以毁灭性轰炸，将重庆这座山城从地图上抹掉！"

"天皇万岁！"……日军军官狂啸不止。

凌晨，日军驻武汉、孝感、运城机场指挥塔电话骤然响起，山口多闻下令："101 作战首次行动开始！" 瞬间，一架架日军轰炸机腾空而起，密密麻麻向重庆飞去。两个小时后，日机抵达重庆上空，首先对四大队驻防重庆的广阳坝、白市驿两个机场进行突然袭击。白市驿机场率先拉响警报。

在广阳坝机场，刚刚起床的周志开和战友们紧急跑向停机坪，跳上战机驾驶舱，战机箭一般射向天空，拦截日军轰炸机。一时间，双方战机上下翻飞，轰鸣声、枪炮声响成一片。擒贼先擒王，战斗中，周志开驾驶 2204 号战机，盯准敌领队机，捕捉合适角度，出其不意发动攻击，直至打完最后一颗子弹……日军战机轰炸结束扬长而去，整座城市浓烟四起、火光冲天……自此，日军利用战机数量和性能优势，连续对重庆进行疯狂空袭。周志开和战友们在四大队新任大队长郑少愚率领下，顽强守护陪都上空。

这天上午，天空晴朗，重庆街头车水马龙，熙熙攘攘。突然，一阵沉闷刺耳的警报声响起，"不好啦，鬼子又来轰炸啰！快跑啊……"人们四处逃散，一个卖水果的中年汉子慌忙收拾小摊，因手忙脚乱，水果散落在地上，他急得大叫："我的杏儿！……"一个小伙子从水果摊前跑过，喊道："找死啊！还不快逃命！"中年汉子吓得浑身哆嗦，一脚踩在一个杏儿上摔倒在地，他拼命喊："救命啊！……"随着喊声，一颗炸弹嘶叫着落在他身边，伴随"轰隆"一声巨响，中年汉子被炸飞……

附近街头花园，几个没有来得及躲避的市民被一颗炸弹击中，有的头炸没了，有的四肢炸飞了，惨不忍睹……

空中，周志开驾驶战机单机发动攻击，他反应敏捷，攻势凌厉，不断打乱敌机的轰炸计划。激战中，他所驾战机中敌弹多发，但依然坚持与敌机格斗……

连续一个月，敌机每天四五批连续不断偷袭重庆上空。周志开和战友们驾驶驱逐机与日军战机激烈缠斗，最大限度减小地面上的损失，但因敌强我弱，无法阻止上百架日军轰炸机对全市狂轰滥炸，市区到处是废墟，人们的哭喊声、叫骂声成片，江水呜咽……

广阳坝机场，周志开驾机降落，眺望远处天空升腾起来的浓烟，仿佛听到遇难同胞冤魂在呐喊。他攥紧拳头，怒不可遏，"小鬼子，血债血还！迟早找你们算账！"

四大队长办公室，大队长郑少愚眉头紧锁，看着刚发来的战报：击落敌机三架，我战机损失四架……郑少愚绞尽脑汁寻找破敌良策。空战结束，他立即召集参战飞行员进行总结。

"入夏以来，我们每天面对如洪水猛兽般的日本战机机群，虽然将士们左挡右抵，浴血鏖战，但仍然难有效阻止日军战机对重庆的狂轰滥炸……大家结合实战谈谈退敌之策。"郑少愚说。

"现在我们飞机性能太落后，飞机数量又远远低于日军，如果高大队长、乐以琴、刘粹刚等飞行员在世，必能以一当十，凭精湛飞行技术震慑敌人。可惜，他们都捐躯啦。"张副大队长说。

"周志开同志表现就不错嘛！我相信志航大队后继有人，必将涌现新的王牌飞行员！"郑少愚鼓舞大家说。

"鬼子太缺德了，他们专挑繁华商业中心投弹，连居民区也不放过。"刘孟晋气愤地说。

"为将日军嚣张气焰打下去，有必要同日机相撞！效法师兄沈崇诲、陈怀民。"张祖骞建议。

"为阻止日军疯狂轰炸，捍卫陪都，到了我们兑现航校誓言的时候了！做空中'邓世昌'！"全抗日激动地说。

"我同意实施撞击战法，但这是最后的办法。经过对比发现，伊–15、伊–16驱逐机火力过于微弱，很难给予日军轰炸机致命一击。我们可以发挥格斗专长，紧紧缠住敌机，使其无暇投弹，同时拖延时间，耗尽其油箱燃油，最终迫使敌机放弃轰炸……"周志开冷静地分析着。

"志开说得对，值得一试。不过，与敌机肉搏，对飞行员技术要求很高。国家培养一名飞行员很不容易，你们是国家精英人才！每位飞行员的生命都是最宝贵的！今后，我们实施以机撞机的战法，只要将敌机机翼部分撞毁，日机就很难返回基地。我方飞行员在机翼折断、飞机进入螺旋前，还有跳伞的机会……一定设法逃生，中国的天空需要你们捍卫！"郑少愚动情地说。

队员们都清楚"撞机战法"完全是一种自杀式攻击，但没人反对，纷纷表示愿意一试。每位勇士内心深处早已把个人生死置之度外。

"誓死捍卫中国的天空！"大家异口同声地回答。

"近日，情报获悉日军大本营准备增加夜间轰炸，我们将面临更加严峻的挑战……"郑少愚话还没说完，凄厉的警报声再次响起，日军轰炸机又来袭击。

周志开奉命驾驶战机又一次冲向天空，全抗日等战友也紧跟着驾机迎敌，顿时，双方厮杀在一起。周志开驾机上下翻飞，左冲右杀，与几架敌机纠缠，消耗敌机战斗力，使其顾不上投弹。突然，一架敌机靠近，周志开奋力向这架敌机撞去，双方飞机一擦而过，日军战机虽然摇晃了一下，并没有坠落。敌机驾驶员大吃一惊，慌乱中扔下一些炸弹撤退了。周志开驾驶战机降落机场，他认真检查战机，发现战机前后中弹十六发。

战斗结束，郑少愚连夜召开参战队员总结会。

周志开汇报说："实战发现，以机撞机的方式难以实施，若高度、速度和方向不能恰当协调好，甭说相撞，相遇都很困难。我们不能做无谓的牺牲，要改变战法，关键还是提高战机性能，强化空中攻击威力，震慑敌机。"

"战机均属外援，国内一架也生产不了，短期内也无法改装战机提高性能……"张副大队长说。

大家苦心冥想。正说着，地面岗哨来报，空中又发现数架敌机来袭。

"小鬼子果然搞起夜袭啦！怎么办？"队员们面面相觑。

郑少愚深知大多数队员没有夜战经历，这是巨大挑战。

"晚上街头人不多，我们可以先观察一下敌机夜袭特点……"

"敌机向来是狂轰滥炸，若不拦截，损失比白天轰炸还要大。作为捍卫陪都的希望，如果我们躲起来，别说上峰怪罪，也承担不起老百姓的骂声！"

"可谁出战迎敌呢？"

这时，周志开站起来，坚定地说："大队长，我的视力好，飞行技术娴熟，请派我出战拦截！"

郑少愚有些犹豫，周志开是四大队头号种子选手，必须重点保护，他实在舍不得让他冒这个险。可是，上峰有令，无论昼夜，只要敌机来袭，就是"撞"也要把它们"撞"下来。

"大队长，赶快下命令吧，再晚就来不及了！"

"好！你挑选两架僚机掩护配合作战！"郑少愚说。

"我做志开的僚机！""还有我！"张祖骞、全抗日主动请战。

"不用！我单机即可！以软碰硬，战机多目标大，反而不利！"周志开平静地说。

郑少愚望着周志开，语重心长地说："切记，一定要活着回来！志航大队不能没有你！"

"大队长，请放心！保证完成任务！"

说着，周志开敬了一个标准的军礼，郑少愚还礼。

星光下，周志开驾驶 2204 号战机单机箭一样冲上夜空，直奔敌机群。肆无忌惮的日机飞行员没有预料到中国战机夜间会迎战，他们飞到重庆上空，正准备投弹，周志开驾机猛虎般呼啸着冲过来，他怒目圆睁，对准领航机的发动机开始扫射，瞬间，火花四溅……敌轰炸机一下蒙了，来不及投弹，仓皇回射。周志开灵活闪过，像游龙一样忽左忽右，一时间，笨重的敌机居然

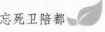

搞不清有几架战机与他们缠斗。纠缠了一会儿，敌机灰溜溜地飞走了。

周志开回到地面，受到战友们热烈欢迎。郑少愚跑上前，从头到脚仔细看个遍，发现周志开毫发无损，紧紧抱住他，激动地说："志开，好样的！你真是'摘星手'啊！"

为了应对敌机夜袭，第二天，郑少愚在各中队挑选张祖骞、全抗日等十余名反应灵敏、技术精湛的夜战飞行员，由周志开负责培训。周志开凭着天赋与勤奋，结合实战得失，很快总结出一套夜间拦截作战技术，他要求每名夜战飞行员在最短时间掌握。此后，周志开与战友们每天同数倍于己的敌人鏖战五六个小时，一次空战下来，累得筋疲力尽。周志开在月光里飞，在阳光里飞，在风雨里飞，在枪弹中飞……他瘦了，目光锐利，性格更加果敢沉毅。决斗中，他经常钻到敌轰炸机火网里实行"掉尾"攻击，进行有效射杀。每次完成防空警戒任务归来，他都要清点自己战机的弹痕数量，研究如何提高战机空中攻击威力。吃饭时，他也在琢磨对付敌机的办法。

这天清晨，在周志开建议下，四大队将战机隐蔽在树林中，在广阳坝机场摆放七架假飞机，诱敌轰炸。前来空袭的敌机直到投完炸弹，才发现上当。当晚，郑少愚召集参战队员讨论第二天对付敌机的办法。刘孟晋建议继续摆放假飞机，以减少民间被炸损失。周志开说："敌人今天已经知道是假飞机，明天不会理会。我们不如将计就计，将战斗机摆放在假飞机位置，等敌机离开后，我们立即起飞，占据有利高度并隐蔽在云中，对敌轰炸机编队发起突然攻击！"

"太冒险了，我们驱逐机本来就不多，若敌机投弹岂不是全部报销了？"张副大队长不无忧虑地说。

"敌机天天空袭，夜夜空袭，我们追不上，打不到，太窝囊啦！冒险也该试一试！"张祖骞说。

郑少愚思考片刻说："我同意志开同志的建议！"于是，大家连夜将七架战机摆在白天停放假飞机的位置，周志开、张祖骞、全抗日等驾驶员做好迎敌准备。

第二天，敌机群飞临广阳坝上空，领队机通知后面轰炸编队，称机场上仍然是七架假飞机。敌机群耀武扬威地飞过，没投一颗炸弹。敌机群离开后，周志开等七名队员立即起飞，从敌机后面发起闪电攻击，一下击落数架日机，剩下的敌机狼狈逃离重庆上空。

战斗结束，战友们激动万分，纷纷对周志开竖起大拇指。冯天亮乐得合不拢嘴，说："志开，我对你佩服得五体投地，什么时候我能想出你这种打鬼子的妙招！""没什么，多观察，勤思考。说心里话，当时，我心理压力也挺大的，如果鬼子真投弹，飞行员就挂了，我死事小，但我对不起一起参战的战友，承担不起战机损毁的惨重后果……"周志开说。

看着日趋消瘦的周志开，郑少愚多次安排他休假，他都拒绝了。这天，郑少愚找到周志开，说："近日空中相对平静，你赶紧休息两天！"

"我体格强健，精力充沛，重庆上空不彻底安宁，我一刻不休息！"周志开坚决表示。

"我命令你马上休假，服从命令！"郑少愚严肃地说。

周志开还想说什么，郑少愚一摆手，周志开只好立正说："是！"说完，他又嬉笑着说，"大队长，我休息一天足矣，求您了。2204号飞机是我的腿脚，离开它我哪儿也去不了啊！"

"你啊，快着魔了……"郑少愚笑着说。

周志开离开办公室，郑少愚把警卫员小张叫进来，让他通知食堂师傅给周志开炖条鱼送去。

"给周志开这小子好好补补！他身上有高志航大队长的影子，全大队主要仰仗他呢！"郑少愚感慨地说。

周志开回到宿舍，整理空战感受。这时，警卫员小张端来一碗热乎乎的炖鱼。

"周队长，大队长专门安排伙房师傅给你炖条鱼，赶紧补一下身子吧！"

周志开接过炖鱼，他怎么也吃不下，泪水夺眶而出。周志开始终觉得郑少愚像兄长一样疼爱自己，在战场上有一种特殊的心灵默契。

"小张，现在制空权还控制在日军手里，大队长日夜操劳，他压力很大，这鱼你给他端去吧……"

小张无奈，端着鱼来到郑少愚办公室，被郑少愚批评一顿，又端了回来。最后，周志开只好把鱼留下，他喝了几口鱼汤后，将鱼全送给执行任务归来的战友吃了。

重庆的夏日正午像火炉一样，酷热难耐，周志开依然穿着草绿色双层飞行服，瞬间汗流浃背。他坐在宿舍桌子前，回忆数月迎战经历，总结敌机来袭的特点规律，他写道："日机来的是九六式、九七式两种轰炸机。他们常常派一架快速侦察机到陪都上空进行高空侦察，然后，敌轰炸机编队群按敌侦察机情报前来轰炸，轰炸结束，敌机总是取一条可以回避我方驱逐机的路线飞转回去。不过，敌机也不是那么容易能躲开我方驱逐机攻击的。因为，一个敌机大编队行动起来，地面能够看清楚。如果指挥所准确判断敌机位置、行动方向，通过无线电最快传递给我空中战机，飞行员即刻奔过去，只要与敌机相遇，他们就完不成轰炸目标……"

这时，冯天亮走进来，他身着背心短裤，一身黝黑肌肉闪闪发亮，原来他也在休假。

"志开，听说你休假呢，还在忙什么？"

"我在写一篇应对敌机轰炸的调研报告，供领导参考。"

"难得休息一天，还这么忙。走吧，咱们去逛逛街，来重庆一年多了，还没上过街呢……"

"哪有时间呀，一会儿还要检查飞机，琢磨怎么改善一下攻击方式呢！"

"忙里偷闲嘛！咦，你不怕热死啊，这么热的天还穿着飞行服？"

"敌机说不定什么时候就来袭击！必须时刻准备登机迎敌！"

"可我们在休假啊！"

"重庆上空一日无宁日，我们一刻没有真正的假期！这里是国民政府领导全国抗战的政治、军事、经济、文化中心，日军轰炸重庆，就是摧毁我们抗战的斗志！保护这个全国中心，保护陪都百姓，我们使命重大啊！"

"休息好才能更好地投入战斗。咱们就在附近转转……"

在冯天亮再三软磨硬泡劝说下，周志开只好同意跟他上街。出门前，他换上春秋便装，将飞行服装进随身携带的包里。

"我穿短裤热得喘不过气来，你怎么还穿长裤？难怪你皮肤捂得这么白。"冯天亮说道。

"我们一定要注意维护军人形象。"

"休闲时就该随便着装嘛。再说，我裸露发达四肢正好展示我们军人特有的力量。"

"天亮，说心里话，我挺喜欢你这肤色，黝黑皮肤才是健美男人的标志呢！等我受伤休养时，也晒晒日光浴，晒出一身古铜肤色。"周志开笑着说。

"志开，咱俩换换肤色吧。你知道我多羡慕你这跟女孩儿一样洁白细腻的皮肤哇？我长这么大还没摸过一个女孩子呢，你满足我一下吧……"冯天亮带着几分狡黠地说。

"真无聊！"两人都笑了。

两人来到市区街上，行人车辆来来往往，两侧店铺顾客谈笑风生。附近一片废墟上，居民用断木破竹"叮叮当当"地钉着新居……没有敌机轰炸的时光，哪怕是片刻，人们脸上依然充溢着笑容。

"多好的百姓啊，再苦的日子也要活出滋味。有这种坚定乐观情怀，没有过不去的火焰山，任何敌人也无法征服我们的家园！中华民族的抗战精神是永远炸不垮的！"周志开感慨地说。

"是啊，重庆人挺会享受生活的。"冯天亮说，"志开，我们吃点儿饭吧，我肚子早'咕噜噜'叫了。"

两人走进一家面馆，里面人声鼎沸，生意兴隆。店小二跑过来喊道："两位客官吃点儿什么？"说着递过菜单。

"两碗面！"周志开说，"师傅，能做一碗不放辣椒的吗？"

"要得！看先生不像本地人。"店小二笑道。

周志开微笑点了一下头。

"再加二两牛肉，一壶白酒！"冯天亮补充道。

"你总是不知节俭！非常时期不能饮酒！"周志开责怪道，他转身对店小二说，"牛肉可以，酒不要。"

"该吃就吃，该喝就喝，谁知哪天挂了……"

过了一会儿，面条和牛肉端上来，冯天亮狼吞虎咽吃起来，周志开端起那碗清淡的面条，细细品尝着。

"天亮，你是南方人，却挺喜欢吃面食。等抗战胜利了，我带你品尝北方的面食，北京炸酱面、天津麻花、开封小笼包，还有我老家冀东的饺子，味道好极了……"

"太好啦，期待这一天！我带你到福建厦门吃海鲜！"

"这牛肉你都吃掉吧！我刚才在营区喝鱼汤了，不饿。"

冯天亮也不客气，很快将牛肉吃得一干二净。

"志开，你说我怎么吃肉也长不胖！"

"脂肪少，身材精干，南方人体形多偏瘦。"

"我出生在福建山区，家庭贫困，父母结婚晚，他们四十多岁才生下我，小时候常年营养不良。父亲在我六岁时因病去世了，此后与母亲相依为命。战事紧张，我被抓了壮丁，在部队受到一位排长教导，教我学文化，进军校培训，后来他又鼓励我报考航校，立志救国。鬼子全面入侵后，我们一路向西，与家里中断联系多年了，也不知孤身老母亲过得好不好……志开，你只看到我顽皮的一面，其实，我虽然读书不多，但也是有志向的，我特别崇拜我的老乡林则徐，牢记他的名言：'苟利国家生死以，岂因祸福避趋之！'"

听着冯天亮掏心讲述，周志开眼眶湿润了，他没有想到这个机警幽默的战友童年如此坎坷，他感受到冯天亮坦诚的内心。

"志开，我最担心的是哪一天自己挂了，老母亲怎么办？"

周志开安慰道："天亮，放心，你反应灵敏，飞行技术强，不会有事的！"

"谁能保险啊，航校很多战友都走了，有的宿舍走了多一半……"

"天亮，万一你有个三长两短，你的母亲我来照顾……"周志开严肃地说。

"志开，谢谢！你人太好了。请原谅我以前常故意取笑你……其实，跟你恶作剧，内心却特别佩服你……"冯天亮激动地说。

"你人也挺好的，幽默，给大家带来很多欢乐。我出生在一个富裕家庭，爷爷是清朝二品官员，父亲是民国法官，自小受父母宠爱，衣食无忧。不过，我缺乏的恰恰是你这种童年磨炼。"

"啊？你是官宦子弟，太低调了！看不出来你家庭背景如此显赫？以前只以为你出身书香门第。"

"出身并不重要，重要的是我们要有理想抱负，具备悲天悯人的济世情怀。人两眼平行，要平等看人。每个人生来都是平等的，任何时候都要靠自己奋斗！"

"惭愧，志开，从你身上我学了很多优秀品质。只要你不嫌弃，你这个弟弟我交定啦！今天的饭哥哥请！"说着，冯天亮喊道，"小二，结账！"

"来嘞!"店小二跑过来,笑着说,"客官吃好了,共二十元。"冯天亮摸摸口袋,瞬间面露尴尬,原来,自己身上一元钱也没有了。

"这个月津贴都买烟抽了……"冯天亮尴尬地说。

周志开微笑着掏出二十元纸币递给店小二,嘱咐冯天亮:"少吸烟,对身体不好!最好戒掉!""没有漂亮女孩儿陪着,只能靠抽烟解闷。""瞧,又来了……"

两人站起身,走出店铺,店小二说道:"两位客官慢走!"

周志开、冯天亮准备到江边转转,他们途经一条胡同。突然,一个带有几分姿色的女郎走过来,她身着亮丽旗袍,满身脂粉气。妖艳女郎走上前,嗲声嗲气地对周志开说:"我的大帅哥,到里边享受一下吧!这飞机炸来炸去的,说不定哪天两腿一蹬,两眼一闭,就完啦……这人啊,做鬼也要做个风流鬼,可不能亏待自己啰……"

说着,妖艳女郎上前想拉住周志开的胳膊,周志开本能地向后退了两步,他抬头一看,前边门楼挂着两盏灯笼,门框写着"怡红院"三个大字。

"请你自重,走开!"周志开毫不客气地说。

妖艳女郎"哼"了一声说:"干吗这么凶啊?"转身拽住冯天亮的胳膊说:"小白脸不好惹,还是这位黑脸小哥仗义!里边都是十八九的大姑娘,比我还水灵呢……小黑哥,跟我走吧,包你满意!"说着故意露出丰满的胸脯笑眯眯地望着冯天亮。

冯天亮被眼前的女郎姿色迷住了,他心"怦怦"直跳,红着脸说:"我——我身上没带钱……"

"看你还算壮,模样也不错,今天小姐心情好,免费……"

冯天亮看到女郎露出两条雪白的大腿,张着嘴发呆,不由自主地挪动脚步,有心想跟女人走进"怡红院"。周志开喝道:"天亮!你这是违纪!赶紧走!"说着,一把拉住冯天亮的胳膊迅速走开了。

背后传来妖艳女郎气呼呼的骂声:"小白脸,你不风流还阻止别人风流!你不快活也不让别人快活呀!早晚鬼子飞机把你炸了……讨厌!长得帅的男人真不是好东西!"

两人来到江边散步,午后的阳光洒在江面上金光闪闪,周志开将一块薄石片投向江中，划出一道水花。

"我们用生命守卫的城市，却有人在做这种事！"周志开叹道。

"不新鲜，哪个城市没有啊！"冯天亮埋怨道，"兄弟，你性格一向温顺，今天怎么变了一个人似的！再说，食色，性也！人之常情啊。"

"性就是空，空即是色！"

"我不懂你说的什么。听说人家小鬼子打完仗专门有女人提供性服务，活得很滋润。"

"那是'慰安妇'！多少妇女同胞在饱受野蛮折磨！所以我们必须打败小鬼子，解放那些可怜的女人！"

"我长这么大，还没有摸过漂亮年轻女子的手呢，如果这样死去我不甘啊！那种滋味比挨饿还难受……"

"再次忠告你，绝不能去那种地方！作为军人，那是严重违反军纪的，要被开除的！"

"可你不说谁知道！再说，很多当官的都是说一套做一套，经常背后玩女人……"

"军人底色是什么？血性、刚毅、服从、牺牲！"

"牺牲，牺牲！你就知道牺牲，死也是个屈死鬼！我可不想学你！"

"我没想让你跟我一样。条件成熟，你找一个贤惠的女孩儿，早点儿结婚成家。我给你介绍。"

"好！一言为定！兄弟看上的肯定错不了。记着，你欠我一顿酒和一个女朋友！"

"迟早满足你这个色鬼！"

两人望着清澈江水开心地笑了。

"志开，说心里话，你看我大大咧咧的，其实挺保守的，我最怕死后被火烧成灰，即使做不成'木乃伊'，总可以保留完整遗体入土为安吧！"

"我们的肉体不过是由碳、氢、氧元素构成，生命停止后早晚也要回归自然。人生一世，贵在拥有一个辉煌的过程。我们虽然生逢乱世、浊世，但要坚守人性清流，拥有不俗的灵魂。"周志开说。

深夜，郑少愚在办公室灯下仔细读着周志开的空战调研报告，不住地点头，暗暗称道："这小子观察细致，思考问题深刻，不仅是个优秀飞行员，也是个带兵的料啊！"

郑少愚受周志开文章启发，结合一位军校学员的研究，在实战中创造出"空爆攻击法"，即空中定时炸弹攻击战法。

这天，敌机又一次来袭击，郑少愚带领周志开等六位骨干队员首次实施新战法，他要求攻击队队员全部携带装有定时引信的炸弹，准备在敌机群上空投弹。为了确保安全，六架伊-15战机机身涂上一圈白色"腰带"，提醒友机危险，勿靠近。随着监视哨不时汇报日机群位置，郑少愚、周志开等驾驶战机起飞迎敌。升空后，所有战机奋力爬高。

驾驶座舱内，周志开右手紧握操纵杆，左手调整油门杆与高度调节器，尽量使座机达到极限高度。当飞机爬升到五千米高度时，油门已经推满，飞机在失速边缘维持着，由于飞行员都是熟练老手，飞机依然平稳飞行。瞬间，日军黑压压的雁形编队机群出现了，郑少愚立即命令战机分两个小队向日机群靠拢。日机发现中国战机，急忙发射火力阻拦。郑少愚、周志开等人冷静地保持航向，当机群到达二百米前置投弹点时，郑少愚摇摆机翼，六架战机当即一起拉开投弹拉柄，机翼挂架将炸弹放出并扯开它的降落伞，迅速从日机群头顶掠过，日军战机发现一片白伞从天而降，一愣神工夫，二十四枚六秒钟延时小炸弹就到了，随着"轰轰"一声声巨响，日机群东倒西歪，队形立刻被打乱，有的敌机被弹片击中，有的敌机被气浪掀翻，其中一架九六式轰炸机油箱被击破，拖着一道黑雾坠落……

日军尝到"空爆攻击法"的苦头后，再次袭击时将大编队改为小编队，密集队形变成散开队形，四大队这种空中轰炸敌机的战法失去杀伤效能。于是，周志开和战友们再琢磨新作战方法，千方百计寻找对付敌机的良策，与敌人斗智斗勇。

盛夏的一天，地面情报站发来情报，日军陆军军机三十六架、海军军机七十九架进犯重庆，郑少愚知道来者不善，他率四大队四十九架战斗机分头拦截。周志开驾驶2204号战机随郑少愚在重庆市郊与日轰炸机遭遇，他瞄准机会，首先击落一架轰炸机，随后咬住另外一架，连续射击三次均未得手。周志开索性直接冲入日机编队搏斗，日军驾驶员被周志开的攻击战术与娴熟飞行技术惊呆了。很快，敌机采取群狼战术，十余架日机集中火力向周志开猛射，周志开驾驶战机左冲右撞，一边躲避敌人枪弹，一边寻找攻击角度。2204号战机仿佛成了周志开的胳膊和腿，他大展拳脚，俯冲拉升，上下翻飞，冷不丁抓住射击角度迅速攻击，直到子弹打光才脱离。日机编队很快被打乱，顿时四散而去。周志开驾驶座机降落后检查发现，自己的机身有九十九个弹孔和一个被炮弹炸开的窟窿。战友们看到战机伤痕累累而周志开安然无恙，认为这是罕见的空战奇迹，大家纷纷竖起大拇指赞叹不止。全抗日、冯天亮等人更是为自己的兄弟捏了把汗。

战斗结束，航空委员会秘书长宋美龄主持空战座谈会，每位参战人员依次报告战斗经过，轮到周志开时，他站起来说："我——周志开，第四大队22中队飞行员，攻击敌机三次，未见敌机冒烟或击落之征候。第四次攻击，我就钻进敌机群，在他们火网最密集处打完了我的子弹，敌机也送了我很多子弹，后来检查，我的飞机有99个弹孔，一个被炮弹片炸开的大窟窿……"

"你人呢？"宋美龄担心地问。

"没有事！"周志开回答完坐下，大家都笑了，他腼腆的脸庞"唰"地红了。

郑少愚补充介绍说："周志开同志飞行技术好，勇猛而有智谋，能力非常强。他战斗时常置身于最危险的地方，飞机常带回许多弹痕，但战果显著，敌机遇见他，不被击落也会受伤，而他总是安然无恙。空战中，志开从没有跳过伞。训练时，他的飞机从没有发生过意外……"

"天之骄子，战神宠儿。"宋美龄微笑赞叹着。

宋美龄向蒋介石汇报周志开的事迹，蒋介石也极为赞赏周志开的勇敢，要求空军部队给予周志开物质奖励。

在中央党部国父纪念周上，蒋介石谈话中特意提到周志开，他说："敌人每天派来重庆轰炸的飞机，少则一百一十架，多则一百六十架，每一架飞机平均至少有五至七个人，日军全力来侵犯重庆的人数多则一千余人，至少亦有七八百人。而我们用来抵抗敌人的空军如何呢？老实说，我们每天只是用空军极少数的飞机，就没有一次不是将敌机大批击落或击伤，绝不使敌人有一次能全队而回的时候。仅就这几次击落的敌机来说，每天少则两架，多则九架，而据敌人自己的广播称，除被击落的以外，每次被我空军击伤的飞机至少亦有十余架……我们每架驱逐机每日要与敌机五倍以上兵力进行三至六个小时的苦战。这就是说我们空军每次升空以后，要与敌军进行五次以上的激烈战斗，而且每次作战以后，每队飞机至少三分之二皆被敌机枪炮击中。甚至有一次，周志开同志所驾驶的飞机被击中九十九颗枪弹，又加上一颗炮弹……"

凭着超常的勇气与魄力，周志开越战越勇，他又与战友连续两天合力击落敌机三架，顿时名声大振。"天之骄子，战神归来。""一百颗子弹打中座机，周志开却毫发未损。"经媒体报道，周志开一夜之间闻名全国，重庆街头巷尾，人们到处谈论着周志开的神勇事迹。

在捍卫陪都战斗中，空军四大队与周志开一起声名鹊起的还有队员高又新。一天，百余架日机再次袭击重庆，高又新驾驶伊-15战斗机，单枪匹马，突入敌轰炸机群组成的密集火网，向其第2小队第2号机发起攻击。这架日机被击中后，遂落伍向东南方向逃逸。高又新紧追不放，在距离重庆东南约四十公里的小观音桥附近，将敌机击落。蒋介石得知高又新击落敌机的消息后，十分兴奋，以手谕方式告知中国空军第一路司令毛邦初："毛司令：本月二十六日队员高又新袭击敌机奋勇异常，着记大功一次，通令嘉奖，待本月战事告一段落，准由毛司令带领来见为要。"

高又新辽宁锦县人，他身材魁梧，两眼炯炯有神，天庭饱满、地阁方圆。高又新比周志开大三岁，却是周志开的师弟，他从中央航校驱逐班第8期毕业，以全期第一名分配到四大队。

随着四大队不断摸索新战法，特别是"战神"周志开、高又新等队员的涌现，打得日军闻风丧胆，连续多日不敢空袭重庆市区，侵华日军"101号作战"行动破产。

日海军中国方面舰队驻武汉司令部，司令官岛田繁太郎大发雷霆，将部下骂了一顿。

"废物，你们大大的废物！我们海军战机几乎全部出动，没有能实现作战目标，既没能迫使蒋介石政权投降，也没能消灭国民党重庆老巢！反而支那空军越战越勇！大日本海军颜面尽失！"岛田繁太郎咆哮着。

山口多闻战战兢兢地说："将军息怒！重庆轰炸失利，主要是支那空军第四大队太狡猾，参战队员反映，支那有个飞行员异常勇猛，很多人都不是他的对手……"

"大本营对我们海军表现很不满，铲除支那空军四大队的任务交给陆军第3飞行团了！不能与真正的对手交战，是我们海军的耻辱！"岛田繁太郎坐在靠椅上颓丧地说。稍后，他命令部下："总结教训，加快武装性能更好的战机洗刷海军耻辱！与陆军一争高下！"

"嗨！""嗨！"

日陆军第3飞行团驻汉指挥部，团长远藤三郎少将听取所属各战队长汇报重庆轰炸过程。

"海军无能，对付重庆还得靠我们陆军！支那空军四大金刚早已全被我们消灭掉了，难道高志航没有死？赶快查明支那那个不要命的飞行员的情况！究竟是谁击落了第二联合航空队小谷雄二少佐的战机？"远藤三郎命令部下。

"嗨！"

正午，周志开趁休息间隙，找到冯天亮，递给他一沓钞票，说："天亮，这是我刚得的奖金，赶紧给你妈寄去！"

冯天亮心里热乎乎的，说："你家里也需要啊！"

"我跟家里失去联系多年啦！"

"不巧，刚才班长通知我马上执行任务！"

"我现在有空，把地址给我，我去寄。"

"不合适……你还是留着吧！"

"你怎么跟我客气了，咱们不是说好是亲兄弟嘛，你的老妈就是我的老妈。兵荒马乱的，我还担心收不到呢。"

冯天亮流下激动的泪花，他将老家的地址交给周志开，暗暗发誓，今后也要像周志开一样，奋勇杀敌，绝不给这位勇敢的兄弟丢脸。

周志开来到距离营房最近的一个邮局，给冯天亮母亲寄完奖金，迅速返回驻地。

回营的路上，广场烈日下，一个擦皮鞋的儿童拦住他，"先生，我帮您擦擦皮鞋吧！给一元就行！"看着孩子脸颊上汗水直流，周志开弯下腰，将口袋里的十元钱塞给孩子，然后接过孩子的鞋刷和抹布，亲切地说："我自己来吧。"

孩子愣住了，以前自己擦了半天，很多富人不但不给钱，还要痛骂他一顿，他望着周志开说："叔叔，我没为您服务，不能收您钱……"

"没关系，自己的鞋应该自己来擦。"

"可我不该收您的钱呀！"

"我租用你擦鞋工具了嘛。"

"叔叔心真好，您是做什么的？"

"我是保护穷孩子的，可惜叔叔能力有限……"

突然，孩子嚷起来："叔叔，我认识您！您是飞天大英雄周志开！"周志开觉得奇怪，这个苦孩子怎么会认出自己呢？

"为了买这张报纸，我擦了一整天的皮鞋呢。"说着，他从包里拿出自己珍藏的一张刊发周志开照片的报纸，在空中晃了晃。

"叔叔，我猜得对不对？"周志开微笑着点了点头。

"我太幸福啦！见到大英雄啦！"孩子兴奋地跳了起来。

"叔叔，将来我也要像您一样，做抗战英雄！不能上天打鬼子，就在地上消灭鬼子！"

"好样的！叔叔在军营等你！"

日军陆军第3飞行团驻汉指挥部，密探向团长远藤三郎汇报："将军阁下，现已查证，支那第四大队神勇飞行员叫周志开！这家伙太厉害啦，确如高志航再世，给我们神勇飞鹰队带来极大伤害，小谷雄二少佐就是被他击落的。"

"周志开是皇军的心腹大患，将会影响我们对支那制空权的控制！制订严密计划，务必及早除掉周志开！为小谷雄二少佐报仇！"

"嗨！""嗨！"

八　义薄云天金诺言

连日来，日军因内部意见不一暂停轰炸，重庆呈现久违的平静，周志开得以休息一下。

清晨，周志开身着便装来到江边。红日东升，朝霞满天，依山而建的楼房错落有致，滔滔东流的江水沐浴在金色霞光中，水波荡漾。

周志开伫立江岸，北望家乡方向，他想起亲人。自入航校以来，他离家5年多了。七七事变后，自己辗转全国各个大城市鏖战长空，几次给家中去信均没有收到回信。记得最后一次联系还是在笕桥航校时，母亲从开封寄信告知他，父亲赴任山东高等法院院长。大哥志宏在北平秘密从事抗战工作。志同经常跟同学们上街宣传抗日。小妹志敏和小弟志兴都已经懂事了。随着北平、济南、开封先后沦陷，周志开与家人中断联系三年多了，他无时不在担心父母和兄弟妹妹的安危。此刻，周志开多么渴盼回北方将亲人接到重庆团聚啊。他怎么也想不到母亲和弟妹就生活在重庆，也在苦苦寻找他……

回来的路上，街头人声鼎沸，周志开走进路边一个小餐店。小店生意兴隆，桌子前坐满食客。周志开在一个角落桌子边坐下来，伙计跑过来问："先生吃点什么？""来碗米线！""好嘞！"

这时，周志开注意到街头对过一个茶馆人群拥挤，格外热闹。他不禁问伙计："对面什么事，这么热闹？"

"先生，您还不知道，茶馆请来一位说书的老先生，每天早中晚连续说三场，全是讲述空军抗战的故事，敌机来轰炸也不间断。听说，最近中国空军出现一位叫周志开的战神，鬼子吓破了胆！重庆有周志开坐镇，这几天小鬼子的轰炸机来得少了！有的听众为赶来听书，后半夜连觉都不睡，顺便也把我这个小店生意带火了。周志开真是我们的救命恩人啊！老天保佑，中国多出几个战神周志开，赶走小鬼子，好让我们过上太平日子！"

伙计说着，双手作揖祈祷起来。

"周志开没您说得那么神，他只是一个普通战士。很多空军将士都在用鲜血乃至生命守卫我们城市的天空呢！"周志开说。

"你不信去茶馆听听书！年轻人，可别没良心啊，自己不上战场，背后还诽谤英雄！"周志开笑了，吃完米线付了钱，他来到茶馆，站在人群后边。

茶馆里面方桌前，坐着一个蓄着银发的老者，老者是位盲人，声音洪亮。

"古有常山赵子龙，碧血狂沙旌旗展。今有战神周志开，中弹百发战犹酣。神鹰冲天敌胆寒，雾散天蓝民众安！列位看客，听我道来……"老者左手摇着一把扇子，右手将醒木往桌子上一拍，开始唱起来。

说书老人抑扬顿挫地说唱着，听书的人窃窃私语。

"是啊，这周志开真不简单！报纸上说，连委员长都表扬他啦！"

"确实非常勇敢，他经常单机与日机机群缠斗，座机被击中百发子弹而自己毫发无损！""这是老天派来拯救我们的神龙啊！"

"可不是！据说这周志开长得还帅，他所向披靡，战无不胜，是个盖世英雄！"

人们无不赞叹心中的飞天大英雄。

周志开听着听着脸红了，他感觉自己被大家神话了。说书人中间休场，人群依然没有散去，大家都被周志开的英雄事迹吸引住了。周志开挤过人群，悄悄地将身上的几张法币装到老人衣袋里，俯下身子亲切地说："老人家，您辛苦了！对周志开过誉啦！"

周志开向老先生表示谢意后，拿起话筒对现场人群说："朋友们，大家好！炮火能炸平山川，但炸不毁离离原上草；炸弹能炸塌城市屋宇，炸坏家园，却炸不毁一个民族生生不息的意志！我补充两句，请不要神话周志开个人，他只是一个普通飞行员！无数中国军人在全国各个战场浴血沙场！数千中国飞行员在鏖战长空！他们捍卫我们的国土，保卫我们的生命！中国空军出现过战神人物，如高志航、刘粹刚、乐以琴、李桂丹等，这是敌我双方都公认的中国空军四大天王！痛惜的是，他们都牺牲了……周志开还年轻，远远不如他们……"

"你是谁？竟敢如此诋毁我们心中的英雄！"人群中有人喊道。

"我是谁不重要，我只是告诉大家一个悲壮的事实！"

"这白面书生该不是汉奸吧，来这里瓦解大家的抗敌斗志！"

"对！揍这小子！"一个壮汉冲上前揪住周志开上衣，举起拳头。

"住手！"突然，一位胸前挎着相机的中年男子高喊，"你们真是不识抬举！眼前这位英俊帅气的小伙子就是大英雄周志开！"

壮汉一时愣住了，松开了手，问："你凭什么说他就是周志开？"

"凭这个！"中年男子从包里掏出一张刊发周志开照片的报纸。

中年男子挤上前，握住周志开的手，热情地说："周队长，您好！我是《中央日报》的记者朱民威，恰好上班途中路过此地。一个月前礼堂表彰会上，我给你们几位空战英雄拍过照。"

"您好！朱记者！谢谢您对空军的关注！"周志开礼貌地说。

大家慢慢缓过神来，纷纷叫嚷着。

"对呀，这就是周志开！我以前在报纸上见过，就是这模样！"

"可不是吗？说话如此彬彬有礼，真是文武双全啊！"

壮汉惭愧万分，"扑通"一下给周志开跪下，说："兄弟，请原谅我的鲁莽！我妻儿都被小鬼子飞机炸死了，恨不得将鬼子碎尸万段！"

"大哥快起来！我们一定要讨回血债！"

周志开说着，将壮汉扶起来。

"请朱记者给我们拍张与英雄的合影！"

不知谁提议，人群顿时沸腾了。

"对，我做梦都想跟英雄合影！"

"能跟大英雄照个相，死了也值啦！"

人们拥挤着来到周志开身边。

"安静！安静！请大家不要乱！周志开队长还有话说！"

朱民威一边喊着一边维持秩序。看着眼前的场面，周志开心里热乎乎的，他想自己如果做电影明星，也不过如此吧。多好的民众啊！如此珍惜英雄，懂得感恩，民族何谈没有希望。只是自己确实做得不够，愧对"战神"英雄这个称号。

周志开提高嗓音，说道："我想告诉大家，捍卫陪都，整个空军官兵在昼夜苦战，每天都在流血牺牲，每位将士都抱着必死之心与强敌血战！半年来，大多数敌机都是将士们合力击落的，绝不能挂在我周志开一个人头上！陪都的安全，离不开全国人民同仇敌忾的抗敌意志！离不开重庆人民顽强不屈的坚韧精神！赶走日本鬼子，取得抗战最后胜利，清除日本军国主义，需要全国人民乃至全世界爱好和平的人们拧成一股绳血战到底！需要无数勇士前仆后继慷慨捐躯！我周志开何德何能，得享如此荣耀，请不要神话拔高我个人了！我跟你们一样普通，因为穿上这身军装，拿国家俸禄，就有义务用生命保卫大家的安全！……现在，还不是到乐享和平时，小鬼子的轰炸机随时会来袭击！这种密集的聚会今后还是不要组织了！"

周志开诚恳的话语打动了在场每一个听众，很多人眼里闪着晶莹的泪花。

"周队长讲得真诚、朴实、深刻！我们还是想跟您合个影，因为您是黑暗中的一颗星，给我们希望！给我们动力！您能满足我们的愿望吗？"一个青年学生激动地说。

"跟大家合影当然可以！大家执意这样捧我，我很惭愧，只能激发我更好地去战斗！请记住，我的生命属于国家，也属于每个人，只要国家太平、百姓安好，可以随时献出，死而无憾！"

周志开坦诚的话语，再次感动得现场人群流泪。随后，人们纷纷与周志开合影留念，朱民威带来的胶卷都拍完了。在周志开再三劝说下，大家才依依不舍散去。

"周队长，真没想到你在民间有如此魅力！"

"都是拜你们这些笔杆子所赐！"

"再来一次专访吧！"

"不可！部队有纪律，不能私自接受采访。"

"你可是在委员长那里挂号的英雄，上峰早有指示，你是重点宣传人物！再说，讴歌英雄是我的职责，就像你与日机战斗一样！"

"我再次强调，要宣传集体，不要突出我个人！"

"今天的场面总可以发个现场新闻吧……"

"免了吧！我给您提供线索，志航大队每天都有感人故事。前不久多位战友牺牲了，关注一下牺牲的英雄和家人吧！"周志开说。

最后，朱民威无奈，怀着对周志开无限崇敬之情告辞。周志开离开茶馆，匆匆赶回机场驻地。

"蜀道神鹰凌云志，飞天英雄太平开。天佑良将，固我山河……"说书老人摇着扇子，独自唱了起来……

中午，周志开回到宿舍，依照旧地址又给母亲写了一封信，盼望她带领弟弟妹妹来重庆团聚。写完信，周志开来到市区街头邮局将信寄走。他清楚，这封信可能还会石沉大海。回到驻地，正巧，警卫室有一封寄给他的信，信件来自成都，原来是大哥李壮飞寄来的。李壮飞周末晚上将在成都举办婚礼，邀请周志开等四大队的航校同宿舍兄弟前去参加婚宴。

李壮飞是周志开刚入伍在大中桥训练时115室八勇士老大，毕业后与黄河、江南一起分到空军第五大队。李壮飞一表人才，与中学女教师徐梦姗青梅竹马，两人热恋数年后终于携手踏上红地毯。周志开很高兴，他决定与四大队四位哥哥一起去参加大哥的婚礼，来一个大中桥八兄弟毕业三周年大团聚。周志开迅速通知了张祖骞、刘孟晋、全抗日、冯天亮。不巧，冯天亮正赶上周末值班警戒。于是，周志开、全抗日、刘孟晋、张祖骞四人请好两天假，乘汽车赶往成都参加大哥的婚礼。

傍晚，在机场驻地附近的崇阳大酒店，五大队除了执行任务的战友外都来参加李壮飞的婚宴，守卫成都的陆军指挥官及很多地方官员也前来祝贺。

周志开等人刚下了车，大中桥115室的江南、黄河站在车站出站口处迎接分别多日的弟兄。

"志开，总算把你们盼来了！"

"我说咱们能相聚嘛！"

"天亮呢？"

"他今晚执行空中警戒任务！"

哥六个有说有笑地乘黄包车赶往崇阳大酒店。

一会儿，六人从黄包车下来走向酒店门口，李壮飞携新娘徐梦姗热情迎过来。

"志开、孟晋、祖骞、抗日，你们可来啦，想死我了……"

"大哥，我们也想你们啊！"

"天亮咋没来？"

"今晚正好该他值班，执行空中警戒任务！"

李壮飞逐一把重庆过来的四兄弟介绍给徐梦姗，他指着周志开说："梦姗，这就是我常跟你讲的中国空军第一帅哥周志开！"

"嫂子好！大哥又开玩笑了。"

周志开潇洒儒雅的气质给徐梦姗留下深刻印象。

周志开、刘孟晋、全抗日、张祖骞四人一起祝福大哥大嫂新婚幸福，然后走进酒店大厅。

晚上六时整，婚宴仪式在欢快的迎宾曲和欢声笑语中拉开序幕。

"各位来宾，先生们、女士们，李壮飞先生和徐梦姗小姐的新婚大礼现在开始！请新人上台！"伴随司仪朗声高喊，李壮飞牵着徐梦姗的手缓步走上前台。

李副大队长作为证婚人致辞后，新人一拜天地，二拜双方父母，然后夫妻对拜。婚礼热闹有序地进行着。

周志开等人坐在靠近前台的一桌酒席旁，默默祝福这对新人。

"志开！下一个该喝你喜酒啦！"

"我是最小兄弟，着什么急啊？"

"现在就你名气大！追你的美女都排不过来了……"

"是啊，抓紧吧。有的宿舍战友都牺牲了，我们宿舍这么全，今天除了天亮都到齐了，这是上苍护佑。"

在热闹喜庆的气氛中，新人完成一系列程序。主持人最后说："今天这对新人可谓郎才女貌，天生绝配！新郎官和他的战友都是守卫我们家园的空中卫士，新郎官的七位航校战友见证了这段爱情。今晚除了一位战友在值班，六位勇士都已来到现场！大家想不想见他们？""想！想！"台下此起彼伏地喊着。

"请大中桥六勇士登场！"周志开等人没料到婚礼穿插了这个节目，赶紧站起身来。六人精神抖擞地迈着整齐步伐来到台上，庄重地向大家行了个军礼，齐声喊道："祝大哥大嫂新婚幸福！祝大家平安如意！民族兴亡责任担吾肩！

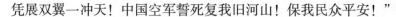

凭展双翼一冲天！中国空军誓死复我旧河山！保我民众平安！"

随后，主持人将六人一一介绍给在座宾朋。

当介绍到周志开时，主持人说道："这位帅哥就是威震敌胆的孤胆英雄周志开，在陪都空战中座机中弹百发依然顽强搏杀，多次单机击溃敌机编队！"

台下顿时爆发出惊叹声。

"他就是飞天大英雄周志开啊！"

"真是潘安再世呀，长得也太帅了！"

婚礼致辞结束，大家开始用餐。新郎李壮飞和新娘徐梦姗逐桌敬酒，由于战时非常时期，均以茶代酒了。

"亲一个！亲一个！"大中桥的兄弟们不断逗着新郎新娘，只有周志开默默坐在桌子旁思考着什么。过了一会儿，李壮飞牵着徐梦姗走过来。周志开站起身说："祝大哥和嫂子新婚幸福！早得贵子！百年好合！"说着，周志开连喝三杯。

"梦姗，给志开兄弟介绍一个漂亮女孩儿吧！"

"人家长得这么帅，哪用我多此一举？恐怕早有心上人了吧……"

"嫂子过奖了，我还是光棍一条！"周志开红着脸说。

"我听你大哥说过，你心高，杭州那么多漂亮女孩儿都不入眼。"

"嫂子哪里话，实在折煞小弟了，是人家女孩儿看不上我。"

"啰唆什么啊，把成都最漂亮的女孩儿介绍给咱兄弟！"

"好，我想着这事，给兄弟挑个最漂亮贤惠的女孩儿！"

"谢谢嫂子关心！"

席间敬酒，不断有漂亮女子主动向周志开示好，并索要联系方式，有的大方女子还主动邀请周志开跳舞。战友们也不断起哄。

"今天志开快当主角了！"

"志开，赶快抱个美人归！"

弄得周志开好不尴尬，他想提前离席。

这时，一位陆军少将走到周志开身边，问道："你就是委员长表扬的空战英雄周志开？"周志开赶紧起身敬礼，"将军好！在下周志开！实属惭愧，英雄不敢当！"

"久闻你的大名，今日一见，果真是一表人才啊！"

"将军过奖！"

"明天你到我家来一趟！我有事找你。"说着，他将名片递给周志开，周志开礼貌地接过来立正答道："是！"

将军离席后，五大队李副大队介绍："这位可是陆军黄埔毕业的王云峰将军，战功赫赫。一定要按时拜访。"

"我们跨军种，我不过一个空军飞行员，王将军找我何事？"周志开心中感到疑惑。

第二天一大早，李壮飞带着新婚妻子徐梦姗和全抗日等大中桥弟兄一起游玩成都市区，并嘱咐周志开拜见完王将军后赶到市区天府广场聚集。

周志开买了水果，按王将军提供的地址来到他住的别墅。进门后，王将军和夫人热情相迎，又是倒茶又是削苹果，逐一递给周志开。

一会儿，将军夫人退出客厅，王将军和周志开落座聊起来。

"志开，你老家在河北？"

"是的，冀东滦县。不过，我在河南开封长大。"

"冀东和开封都是好地方，文化积淀深厚，人热情朴实。你父亲叫什么？"

周志开犹豫片刻，因为他从不想炫耀自己的家世，但在王将军面前他不便拒绝，于是说："家父周予孜，在国民政府司法界任职。"

"哦，你是周大法官的儿子！我知道你父亲，很有才气。太好了，真是门当户对啊！"

王将军拍了一下大腿，周志开愣住了。

"志开，实话跟你讲吧！我有一女儿正在成都读大学，她暗恋上你了。自从看到你的报道，整天抱着刊发你文章的报纸，寝食难安，课都上不下去啦。小女相貌漂亮，贤惠懂事，你们如果走在一起也算郎才女貌。她今天外出补课了，这是她的照片。"

说着，王将军将女儿的照片递过来，周志开接过照片一看，女孩儿确实眉清目秀，从容娴静。

"非常漂亮的女孩儿。"

"我希望你俩走到一起！但有个条件，你必须离开空军！"

"为什么？"

"你们空军死得快，我不想让我的女儿早早就当寡妇。调到我这里，职务很快……"

王将军的话还没有说完，周志开坚决地说："王将军，对不起，我离开空军是不可能的。我属于蓝天！"

王将军脸色有些尴尬，周志开站起身说："王将军，请您开导一下您女儿，嘱咐她好好学习，切不可耽误学业。志开不值得她追求，比志开优秀的男孩儿多的是，把我忘了吧。愿她早日找到自己心中的白马王子……"

"没有考虑余地吗？"

"王将军，航空救国是我多年的梦想。我今天站在这里，也许明天就会倒下……如果我们走到一起，将来只会给她带来痛苦……"

"也好，此事不能勉强。志开，你是个有理想有抱负的血性男儿，国家之栋梁，民族之希望，在你面前我很惭愧啊！望你多保重！"

"谢谢王将军！祝您和伯母身体健康，全家平安！"

王云峰夫妻再三挽留周志开吃完午饭再走，周志开婉言谢绝。

午后，周志开担心重庆防空警力不足，没有去找其他弟兄聚会，而是一个人单独乘车提前赶回重庆。一路上，他不知为什么心里有些莫名烦躁，"昨晚大哥婚礼如果天亮哥在场该多好啊？这小子指不定搞出多少幽默，关键时刻还会替我解围……"

周志开想着，不知不觉回到广阳坝机场驻地营区。

回到营房，周志开刚想到水房洗洗衣服。这时，一位战友跑来告诉他："志开，你的好兄弟冯天亮出事了，他被敌机击中，飞机坠落受重伤，正躺在机场医院里抢救呢……"

"啊？……"周志开扔掉水盆风驰电掣一般跑向机场附近的临时战地小医院。

手术室内，几位军医正紧张地为昏迷不醒的冯天亮做手术。门外，周志开抓住一个与冯天亮共同参加空战战友的手，急切地问："天亮怎么样？"

战友含泪讲述，当天上午日机又来偷袭，战斗中，冯天亮勇敢地冲进日军机群，击落一架日军战机。为掩护战友座机脱离危险，他驾机再次冲进敌机密集火网中，座机油箱被枪弹击中。飞机坠落前，冯天亮被迫跳伞，不幸遭敌机一阵扫射……

这时，军医走出手术室说："伤员失血太多，急需输血。你们谁是B型血？"

"我是，输我的！只要救活他，输多少都行……"

周志开撸起袖子恳切地说。

很快，周志开的鲜血静静地输入冯天亮体内……

军医整整抢救了半天，冯天亮总算苏醒过来，但由于其内脏破裂，伤势极为严重，突然又恶化，军医只好下达病危通知。

此刻，周志开还在手术室外守候着。军医再次从手术室走出来，周志开跑上前急切地问："大夫，请问伤者怎么样？"

军医脸色凝重地说："通知他的家人准备后事吧！"

"他老家只有一位老母亲……我是他的结义兄弟！"

"趁他清醒时，你道个别吧，看他有什么嘱咐……"

周志开跑进手术室，站在病床前，只见冯天亮黝黑的脸有些发黄，双眼微闭，嘴唇发紫，除了四肢完好，头部、胸腹部全部是伤口。

"天亮哥，天亮哥——你睁开眼睛，我是志开啊……"

许久，冯天亮睁开双眼，"志开——弟，哥——没给你丢脸，击落一架……"

周志开紧紧握住冯天亮的手，"哥，你是好样的！"

"弟——我——走后，不要告诉——老妈——"冯天亮断断续续地说。

"好！"周志开含泪点着头，"哥，别烧——我——烧了，老妈认不出来了——我——想——回家……"

"好，咱一起回家！"冯天亮的声音越来越微弱，嘴唇艰难地嚅动着，周志开将耳朵靠近冯天亮脸庞，只听他嗓音微弱发颤地说："冷——抱——我——"

周志开赶紧解开衣袖，将冯天亮的双手插入怀中，随即，他索性跳上病床，扶起冯天亮，将他紧紧搂住……渐渐地，冯天亮带着微笑永远闭上了双眼。

"天亮哥！"周志开失声痛哭，"哥，说好的，你怎么失约了呢！兄弟还没跟你喝庆功酒，还没给你找嫂子呢……对不起你啊，哥！"

哭罢，周志开站起来恳求军医，希望将冯天亮的遗体做防腐处理保存下来，等抗战胜利送回老家入土为安，完成他回乡遗愿。军医摇摇头："根本不具备条件！你这位兄弟算幸运的，保存一具完整遗体，临终前还能交代几句话。

我见过太多的惨烈牺牲，都已经麻木了……"

无奈，周志开吩咐身边战友打来一盆清水，耐心清洗冯天亮遗体完好部位，然后擦干净，将一套崭新飞行服穿在身上。周志开抱起冯天亮的遗体，再次端详着这张熟悉的面孔，眼泪不停地落在冯天亮的脸上。

"哥，等着我，欠你的，来世还你……"

拖着沉重步伐，周志开将冯天亮遗体放入棺木中。周志开没有吃晚饭，也不喝一口水，他默默坐在棺木前守候一宿。

晚上，大中桥115室六兄弟获悉冯天亮牺牲消息，连夜赶回重庆，见到周志开悲痛欲绝的样子，七个人搂在一起放声痛哭。

第二天清早，冯天亮遗体安葬仪式在重庆黄山空军烈士公墓举行，四大队领导给予他高度评价，周志开等大中桥115同宿舍七位战友全部到齐，大家含泪追忆与冯天亮在一起的一幕幕，这个幽默机灵鬼无论是在枯燥训练中、紧张战斗间隙，还是短暂轻松休闲时光里，总是给大家带来无穷快乐，是大家的"开心果"。

"天亮，一路走好！"

"天亮，我们一定替你报仇！"

战友们在墓前鸣枪发誓……

安葬完冯天亮，周志开没有和战友们一起回营地，他凝视着冯天亮的照片，想一个人与冯天亮再"聊"一会儿。

"我叫'木乃伊'，愿意死后做成干尸，永垂不朽！"

"小白胖，你要是女孩儿嫁给我该多好……"

"你欠我一顿酒和一个女朋友！"……

周志开泪水顺着脸颊不停流着，他点燃一支烟，猛吸了几口后，轻轻放在墓前。

"亮哥！弟弟对不起你，没有满足你的愿望……只要我活一天，就替你尽孝一天……"

冯天亮的牺牲给大中桥同宿舍战友刺激很大，大家意识到战争的残酷与生命的无常。周志开等七人将冯天亮的照片和军装等遗物都分了，作为念想。七人商定，每月从津贴中拿出一部分，以冯天亮的名义，按时寄给冯天亮居住在福建农村的老母亲。周志开还特意补充特殊的遗嘱：若自己牺牲遗体保留完整，请活着的战友作为执行人，将遗体捐给医学院做解剖标本，供医学研究用。大家对周志开超脱世俗的想法表示尊重，但多数无法接受。

"志开这个想法太超前了，战火纷飞也不现实，作为战友兄弟，我不忍心这样做。如果我走在后边，我做不到。"李壮飞说。

"志开，你相貌帅，体形健美，死后被'千刀万剐'多可惜呀！"江南说。

"是啊，志开，你父母也舍不得，他们不会同意的！"张祖骞说。

"志开，我们知道你和天亮感情好。人死不能复生，别乱想了……我们都没能见他最后一面，你总算送了他最后一程……"黄河安慰说。

"志开以前就跟我说过此事，我特别佩服他的侠骨柔肠和宽敞胸襟，这才是优秀男人帅的本质！"刘孟晋说。

"活着英雄，死后鬼雄，勇者无敌！生前捐，死后捐，一捐到底！这就是志开，大爱无疆，仁心永恒！人固有一死，志开的英雄梦想是无止境的，他挑战世俗的勇气堪比他空战杀敌，我支持他的想法，如果有条件，我一定帮他终极圆梦。受其感召，我死后也愿意跟他一样捐！"全抗日感慨地说。

大家交流着不同意见。

"各位哥哥，我知道你们多数暂时无法接受我的观念。这个愿望是经过深思熟虑的，以前跟孟晋哥和抗日哥说过，今天跟各位兄长交代一下，希望得到大家理解，这是小弟内心真实想法。现在国家医学和航空学一样，都处于落后状态。在武汉，我跟军医交流过，没有解剖实践，临床医学就没有发展。我们的医学临床手术状况很不好，有的战地医生连最基本手术都做不了，由于搞不清人体内部结构，常导致医疗事故……人们死后遗体宁可烧掉也不愿捐出来，都是旧观念习俗束缚了手脚。既然我们的生命都可以献出，身后的遗体又有什么舍不得呢？烧了或烂在土里最终都是回归自然，为何不奉献给医学事业？当然，我尊重各位哥哥的想法，不希望你们效法我。其实，我清楚，残酷战争现实，这个愿望也许根本实现不了……"周志开平静地说。

六位勇士被感动得泪光闪烁，他们觉得这个年龄最小的兄弟"帅"到骨子里了，他的人格像高山一样沉稳，心胸如大海般开阔。

"志开是天之骄子，是福将，说不定只有他活下来，身后的事不用我们操心！"刘孟晋说。

自此，不管战事如何激烈，七人每个月都从津贴里拿出几元，由周志开负责汇集到一起，以冯天亮的名义按时寄给冯天亮的老母亲。

暑气熏蒸，敌机又开始连续轰炸重庆，每天都有四五批敌机来偷袭，最多时达一百五十架。每次迎敌，周志开都主动请战，他经常单机追击多架敌机，为牺牲战友报仇。

这天，两批敌机从南北分别来袭，周志开率五架战机从重庆广阳坝升空分别与敌机格斗。周志开首先发动迅猛攻击，驱逐第一小队敌机后，继续攻击第二小队敌机。突然，他发现座机四挺机枪三挺发生故障，只有一挺机枪可用，但他毫无惧色，依然紧追不舍。周志开几次冲入敌机右侧方，怀着满腔怒火将子弹射向敌机，第二小队敌机落荒而逃。这时，又有一批敌机侵入，周志开径直冲向总领队机，攻击其直上方。很快，子弹打光了，周志开沉着调整飞机高度，突然加速对准领队机撞去，日机领队机驾驶员吓得头上冒出冷汗，急忙闪开，"叽里呱啦"叫嚷着，率敌机逃离重庆上空。

入秋后的重庆，这天，低空雾尽云散，日本海军航空队最新的"零式舰上战斗机"从湖北宜昌基地出发，袭击重庆，周志开再次驾机迎战。格斗中，周志开发现自己的飞机在爬升、滚转、下降、加速等各方面均不如这种新式日机。周志开凭娴熟技术，多次咬住日机，但射击时总是慢半拍，无法击中敌机。敌机密集的机枪子弹将周志开座机的翼间线打卷了，座机四周防弹钢板被子弹敲得"叮当"响，火花四溅……周志开全然不顾，继续与敌机激战。最后，周志开发现座机发动机润滑油快流光了，赶紧来一个急转斜冲，借着高空云层脱身。

日军投入先进零式战斗机加紧轰炸重庆的同时，对周边及成都也开始进行疯狂猛烈的大轰炸，四大队经常奉命参加成都大空战。这天，刘孟晋、张祖骞、全抗日几位战友一起飞往成都协助五大队参战，周志开奉命留守重庆警戒。临行前，他特意叮嘱刘孟晋、张祖骞、全抗日说："敌机出现一种新式战机，对我们威胁很大，我们常用的'高速＋盘旋'根本无法应付。大家注意灵活驱逐，打乱敌机编队，阻止轰炸即可，不要长时缠斗。危急时刻，要频繁急转避开敌机。告诉成都几位哥哥，千万注意安全！"

"感谢兄弟支招！就是死也要死出个样子来！"全抗日说道。

"志开，此战凶多吉少，如果我回不来，家里父母拜托兄弟了……"刘孟

晋说。

"志开，放心吧！你也要多保重！"张祖骞说。

"你们一定要活着回来，天亮哥走了，大中桥的哥哥们不能再少了！"周志开说。

成都空战异常惨烈，数十架飞机搅成一团，敌我难分，枪炮声和飞机中弹后的爆炸声响彻云霄，断翼残片像落叶般飘零。日军零式战斗机逞凶，中国空军各机之间由于缺乏相互联系的通信手段，混战中只能各自为战，根本无法互相配合支持。激战中，五大队伤亡惨重。黄河座机发动机被敌机击中，瞬间空中爆炸；江南座机中弹，他冒着黑烟跳伞，降落伞飘浮在空中，被敌机枪扫射成筛子；李壮飞好不容易摆脱敌机群，飞机迫降过程中发动机突发故障，操作失控，飞机坠落损毁，李壮飞跳伞逃生，落地后受重伤。刘孟晋、张祖骞、全抗日按照周志开的战术嘱咐，侥幸逃生，但座机损毁严重，每个人均不同程度负伤。

战斗结束，大中桥同宿舍兄弟伤亡消息传来，特别听说江南、黄河牺牲，周志开痛不欲生，他请好假立即赶赴成都处理牺牲战友身后事宜。

在基地，牺牲战友遗体用白布包裹着，排成一行，五大队官兵和军医正逐一清点登记。由于黄河座机爆炸惨烈，战友们在地面没有找到他的遗体，只能用他生前的军官服代替。周志开拿起黄河的军官服贴在脸上，任凭泪水浸湿衣服……江南的遗体体无完肤，惨不忍睹……周志开心如刀割，他俯下身子，与大家一起将遗体清洗干净，然后换上一身新军装。在周志开请求下，五大队领导同意将黄河、江南的骨灰安葬在重庆黄山空军烈士公墓，与冯天亮"团聚"。

秋风悲鸣，山河呜咽。周志开仰望天空，热泪满襟，他默默发誓："黄河哥、江南哥！血债血还，小弟一定为你们报仇！"

处理完牺牲战友身后事宜，周志开来到医院看望几位受伤的哥哥。此时，李壮飞等人已经得到黄河、江南阵亡的消息，这些坚强的小伙抱在一起痛哭不止。

"如此惨败，莫大耻辱！我们太轻敌了，没有很好听从你的格斗建议……"李壮飞自责地说。

"知耻而后勇！大哥，不要自责。"周志开安慰道。

"日军这款新式战机太厉害，如果不是你战前提醒、支招，我们这次都会挂掉的……"刘孟晋感慨地说。

"对，志开，是你救了我们！"张祖骞说。

"志开无能，无法救每位战友……"

"我们宿舍一下失去黄河、江南俩兄弟，不知善后处理怎样？"全抗日痛苦地说。

"放心，黄河、江南两位哥哥身后处理好了，与天亮哥一起安葬在黄山公墓。血债血还，我们一定要给牺牲哥哥报仇！几位哥哥安心养伤吧。"周志开安慰着大家。

傍晚，周志开告别成都医院的几位哥哥，返回重庆基地。

一个月内，零式敌斗机肆虐横行，战友伤亡不断，大中桥同宿舍八勇士走了近一半，周志开非常痛苦，他在反思总结中写道："战机差距太大了，我们根本没有还手机会，日军新式战机很难对付，我们的苏制伊－15、伊－16飞机不是对手。尽管我们依然会前仆后继往前冲，但靠血肉捐躯除激发斗志外，无法挽回空战危局。目前，最紧迫的是俘获敌人一架完整的新式战机，反复研究，摸透其底细与短板，寻找破解之道。愿我们的血肉之躯换来中国航空工业的提升！……"写罢，周志开不禁潸然泪下。

兄弟情深，一诺千金。战斗、训练间隙，周志开自觉履行兄弟间的生死诺言。李壮飞、刘孟晋、全抗日、张祖骞因伤住院疗养，且李壮飞有了孩子，经济压力倍增。于是，周志开主动拿出个人大部分津贴，分别寄给江南、黄河的父母和冯天亮的老母亲。周志开每月津贴已经不够支出了，他开始利用休息时间写些诗歌散文投寄给报纸杂志，每次稿费刚到手，他立即分成几份，逐一寄给牺牲战友的亲人。有时，他还将自己因战功获取的物品奖励换成钱寄给牺牲战友的父母。

半个月后，刘孟晋、全抗日、张祖骞等人伤愈回到四大队驻地。回重庆第一件事，哥几个与周志开一起到黄山空军烈士公墓祭奠冯天亮、黄河、江南三位牺牲兄弟。

残酷战争促使周志开深思，每次战斗结束，他总要做两件事，一是检查自己战机受损情况；二是到敌机坠落地点搜索敌机残骸，苦苦琢磨零式新战斗机的结构特点，寻求破解之道。遇到日军飞行员尸体，他也反复检查，只要发现衣袋里有孩子的照片，他总是悄悄收起来。

一次，周志开与全抗日合力击落一架日军侦察机。落地后，两人上前检查敌机残骸，周志开从驾驶员尸体衣袋里翻出一张孩子照片，端详了一会儿，不住摇头叹息，然后小心翼翼包好，放在自己贴胸的衬衣袋里。

全抗日不解，问道："小鬼子罪恶滔天，都该杀！你像宝贝一样收藏他孩子照片有什么用？难道你还要帮这个日本崽？"

"有条件就帮！悲剧，这同样是一个家庭的破碎！日本军国主义不等于日本人民！孩子是无辜的！我们要向世界揭发日本法西斯军国主义的野蛮罪行，他们发动的侵略战争酿造太多惨绝人寰的悲剧。其实，日本普通百姓也是受害者……"

"志开，你太善良啦！"全抗日摇着头说。

九　铁骨柔肠慈悲心

　　傍晚，重庆江北武学堂一处普通居民院里，周志开的弟弟周志兴拿着一张刊有哥哥空战事迹的报纸跑回家，喊道："妈妈，找到二哥啦！二哥是大英雄！"

　　王倩绮接过报纸，看到周志开的报道，顿时老泪纵横，"谢天谢地，儿子安好……"

　　她按捺不住激动心情，赶紧写封信。报道没有留下周志开的地址，她无法寄出信……虽然母子俩近在咫尺，却不能相逢。过了一周，王倩绮通过多位朋友打听到空军四大队的驻防地，终于将信寄了出去。

　　重庆广阳坝机场营区驻地，这天下午，四大队宣传干事孙承宏到警卫室取报刊和信件，无意中发现一封寄给周志开的信，他收起来。自从航校毕业后，孙承宏开始做地勤师，然后从事机关行政工作，始终没机会驾机像周志开一样与鬼子空中对决。不过，他一直为有周志开这位老乡同学感到自豪。

　　傍晚，孙承宏拿着信找到执行任务归来的周志开，兴奋地喊："志开，有人给你来信了！"

　　"是吗？哪里寄来的？"

　　"重庆本地的。下午去警卫室取报刊，发现这封信，赶紧转交给你。该不是追求你的女孩儿吧？"

　　"你胡说什么啊！"周志开打开信件，原来是母亲寄来的。周志开惊呆了，他做梦也没有料到自己日思夜想的母亲居然近在咫尺。周志开恨不得马上飞到母亲身边，但他还是平静下来，铺开信纸，给母亲写了封回信。

孙承宏获悉信件是周志开母亲从重庆寄来的，说："同在一个城市，干吗写信啊？阿姨来基地不方便，你可以请假回家看望她呀！"

"战事紧张，还是等等吧！"

"志开，真羡慕你，亲人在身边。我亲人还在沦陷区，也不知是死是活……"

"没事的，承宏，北方敌后有八路军在保护广大民众，他们爱民如子。"

几天后，大队长郑少愚获悉周志开母亲侨居重庆后，特批周志开两天假回家探亲。

这天正好是周末，周志开为了给母亲一个惊喜，一大早，穿上整洁的军官服，将皮鞋擦得锃亮。他从抽屉里拿出所有积蓄，将两本文学名著和一个飞机模型装在挎包里，两腿生风，急速走出营区。周志开既没有乘轿车，也不要黄包车，沿着郊区小道一路小跑奔向重庆市区。他来到街头一家商铺前，给弟弟妹妹买了水果糖等小吃，并挑选了两件中年男女服装，准备给父母买下。周志开刚要付钱，这时，一个面黄肌瘦的流浪儿抱住他的大腿说："叔叔，我饿……"周志开俯下身子，毫不犹豫地将五十元钱递给孩子，并将刚买的糕点塞到孩子手里。街头一群流浪儿见状，也纷纷跑过来围住周志开，看着孩子们衣衫褴褛的样子，周志开摇摇头，将身上的钱币逐一分给每个孩子。

孩子们谢过周志开后散开了，周志开一摸口袋，只剩两张法币了，无法买两套服装，他只好买下一条女式围巾，装进包里。周志开背好挎包，急匆匆奔向龙门浩码头。

机场驻地坐落在江南郊区，母亲居住在江北，周志开需要两度过江，他首先从龙门浩码头乘船过江到望龙门码头来到主城中心区，然后再到半岛上嘉陵江与长江交汇处朝天门大码头乘轮船过江。龙门浩、望龙门两个码头乘客不多，志开顺利在望龙门码头上岸后，他一路小跑来到朝天门码头。此时，江面樯帆林立，舟楫穿梭。码头车来船往，人声鼎沸，过河去江北的人络绎不绝，如果不是荷枪实弹的士兵守卫着，感觉不出这是炮火连天的渡口码头。

阳光照耀下，周志开身材威武矫健，目光刚毅，人们一眼看出这是一位空军军官，纷纷投来钦佩的目光。售票处工作人员直接免费让周志开上船，周志开执意将船票钱留下。船舱内，不知谁喊了声："这不是飞天英雄周志开吗？！""我看像！""对，就是他！"顿时，船舱沸腾起来，人们纷纷拥上前，想目睹英雄英姿，有的旅客送来鲜花，向英雄致敬。

"谢谢大家！谢谢大家！"周志开礼貌地应酬着。

这时，一个学生模样的小伙子挤过来，说："周大哥，我是四川大学美术系的大学生，叫王超。两年前，咱们在汉口见过面，您还给我和同学刘帅题字留言呢！'雄鹰振翅卫河山，男儿浴血保国家！中国抗战必胜！'我一直铭刻在心。"

周志开仔细看了一眼小伙子，突然想起来了，高兴地说："你就是执着报考空军军士学校那位学生！真是有缘，我们又见面了！怎么，你没读军校？"

"周大哥，很惭愧，辜负您的期望了。我因视力问题体检不合格，只好考入地方大学。不过，刘帅考入军士学校了。"王超介绍。

"读地方大学同样能为国家做贡献。烽火岁月，能读书很不错了。"周志开安慰着。

"是的，我特别珍惜校园生活，也经常与同学们一起开展抗战宣传，用画笔揭露敌人的野蛮轰炸。"

"好样的！要注意安全。"

"谢谢周大哥！今天来到江边进行风景与人物写生实践，没想到碰到了您，真幸运。您是同学们心中崇拜的偶像，我能给您画张像吗？"

"当然可以！我有很多不足，不是你们想象的明星战斗英雄。"周志开温和地说。

"您还是这样谦虚……现在，您名气可大啦！我身边同学都知道您战长空打鬼子的感人事迹。"

"我只是尽一名空军飞行员责任而已。血染长空驱倭寇，死而无憾！"

"真佩服您！您坐好，我开始画了……"王超说着，在船舱过道支好写生架，从背包拿出画夹和铅笔，他一边端详着周志开，一边熟练地画起来……

"等一下！"这时，周志开发现自己所坐的座位逆光，不利于王超观察作画，于是站起来说，"我站在对面甲板上，这样顺光，你方便些。"

"没关系，挺好的。"

"站如松嘛，这是军人常态。"周志开笑着说。

王超很感动，抱歉地说："让您受累了！"

"不要客气，我还要感谢你呢！"

周志开笔挺地站在船头甲板上，像拔军姿一样一动不动，刚毅的眼神注视着前方。王超格外认真，一笔一画，精心描摹每个细节。大家被周志开的随和与王超的敬业精神感动着，在一旁静静地观看着。

时间一分一秒地过去，阳光照在周志开脸上，汗珠顺着脸颊滴落下来，周志开走了很长的路，又长时间站立，小腿有些发麻，但他依然微笑坚持着……王超认真画着、修改着，他将自己对英雄的崇敬之情倾注于笔端，力求画出最生动逼真的素描画，献给英雄。

半个小时后，王超连续画了两张周志开不同站立角度的素描画，人们啧啧称赞："像！画出了人物的神韵！"

王超松了口气，站起身来将素描画递给周志开。

"周大哥，画得不好，请您批评指正！"

周志开接过画一看，高兴地说："你把我画得太好了！"

"您本来就帅嘛，我还担心画得不像呢。说心里话，您的五官太标准了，我这水平根本画不出来。"

"你作画要求高，我很普通。"

"周大哥，请您在画上题上名字，我们各保存一幅吧！"

"好！"周志开拿出一支派克钢笔，在两幅素描像分别写上"志在冲天"四个苍劲大字。

"您这字好漂亮！"

"好画要配好字嘛！"

"其实，我还没怎么尝试画人物。在学校画人物机会不多，因长时间保持同一姿势太枯燥或观念问题，没人愿意做模特……"

"绘画是艺术，没有实践咋行？赶走鬼子后，如果我有时间去给同学们做模特，随便画！"

"那太好啦！您是大英雄，竟然这样随和可亲，真让我感动。下次，我想给您再画幅空中格斗的英姿像！"王超说。

"抗日宣传不要光画我，空军战斗英雄非常多，大家都很勇敢！"

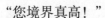

"您境界真高！"

"兄弟过奖！感谢你今天为我绘画，我现在身上没钱给你做报酬，这支派克钢笔留给你做个纪念吧！等抗战胜利了，希望你用手中的笔画出祖国壮美河山！"

"谢谢周大哥抬爱！我一定不辜负您的期待！受您事迹感染，我身边很多同学都想参加空军当飞行员呢！"

"好！让我们一起浴血长空诛倭寇！"

客轮靠岸了，周志开收好画，告别王超及众游客，他飞奔跑向王倩绮居住的社区。

周志开来到院门口，喘着气敲了敲大门。客厅内，王倩绮正在看周志开的来信，她站起身来到院子打开大门，抬头一看，见门口站着一位英姿飒爽的年轻军官，手捧着鲜花，她一下愣住了，问："请问你找谁？"

"妈！是我！志开啊！"王倩绮睁大眼睛仔细端详了一遍，终于认出眼前的高大帅小伙正是自己日思夜想的二儿子周志开，她紧紧抱住儿子，"开儿，这不是在做梦吧！你信中没说回来呀！"

"大队长听说您在重庆，特批我假期让我回家团圆。"母子俩边说边走，来到客厅。

王倩绮端详儿子的脸庞，抚摸着儿子结实的双手，念叨着："高了！壮了！瘦了……"

"孩儿浑身都是腱子肉，硬实着呢！"

"你与日机空战这么多年，身上没伤着吧？快让妈看看。"

"放心，妈，孩儿至今全身上下没有一块伤疤，您看——"

说着周志开敞开上衣，露出胸脯后背。

"菩萨保佑！谢天谢地！"

"妈，您头上有白发了……"

"都是想你想的，这么多年，收不到你的信，连张照片也看不到。"王倩绮责怪说。

"妈，对不起，孩儿让您伤心了。七七事变爆发后，航校西迁，毕业后大队频繁移防各大城市。我不知道您来重庆，曾多次写信报平安寄往开封……"

"都是小鬼子闹的。我带你弟弟妹妹来重庆两年多了，也猜测你可能在保卫重庆，每次敌机来轰炸都提心吊胆的，特别担心你……"

"妈，没事！我们迟早会把鬼子赶走的！这次还没带照片，最近没时间照。正巧，今天乘轮船时碰上一位学美术的大学生，他给我画了幅像，以后让这幅画陪着您。"

说着，周志开拿出王超画的人物素描像，递给王倩绮。

"画得真好！"王倩绮接过画，赞叹着。

这时，志兴与志敏姐弟俩一起从楼外跑进家，王倩绮高兴地说："快看！谁来了！这是你们的二哥！"

两个孩子齐声高喊："二哥好！"

"好妹妹，好兄弟，几年不见，你们长这么高啦！"周志开俯下身子，抚摸志敏的头，亲切地说："小妹真漂亮，简直是小仙女！"说着，周志开从包里拿出糖块和蛋糕塞到志敏手中，志敏拿着糖块、蛋糕喊道："谢谢哥哥！"然后跑开了。

随后，周志开掏出飞机模型递给周志兴。

"小弟，这是二哥给你带来的礼物！"

"谢谢二哥！"

周志兴接过周志开手中的飞机模型爱不释手，突然仰头问："二哥，我能戴一下你的大盖帽吗？"

"当然可以！"周志开弯下腰，将军帽戴在周志兴头上，说了声："小弟真帅！"

"长大我也要当飞行员！"

"好！那时二哥把鬼子打跑了，小弟驾驶我们自己制造的飞机翱翔祖国万里长天！"

志兴蹦蹦跳跳地跑开了。

周志开拿出围巾给母亲围上，惭愧地说："妈，本来我准备用津贴给您和爸爸各买一套服装。途中遇上几个流浪儿，孩儿把大部分钱都捐给了他们……"

"开儿，你做得对，妈支持你！再说，你爸和我衣服够穿！"

"妈——我对不起您二老……"

"哪里话，只要你平安就好！"

周志开拿出文学名著放在写字台上说："书是给大哥和志同妹带的礼物。"

"我爸还在济南吗？我大哥在哪里工作？志同还在读书吧。"

周予孜一直战斗在济南沦陷区，与敌人周旋，每月按时给王倩绮寄来300元生活费，周志宏在北平报刊上经常发表抨击日军和汉奸的文章，七七事变后失踪了。王倩绮担心分散周志开精力，于是说："你爸也来重庆工作了，这两天值班，回不来。你大哥在北平挺好的。志同在钟南中学读书。"

"等大哥回来，咱们一家七口照张全家福！"

"好，难得回来一趟，妈给你做你小时候最爱吃的开封灌汤包……"

中午，王倩绮端上热气腾腾的包子，一家人幸福地吃着。

"好味道，我多少年没吃上这么香软的包子啦！"

"那就多吃点儿。"

饭后，母子俩有聊不完的话题，每次王倩绮问到空战情况，周志开总是说："小鬼子一定会被我们赶走的。"他避而不谈战机性能极差、飞行员与日机以命相搏的经过。周志开对王倩绮说："妈，近年全国各地来重庆避难的人很多，敌人野蛮轰炸不断升级，城区流浪人口越来越多。今天回家路上，我看到街头很多流浪儿，他们没有防空避险常识，敌机来袭，很容易成为靶子。我有个想法，请政府尽快成立一个战时流浪人口收容所，提供一个避难的安全之处。"

"唉，兵荒马乱的，国家哪能顾得上这些社会弱势群体啊……"

"可他们也是活生生的人啊！每个生命都是平等的。童年时，您和父亲不是经常教育我要有仁爱之心吗？"

"收容所成立容易维持难，政府抗战经费紧张，钱哪里来？"

"动员全社会筹资！妈，咱们带头捐一笔款好吗？"

"你总是处处想着别人。好，妈支持你！你需要我做什么？"

"麻烦您和爸爸抽空联系政府民政部门，建议迅速成立战时流浪人口收容所。上次作战，部队奖励我两件大衣，我想卖掉作为捐款。"

"你快把自己捐光了！孩子，奖品先留着，这是你爸刚给我的500元，就按你说的做，先捐出去，我明天就去办理。"

"妈，您真伟大！"周志开像孩子一样搂住母亲。

"开儿，妈妈也有个要求，你得听话！"

"妈，您说。"

"赶快找个女朋友领家来，该结婚成家啦！"

志开微笑着说："妈，等我参加一百次战斗，打下一百架敌机的时候再说吧！"

"别开玩笑，你爸和我还盼着早点儿抱孙子呢。"

"妈，还没见大哥把嫂子带回家呢，我着什么急啊？"

"你大哥早已在北平成家，儿子都有了！"

王倩绮没敢说大儿子失踪，故意编了个谎话。

"那太好了！我有侄儿啦！我有侄子啦！"周志开兴奋地喊道。

"妈，嫂子和侄儿有照片吗？给我看看！"

"家里还没有。你快把自己的心上人给妈带回来……"

周志开是个孝子，为了不让母亲生气，他说："好！下次我把女朋友带回家，合适与否，请您把关！"王倩绮笑了。

"妈，今天是周末，我去学校接志同回家吧，看看这丫头还哭鼻子吗？"

"她跟你一样倔！"

志开来到钟南中学门口，请一位学生将志同叫出来。志同刚下课，听同学说有人找自己，她感觉奇怪，心想会是谁呢？志同匆匆来到学校门口东张西望，街上除了过往行人外，路边站立着一个陌生青年。"哪有人找我啊？"志同正纳闷，志开走过来，几年不见，他起初也认不出妹妹，但仔细观察，还是认出来了，"志同妹！"志同抬头一看，只见眼前的青年高大健壮、英俊沉稳，不禁问道："您是谁？""小丫头！我是你二哥呀！"说着，志开握住志同的手。"啊？你是二哥？"志同惊得呆住了，她怎么也没想到日思夜想的二哥突然会站在自己面前。许久，两人相对无言，似乎有好多话要说，却又无从说起……最后，还是志开打破沉默，"走，咱们回家！""从开封到重庆，等了你五年多，你也没回家……"一路上，两人边走边聊，志同说："二哥，你简直变成大人了。"志开认真地说："你难道还是'小丫头'吗？时局动荡，岁月流逝，我们都在变，但沉淀在内心深处的亲情永远不会改变。我还是你依靠的哥哥呀！"

周志同有一种久违的感觉，他感觉到二哥是那样坚强有力、朴实可亲。志同天真地问："二哥，你在天空和敌机打仗，怕吗？"志开笑了，说："怕什么？就怕敌机不经打，准叫他们有来无还！"志开说得轻松，笑得自然，

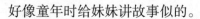

好像童年时给妹妹讲故事似的。

晚饭后，王倩绮依然问这问那，唠唠叨叨，志开总是微笑听着，话不多。志开在家住了一宿，第二天一大早，他匆匆告别母亲和弟弟妹妹，赶回广阳坝机场驻地。

上午，敌零式战斗机又来袭重庆西部，周志开再次主动请战，与战友一起拦截敌机，他们首先扰乱敌机编队。当战友与敌领队机周旋时，周志开以高超飞行技术穿越敌机群，锁定飞在后面的敌3号机，他冒着敌机猛烈的火力，一直逼近百余米才开火，这架日机慌忙急转，将左发动机机腹暴露给周志开，周志开乘机射击，子弹正中油箱。日机飞行员驾驶冒着烟的战机向北飞去，周志开紧追不舍，他想生擒这架零式战斗机。周志开几次示意敌机迫降，敌机飞行员不从，拼命逃窜，很快飞离重庆上空。飞机浓烟越来越大，传来"噼噼啪啪"的炸裂声。突然，日军飞行员打开降落伞，从座舱里跳出，飞机一团火似的坠落下去。飞行员随着降落伞缓缓下飘，正好在周志开射程内。周志开回忆起敌机无数次射杀跳伞战友，他想扣动扳机报销了日军飞行员，但还是忍住了……

此时，周志开的座机快没油了，他发现下面是个河滩，于是想方设法迫降，准备生擒这个飞行员，并检查坠落飞机残骸。周志开成功迫降后，日军飞行员已经落地，被附近干农活儿的农民和江边渔船上的船工一起活捉。百姓捉住日军飞行员，围上前一顿拳打脚踢。周志开远处望见，高喊："不要打了！别杀他！"说着跑过来。百姓没见过中国飞行员的衣服，以为周志开也是日军飞行员，立即喊道："又来一个，抓住他！"

很快，数十人从四周围拢上来，抢起锄头镰刀，虎视眈眈地盯着周志开。此前，周志开听说有的战友迫降在外边，百姓误以为是日军飞行员，将战友打成重伤。于是，他冷静地说："乡亲们不要误会，我是中国飞行员！你们抓住那个日军飞行员成为俘虏了，没有威胁了，不要伤害他，把他交给我！好吗？"

"大家别上当，这俩鬼子是同伙，这家伙想救他！"

"对！一起打死他们！"

顿时，镰刀、石块纷纷飞向周志开，周志开没有拔枪警戒，他一边躲闪着一边喊道："我真是保护你们的国军飞行员！咱们靠近说话，你们中间有没有人认识中国国徽的？"

这时，一个十四五岁中学生模样的少年说："我认识！"

"那好，你过来看看我帽子上和我驾驶的那架飞机上边是什么东西？"

"你把手抱在头上走过来！"一个中年汉子喊道。周志开按壮汉要求靠近大家，少年仔细看了周志开飞行帽上的国徽标识后，对中年汉子说："大伯，这是中国国徽！"

"说不定他是假冒的国军飞行员，光看穿戴不能说明他是好人！"中年汉子说。

一位上了岁数的老者端详着周志开说："此人面善随和，是中国人！"

"这小子长得真帅！"

"是啊！哪有长得这么帅的鬼子！"

大家议论着……

周志开见大家心存疑惑，进一步解释说："乡亲们，我确实是保护大家的中国飞行员。鬼子可恨，该杀！但我们有纪律不能杀俘虏！"

"我不是军人，没有什么狗屁规矩！"说着，中年汉子抡起锄头对准地上被打得鲜血淋淋的日军飞行员脑袋就要砸，周志开急忙拦住，"住手！如果我也像鬼子一样，刚才在空中就把他击毙了！"

"你为什么不在空中杀掉他？"

"他已经没有战斗力了！再说，我想抓住他了解日本新式战机的性能，改进我们的战机装备，提高战斗力！"

"不行！我那怀孕的妻子就是被鬼子飞机炸死的，两条人命啊！必须让他偿还血债！"中年汉子坚决不干。

"大叔，您的心情我理解，我很多战友都被他们杀害了，全国那么多同胞都死在轰炸中，杀他一千遍也不够。"

"那你还替他说话？"

"我们中国人讲文明，从来不乱杀一个生命！"

"你别讲大道理，再替鬼子求情，我对你不客气！"

周志开见中年汉子执拗，于是掏出身上携带的两张照片，举在手上说道："乡亲们，这是我从被击毙的日军飞行员尸体找到的照片。大家看，这两个孩子笑得多可爱！战争正在摧毁无数个美满家庭，包括日本人！"

日军飞行员没有完全听懂这群中国人在说什么，但他从大家神态动作中意识到愤怒的乡间百姓想要自己的命，这名帅气的中国飞行员试图在保护自己。特别是当他看到周志开举起日本小孩的照片时，"扑通"一下跪在周志开脚下，用生硬的汉语说："谢谢军官阁下！我的，不想杀人，我有孩子老婆，盼回家！"随后，他跪着转了一圈，不住地磕头谢罪。

"听这位中国军官的话吧，饶了这家伙！鬼子是畜生乱杀无辜，我们不能跟畜生学。"老人说道。中年汉子一跺脚，扔掉锄头，仰望天空哭喊妻子的名字。

在周志开建议下，乡亲们将日军飞行员带到村里，请村医为其治伤。原来，这名飞行员叫山川一郎，是日军驻汉口的海军第十二航空队队员，周志开跟山川一郎详细了解零式战斗机的特点。山川一郎介绍，零式战斗机的左右机翼与驾驶舱浑然一体，减轻了接头和螺杆重量，机身大量采用铝合金制成，重量轻、速度快，最大飞行速度每小时可达五百三十四公里，火力猛。每架零式战斗机配备两门二十毫米航炮、至少有十二挺七点七毫米机枪，可以从不同方向射击。零式战斗机使用密封舱，操作系统灵敏，飞机机动性能好。飞机除配主油箱外还有外挂副油箱，副油箱的油用完直接抛掉，因此，零式战斗机续航能力特别强。而且，山川一郎还给周志开画了一幅详细的飞机构造图。

"希望你回去做一个反战宣传员，揭露日本法西斯军国主义的罪行！不要再让两国人民受害了！""嗨！牢记阁下嘱托！"

在乡亲们帮助下，周志开将日机飞行员移交给地方驻军战俘营，飞机加满油后返回基地。

就在周志开与敌零式战斗机空中缠斗的同时，日军十余架零式轰炸机又从汉口起飞，正午时分抵达重庆上空，郑少愚率全抗日、刘孟晋、张祖骞几位飞行员驾驶伊－16驱逐机起飞迎敌，日军零式战斗机突然杀入中国空军编队，四大队战机当即散开，绕着大圆圈迎战。日军飞机背靠太阳方向袭来，占有高度优势，加上飞机性能良好，很快取得空战主动权。恶战中，我战机速度、高度、火力均被日机压制，只有招架之功，没有还手之力，大家只好各自为战。最后，郑少愚单枪匹马杀开一条血路。刘孟晋、张祖骞驾驶伤痕累累的座机被迫撤离战斗。全抗日刚一与日机接触，就被击中油箱，战机挣扎着向北飞，两架零式战斗机紧追而来，全抗日驾机奋力盘旋着，机内充满焦油味,发动机渐渐失去马力,全抗日立即拉升机头,消除最后一股冲力。临界失速时,他一手将操纵杆顶向前方,一手紧扶风挡玻璃,保护自己头部,战机机尾首先着地,接着主翼因剧烈冲撞而断裂,整架飞机瞬间支离破碎。幸运的是,飞机没有爆炸,全抗日除额头撞出血,身体其他部位完好无损。全抗日从飞机残骸爬出来,刚要站起来,两架零式战斗机又俯冲过来扫射,全抗日机警地钻回飞机底下……

其他三架被击中战机跳伞的飞行员则没有全抗日那么幸运了,三位飞行员跳伞后,日机在空中对准飞行员猛烈射击,三位飞行员坠地时,尸体被枪弹射得体无完肤。

周志开回到重庆广阳坝机场,正赶上四大队空中惨败,伤痕累累的全抗日、刘孟晋、张祖骞见周志开完好无损归来,非常兴奋。

刘孟晋抱着周志开说:"兄弟,我们今天算再次领教敌新式战机的厉害了,差点儿全军覆没!"全抗日说:"兄弟,我差点儿见不着你啦!"

张祖骞问:"志开,你是怎样对付这阎王战机的?"

周志开详细讲述了自己与日机缠斗的经过。

"志开!我们很多跳伞飞行员都被日军打成了筛子!你却对日机跳伞飞行员如此仁慈……"刘孟晋责备说。

周志开沉默了。

周志开来到大队长郑少愚办公室,汇报自己的作战经过,将山川一郎画的零式战斗机构造图交给郑少愚,并介绍了战机特性。郑少愚见周志开迎战日军如此厉害的零式战斗机毫发无损归来,且取得如此战果,他既高兴又惊讶。

"面对敌人的零式战斗机,我们的飞机性能太差了……志开,你真不愧是我们的'战神'啊!今天我们两番迎战敌零式战斗机,你是唯一身体与飞机均未受伤且还生擒敌飞行员的人!记大功!"

"大队长过誉!我不过幸运罢了!与零式战斗机作战最大的感受是,首先要将他们的编队打乱,寻找有利于我们的作战方式,抓住零式战斗机弱点,机智出击。零式战斗机确实厉害,但这款飞机太轻,不能快速俯冲,我们要充分运用自己战机的俯冲优势。零式战斗机续航能力强,与其交手,贵在迅速,射出全部火力后,迅速俯冲脱离,不宜久缠……"

郑少愚认真听着,点头说:"说得好!立即整理成书面材料,以大队名

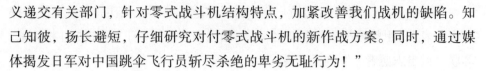

义递交有关部门，针对零式战斗机结构特点，加紧改善我们战机的缺陷。知己知彼，扬长避短，仔细研究对付零式战斗机的新作战方案。同时，通过媒体揭发日军对中国跳伞飞行员斩尽杀绝的卑劣无耻行为！"

"是！"周志开立正，敬了个标准军礼。

"中国飞行员大义救日军跳伞飞行员，日军飞行员对中国跳伞飞行员斩尽杀绝。"很快，国内外各大媒体纷纷刊发消息和漫画，揭露日军战机野蛮轰炸中扫射跳伞飞行员，并将中国飞行员周志开厚待日军跳伞飞行员进行对比。同时，周志开在接受英美记者采访时，拿出他积累的多张日军飞行员孩子的照片，痛斥日本军国主义给中国人民乃至日本普通百姓带来的痛苦，呼吁停止野蛮轰炸。媒体对日本军国主义的政治攻势震撼世界，中国抗战赢得世界的极大同情，也唤醒日本一些有良知的人，认清本国法西斯主义发起的侵略战争的性质及危害。中国后方加紧战机维修改进工作，研究对付零式战斗机的办法，可惜当时连燃油都需要进口的中国根本不能制造飞机。

1941年春季的一天，中国空军五大队驱逐机与日军零式战斗机狭路相逢，再次损兵折将，五大队大队长、副大队长以下八名飞行员殉国，五大队番号被撤销，改为"无名大队"，队员一律佩戴"耻"字臂章上岗。不久，苏联与日本签订互不侵犯条约，苏联开始撤回志愿航空队。苏德战争爆发后，苏联航空队志愿者全部撤离中国，中方无法再得到任何援助。此时，中国空军能够作战的飞机仅剩几十架，而且苏制飞机因没有零配件无法维修。为了保存最后的防空力量，上峰要求中国战机采取避战态势，重庆整座城市经常被炸得一片狼藉，街道上尸横遍野，市民号啕大哭声、咒骂声不绝于耳……

正午，周志开和全抗日、刘孟晋、张祖骞一起到小饭店喝闷酒。

"蒙国家重托，食国家俸禄，唯有血战到底，以死报国。如今却整日这样，我们有何脸面见重庆数百万民众……"周志开叹道。

"志开，你的英勇与胆略很大程度缓解了陪都防空局面的恶化。"张祖骞安慰着。

"惭愧，匹夫之勇无力挽危局……"周志开说。

"志开，我们都很佩服你的智谋。"全抗日也安慰道。

"是啊！志开，你不要自责。你对自己要求太高了，其实，每次空战你都有突出表现。上峰避战也是无奈之举，屋漏偏逢连夜雨，日本零式战斗机施威，苏联又撤走志愿者。"刘孟晋说。

"这老毛子也太不仗义了！"全抗日说。

"国与国之间都是利益，哪有真正的患难朋友！不过，我们要特别感谢苏联援华飞行员！"周志开说。

"虽然升空迎战就是死，但也比这样憋屈着强！"张祖骞说。

"是啊，就是死也应该死在空中，比在地上等着被炸死强！"全抗日说。

四人郁闷地聊着。

这时，有几个食客走过来，斥责道："现在重庆上空每天都是膏药旗在'嗡嗡'，我以为空军都死光了，没想到你们这四个飞将军躲在这里喝酒呢！"

"是啊，你们那个飞天大英雄周志开跑哪里躲着去啦？"

"日本鬼子来了，你们这些龟儿子就该上天空！如今却和老百姓一块跑警报，还有脸吃喝！"

大家你一言我一语地讥讽着、骂着。

全抗日忍不住心中怒火，气愤地说："你们骂谁？！不是我们不抵抗，而是……"

周志开拽住全抗日的胳膊，制止他的话语。

"乡亲们，对不起！大家心里有火，就痛打我一顿吧！"

说着，周志开把啤酒瓶递给最前边的一个中年汉子，并将头伸过去。

这时，店老板跑过来，说："大家真的误会这四位了，误会我们的空军了！连日来，他们经常来我这儿喝酒宣泄愤懑，我都听明白咋回事了。日军派来新式战机，我们的飞机速度火力都不如人家，空军将士损兵折将，飞机都快打没了……"

周志开的坦诚和老板的劝解，食客们恍然大悟，不住摇头叹息。

吃完饭，周志开等四人结账，老板拒收。

"不管你们打胜仗还是败仗，都是我心中的英雄！你们的处境我懂！这饭算我请！"

周志开不肯，执意将饭钱留下。

离开小饭馆，周志开说："我们到空军坟看看天亮、黄河、江南三位哥哥吧！"全抗日、刘孟晋、张祖骞欣然同意。

四人走了很长一段路，来到坐落在重庆汪山南麓的黄山空军烈士公墓，大家在冯天亮、江南、黄河墓碑前各放了一支烟，周志开说："三位哥哥，所有牺牲的战友们！志开没脸见你们！小弟对不起你们啊……"顿时热泪直流。

全抗日、刘孟晋、张祖骞也默默流着泪。

"志开，你已经尽力了。相信我们还会有冲天迎敌的机会！"

"我们国家的实力太落后了，全方位的落后！我的祖国啊，你何时能强大啊！"

周志开仰天长叹。

这天，周志开接到李壮飞的一封来信，他在信中介绍，机场卫兵一枪打下一架日本零式战斗机。不久前，日本战机轰炸成都太平寺机场，一架零式战斗机俯冲扫射时，突然发疯似的冲向地面，"轰"的一声巨响，飞机摔落在地，飞行员登时毙命。事后，检查飞机残骸，发现飞机发动机完好，日军飞行员尸体也没有枪伤，反复检查才发现这个飞行员心脏中了一颗机枪子弹。原来，空军警备旅保卫机场的卫兵用机枪对空射击，一颗子弹击中机身，子弹射穿机身铝皮和铝制座位，穿过驾驶座坐垫，不偏不倚，恰好钻进敌驾驶员的肛门，穿过肚肠，直入心脏，嵌入心房……

周志开读完信，心中大快，"多行不义必自毙！再疯狂的零式战斗机也没有什么了不起的！"

当周志开把这个消息告诉刘孟晋、全抗日、张祖骞等人时，大家哈哈大笑。

十　驼峰归来雄风展

　　我方所用伊—15 海鸥式驱逐机绝不是日军零式战斗机的对手。周志开等飞行员凭着高超的飞行技术和牺牲精神与敌机斗智斗勇，苦苦支撑着空军的战斗信念，他们既要奉命避战，保存有限的几架战机不被敌机彻底摧毁，又要灵活机智地在大都市及军事要地展开巡航，完成侦察任务。

　　敌机频繁轰炸重庆，跑警报成了人们的家常便饭。市民开始疏散，学校被迫停课，志同回到家里。一天，警报过后，王倩绮带着孩子们走出防空洞，看见自己所住的家园成了一片废墟，到处都是烧焦的尸体……王倩绮悲愤不已，只好带着孩子搬到乡下住。志同含泪给志开写信，并告知乡下地址。

　　周志开利用休假时间来到乡下看望母亲和弟弟妹妹们，他安慰母亲说："妈妈，孩儿无能，不能保护好你们！"周志开没有说战机性能落后，上峰要求避战。

　　王倩绮说："开儿，你已经尽力啦！我们一定能撑过去的！"

　　"中国有多少家庭，多少人家破人亡，谁能数得清楚？血债总是要用血来偿还的，仇一定要报！"周志开愤懑地说。

　　11 岁的小志兴跑过来，拽住志开的手，哭着说："二哥，我亲眼看见鬼子飞机炸死两个同学，太可怜了，你要为他们报仇啊！"志开蹲下身子，擦拭志兴脸上的泪花，说："小弟，二哥一定要为你的同学报仇！为所有死难的同胞报仇！""二哥，我也要当飞行员，去打鬼子！"志兴坚定地说。"小弟，你还小！现在的任务是学好本领，将来才能为国家做贡献！"志开安慰道。

小志兴认真点着头。

在中国空军抗战低谷期，周志开认真研究敌我战机性能差距，撰写空中格斗体会。他总觉得自己学识不够用，恨不得马上研究出一款新式战机来，与日军零式战斗机一决高下。大队长郑少愚非常赏识周志开，经常找他交流心得。郑少愚空战中受了重伤，司令部安排他到成都疗养院养伤，疗养期间，郑少愚认真研习飞机理论知识。

这天，周志开拿着自己刚撰写的"科技在战争中的作用"书面材料来成都看望郑少愚。

"大队长，您伤势好些了吗？"周志开关切地问。

"恢复很快！手脚这点儿伤不算什么！现在我们处于空战最黑暗时期，我头疼啊！"

"有效破敌战术来源于实战，有时需要付出较大代价，暂时避免无畏牺牲，这是明智的。您不要着急，我们战机虽然整体处于劣势，但也有俯冲较快的优势。只要汲取教训，发掘自身优点，打击敌人弱点，就可以在空战中获胜。困难总会过去的，守得云开见月明！"

郑少愚赞许地点了点头，说："志开，一个优秀指挥官基本素养是懂得知己知彼，你完全具备了。你实战摸索出来对付敌零式战斗机的方法是我们克敌制胜的法宝，值得推荐给全空军！"

"您过奖了！我是您的部下，更是您的学生。这是我最近整理的参战体会，请您过目。"周志开递上空战调研材料。郑少愚接过材料认真看了一遍，不禁拍手叫好。

"分析得很透彻！战争是敌我双方全方位的较量，其中生产力、资源、储备的较量是最根本的。生产力最主要的内容，就是生产中的科技水平、技术设备和社会组织能力，而科技应用水平，又是其中最根本的因素。九一八事变后短短数年内，日本航空工业取得突破性发展，走上自行研制道路。我们政府没有重视航空基础工业，制造飞机所需要的关键部件和原材料都需要进口。全面抗战爆发后，美国停止了出口飞机配件，意大利终止了合同，德国不再提供制造设备，中国的航空制造业立马陷入停顿。在拼消耗的战争中，工业制造落后，不得不用勇士的鲜血来替代……"郑少愚说。

"仅靠购买，永远买不到真正的核心技术，永远买不来一个真正强大的产业！"周志开说。

"小日本的科技水平太强了，他们的零式战斗机时速五百三十公里，而我们所用苏联的伊－16战机时速只有四百二十公里，在亚太地区，除美国外，无人能望其项背。"

"小日本太狂妄，他们迟早会与美国开战。我们借助美国援助，尽快提升战机性能，灵活运用新战术，加之我国幅员辽阔，抗战一定能取得最后的胜利！"周志开坚定地说。

郑少愚不住地点着头，望着眼前这个英俊帅气、智勇双全的小伙子，心里由衷地喜欢。"志开，你怎么看我们国军正面战场和中共的敌后战场？"

"我军正面战场涌现大批浴血疆场的英雄将士，但有些会战打得并不如意，甚至犯了战略性错误。抗战是全民族参与的持久战，需要各方密切配合，仅靠我们空军将士忠勇，就是全拼光了也难扭转整个战局。我们应该借鉴八路军的敌后游击战术，在困境中不断积蓄力量，在运动中抓住战机，以优势兵力消灭敌人，争取最后胜利！空战，也蕴含这个道理。"周志开感慨地说。

"说得好！八路军敌后战场的灵活游击战术与群众路线非常值得我们借鉴！共产党大局观及民族牺牲精神特别值得我们学习！"郑少愚说。

"是的！我挺敬佩他们的！共产党抗战最坚决，得民心！很多共产党员不怕死！"

郑少愚握住周志开的手，说："志开，你视野开阔，眼光看得准！中华民族的希望在于你这样智勇兼备的有为青年！"

"大队长，您言重了！"

…… ……

两人越说越投缘，不知不觉已到正午。

"走，志开，跟我吃午饭去！"

"大队长客气了。"

说着，两人来到疗养院的食堂，简单要了两碗米饭和一份炒菜、一瓶酒。两人一边喝着一边聊着。

"志开，今后有何打算吗？"

"如果我能活下来，等到抗战胜利后，我还是想圆一下儿时的演员梦，演一部反映我们空中将士浴血长空的电影。转业后兑现航空救国梦想，投身飞机科研制造专业，最好成为一个飞机工程师，研制出中国最先进的战机，震慑列强，让他们再也不敢侵略中国！"

"好样的！志开，你一定会成为中国最出色的影视明星，也一定会成为中国最伟大的工程师！为了你的理想，干一个！"

"谢谢大队长勉励！"

饭后，周志开告别郑少愚返回重庆基地。郑少愚与周志开分别不久伤愈出院，参加空军参谋学校短期培训，探讨空军建军问题。

1941 年 12 月 7 日，日寇偷袭珍珠港后，美国对日宣战，以陈纳德为代表的"飞虎队"正式以美军空军部队身份参加中国抗战，美国开始大量援助中国飞机。

春节期间，郑少愚调空军驱逐总队，担任副总队长并兼任四大队队长。郑少愚回到原部队，周志开等官兵感到格外亲切。

"大队长，总算把您盼回来了！"

"是啊，我也很想念你们啊！"

"今后，您多做指挥工作！一定要注意安全！"

"志航大队长哪能怕死？敌人打不死我！"

几年来，周志开见证了四大队光荣悲壮历程，高志航、李桂丹任职大队长不到半年就牺牲了，后来的董明德、郑少愚也是冲锋在前，身经百战，他庆幸自己能遇上这些英雄大队长。

"志开啊，我倒是担心你，杀敌心切，经常单机与敌人肉搏，一定要保重啊！"

"大队长，我自从来咱们大队，还没受过一次伤呢？小鬼子的子弹不敢'咬'咱！"周志开说。

"我的飞天大英雄乃天之骄子，不可伤也！"郑少愚笑着说。

1942 年 3 月下旬，四大队移防昆明，奉命分批到印度接收根据美国《租借法案》借给我国的 P-40、P-43 式战斗机。第一次赴印度需要精选十名驾驶技术精湛的精英飞行员，周志开第一个报了名，被选为赴印接收战机行动小组组长。

临行前，郑少愚再三嘱托："美国的战机，有助于我们对付日军零式战斗机。有了新式战机，一定再展志航大队雄风，洗刷我们一年多来被动挨打避战的耻辱！此次出国，你们肩负重大使命，需要面临不可预知的危险，特别是要飞越喜马拉雅山，那里地形复杂，飞行路线起伏，气候条件恶劣，空气稀薄，其危险不亚于与日军最先进战机肉搏。我相信你们的技术与意志，期盼你们平安归来！"

"人在机在！保证完成任务！"周志开等人异口同声地喊道。

第一次出国远征，周志开率全抗日、刘孟晋等历尽千辛万苦来到印度洋海滨。在海滨附近的基地机场，阳光照耀下，一架架鲨鱼式战斗机闪闪发亮，周志开和战友们看到新式战机异常兴奋，他们扑向飞机，用双手抚摸着可爱的战鹰。这是美国新研制的 P-40、P-43 战机。周志开想起五年前刚毕业随高志航赴兰州接收苏联伊 -15、伊 -16 战机的情景，不禁感慨万千，他多么渴盼自己国家也能生产出先进战机而不再受制于人啊！

"对于我们飞行员来讲，战机犹如狙击手手中的枪一样，甚至如同习武者的四肢。一个优秀狙击手，枪法再神，没有枪谈何消灭敌人？一个功夫高手，武功再高，若没有四肢，何谈施展拳脚？！"周志开对全抗日、刘孟晋等队员讲解着。大家点着头，若有所思。

这时，美国驻印度飞行基地带队教官安德逊上校走过来，周志开礼貌地与其进行友好交接，并表示谢意。

"您好！我是中国空军第四大队上尉飞行员周志开，奉命率队前来接收战机！感谢美国政府和人民对中国抗战的同情和支持！特别感谢陈纳德将军鼎力相助中国空军，请转达我对将军的敬意！"

周志开用英语与美军教官安德逊交流着。

安德逊见高大英武的周志开说一口流利英语，很是惊讶。

"周志开上尉，久仰你大名，作战很勇敢！我是安德逊上校！"

"上校过奖！"

"你的英语太棒了！到美国留过学？"

"没有到过贵国，我们中国飞行员需要掌握多国语言！"

"非常好！P-40、P-43战机是单引擎、全铝合金、低主翼的战斗机，高空运动性能良好，并配有供氧系统。你们中国飞行员并非都有你这样的好身材，大多个儿矮腿短。飞机速度快、操纵灵，需要长时间训练才能作战！"

周志开说："我们急需与日寇作战！我可以试一下飞机性能吗？"

安德逊说："可以，不过这种飞机很难驾驭，第一次飞这个机种的人员都需要带飞合格后才可放飞！我先带你试飞吧！"

"谢谢！您在陆上指点，我自己来吧！"

说着，周志开跳进座舱，闭眼将操作程序在脑子里过了一遍，然后点火，一推油门杆，飞机滑向跑道，像海鸥一样盘旋在蓝天上。

安德逊等美军教官惊得目瞪口呆，全抗日、刘孟晋等战友兴奋地呼喊起来。

飞机在蓝天上盘旋几圈后，周志开玩起了特技，犹如游龙一般，上下翻腾，左右摇摆，看得大家惊心动魄……

几分钟后，周志开平稳将飞机飞回地面，安德逊握着周志开的手说："你是天神！跟我去美国吧，有更好的飞机等着你！"

"感谢上校先生好意！不赶走小鬼子，我不能离开我的祖国！"

周志开深知个人驾驶技术再高，信心再充足，要把这些战机平安开回中国绝非易事。首先，队员们需要接受美国教官新式战机的操作培训，自己需要对航线进行充分深入分析，拿出切实可行的应急预案，才能启航回国。

周志开凭着天赋第一个熟练操作美新式战机，但其他战友熟练掌握这款新式战机需要一个过程。每天，周志开顾不上吃饭，耐心将操作要领传授给战友们。

印度洋海滨的气候高温炎热，紫外线非常强，海边上，大家身着背心短裤培训，晒得浑身是汗，一天下来累得精疲力竭。

傍晚，紧张的培训结束，周志开与战友们来到海边浴场洗海水澡。夕阳映照下，这些精干小伙子身上黝黑腱子肉闪闪发光，他们尽情在海浪中放松疲惫与紧张的心情。在烈日暴晒和海风吹拂下，周志开脸上、胳臂、腿上的皮肤也晒成了小麦肤色，肩膀发红且脱了一层皮，宽阔隆鼓的胸肌、块垒分明的六块腹肌与发达修长的四肢相得益彰，仿佛雕刻一样。

刘孟晋有些遗憾地说："可惜志开兄弟这身光洁细腻的白皮肤啦！帅小伙儿成黑小子了！"

"我就要这种标配，这才有咱军人男子汉味道嘛！"周志开笑着说。

伫立在沙滩上，周志开望着祖国的方向，感慨地说："我们国家的沿海疆域广大，比这里还壮美，可叹现在都沦入小鬼子之手。我多么想飞到我的家乡渤海湾洗个海水浴啊！沐浴在祖国母亲的怀抱才是最舒服的……"

"等抗战胜利那一天，我们驾驶战机游遍祖国的天南海北！然后，去畅游长江、黄河！畅游渤海、黄海、东海、南海……"全抗日兴奋地说。

"还有我们东三省的白山黑水！"刘孟晋补充说。

"对！这一天迟早会到来的！"周志开坚定地说。

真正考验周志开和战友们的是驾驶战机飞回中国。这天一大早，周志开率领十名战友驾驶新式战机从印度海滨机场启航。启动发动机前，他再三叮嘱战友沿途注意事项以及一旦发生危机时应急处理办法。

"每架战机都是我们的命根子，我们决不能损坏一架战机！大家有没有信心？"

"有！有！"队员们异口同声地喊着。

周志开率十名飞行员与基地美军教官安德逊等人告别后，逐一跳入各自驾驶的战机座舱，腾空而去。

编队穿越热带森林后，很快，他们飞入要命的深山峡谷、雪峰冰川。这条航线全长八百多公里，横跨喜马拉雅山脉，沿线山地海拔均在五千五百米上下，最高海拔达七千米，一座座高山峻岭犹如骆驼之峰，大家形象地将其称作："驼峰航线"。从印度阿萨姆邦汀江，经缅甸到中国昆明，整个航线气流变化莫测，一旦发生意外，根本找不到可以迫降的平地，飞行员即使跳伞，也会落入荒无人烟的丛林难以生还。

飞机编队飞到青藏高原上空，周志开领航，他瞪大眼睛，屏住呼吸，小心翼翼地紧握飞机操纵杆，双眼紧盯舱内机器仪表数值，保持稳定速度和高度，他不断通过无线电命令大家跟紧队伍。

透过玻璃窗，飞机外云浪翻滚，编队像游龙一样，时而翻越雪山，时而穿行峡谷，每位飞行员心里绷得紧紧的。突然，眼前出现一座嶙峋壁立的悬崖，眼看飞机即将撞上峭壁。周志开急忙向右来个一百八十度急转，躲开峭壁，并紧急呼叫："前方峭壁，右转一百八十！前方峭壁，右转一百八十！"后边的飞机采取同样操作避免了撞山事故。

刚通过峭壁险情，飞机又剧烈颤动起来，巨大气流回旋，飞机在空中打了个趔趄，紧接着，机舱外鸡蛋大的冰雹"噼噼啪啪"地砸在机身上。周志开凭着高超技术，尽最大努力保持飞机平稳，无线通信失效后，他只能给最近飞机做好示范，一个接一个示范给后面战机……一个小时后，十架战机总算通过这段惊心动魄的死亡航线。

当飞机飞到昆明上空时，周志开身上的飞行衣全部被汗水浸透。最后，十架战机平稳降落在昆明机场，周志开终于舒了一口气。

郑少愚率领四大队飞行员和机场地勤人员跑上前迎接。

"报告大队长，周志开率十架 P-40、P-43 式战斗机归队！"

周志开立正敬礼，郑少愚紧紧抱起周志开，"志开，你们开辟出'驼峰航线'，创造了航空史上的奇迹！"

"大队长，美国研制的这种新式战机通信、导航系统设置比较完善，比苏制战机强多了。这意味着中国空军将逐步进入电讯及电子导航时代。"

"是啊，总算熬到了这一天。因为通信不灵，中国空军付出了惨重代价。很多战友起飞太晚、高度不够，他们牺牲在与敌机的格斗中，刚起飞就被敌机击落了……"

"战友牺牲太冤枉！我们有了新式战机，要为战友报仇！"

十架战机远远不能满足志航大队需求，首先在第 21、24 中队换装新式战斗机。周志开也改飞 P-43 式战斗机，由四大队第 22 中队分队长升任第 24 中队副中队长。

随着美军战机陆续生产，通过印度转运到中国，四大队需要派人陆续赴印度将飞机开回基地。周志开再次请缨，郑少愚拒绝了，他深知"驼峰航线"危险太大，不能总让他去冒这个险。

"你对 P-40、P-43 式战机最熟悉，整个大队急需你来加紧培训队员。这次，我率队前往！"郑少愚说。

"大队长，航线太危险，您不能去！"

"你不相信我的飞行技术吗？放心，你能平安归来，我也会的！我们需要领回足够的新式战机对日作战！"

周志开无法阻拦，他只好将自己飞行"驼峰航线"的经验体会详细说了一遍，并再三嘱咐郑少愚注意安全。

这天，郑少愚亲自率队赴印度接收 P-43 式战机，返回途中油箱突然在空中着火，飞机瞬间坠地，郑少愚不幸殉职。

郑少愚牺牲的消息传来，周志开伤心欲绝，他怎么也想不到自己尊敬的大队长竟然以这种方式永远走了。五年前，高志航大队长接收苏制伊 -15、伊 -16 战斗机，在周家口因发动机不能及时启动，被日机炸得血肉模糊。如今，郑少愚这位身经百战的大队长没有在空战中陨落，却被飞机事故夺走生命。周志开心想，看来被寄予厚望的美军"鲨鱼"飞机性能也不靠谱，最关键还是靠中国自身强大啊！

"大队长，志开决不辜负您的厚望！赶走鬼子后，我们一定研制出中国先进战机！"周志开流着热泪，暗暗发誓。

郑少愚牺牲后，李向阳接任四大队大队长，随着 P-43 战机陆续运抵昆明基地，四大队在作战配备上焕然一新，各中队加紧训练。训练中，周志开发现，新式战机燃料供应和制动系统存在缺陷，漏油严重，加之机腹部位有涡轮增压器，空中易起火。于是，周志开及时撰写注意事项报告，提供给大队长李向阳。由于换装训练中事故不断，迟迟无法形成战斗力，四大队两个 P-43 中队无法大规模投入战斗。各中队主要在昆明、成都、重庆基地继续训练及担任防空巡逻任务。

入秋，中国空军开始以精锐飞行员组成双机小队方式驾驶 P-43 出动，周志开又是第一个被选中的精英飞行员。尽管 P-43 整体性能不太乐观，但有了新战机，周志开还是大显身手，再展雄风。

1942 年 10 月 24 日，周志开奉命率队员杜兆华执行任务，两人各驾一架狮型战斗机，由成都基地起飞，飞赴陕西南部去拦截企图入川的敌侦察机。杜兆华，广东人，先入广东航空学校肄业，后转入中央航空学校，与周志开同期毕业。虽然年长周志开三岁，但他非常佩服周志开的果敢机智，两人的交情很好。

周志开驾驶一号机，杜兆华紧随其后，两人在大巴山顶峰北麓上空飞着，不断通过无线电联系着。

突然，座舱传来地面拍来的密码电波，指示两架敌机位置航向，分别向川北区域飞来，后面还有四架跟进。根据情报，周志开判定敌机先头两架其中一架应该循汉水向南郑飞。于是，他通知杜兆华跟紧自己，两机一边盘旋，

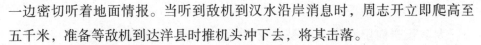

一边密切听着地面情报。当听到敌机到汉水沿岸消息时，周志开立即爬高至五千米，准备等敌机到达洋县时推机头冲下去，将其击落。

十一点五十五分，周志开飞到洋县至城固之间，他发现一架正向西航进的飞机，这架飞机肚子膨大，有点儿像飞船。

"是不是敌机呢？还是逼近一点儿去看吧！"周志开沉思片刻，命令杜兆华："马上跟我来！"紧接着，周志开一推机头，飞机俯冲下去，与那架船型机愈来愈近，周志开注意到飞机上标有醒目的红色日徽，确定这是一架日军战机。

敌机航行着，没有发现周志开的战机。突然，周志开由高处背着阳光俯冲下来，利用敌机机翼与发动机间的死角位置，对准敌机连续射击，"嗒嗒嗒——"枪弹击中敌机左发动机，发动机瞬间冒了烟，敌机慌忙转了一百二十度弯，改向逃走。

"追击！"周志开发出命令，他和杜兆华紧追敌机，再度攻击。这次，他们冲到敌机尾舵下，对敌机腹部开枪。敌机又转弯一百五十度闪避，飞向大巴山北麓，并不断加快速度，企图平航回逃，渐渐地，敌机发动机上的浓烟愈来愈大……

周志开知道敌机跑不了，他担心其他敌机从上空袭击，于是吩咐杜兆华说："你跟下去监视！"杜兆华低飞跟上去，受伤敌机很快变成一条愈来愈粗的火柱……

周志开始终保持高度警惕，监视着上空。一会儿，杜兆华驾机从下面爬高上来，向周志开报告："敌机已经着地烧掉！"

此时，高空没有再发现敌机。周志开、杜兆华两人驾机返航。因飞机油量不足，途中两人到一中转站加油，地勤人员称又一架敌机由四川广元回窜山西运城。飞机加满油后，两人立即起飞，希望捕捉到这架敌机。尽管没有再遇到敌机，但两人打下一架敌机，心情格外畅快。

下午，周志开、杜兆华回到成都基地后，空军司令部给大队部打来电话，称被周志开击落的这架敌机是日军百式司令部侦察机，机上有四个乘员，都没有保险伞，与坠落的飞机一起葬身火海。

四大队战友取回被击落敌机的零件、机枪等许多东西，周志开只收取了一张日机飞行员身上所带的小孩照片，看着照片上孩子天真嬉笑的样子，周志开心里很不是滋味。

大队长李向阳和战友们表示祝贺，"志开，你又创造一项第一，首开P-43战斗机在中国空战中击落敌机的纪录！"

"谢谢大队长鼓励！赶巧了，实属幸运。我觉得打下这架飞机不是什么大功劳，任何人处于当时状况，都可以把那架敌机打下来的。另外，打下这架飞机主要是杜兆华的功劳，他反应迅速，配合非常默契。"周志开谦虚地说。

"你不要谦虚了！每款新式战机到你手里都能迸发巨大威力！"李向阳说。

"不能任凭零式战斗机嚣张了，该我们出手了！"

"对！通知媒体记者，做一次专访！"李向阳说。

"还是采访杜兆华我们俩吧！"周志开说。

"也好！"李向阳同意。

傍晚，《中央日报》记者朱民威应邀来到四大队机场驻地，在宣传处毕干事陪同下，朱民威来到周志开的宿舍。宿舍门开着，屋里没有人。毕干事吩咐勤务兵去找周志开和杜兆华，然后陪朱民威聊天，两人一边抽着烟一边聊着印度的风土人情。

一会儿，周志开走进屋子，伸出右手说："朱记者，您好！我们又见面了！"朱民威从床上站起来，掐灭烟头笑着说："我的飞天大英雄，捕捉敌侦察机的骁将，总算'抓住'你了，采访你真是太难了！"说着，两人手握在一起。朱民威注意到，周志开不仅身材强壮，手也格外结实有力。

随后，两人坐下来，朱民威问："谈谈这次击落敌侦察机的经过吧！"周志开打开一张航空用图，叙说捕捉敌机到击落的经过，其间不断强调杜兆华的作用。

"我们的战机与敌机还存在多大差距？"朱民威问。

"目前，我们所用的飞机在性能、速度、火力、设备各方面来说，与敌机不相上下，有的已经超过敌机！我们一定要增强战胜敌人的信心！"

采访结束，朱民威刚走，张祖骞、全抗日跑到周志开的宿舍，两人对周志开羡慕不已。

"志开，什么时候带我们也打下一架日机！"张祖骞说。

"是啊，志开，我们可是你哥哥啊！"全抗日说。

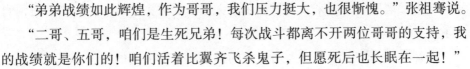

"弟弟战绩如此辉煌，作为哥哥，我们压力挺大，也很惭愧。"张祖骞说。

"二哥、五哥，咱们是生死兄弟！每次战斗都离不开两位哥哥的支持，我的战绩就是你们的！咱们活着比翼齐飞杀鬼子，但愿死后也长眠在一起！"周志开说。

周志开与张祖骞、全抗日不仅在同期毕业生中性格志趣相似，在大中桥同宿舍兄弟中感情也最深。

第二天，四大队24中队奉命掩护一大队九架A-29"哈德逊"轻型轰炸机，成功轰炸运城敌机场。周志开特意率张祖骞、全抗日等队员一起执行任务。

黎明前，周志开等人顺利完成任务。返航途中，周志开透过机窗俯瞰大地，蜿蜒盘旋的万里长城，奔腾不息的滔滔黄河……整个华北大地群山起伏。周志开感慨万千，这是自己参军后首次飞回华北家乡的上空。此刻，他多想飞到津门、飞到冀东渤海湾那个小村庄看一看啊……周志开在空中打了几个盘旋，然后向南方飞去。

正午，周志开返回成都基地自己的单身宿舍，刚要准备撰写第二天的飞行训练计划，刘孟晋走进来，说："志开，五大队战友来电话说，壮飞大哥训练时殉职啦！下午将在市殡仪馆举行遗体告别仪式。"

周志开大吃一惊，抓住刘孟晋的手说："你说什么？再说一遍！"

"壮飞大哥殉职了！"

"怎么牺牲的！"

"驾机练习空中射击，因飞机突发故障，迫降时飞机着火……我今天早晨接到的电话，一直在等你回来，赶紧告诉你。"

"又是飞机事故！大哥，你走得不值啊！"周志开痛苦地闭上双眼，泪珠顺着脸颊"唰唰"地流着，"通知祖骞、抗日两位哥哥，我们马上送大哥最后一程！"

周志开与刘孟晋等四人请好假后，急匆匆乘车赶赴市殡仪馆。

一路上，四人商量，如何照顾好李壮飞年迈的父母和大嫂徐梦姗及孩子，希望做通亲属工作，把大哥的骨灰运到重庆黄山空军烈士公墓，实现大中桥115宿舍牺牲兄弟的"团聚"。很快，四人来到市殡仪馆，下了车，他们直奔大厅。此时，五大队战友和李壮飞的亲友们正在进行遗体告别。然而，更意想不到的事情发生了，在葬礼现场，周志开看到李壮飞和徐梦姗的遗照一起悬挂在大厅墙壁上，原来，妻子徐梦姗无法承受失去李壮飞的打击，跳河自杀了。

看着李壮飞年迈的父母老泪纵横的样子和号啕大哭的孩子，现场人无不潸然泪下。周志开、全抗日、刘孟晋、张祖骞更是泪如雨下，"嫂子，大哥走了还有我们，你这是何苦啊？"

"他们青梅竹马，感情深厚，唉——可怜活着的老小了……"人们叹息着，流着泪。

按照徐梦姗遗书交代，大家将两人遗体合葬在一起，就近安葬。

从墓地回来，大家将李壮飞父母和孩子送回家。周志开、刘孟晋、全抗日、张祖骞四人"扑通"一下跪在李壮飞父母面前，含着泪说："伯父伯母，今后我们就是您二老的儿子！我们一定将大哥的孩子抚养成人！请二老坚强些……"

"好孩子，壮飞有你们这样的好兄弟值啦！我们一定好好活着，看到小鬼子被彻底赶走那一天！"

"爸、妈——"

"孩子——"四个人紧抱两位老人泪如雨下。

周志开等人将身上所带的钱币都留给两位老人，再三亲吻着李壮飞的小儿子，依依不舍地告别一家老小。回驻地路上，周志开等四人默默无语，任凭泪水无声地流着。115室八兄弟只剩下四个人了，他们谁也无法预知下一个谁先走。

许久，全抗日打破沉默："志开！我们八兄弟总得有人活下来照顾牺牲战友的亲属，这是我们的生死承诺。你最优秀，要活下去，不能再飞了！死去兄弟的亲人需要你……"

"二哥说得对。志开，你说过，我们飞行员不能仅仅会开飞机，还应该会造飞机！未来中国的天空需要你这样聪明的脑袋研发出最先进战斗机来捍卫！"张祖骞说。

"志开！你赶紧找个女朋友结婚吧！"刘孟晋说。

"谢谢三位哥哥的好意！我们是生死兄弟，一辈子，一生情！任何时候我都不会离开你们的！"周志开说。

"志开，你是咱志航大队的骄傲，是咱空军的骄傲！赶快结婚成家吧，把最优秀的基因传承下去！"全抗日恳切地说。

　　"匈奴未灭，何以家为？倭寇不除，海波难平！我们每个飞行员的生命乃至身后一切早已属于国家！咱们都一样，因为属于国家，我们别无选择！中华民族是勤劳智慧的民族，比志开优秀的人多的是。现在关键是需要有人用生命唤醒全民族的血性与科技强国意识，只有大家都觉醒了，才能壮大我民族，强盛我华夏！现实比预想残酷得多，活着的兄弟越来越少了，有限的津贴根本无力支付。如志开先于哥哥们走了，你们不必履行照顾牺牲战友父母之约，我父母生计尚能维持。相信政府和民间热心人士会给予烈士遗属们关照的……"

　　"志开！……"

　　四人无语，只有紧紧的拥抱和无声的泪水……

十一 天之骄子美人醉

深秋，四大队从成都又移防重庆，伴随新式战机陆续配装及美军飞虎队的支援，中国空军逐渐扭转被动局面。新式战机配有无线电话，司令部加强陆空通话保密工作，批准了一套陆空联络暗语。如梁山机场代号叫宋江，四大队代号是关公，广阳坝机场代号是刘备，加油称吃茶，落地叫住店。"关公，宋江请你吃茶，刘备请你住店。"意思是指挥所叫"四大队到梁山加油，然后到广阳坝落地。"

周志开与全抗日、刘孟晋、张祖骞等人履行着八兄弟的约定，每月拿出来大部分津贴寄给牺牲战友的父母。周志开经常将自己荣获的战功奖品典当成钱，用来资助战友亲人和战时流浪者。陕西城固击落敌机一架，司令部奖给周志开三千元大洋，他分给杜兆华一部分，然后全部寄给几位战友的亲人。在给母亲寄信时，周志开怀着歉疚的心情将自己获取的一块手表寄给母亲。周志开担心冯天亮母亲年迈体弱禁不住失去儿子的打击，每次给老人寄钱，总是以冯天亮的名字寄出，隐瞒其牺牲情况。

休假时，航空队里打猎风气极浓，不管战友怎样相约，周志开都不愿去猎捕任何动物。虽然经历太多残酷战场，但在他内心深处，始终不愿看到杀戮。不出任务时，周志开喜欢一个人思考问题，享受独处时光。每到傍晚，他来到江边，凝视着变化莫测的晚霞，直到云霞渐渐消逝于天际之间。

深夜，周志开研究如何提高战机性能，总结战斗经验教训，然后品读书籍，广泛涉猎。他热衷军事、科技、体育，喜欢文化、文学、历史，对哲学、医学也颇感兴趣。"救民于水火""我不入地狱谁入地狱""博爱宽恕""和而不同""刚健自强""仁义至上""人格独立"等传统文化信条深刻在他内心深处。周志开在日记中写道："我崇尚儒家的人文关怀与价值理念，追崇儒家'内圣外王'的理想人格，尊崇孔子的仁道，欣赏孟子提倡的刚毅、坚定不移的气节和情操，尤其崇尚死而后已、无所畏惧的任道精神。我也欣赏道家的超越精神和佛家的菩提智慧。独善其身，一任自然，遂性率真，超然物外……何其快哉！最近，发现自己对基督教也产生了浓厚的兴趣。我——周志开，真是一个矛盾的统一体！总之，内心要深植对生命的关怀，永怀一颗慈悲之心……雁过长空，影沉寒水。生命只是一种偶然，万千景象不过都是瞬间的变化。一切都在循环中求生，一切都在循环中消亡。当一个人的身体消失了，唯有精神才能够流传。如何发挥生命最大价值呢？我——周志开，不能陶醉于众人眼里近乎完美的肉体躯壳，要拥有一个不俗的高雅灵魂，以行动诠释英雄本色，实现人生价值最大化，来世一回，不虚此行！切记：勇者不惧，智者不惑，仁者不忧！塑形新我，慎言敏行……愿我的生命化成空中一道彩虹！"周志开苦苦思索着。

连日来，战事趋于平静。这天清晨，大队部分官兵休假，全抗日、刘孟晋、张祖骞再三约周志开外出打猎，他勉强同意了，但提出自己不动枪，不伤害任何动物，哪怕是一只昆虫。刘孟晋摇头说："你的内心柔得像清泉，骨子里还是航校之初那个样子，这样在血腥战场上会吃亏的。"

"我看志开真是生错了时代，应该去做和尚。"全抗日笑着说。

"若不生逢乱世，做和尚其实挺好的。"周志开说。

"你心地这么善良，肯定会成为得道高僧，百年后肉身不腐！"全抗日说。

"唉，无须肉身不朽，不求青史留名，但求来世一回无愧内心，无愧国家和民族，做一个对社会和他人有用的人，百年之后依然有人记得足矣！"周志开感慨地说。

"志开好像变了，看破红尘了。"刘孟晋说。

"其实，我内心也很矛盾，既想成明星，比如当年的演员梦，后来的英雄梦。但有时又特别厌烦喧嚣，本能抵触名利诱惑，喜欢一个人过自己想要的清静生活。"周志开坦然地说。

"志开，你已经是咱们空军的名人了！不仅是威震敌胆的飞天大英雄，还是空军第一帅哥！军营内外，不知多少人以认识你为荣。"张祖骞羡慕地说。

"又来啦！我说过，男人的帅在于大海般的胸襟和泰山般的壮丽雄心！等我击落日军一百架飞机再说我是英雄！等我兑现生命最后的愿望再说我帅！"周志开红着脸说。

"志开的胸襟快成太平洋了！凭着执着劲儿与勇气，肯定会实现击落百架日机的目标！"刘孟晋底气十足地说。

"是啊，志开是力与美的结合体，更是真与善的化身，他从里到外都透露着一种特殊气质。我们兄弟中只有志开找到生命的密码了，自愧不如……"全抗日感慨地说。

"二哥，你咋也会说奉承话了？"

"不是奉承话，是心里话！大家说是不是啊？"

"对！""我们一定要保护好志开弟！"张祖骞、刘孟晋应道。

四人边聊边走，很快来到重庆郊区一个狩猎场，看到一片挺拔的竹林，张祖骞吟道："竹开霜后翠。"周志开随即说："梅动雪前香。"

层林尽染，万山红遍，周志开沉醉在深秋美景中，醉人的红叶令他诗兴大发，他想起了牺牲的战友，不禁脱口而出："霜风舞红叶，残月冷空悬。飞鸽盘旋日，热泪涌如泉。"

"志开真是样样精通，对对子、作起诗来出口成章。"张祖骞赞叹道。

"志开将来也许成为作家呢，把咱们长空打鬼子的故事好好写写。"刘孟晋说。

"记得写上我一笔。"全抗日说。

周志开谦逊地说："三位哥哥见笑了，志开哪有那种才思和文笔。不过，写二哥打鬼子肯定有写不完的故事。"

全抗日笑了，说："知我者，志开弟也……"

刘孟晋、张祖骞、全抗日忙着寻找猎捕目标。突然，全抗日发现一棵大杨树上有个鸟窝，老鸟正在给小鸟喂食。他端起枪瞄准站在鸟窝边上的老鸟，刚要扣动扳机，周志开赶紧上前拦住："不可！这只鸟正在给小鸟喂食，切莫伤害它们！"

"好，听兄弟的！"全抗日说。

树下，一只蜜蜂盘旋一阵后停在一朵白菊花上，全抗日捡起一根树枝想抽打，周志开又来阻拦，"采得百花成蜜后，为谁辛苦为谁甜。多么孤独可爱的小蜜蜂啊！"

"志开，你这也不让打那也不让杀，好像这动物都是你朋友似的！"

"对啊，它们就是我们人类的朋友嘛！人家也要享受生活，为什么被我们剥夺生命呢？我现在想起小时候带着妹妹捅马蜂窝太可笑了，那时真不懂事，为什么要打扰人家平静的生活呢？"

这时，刘孟晋提着抓来的两只野兔子走过来。

"志开，中午要好好吃一顿啦！"

周志开看着带血痕的兔子摇头叹息："可惜，可惜……"

"两只兔子有什么好可惜的，正好给你补补身子呢！"

正午，四个人来到河滩上，刘孟晋、张祖骞、全抗日将野兔煺毛清洗后，生起篝火烤起来，很快，飘出一股浓郁的香味，刘孟晋加上随身带的食盐等作料，三个人津津有味地吃了起来。

"兔子腿儿肉最好吃，志开，都留给你！"

"你们吃吧，我吃个水果就行了。早饭还没消化完呢。"

"志开，你真没口福！何必那么认真呢！和尚也不至于如此吧！"

周志开微微一笑，没有说什么。

入冬以来，中国空军紧锣密鼓开展队员新战机培训工作，基本不再主动出战。因参加培训和地方各种抗战宣讲活动，周志开有机会接触军内外更多人士。在一些地方抗日纪念活动中，周志开的潇洒气质经常赢得妙龄女郎青睐，有的探听到周志开的地址，寄来了炽烈的求爱信，周志开始终不为所动。四大队的随军太太们多次给周志开张罗女朋友，都被周志开委婉谢绝了。母亲王倩绮来信也催促周志开赶紧谈个女朋友，周志开不忍让母亲失望，只能以战事紧张为由安慰母亲。周志开心里感觉很累，于是，他将时间安排得满满的，全部用来训练、读书，偶尔到江边释放一下疲惫心情……

一天，大队长李向阳说上峰有重要人物在航委会等候，准备给他介绍女朋友。周志开不好推托，只好按通知来到市区大汉别墅司令部张副官的办公室。

张副官给周志开介绍的女朋友刘小姐不是一般人，她在重庆国民政府办公厅任秘书，父母均在国民政府任要职。一次，刘小姐随重庆各界劳军团到四大队慰问，周志开等几位英雄代表与大家座谈。刘小姐一下被周志开俊朗的外貌迷住了。她本想座谈会结束时当场就向周志开表达爱慕之心，因四大队突然接到紧急任务，需要周志开出征，座谈会还没结束周志开就提前离场了。刘小姐非常失落，回来后神魂颠倒、茶饭不思。

刘小姐的母亲发现了女儿状态异常，再三询问，刘小姐跟母亲讲了心事。刘小姐的母亲把女儿暗恋周志开的相思病告诉了丈夫。丈夫听说女儿喜欢周志开，也极力想撮合这件婚事，因为他清楚周志开是得到委员长表扬的飞行员，如果女儿嫁给周志开，将来有助于自己官职升迁。于是，他打电话给空军司令部的朋友张副官，请张副官出面做媒。

在司令部一间办公室，张副官牵完线后，主动撤出去，室内只剩下周志开和刘小姐。

周志开见刘小姐模样娇媚，体态丰腴，装扮雍容华贵，嘴唇涂得通红，浑身散发着脂粉气……周志开对刘小姐有一种莫名其妙的抵触。

刘小姐格外开放，她毫不掩饰地说："志开，我姓刘，是政府职员。你是我心中的大明星！你真迷人！我太喜欢你啦……"

周志开脸"唰"地红了，"我只是一个飞行员，一个普通战士！没什么……"

"不！你英俊潇洒、风流倜傥！我爱你生动的面孔！爱你高大的身形！爱你的一切……你是属于我的……"说着，刘小姐主动上前想拉住周志开的手，周志开不自觉地向后退了两步，他脸有些发烫，"我真的很普通，不值得您这样……"

周志开实在不知说什么，他礼貌地与刘小姐谈起重庆当日的天气情况。

"今天天气不错，就是温度有点儿高……"

"是啊，天气太热，快把军官服脱掉吧……来，我帮你！"

"不用，不用……"周志开连忙摆手。

"咱们结婚吧！我爸说好了，只要咱俩结婚，他送咱们一栋别墅！而且送咱俩到没有战火的国家享受和平快乐的日子！"

周志开一听，心中更加反感，他说："对不起，我命在天上，住不了别墅！不赶走鬼子我是不会结婚的！"

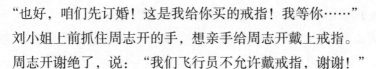

"也好,咱们先订婚!这是我给你买的戒指!我等你……"

刘小姐上前抓住周志开的手,想亲手给周志开戴上戒指。

周志开谢绝了,说:"我们飞行员不允许戴戒指,谢谢!"

周志开感到心里压抑,他想迅速走开。刘小姐仿佛怕周志开飞了似的,迫切地说:"只要你答应做我男友,什么都可以谈,结婚可以缓一缓!"

"对不起,刘小姐,我性格愚钝,不适合做您的男朋友!盼望您早日找到自己的心上人!战事紧张,我需要回基地训练了!"周志开鼓起勇气,坦率地说出心声。

刘小姐自讨无趣,脸色有些发青,瞬间一反常态,指着周志开说:"姓周的,你有什么好孤傲的?!三条腿的蛤蟆不好找,两条腿的男人有的是!卷毛金发帅哥一大堆等着本小姐挑呢!"

说着,刘小姐拎起挎包,气呼呼地跑出办公室。在走廊内,刘小姐边跑边哭嚷:"周志开非礼我!他根本就不是什么大英雄,他就是一个轻浮的坏男人!"

隔壁的张副官听到刘小姐吵闹,急忙跑出来百般哄劝,总算让刘小姐停止了哭闹。

刘小姐气呼呼地走了,张副官回到办公室训斥道:"周志开,你太不懂事啦!你怎么能欺负刘小姐呢?这下可闯大祸啦!"

"我没有啊,连碰都没碰她一下儿!她上来就想跟我结婚,我谢绝了就骂我……"

"女孩子,脸皮薄,需要哄!刘家有权有势,刘小姐又漂亮,人家看上你,那是你的福气!你应该爽快答应才对嘛!"

"我们不适合在一起!志开享受不起这个福气!"

"你不喜欢人家也不能得罪她啊!她父亲可是重庆响当当的人物。这样吧,什么时候我带你去她家赔礼道歉!"

"我没做错什么,何来道歉?"周志开倔强地说。

"你要注意你的英雄形象和军官身份,这样对你今后升迁影响不好!"

"志开谈不上英雄,不想升官发财!我命在长空,不把鬼子赶走今后决不结婚!张副官,基地训练紧张,我告辞了!"周志开坚定地说,然后转身迈着有力的步伐走出张副官的办公室。

张副官摇了摇头，叹道："这倔小子，太有个性了！"

这天，周志开作为空战英雄代表应邀参加一个空军和地方联合举办的抗战宣讲会，周志开的传奇空战经历与慷慨激昂的演讲深深打动了在场每位观众。

"是七尺男儿生能舍己，作千秋鬼雄死不还家！每想到牺牲的战友，我就很惭愧！我没想当什么王牌飞行员，更没想成为什么飞天英雄！国家有难，匹夫有责！山河破碎，男儿许国！我只是在履行一名中国飞行员的职责，时刻准备用生命捍卫我们的国家，保卫我们的民众！"

台下顿时响起一片热烈掌声。很多年轻观众跑上前台，给周志开送上鲜花。

宣讲结束，主办方特意举行重庆文化界慰问演出，演员们表演了《大刀进行曲》《黄河大合唱》等抗战歌曲，荡气回肠的歌声令周志开热血沸腾，他禁不住心中默默唱起来，仿佛冲上云霄与敌机浴血鏖战。随后，一组演员表演了精彩的抗战话剧，周志开看得很投入。

演出结束，演员们与周志开等战斗英雄一起合影。这时，重庆文化局局长带着一位女演员走到周志开身边："周上尉，我给你们介绍一下，这位是著名歌星邢倩丽小姐，被誉为中国的费雯·丽。"

周志开知道费雯·丽是正在热播的美国电影《乱世佳人》主角郝思佳的扮演者。只见眼前这位女演员眉清目朗，体态袅娜，神采飘逸，透着一股荷花般的孤冷傲气。

"您好！邢小姐，我——周志开，您刚才的表演深深打动了我……"

"您好！周上尉，久仰您的大名。今日相见，犹如羽扇纶巾、遥指赤壁的周郎再现。""邢小姐过誉，志开不才，岂敢与周郎并论。"

"周上尉才华美貌同在，实乃盖世无双！庆幸我国有您这样的飞天英雄！"

"惭愧，邢小姐的倾情演绎同样是在抗战！碧血黄沙，花木兰策马入阵来……"

两人彼此客气恭维着。

周志开的英姿与特有魅力确实深深打动了清高的邢小姐，从没有一个男人让她如此动心，她甚至觉得与眼前这个男人亲吻一下也可以回味一生……昔日的清高与自尊在邢小姐内心深处荡然无存，她深知两个人的感情需要时间慢慢培养，需要缘分，所以，她极力控制着自己内心的躁动，在周志开面前保持一个端庄自尊女人应该有的稳重。周志开对邢小姐的言谈气质颇有好感，但他内心依然平静如水，不知是刘小姐给他带来的心理阴影，还是自己心灵深处的自然召唤。

这天，四大队同期毕业的学员凌云霄找到周志开，想周末约他去姐姐家做客，姐夫张伟强是重庆大学的教授。凌云霄的真实意图是想牵线帮周志开介绍女朋友，他知道周志开心高，担心拒绝，没有直说。周志开听说去做客便爽快答应了，并提出带上全抗日和刘孟晋，凌云霄表示同意。

重庆大学校园内，校花杜白云从一天功课中解放出来，她回到宿舍，看到一封信放在床上，信上写道："后天，星期六下午五点半，我约了几个朋友在家里吃晚饭，希望你也能来。不过，得警告你，其中一位就是那著名飞天大英雄周志开，这人对于你们小姐是一个极大诱惑，你得当心。蒙古。"

蒙古是张伟强教授的太太，张太太的弟弟就是凌云霄。凌云霄经常带战友到姐姐家玩。杜白云是张教授最得意的学生，与张太太关系密切。张太太一直在给杜白云物色男朋友，但杜白云漂亮有气质，成绩优异，身边没有一个男生能走进她的视野。张太太想到了当飞行员的弟弟，无奈，杜白云没有看上凌云霄。凌云霄也是热心肠，他不甘心，心想我们空军飞行员很受社会尊敬，尤其是女孩儿追求的对象，你一个女大学生有什么可孤傲的。我征服不了你，我们空军有人能征服你……他想到了空军第一帅哥周志开。

星期六下午五点钟，杜白云按约定前往张太太家。这次，她确实心有所动，因为不止一次在报纸上看过周志开的报道。校园内，学生们紧张忙碌着，有的匆匆忙忙行走在甬路上，有的在运动场打篮球……杜白云加快步子，半小时后，准时来到张太太住处。这是重庆西部一个校园里的教授住宅区，张太太家住在六号楼。杜白云来到楼梯上，听到张太太爽朗的声音，闻到一股香烟气味。

敲开门，杜白云走进客厅，沙发上坐着四个身着便装的青年男人，边聊天边吸着烟。见杜白云进来，他们一起站起身。四人中，除早已熟悉的凌云霄，其他三位没等张太太介绍，杜白云一眼就猜到中间那位身材魁梧的帅小伙就是周志开。

周志开见到杜白云，心中不禁一动，只见杜白云穿着一身学生装，留着齐耳短发，明眸皓齿，脸庞圆润丰满，皮肤白皙，文静娴雅，举止端庄。

"这位就是周志开先生！"张太太指着周志开说，接着将刘孟晋和全抗日依次介绍给杜白云。这时，客厅又来了三个女学生，也是张教授的学生，其中包括杜白云的好友杨晓梅。女生们帮张太太摆放好桌子，谈着各班小新闻，间或夹杂着聊一些空袭战事。

晚饭后，杜白云和几个女生又聚集在客厅里谈校园生活，周志开等人也插不上话，只好装作有兴趣的样子，听着女生们叫苦、聊天。大家打了一会儿扑克，然后分手了。

杜白云与同学们一起回到宿舍，她回味周志开给自己留下的深刻印象：高高的个子，整洁的黄布制服，白白的脸，乌黑的头发，光洁的皮肤，端正的五官，高高的鼻子，嘴笑起来真甜，像一个孩子，无论坐着还是站立，都表现出青年军人特有的身体美。杜白云拿出铅笔，描绘着周志开的英俊形象。

"白云这回总算坠入爱河了……"杨晓梅抢过画像喊道，"画得还真像！能征服我们白云的男人实在是万人难寻！"

"其实，周志开更富有魅力的是他的气质。他说话简短分明，在张师母家两个多小时，他话不多，我们每个女生以及张师母说话，他都虔诚地听着，微笑注视着。他没有一丝轻浮，更没有一般人所认为的军人的粗野……"杜白云脸泛着红晕，幸福地回忆着。

"周志开确实是个美男子，与你是天生一对！赶紧写信表白吧！"杨晓梅鼓励着。

周志开自从认识杜白云后，觉得她是一个纯洁的女孩儿，不同于时下一般小姐，她态度坦率、举止忠厚热忱。多年来，周志开通过信件和别人介绍，接触过太多的女孩，无论开放的还是含蓄的，他觉得，很多女人对他的追求都停留在低层次上，有的为了财富，有的为了名利，有的纯粹为了肉体享受……周志开非常厌倦，也极其失望，他以为人世间没有月光下玫瑰花开般优美的东西。现在，他终于发现一个像玫瑰花一般的女人……周志开觉得可以把过去凌乱的感情生活告一段落了，他开始憧憬爱河的甜蜜，但却有一种说不清的忧虑……

这天，周志开与刘孟晋、张祖骞、全抗日一起到江边散步，三人知道周志开对杜白云很有意思，表示由衷的祝贺。

"志开，杜小姐和你是天生一对，你一定要好好珍惜啊！"刘孟晋说。

张祖骞说："才子得配佳人，英雄应该有美人伴。"

全抗日说："兄弟，杜小姐确实是个好女孩儿，配得上你！"

"三位哥哥也该解决一下个人感情问题了！杜小姐喜欢空军飞行员，你们都可以跟她交往一下儿……"

"可人家喜欢的是你！感情这东西强扭不得！"

"我也羡慕轰轰烈烈的爱情，比如大哥大嫂，虽然悲壮，人们对大嫂殉情有不同的看法，但两人在天堂是幸福的。"周志开说。

"你和杜小姐情投意合，走到一起会幸福的。赶紧结婚吧！"

"我不想结婚！"周志开说。

"为什么？又是不赶走鬼子不结婚的抗日大道理？"刘孟晋问。

"有这方面的顾虑，特别是发生大哥大嫂的悲壮事。情到深处不自拔，我们的生命在长空，不能牵累一个无辜的女孩儿。另外，我一直在思考一个问题，人为什么要结婚呢？"周志开突然问。

"肉体享受！传宗接代啊！志开，你咋问这个？"刘孟晋。

"可结婚没有孩子的家庭呢？"周志开的话把三个人问得一脸茫然。

"人们结婚主要是生理欲求、社会欲求、精神欲求。传宗接代不过是在实现生理欲求过程中的一个产物罢了，动物界也有这个欲求，以保持物种的繁衍。人作为高级动物，我们不能仅仅停留在低级欲求层面，应该有更高的精神欲求。无论结婚还是不结婚，应该尊崇内心本真，不能欺骗自己。爱情不该是自私的，应该像碧空一样纯净，像泉水一样清澈……"

周志开平静地说。

刘孟晋、张祖骞、全抗日看着眼前这个年龄最小的兄弟，没想到他居然有着社会学者一样的思维，他们心里充满了无限的崇敬。

周志开与杜小姐虽然保持着联系，但他始终没有主动给杜小姐写过信。杜小姐显然坠入了爱河，她很快就给周志开寄来热情洋溢的信。周志开在回信中话并不多，除了嘱咐她安心学习、注意身体外，没有任何情感炽烈的话语，像一个哥哥在给妹妹写信，他刻意保持着冷静，不让情感爱河泛滥，两人的关系如清泉一样流淌着……

周志开身边的亲朋与战友经常催促他，趁战事稍松把婚事办了，他总是推托。最后再有人问他："为什么不结婚呢？"周志开以笑代答，问紧了，周志开索性说："空即是色，色就是空！"

周志开爱情之花迟迟难以绽放，但友情在周志开内心深处是广博的，他那真诚、活泼、风流惆怅的情趣与风度，让人着迷、眷恋、欢喜与敬佩。

歌星邢小姐自从见到周志开后，她几次给周志开去信，但周志开也总是寥寥数语，礼貌客气一番。邢小姐明白，自己并没有魅力敲开周志开的心扉。

与周志开相识之前，清高的邢小姐非常高傲自负，她在给朋友的信中写道："……我不觉得我像郝思佳，因为我是紫的，她是粉红的，任何深邃的灵魂都不能逃过我的了解，她却不能，再说她比我漂亮、迷人。不过她想钱，我也想钱。在异性情感方面，她自私，我也自私……你应该希望我死，因为这希望同时也被我欢迎。死了我不至于老，不至于愧，而且一大堆归我整理负责的事，可以推给别人……如某某所说，我是又娇又蛮，有什么办法呢？虽然时间在我脸上刻下痕迹，更多的男人将继续被我试验，我不得不试验。虽然我的心已经十二分疲乏了……"

邢小姐的自尊与傲慢在周志开面前失效了，与周志开那次会面后，她又给好友写信说："周志开我会到了，我很喜欢他。我觉得他也喜欢我。虽然他以为我订了婚，我也疑心他订了婚，不过，爱情在某一点说来原是极纯净、容易而平凡的……我不想得到他，但是我确实喜欢他。喜欢他美，喜欢他能幻想。我敬重他，却是为了国家民族这些正经的理由……"邢小姐内心倾吐着想爱而无法得到的纠结心情。

刘小姐因为在周志开面前碰了一鼻子灰，她心生嫉妒，打听到重庆大学学生杜白云正在热恋周志开。这天，她特意来在重庆大学诽谤周志开。刘小姐在校门口见到杜白云，恶毒地说："白云妹，我在政府重要部门工作。听说你和周志开谈恋爱，赶紧离开这个家伙吧！周志开靠一张漂亮脸蛋和所谓英雄外衣，到处拈花惹草，玩弄女孩子的肉体，然后喜新厌旧，随意抛弃，华西霸场上的小姐们凡是认识他的，都说他'是一个滥交女友的坏男人'，我也被他欺骗玩弄了……呜呜……好妹妹，千万不要上当！"说着，刘小姐还假装哭起来并挤出几滴眼泪。

杜白云仿佛被闷雷击中一般，"这可能吗？周志开是一个坏男人，打死我也不相信！"一个坏男人，细心的女人可以在一场一分钟的会晤里就能从细节中感悟到。杜白云与周志开那次两个多钟头相处以及数月通信中，她没有发现周志开任何缺点。杜白云想，"或者是人们不甚了解志开所致吧。

善良的杜白云不相信刘小姐的说法，但她也没想到这是刘小姐吃醋后的恶意诽谤。她在信中，还是就此事询问了周志开。

傍晚，周志开接到杜白云的信，打开一看，知道刘小姐去找杜白云如此捏造事实诽谤自己，一向温柔随和的周志开十分气愤，"这个女人好歹毒！"他甚至想找刘小姐当面质问。瞬间，周志开释然了，好男跟女人斗什么？我问心无愧！嘴长在她身上，任她说去吧……

深夜，周志开铺开信纸，想跟杜白云解释一番自己因拒绝刘小姐求爱而招致她嫉恨，进而被其捏造事实诽谤。但一想，真正了解自己的人无须解释，"算了，等见面再说吧！"

"唉，都是'帅'惹的祸……"周志开有些自嘲地说。

夜里，周志开做了一个梦，梦见刘小姐捏造事实告状到上峰，上峰责令大队部成立调查组对周志开进行调查，调查组在有关部门压力下认定周志开夜间调戏强奸刘小姐，然后将其抛弃。周志开有口难辩，提议两人到医院进行医学检查，以还自己清白。谁知，医院在刘家压力下作伪证，认定周志开强奸刘小姐。随后，司令部将周志开开除军籍，杜白云也离他而去……

"我是冤枉的！我要驾机迎敌！我是冤枉的，我要驾机迎敌！……"周志开喊着，从睡梦中惊醒。

"'假作真时真亦假，无为有处有还无。'离开战机，我的生命也就结束啦……"回味着睡梦情景，周志开感慨地说。

这天是周末，没有安排训练，周志开到水房洗完脸，一个人来到基地训练场周边台阶上，他坐下来久久凝视着绚烂朝霞，一轮红日渐渐喷薄而出。

"多么壮美的景色啊！朝阳和夕阳同是一个不老的太阳！"他心中充满困惑，爱是什么？因为爱就没有自尊吗？为什么爱有时会生恨？为什么爱情如此自私？

十二 肝胆相照生死情

1943 年元旦刚过，四大队十余架美新式战斗机轰炸湖北荆门日陆军航空队第 44 战队基地，不仅炸毁三架敌机，还摧毁若干机房。这次战斗首次采用美式训练的超低空轰炸法，标志着中国空军力量恢复，引起日寇极大恐慌。

不久，刘孟晋、张祖骞调往五大队，四大队大中桥同宿舍八兄弟只剩下周志开和全抗日。同时，四大队迎来一批空军军士学校毕业生，其中几名飞行员分到周志开的 24 中队，包括当年周志开在汉口偶遇的执着报考飞行员的刘帅。

这天，周志开带领新飞行员试飞，他首先单独驾机给大家表演了俯冲、上升、爬升、半滚、翻筋斗等一系列高难动作，看得这些见习飞行员惊心动魄。

周志开演示完驾机回到地面，耐心给大家讲解了飞行技术要领。讲解完毕，逐一带领飞行员试飞。刘帅见到自己崇拜已久的英雄周志开，兴奋地说："周队长，我是刘帅，咱们见过面，您还有印象吗？"

"记得，你那位王超同学成了美术系大学生，还给我画过像呢！"周志开微笑着说。

"有缘来到您身边，我比王超更幸福！当年您在汉口的教诲我一直铭刻在心，在您的激励下，我如愿考入军校，做梦都想成为您的兵，没想到终于实现了！"

周志开看着眼前这个英俊小伙子，比几年前在汉口初见时壮实多了。

"我们确实有缘！欢迎你加入志航大队！这支英雄大队注入新鲜血液，必将迎来抗战新胜利！"周志开坚定地说。

"请周队长放心，刘帅决不辜负您的厚望！"刘帅立正表示，随即他悄悄地说，"周队长，您的空中演示与详细讲解，我佩服得五体投地。请您先带我试飞好吗？"

"小刘啊，以后要注意给我挑毛病，别总吹捧我。"

刘帅不好意思地笑了。

"登机！"

"是！"

说完，试飞演练开始。刘帅坐在驾驶舱前，周志开在一旁指导。飞机升到半空，仪表盘显示飞机在攀升，刘帅神色悠闲地操作着。突然，周志开喊道："飞机下降，快打开速冻管的口子！"刘帅不相信："队长，飞机在攀升嘛！""看机舱外！"刘帅向机舱外地面一看，飞机正在急速下降，他惊出一身冷汗，吓得不知所措。周志开迅速上前打开飞机速冻管子被盖住的小孔，飞机立即恢复正常。

刘帅惊魂未定，感觉周志开真是太神了，他好奇地问："队长，这是咋回事？"

"你刚才不小心把这个小孔盖住了。可别小看这个小孔，它一旦被封住，表盘就失灵，导致飞机失事。作为飞行员，不仅要会开飞机，还要像了解自己身体各器官一样熟知飞机每个零件及其作用，任何一个细节都不能忽视！"

周志开耐心地讲解着，刘帅心悦诚服地点着头。

在返航途中，突然，天空流云奔涌，飞机操纵系统发生故障，眼看飞机要坠落，危急时刻，周志开命令刘帅跳伞逃生，他沉着应对，凭着一系列灵活完美操作，将飞机迫降在基地附近一块开阔空地上。刘帅得救了，飞机也保住了，但因飞机触地前产生巨大冲击力，周志开被掀起后重重摔在驾驶舱内，导致右脚骨折。随后，周志开被基地战友送往医院疗伤。

晚上，全抗日和刘帅等战友来到医院病房看望周志开。

刘帅惭愧地说："队长，对不起，我刚来就惹事，您为了保护我受重伤……"

"无论是基地训练还是鏖战长空，周队长从来没受过伤，鬼子的枪炮都不敢伤他。"全抗日补充说，说得刘帅低下头。

"这不怪刘帅，是天气原因。我骨骼结实，这点儿伤根本不算什么！放心，很快就会出院的！刘帅切记，以后训练放下包袱，轻装上阵。"周志开安慰道。

"是！今天跟您试飞，比我航校学习一年收获都大！我一定苦练本领，早日冲天杀敌！"

"好样的！刘帅，你训练任务重，赶紧回去吧！这里有抗日在就行。"

"好，队长，您多保重！"

说完，刘帅离开了病房。

全抗日看到周志开伤成这样，心疼不已。

"志开，千万要注意，该跳伞时一定要跳伞，不要冒险！"

"战机就是我们的生命啊，一架战机对我们来讲太珍贵了，多少战友为了把它们飞回中国，自己的生命却留在死亡航线上。我眼前经常浮现郑大队长的模样……"周志开伤感地说。

"是啊，我们永远缅怀留在'驼峰航线'上的战友……正是因为这样，你的生命比战机更宝贵！"

"二哥，你回宿舍，赶紧把这个月的救助款寄给几位牺牲哥哥的父母，特别是天亮的老母亲，老人至今还不知道他牺牲，继续以天亮的名字寄！"

说着，周志开把自己单身宿舍房门钥匙交给全抗日，并嘱咐他津贴放在床头柜子里。"好的！"全抗日来到周志开宿舍，他打开柜子取出周志开的津贴，并从自己衣袋里掏出一部分津贴，放在一起，准备寄走。

突然，全抗日发现柜子里有一本《岳飞传》，他拿起书，里面掉出一个信封，上面标注："抗日哥明志之发"。原来信封装的是全抗日入航校时削发明志剃下的头发。全抗日眼睛湿润了，他没想到周志开如此精心保存着自己的头发。刚入航校时的一幕幕浮现在眼前，当时，学校要求学生剃光头后，把头发寄给父母以表孝心，明示以后身体属于国家，随时准备牺牲。作为孤儿的全抗日没处寄自己的头发，周志开以战友兄弟身份，主动将头发收藏起来。全抗日没有在意，只是觉得这是周志开安慰他的话，头发早已扔掉了。"一诺千金！今生有志开一兄弟，足矣！"全抗日感慨地说。

全抗日将信和书放回原处后，来到街上邮局，寄走了资助烈士亲属的钱。

很快，周志开伤愈出院。为了照顾周志开彻底康复，全抗日搬到周志开宿舍，两人住在一起。每天，全抗日帮周志开做腿部康复训练，按时打饭，有时还跑上街买来鱼，给周志开炖鱼汤喝。周志开看在眼里，心里热乎乎的。

"二哥，这么点儿小伤真是给你添麻烦了，以后别费事啦！"

"没关系，伤筋动骨恢复比较慢，不要急。"

晚上，全抗日打来一盆温水，说："志开，伤口绷带该拆了，洗洗吧。"

"好的。运动惯了，腿脚出问题挺受限制！这双脚在战场上、训练中也算立下汗马功劳了，以后确实得保护好。"周志开坐在床头微笑着说。

全抗日俯下身子，挽起周志开的裤脚，露出两条肌肉发达的小腿，他小心翼翼地解开周志开右脚缠着的白色绷带，只见脚背隆起，足跟红润厚实，但脚踝部留下一块醒目的疤痕。全抗日说："恢复挺好，可惜落下一块疤。"

"伤疤是咱军人的荣誉！征战这么多年，身上还没有一块伤疤呢。再说，有这块伤疤作标志，牺牲后如果肢体分离战友还能帮着找回来……"周志开乐观风趣地说。

"志开，你别总说身后事，我们都会亲眼看到抗战胜利的！"

"但愿如此！只是战场残酷，世事难料啊。"

"志开，你是福将，浴血长空这么多年，穿过无数枪林弹雨，安然无恙！这就是最好的证明！"

"什么福将啊？不过一时幸运罢了。"

"志开，你真有福气！你这脚型属于'火焰'脚，第二中趾明显长于大脚趾。据说这种人坦白率真，富有创造力和挑战性，不服输，有领导素质。你性格确实是这样。"

周志开听着全抗日娓娓而谈，笑了。

"二哥知道得还挺多。脚型能测性格人生呀？有意思……"

"嘿，你还别不信。"

"有你这样一位哥哥体贴爱护，我确实很幸福。"

"我更自豪！有你这样的英雄弟弟！来吧，泡泡脚吧。"

"我自己来！"

"没事！"说着，全抗日将周志开的双脚轻轻放进水盆里，小心地搓洗着。"志开，你皮肤太好了，细腻柔韧，微红稍黄，富有光泽。"全抗日羡慕地说。

"小时候营养过剩吧。"周志开笑着说，"从头到脚，你把我全身夸遍了。

哪有那么完美？不过是个人审美观不同罢了。我还欣赏你和天亮哥黝黑健美的肤色呢，更有男人味。"

"那么多熟悉你或不熟悉你的人都夸你长得帅，就说明你确实帅！"

"五官相貌是父母给的，配置协调就好。身材不错主要得益于常年运动，特别是从军后千锤百炼，不仅收获健美身材，还磨炼出坚韧意志。"

"你这么好的体形，相貌又帅，找机会拍些健美照吧！"

"告诉你个秘密，航校读书时《健与力》杂志约我拍过，我还答应人家拍封面呢！那时年少气盛，总想展现咱中华男儿的阳刚之气，洗刷'东亚病夫'之称的耻辱！后来战事起来小鬼子到处乱轰炸，那家杂志社早停刊了，可惜……"

"噢，你拍过了？够勇敢呀！"

"开始挺拘谨，不敢拍头部，担心兄弟们知道笑话我。"

"当时若告诉我，一定会陪你去！"

"说心里话，那时我们虽然住在一起，但还没有现在这么信赖二哥。我并不喜欢你们称我'小白胖'，我也不胖啊！"周志开说。

"你年龄最小，身材精干，皮肤光滑，'小白胖'那是爱称。其实，大家都挺羡慕你这健美体形的。"全抗日说。

"男人不能有长相没有腹肌。腹肌修身，最磨炼耐力。不过，我最满意的部位还是小腿肌肉轮廓，有一种力量感。总被大家赞赏，我都有点儿自恋了……"

"敢于亮出自己，展示青春力与美需要勇气。我还想向弟弟学习呢！"

"小时候我并不强壮，怕冷。入航校后实现了脱胎换骨的变化，冬天冲冷水浴也无所谓。我感觉全身发达的肌肉不仅有助于轻松完成空中飞行的高难动作，而且能抗寒。"周志开颇有感触地说。

"是的，作为男人，特别是军营男子汉，发达肌肉应当成为我们的标配。可惜，很少有人能练出你这样的完美腹肌。抗战胜利后，兄弟如果参加健身健美比赛，肯定能获得冠军，比当电影明星还风光！"

"经历这么多，我不想当什么明星了，做一个平凡人过普通日子挺好。不过，任何时候，只要是弘扬中华强健体魄的事我都愿去做！等到胜利那一天，你和我一起去参加比赛！"

"我哪有你那实力，惭愧！"

"二哥，你身体条件也蛮好的。"

"我皮脂厚，缺乏你那样轮廓清晰的肌肉线条。"

"要自信！其实咱俩体形挺相似的！"

"好，有机会咱哥俩一起参加比赛。我脚上确实也有一块跟你一样的疤痕！"说着，全抗日脱掉鞋露出自己右脚上的伤疤。

"我们真是亲兄弟，连受伤都一样！"周志开笑着说。

"志开，你的宽广心胸与大义情怀深深影响着我！我前天寄信发现你居然还保存入学初我那点儿破头发。我们南征北战，东挡西杀，飞过这么多城市乡村，还一直带在身边……真没想到，你如此细心重义！"

"那是二哥的明志之发，意义非同小可，小弟岂敢遗弃？！"周志开认真地说，"小弟只是担心走在二哥前，无法最后履行承诺！"

"不会的！志开……我也没亲人，如果你不嫌弃，咱俩结拜为兄弟吧！"

"咱们115室哥八个不都是好兄弟吗？"

"我是说结成磕头生死兄弟……我想有个亲人，有份感情寄托。"全抗日红着脸说。

内心深处，周志开觉得全抗日跟自己有着太多相似之处，包括对一些事情的看法，他特别欣赏全抗日的耿直与朴实。

"好，我们现在就八拜结交！"周志开爽快地说。

"谢谢兄弟看得起我！在外面，我永远是你的兵！"

周志开站起身来，说："哥多虑了！我有什么优越的，我还庆幸有你这样可以托付生死的仗义哥哥呢？"

"弟弟不仅有爱心，平等意识还特别浓厚。"

"我出生在一个官宦世家，家规特别严。父母重男轻女思想严重，尤其重视长子。我虽然是男孩，但不是长子，也没什么特殊待遇。自小崇尚自由，自己的事自己做主，包括考航校，都是自己决定的。"

"欣赏弟弟的个性……"

"今后会尊重哥哥的意见。"

"弟弟……"

全抗日紧紧握住周志开的手，激动得说不出话来。

"哥哥哪天生日？我腊月初十。"周志开说。

"父母在世也没细问，只知道自己哪年生的。既然改名全抗日，我就以7月7日做生日吧！"全抗日说，"总之，比你大两岁呢！"

"丹心报国，赤手擎天！生死兄弟，歃血为盟！"说着，两人各自咬破自己的手指，在一张洁白的纸上写上自己的名字。两人来到室外一片空地上，对着天空上的皎洁明月，跪在地上一起说道："我周志开，我全抗日，二人结为异姓兄弟！今生有福同享，有难同当！尽瘁为空军，报国把志伸！浴血长空，壮我山河！不求同年同日生，但愿同年同日死！"

说完，两人磕起头来……

在全抗日悉心照顾下，周志开的脚伤彻底痊愈了。

这天，周志开奉命率全抗日掩护四大队轰炸机袭击荆门敌机场及荆门江陵当阳间公路的敌人，顺利完成任务返回基地。突然，周志开接到命令，四大队决定调整驱逐组、轰炸组人员，要求周志开的24中队抽调出一名骨干飞行员担任轰炸组的飞行员，全抗日为父母报仇心切，也想尽快立功给英雄弟弟看看，他主动提出申请，被调往轰炸组任队员。

临行前，哥俩依依不舍话别。

"弟弟，我不在你身边了，你千万要保护好自己！我嘱咐好友赵晓光了，他也是咱航校七期学员，人品好，让他今后照顾你的生活！"

"哥，我都这么大了，又是中队长，哪能靠别人照顾？你放心吧。其实，我内心深处挺矛盾，理解你报仇心切，也尊重你的选择。但我向来不愿做打敌人陆军地靶的工作，如像俯冲投弹、扫射等，我都不愿做。我只愿与敌机作战。本来人类应该维护和平，不应发动战争。即使有战争，也只是在双方同等条件下比较士兵优劣，决不能伤及无辜百姓。"

"弟弟，你心善手软，柔情似水，像一个正义侠客，处处讲规则，但江湖险恶，我特别担心你将来吃亏！你这种不杀生理念在和平年代也许可贵，但现在是战争时代，战争是不讲人性的！小鬼子很卑鄙，杀人不择手段！对残忍的敌人，决不能心慈手软！切记！"

"好！我知道掌握分寸，哥放心吧！"

"志开，我离开你也是考虑自己没有格斗技术，飞驱逐机不容易取得战果。到四大队这么长时间，我还没获得一枚奖章呢，我决不能给英雄弟弟拖后腿！"

"咱是手足亲兄弟，我的奖章就是你的！只要你平安就好……"周志开安慰道。

大年三十，全抗日执行轰炸任务胜利归来。周志开正好赶上休班，他蒸好米饭，炒了几个菜，特意把全抗日叫过来一起吃年饭。

全抗日背着飞行包还没进屋就喊起米："弟弟，我给你带来礼物啦！"周志开以为是从敌机上缴获来的罐头等食品，问："什么好吃的？"

只见全抗日从包里拿出一条红腰带、一件红色短裤、一双红色袜子，周志开有些疑惑，全抗日说："过了今天就是你本命年了！按咱北方习俗，本命年犯太岁，要'扎红''穿红'！这不，我跑了几家商店，才买齐这三样！"

周志开这才想起明年是癸未羊年，自己的本命年。

"哥，你想得真周到，我自己都忘了，小时候只有母亲才记着此事。"

"你腊月初十生日我都记着呢？可惜年前战事训练紧张，也没有机会给兄弟庆祝一下儿！"

周志开心里热乎乎的，他接过红腰带等物件，眼眶闪着激动的泪花。

"都说属羊的人命不好，志开有你这样一位哥哥真是好福气！"

"谁说属羊不好？别信那一套！很多属羊的人都成就了一番利人利己的大事业呢！你是福将，老天护佑你！"全抗日说。

"其实我挺喜欢羊的，民间传说，羊可是一位同希腊神话中普罗米修斯一样伟大的人物呢。普罗米修斯因给人间盗天火而被送上祭台，羊则因给人间盗五谷种子而舍生取义。小时候听长辈讲，在远古洪荒时代，人类以蔬菜和野草为生，营养不良，面黄肌瘦。当时，只有天宫御田里才种有营养丰富的粮食。玉帝很吝啬，不愿把粮食美味分享给人类。一年秋天，一只神羊从天宫来到凡间，发现人类精神萎靡，问及原因，才知道人类不种粮食。神羊回到天宫后，半夜趁守护天神熟睡之际，偷偷溜进御田，摘下稻、稷、麦、豆、麻等五谷，含在口中，溜至凡间，将五谷种子交给人类，又告诉种植方法，然后悄悄回天宫了。人类播下五谷，当年就长出庄稼，秋收冬藏之后，便举行农家祭祀仪式，感谢神羊送种之恩。玉帝查明神羊将五谷带给人间，大怒，命令天官在人间宰羊，要求人们吃掉羊肉。第二年，在神羊行刑的地方，先是长出青草，后来长出羊羔，羊从此在凡间传宗接代，以吃草为生，把自己的肉、奶无私奉献给人类。人类每年举行腊祭，纪念羊舍身送种子，后来将羊推举为一种属相。"

"太感动了！兄弟身上就有神羊的影子，宅心仁厚，不忍看别人受苦，总想救助别人！"全抗日说。

"我哪比得上神羊的贡献。不过，我特别欣赏羊这种舍生取义的精神！"周志开说。

正午，两人一边聊着一边喝着酒。

"哥，我手艺咋样？"

"很好！弟弟这握枪的手炒起菜来也蛮香的！来干一杯，祝弟弟明年再展雄风！一切顺遂！平安健康！"

"也祝哥哥旗开得胜，万事遂意！"

哥儿俩一饮而尽。分别时间并不长，两人却像久别多年似的，他们喝得有些微醉。

晚上，两人一起包了饺子，共度除夕夜。

吃过晚饭，周志开说："哥，今晚你别回去了，跟我住吧。""好，正好咱哥俩好好聊聊。"全抗日兴奋地答应了。

"又长了一岁！虚岁都25了……"周志开感慨地说。

"志开，趁着正月休假去看看杜小姐，赶快定亲准备结婚吧！"

"再等等吧！哥，你比我大两岁，不也没结婚吗？"

"你跟我不一样，我是真正光棍一条，自由惯了，也没有长辈催促。"

"好了，不说这个啦！我试试哥哥的礼物！跟哥坦诚相见了……"

"咱哥俩还有啥秘密啊！"全抗日笑着说。

周志开轻松自然地脱下内衣内裤，穿上红内裤和红袜子。

"好舒服，正合适！穿上这些宝贝，全年平安！"

"一定的！"

"哥哥如此细心照顾我，什么时候也给哥哥庆祝一下生日？"

"好，等抗战胜利那一天，咱俩好好庆祝一下儿！天气寒冷，快穿好衣服吧！"

"佳节有哥陪伴，一点儿也不感觉冷。别忘了，这身肌肉最抗寒！"周志开笑着说。

马灯下，周志开健美身躯散发着青春气息，像个孩子似的做了一个前展肱二头肌动作。

全抗日羡慕地说："弟弟胸部硬朗健硕，背部宽阔结实，腿部刚劲有力，'王'字腹肌更是傲人……这健美身材太匀称了，难怪那么多女孩儿迷恋！"

"说心里话，我已经厌倦了……哥，有件事托付给你我心里最踏实。"

"什么事？哥一定办好。"

"如果哪一天我走在你前边，若能保留遗体完整，及时转交给重庆医学院校教研室作解剖教学标本用，替我说服父母亲人同意。你最了解我，也是身边唯一支持我这个意愿的人……"周志开恳切地说。

"大过年你咋又说身后事？"

"可这是迟早的事啊！人固有一死！我为人做事追求完美，追寻生命最大价值，这个愿望实际是'英雄梦'的延伸！"

"你的'英雄梦'早实现了！多少人在羡慕你，追求你，甚至嫉妒你。别太苛求自己了。"

"越是成为众人眼中的风景，心里越不安。我遵从内心召唤，不在乎别人的眼光，只求灵魂闪光！"

"我孤陋寡闻，除了你，我从没听说过捐献遗体的事。再说，生前患有疾病的人遗体做研究才有医学价值。你这么健康，不适合，没意义。"

"哥错了，医学临床实践既需要研究病理标本，更需要研究健康正常人体标本。只有在正确认识和理解人体器官形态、结构的基础上才能明辨生理过程和病理现象。否则，无法辨别和判断正常与异常、生理与病理的区别，对临床认证、诊断及外科处置无从下手。自从在武汉偶然触及这个话题，我就思考，还曾到图书馆查阅相关资料。作为文明古国，在这方面我们太落后了，解剖学是西方发达国家创立发展起来的，美国医科大学现已探索挽救生命的器官移植手术了……科学无国界，但我们中国人的生理基因不能靠老外研究。要准确掌握人体结构，解密生命奇迹，提高生命质量，获取我们中国人各项生理标准数据，必须研究我们自己的健康人体标本。由于观念束缚，别说战乱，即便和平年代，我们国家健康人体标本供体基本不存在，必须有人站出来开风气之先。这跟独立自主研发国产飞机道理是一样的，没有自主创新，大胆尝试，总也造不出自己的飞机。医学也一样，没有人献身，谈不上发展进步，造福子孙后代。如今，国内青年很少有人能达到我们飞行员的体质，我身体素质不错，每个器官都特别健康，适合做成规范标本，服务医学院校学生……无论站着还是躺下，我都要证明中国人不是"东亚病夫"……我清楚，此事执行起来太难了，绝大多数人都不会接受，我也不敢跟亲人说，庆幸得到你的理解……你以前不是支持我这个想法吗？"

"我确实佩服你、支持你这个想法，也想身后跟你一样捐献……可我不希望你在青春壮年有那一天。我们要爱惜自己的青春生命呀。"

"我何尝不珍惜青春生命？我也渴盼享受完整人生。但战争是残酷的，我们随时面临牺牲……既然有这个条件，就该奉献到底！何况，从医学上讲，在青春生命旺盛之际捐出遗体具有开创性意义！"

"战场上年轻士兵的尸体有的是，医生想解剖自己去找啊！"

"不！每个人的遗体都是有尊严的。这种事必须征得本人生前同意。受制于观念束缚，医生也不敢那样做。生命的价值在于不断超越自我。一个人生命只有一次，我这样做可以两次为国家捐躯，拓宽了生命时广度，实现了生命最大价值。如果没有战火磨砺，对生死彻悟，我也不会有如此坦然的心境。"

"弟弟学识渊博，思想升华到众人难以企及的高度，至善至真，纯净如泉……你是我唯一的亲人，如果没有星空下那一拜，我也许会答应你，做捐献执行人。但现在我内心很矛盾，真舍不得呀。"全抗日伤感地说。

"哥还是保守，不懂弟内心深处。正是这一拜，哥儿俩超越血缘亲情，更该满足彼此愿望嘛。"

"但愿我先走吧。"

"若你先走我就把你捐了！反正你也认可这种善行。"周志开故意激将全抗日。

"好！那就等着捐我吧，我孑然一身，你有权处置我的一切，包括身后抚恤金全由你支配。但我不忍让你身后被人切割，你感觉不到痛我感觉痛……对了，我们中医博大精深，讲究人体经络穴位，针灸、按摩都能治病。弟弟体形健美，全身协调匀称，肌肉发达，皮脂薄，方便查找穴位，可以做中医模特，拍照制成经络穴位图，同样为医学做贡献，圆你的捐献英雄梦！"全抗日认真地说。

"哥让我活着做裸体模特？亏你想得出来！我可不愿当众一丝不挂……"

周志开哈哈大笑起来。

"捐遗体不也是裸捐吗？我还给你穿上衣服呀？内部结构都不在乎人家看，还在意外表啊！"全抗日也笑了。

"两腿挺直后就是物体了，跟站着不一样……"

"可那都属于你呀！"

"肉体是灵魂载体，当属于自然，注入生命活力后，个人拥有支配权。像我们这种人，支配权很短暂，今天尚能左右，也许明天就没有了……我觉得真正属于自己的是灵魂！"

"弟弟别乱想了，你是青春力与美的象征，应该给世人带来美好的视觉享受。只有活着，才能实现最大价值。"

"是啊，青春真好！照片是凝固的瞬间，可以呈现青春生命的活力。从这个角度讲，哥所言拍下纯天然照片确实是个不错的主意，且不说针灸、按摩穴位图的作用，在西方，人体模特属于美术、摄影艺术范畴，也需要献身精神。在古希腊艺术中，肌肉发达的战士展示阳刚力量是很受欢迎的！在国内，却是洪水猛兽，大逆不道……"

"弟弟不是敢为天下先吗？你有实力啊！"

"嘿，哥这么厚道也会开弟弟玩笑。"

"不是玩笑，弟弟总能给人一种青春力量！打消身后捐躯的念头吧，不现实……"

"是啊，惨烈空战，牺牲后能保留完整遗体的概率微乎其微……我知其不可而为之，执着跟亲朋提出这个念头，就是想冲破阻挠科学发展的世俗陈旧观念束缚，弥补今生未能延续亲骨血的遗憾。当然，引导社会文明进步风气是一个漫长的过程，需要几代人努力……我不奢求当代人能读懂我、支持我，但我相信，青春生命消逝了，闪光的灵魂能够穿越时空注入新生命，总会完成夙愿，照亮世界，温暖众生……"

"弟弟太伟大了，比舍生取义的神羊还崇高，如天使一般！弟弟靠人格魅力、靠名气、凭身体条件，一定会引领社会文明的进步潮流。我理解弟弟，支持弟弟的一切选择！"

"有些事无法选择，有些人无法享受完美人生。个体无法超越时代，也无法左右身后事，这也许就是命运吧……哥，其实我很普通，我不是不食人间烟火的救世主，也有血肉之躯的生之欲求，也有人性自私懦弱的一面……我们遭遇烽火漫天的岁月，注定无法事事遂愿，青春绽放也好，凋零也罢，只要不断雕塑自己、超越自己，拥有一个辉煌过程、壮丽瞬间足矣！我热爱生活，珍惜青春……无论是战火纷飞，还是飞鸽盘旋，我曾经来过这个世界，人间值得……"周志开深沉地说。

"弟，懂了……珍惜当下，享受生命美好瞬间。拍下艺术照吧，留住青春生命的活力。"

"保守军官知道了，还不把我毙掉。别忘了咱们是军人，要考虑世俗环境。哎，做一个平凡人真好，有了名气，反而不自由。"

"管他呢！个人权利，他们不懂，也不该管！"

"这种镜头只适合哥来拍，个人收藏。"

"好！等赶走小鬼子，找一个配得上你的山水佳境，哥给你拍出最纯真的健美写真艺术照，珍藏起来，年老时有个美好回忆。而且，我拍下世间最珍贵的艺术照，没准成了知名摄影师呢！"全抗日兴奋地说。

"嘿！我还要给你拍呢！"

"行！如果遭野蛮愚昧者处罚，就陪弟一起上'刑场'！"

"我喜欢大海。"

"那就去海边拍……"

"好，一言为定，但愿咱俩都好好活着，亲眼看到小鬼子滚出中国那一天，享受幸福和平生活！"

"对！即便捐遗体，也要等到将来老去的时候，咱哥俩一起去登记。活着一起打鬼子，死后共同为医学做贡献。说不定那时中国医学成功开展移植手术，咱哥俩身后捐器官做移植，挽救更多人的生命呢。"

"人老了，器官跟废旧机器零件一样，不适合移植救人了。"

"那就做教学标本，让医生研究我们活过百岁的秘密。"全抗日笑着说。

"好，听哥的！相信哥一定会帮我圆终极夙愿！"

"志开，借春节假期，明天咱哥儿俩去重庆南温泉男士池泡泡温泉吧，据说那里的温泉水温适宜，特别舒服。过节了，咱们享受一下儿……战争残酷，我们脑袋掖在裤腰带上，有今天没明天的，不能太亏欠自己了……"全抗日建议。

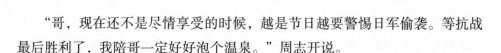

"哥，现在还不是尽情享受的时候，越是节日越要警惕日军偷袭。等抗战最后胜利了，我陪哥一定好好泡个温泉。"周志开说。

"也好，听弟弟的。"

没有爆竹声，没有璀璨华灯，哥俩聊天兴致格外浓，守岁到凌晨依然没有困意。

"哥，你跑了一天太累了，咱好好睡一觉吧。非常时期我们总是穿着飞行服睡，今晚没敌情，我们回归自然，摆脱束缚，弥补不能泡温泉的遗憾……"说着，周志开铺开被子，率先脱掉衣服钻进被窝。

"弟弟，你冲在前线，昼夜带队征战，难得一刻清闲，你踏实睡吧，我给你站岗。"

"哥，现在敌机没条件搞夜间轰炸了。再说，驻地节日值班岗哨安排很严谨，放心一起睡吧。"

"一会儿天就亮了……"全抗日还是有些犹豫。

"你嫌弃我？"

"弟弟，你想多了，我担心影响你休息……再说，你那么爱干净，我几天没洗澡了……"全抗日支吾着。

"别啰唆了，快上来吧！今晚，咱俩在睡梦中泡温泉。"

"好……"说着，全抗日也痛快地脱掉衣服上了床，周志开孩子似的笑了，说："哥，我冷，给我御寒……""我也冷……"兄弟俩紧紧拥在一起，有一种说不出的轻松愉悦……

窗外星光闪耀，室内暖流涌动。也许是太累了，也许是彼此特殊的安全信任感，也许是无声的心灵默契，伴随轻微匀称的鼾声，哥儿俩很快进入梦乡。睡梦中，两人自由自在遨游渤海湾，与大自然进行最亲密的接触，释放激情，坦白身心。

春节过后，中国空军在美国第 14 航空队帮助下，重新夺回制空权。周志开从第 24 中队副队长调任第 23 中队中队长，见习飞行员刘帅也一起调整到 23 中队。成为一个中队的带队人，周志开深感责任重大。战斗间隙，他带领全中队队员加紧飞行格斗训练，对刘帅更是倾尽心血。

夕阳西下，周志开带领中队结束一天的各项技能训练，吩咐队员回去吃晚饭，他特意将刘帅叫过来，重新进行打靶射击演练。

演练结束，周志开耐心讲解说："驾驶员要视飞机如生命。与轰炸机相比，驱逐机进可以攻，退可以守，但驱逐机不耐航。作为一名飞驱逐机的驾驶员，不仅要有娴熟的驾驶技术，还要有精准的射击本领。了解所驾驶的飞机，就像习武者对自己使用的枪棍棒一样熟练，甚至如同自己的手脚。格斗中，力争获取高度优势，迅速直接攻击。若不易爬升，缺乏高度攻击优势，就需要娴熟的飞行特技，寻找有效攻击点，俄顷之间即可见分晓。普通机枪六百尺距离为有效射程，可是空战不同陆地射击，是在快速运动中进行的，时间非常有限，一定要等距离敌机六百尺才开枪射击，也是十分笨拙的……总之，空战中，牺牲精神、灵敏反应、飞行特技、灵活战术，缺一不可！"

刘帅倾听着，思考着，不住地点着头，他感到自己成为周志开的兵，真是太幸运了。一定要在实战中交出优秀答卷，不辜负周志开对自己寄予的厚望。

日军在太平洋战场开始显露颓势，加紧对中国占领区的掠夺。在华中地区，日军虽占领了湖北重镇宜昌，但在宜昌以下的长江江面仍为我军控制，敌人在宜昌所掠夺的大量物资无法通过水路运输。入夏，侵华日军第 11 军为了消灭洞庭湖至宜昌长江沿岸的中国军队，保证宜昌以下航运畅通，发起所谓"江南歼灭战"，中方第六战区第 10、第 29 集团军，在鄂西地区与敌展开会战。日本陆军在汉口、荆门等地集结敌第 16、第 25、第 33、第 45、第 55、第 90等战队，共二百四十八架飞机参战，并将新型战斗机"钟馗"投入作战，企图重新夺回华中战略制空权。中国空军第一、二、四、十一大队及美国陆军航空队第 14 航空队共一百六十五架飞机支援陆军作战。

为更好配合鄂西会战，四大队移防四川梁山机场。四大队、五大队连续出击，轰炸湖北长阳及宜昌一带日军。大中桥四兄弟周志开、全抗日、张祖骞、刘孟晋在不同岗位上，彼此较劲杀敌。

这天，周志开执行任务归来，获悉战友张祖骞、杜兆华牺牲，两人在俯冲投弹和扫射敌军阵地时，不幸被敌高射炮火击中，坠于湖北长阳县境，人机俱焚。周志开听到这个噩耗，痛不欲生。特别是张祖骞，同期同宿舍兄弟，两人感情非常深。周志开当即想登机为牺牲战友报仇。全抗日苦苦相劝，"弟弟，鄂西激战正酣，来日方长，这个仇一定要报！"在大家苦劝下，周志开只好作罢，他痛苦回忆与两人共同战斗的一幕幕……

晚上，全抗日从食堂打来两份盒饭，特意来陪周志开一起用餐。

"志开，午饭你一口没吃，现在吃点儿吧！"全抗日劝道。

"好哥哥说没就没了，我们连最后送他们一程的机会都没有……我吃不下饭啊！"

周志开痛心地说。

"战争越残酷，我们越要坚强！别忘了，你是队长，大家都看着你呢！"

"哥，大中桥同宿舍八兄弟只剩下孟晋我们三个了，而你是最懂我的哥哥……我绝不能失去你。你从轰炸组回来吧……"

周志开突然握住全抗日的手说。

"好弟弟，我没有你的飞行特技与空中格斗智慧，不能击落敌机。只有飞轰炸机，才能更好为牺牲战友报仇！放心吧，我不会出事的。"全抗日说。

"投弹时要注意风向、风速，俯冲与地面目标垂直，地面炮火对垂直下降的目标极难瞄准。准确投弹后，迅速向防空火力薄弱处脱离……"周志开耐心地嘱咐着。

全抗日点着头说："我都记在心上了。我们相聚的时光总是太短暂，弟弟不仅给我带来温馨亲情，也填补我生命的空虚，与弟共度除夕良宵，一夜甘甜涤荡一生苦涩，此生无憾了……说心里话，这辈子交上你这样的弟弟，死也值了……"

"哥，保重。弟弟需要你……希望给我带来更多惊喜！保护好自己就是保护弟弟！"

全抗日点了点头，说着，两人紧紧拥抱在一起……

两天后，全抗日奉命出击湖北长阳一带，执行轰炸日军军火物资的任务。长阳地处鄂西南山区，东邻宜都，西接巴东，南屏五峰，北交秭归和宜昌。境内山重水复，沟壑纵横，日军将大量军火库隐藏在崇山峻岭的山谷之中。

杜兆华、张祖骞两位战友先后在长阳捐躯，全抗日报仇心切，特别是周志开背后的激励，他越战越勇。全抗日与战友驾机仔细搜寻着，终于发现目标。为了彻底摧毁这个巨大军火库，全抗日坐在座舱内，紧握操纵杆降低飞行高度。这时，日军高射炮发现全抗日等战机，开始猛烈射击。全抗日冒着敌人密集的炮弹，俯冲到敌军械库正上方，准确将炸弹投下，随着"轰隆轰隆"的巨响，地面升腾起滚滚浓烟……全抗日与战友驾驶的僚机刚准备升空返回，突然，一发炮弹飞来，正击中全抗日的座机，瞬间，飞机燃成一团火坠落下去，紧接着，另一架战机也冒着黑烟坠落……

两架轰炸机坠落后异常惨烈，机上的飞行员、投弹员、射手等六人全部牺牲。我地面陆军派出多支小分队搜寻，在长阳境内一个层峦叠嶂的山谷中找到两处飞机残骸。在飞机残骸附近，队员们发现五具残缺不全的遗体，唯独没有发现全抗日的遗体，大家只好将一段失去半截脚掌的右小腿残肢视为全抗日的遗骸运回基地。

傍晚，刚执行完侦察任务的周志开回到基地，听队员刘帅汇报说全抗日等战友壮烈捐躯，犹如五雷轰顶，他跑到基地医院大门，只见六具战友遗骸用白布包裹着，并排一列停在地上。他走到全抗日遗骸前，揭开白布一看，大喊一声："哥哥，疼死弟弟也……"说着晕倒在地，在战友抢救下，周志开苏醒过来，他泪如雨下……

这时，地方政府送来六口黑漆棺木，准备装殓全抗日和其他战友的遗体。

装殓全抗日遗骸时，大家犯难了，因为不能确定那段失去半截脚掌的小腿是否为全抗日的，需要亲人速来辨认。

"全抗日烈士是个孤儿，他没有什么亲人！生前连张照片都没来得及拍。"四大队张副大队长遗憾地说。

"实在不行，就用烈士生前的飞行服代替吧！"军医建议。

周志开强忍悲痛说："我是抗日的结拜弟弟，我们曾朝夕相处很长时间，我能确认……"说完，周志开认真清洗完那条右腿，凭着自己对这位哥哥腿形轮廓的了解，特别是脚踝处的疤痕，他含泪认定残肢就是全抗日的。周志开抱紧残肢贴在胸前，顿足痛哭……

这时，医护人员建议尽快将烈士遗骨安葬。周志开小心翼翼地将残肢放好，说："等一下！"他强忍悲痛，跑回到宿舍打开柜子，将装有全抗日头发的信封揣在怀中。周志开回到医院门口，他取出信封里的头发，含泪说："这是哥哥八年前入校削发明志无法寄出的头发……"

周志开将全抗日的头发和那只右脚放在一起，用白布包好，然后小心翼翼放进棺木里，旁边又放了一套全抗日穿过的军官服、飞行服等遗物，同时，他又将自己穿过的一套军装和一枚奖章也一起放进去……

"哥哥！弟弟一定给你报仇！"

周志开心如刀绞，又一次晕倒。在场的人无不潸然泪下，被周志开的兄弟深情义举震撼着。

周志开从黄山空军烈士公墓归来，一整天不吃不睡，刘帅一直守护在身边，被周志开的深情感动得默默流泪。

晚上，刘帅从食堂打来饭菜，来到周志开的宿舍。

"队长，您吃点儿饭吧。抗日哥走了，还有我……今后我会照顾好您的……"刘帅说。

"好兄弟……你要活到抗战胜利那一天，将大中桥兄弟悲壮抗日的事迹告诉后人……"周志开紧紧握住刘帅的手。

刘帅一边哭一边点着头。

这时，队员赵晓光、马涛也前来看望周志开。赵晓光是江苏常州人，也是航校第七期毕业学员，来到四大队后，多次与周志开分在一个组。马涛是河北迁安人，与周志开同属冀东老乡，除了大中桥八兄弟，赵晓光、马涛两人与周志开关系最密切，他们尤其佩服这个比自己小好几岁兄弟的战场血性和大义情怀。

在大家劝慰下，周志开端起饭碗……深夜，周志开一个人坐在床上，久久不能入睡，他凝视窗外空中悬挂的孤月，任凭泪花尽情流，他回忆哥儿俩共度除夕夜的一幕幕。"世上最懂我的哥哥走了！哥，你太狠心了，为何丢下弟弟啊……"突然，他发疯似的抱起两人一起盖过的被子，寻找熟悉的味道。"哥！等着我……"周志开撕心裂肺地喊了一声。

第二天，刘孟晋闻讯后，专程赶到驻地看望周志开。

"志开，兄弟们陆续离去，我们都很伤心，但人死不能复生，活着的人还要面临新的战斗！我们已经熬过空战最黑暗的日子了，小鬼子已经是秋后蚂蚱了，蹦不了几天啦！"刘孟晋劝道。

"我对不起二哥，春节休假，他想叫我陪他去泡个温泉，我却没答应他……"说着，周志开热泪直流。

"志开，不要自责了，二哥不会怪你的……"刘孟晋说。

"大中桥115宿舍哥八个，如今只剩下我们俩啦！不到一个月，两位哥哥在长阳壮烈捐躯……"周志开流着泪说。

"我们一定要活着，为他们报仇！"哥儿俩抱头痛哭。

临别，刘孟晋特意嘱咐刘帅、赵晓光、马涛等人，照顾好周志开，大家点着头说："放心吧！我们一定照顾好中队长。"

兄弟连续阵亡，特别是全抗日的惨烈捐躯，对周志开打击实在太大了，周志开发誓要报仇，他将自己驾驶的飞机代号改为"长阳"号，几次向大队长李向阳请战。李向阳理解周志开痛苦的心情，批准了他的请战书，并特意安排驾驶技术精湛的飞行员驾驶战机作为僚机暗中保护。

一周内，每天清晨，周志开连续驾战机赴宜昌、长阳一带，轰炸西南关公岭敌前线阵地及五龙口渡河点的敌人，摧毁敌人诸多军事目标。每次出征回来，他都独自来到黄山空军烈士公墓全抗日墓前倾诉心声："哥，弟弟给你报仇了！你不会寂寞的，等着我……"

十三　孤胆英雄战梁山

1943 年 5 月 31 日，中国空军同美国驻华特遣队开始联合作战，战事紧张，周志开渐渐从失去结拜哥哥全抗日的悲痛中走出来。

这天，中美空军指挥部获悉日本陆航第 90 战队十余架九九式轻型轰炸机进驻宜昌，立即派轰炸机编队进行轰炸。中国空军指挥部派四大队李向阳、周志开等驾驶八架 P–40 战斗机从梁山基地起飞，美国第十四航空队派出三架 P–40 战机，由分队长莱克塔率领，紧随其后起飞。战机编队行至湖北境内时，李向阳的座机突然发生故障，他将指挥权交给周志开后返回了梁山。

周志开率编队接近宜昌时被日军侦察机发现，日军慌忙调遣第 33 战队十余架战斗机升空阻击，双方在宜昌和荆门一带爆发激烈战斗。战斗中，约翰·阿里森的座机被日军第 33 战队第一中队队长大坪靖人击中，周志开率僚机及时赶到救出阿里森。在随后的缠斗中，大坪靖人率四架零式战斗机咬住莱克塔并将其击伤。危急时刻，周志开驾机俯冲下来，冲入密集的火力网，瞄准驾驶舱内的大坪靖人，一梭子子弹将其击毙，然后掩护莱克塔杀出一条血路，冲出敌人包围圈。

莱克塔回到基地，为感谢周志开的救命之恩，特意送周志开一万元钱。

"周上尉！您是战神的宠儿，太厉害了！今天若不是您出手相救，我就去见上帝了。这是一万元，希望您收下！"

"谢谢莱克塔队长，您过誉了。您来到中国帮我们打鬼子，我们感激不尽，这是我应该做的。"

"邪恶的日本人是我们共同的敌人！我们打鬼子也是在帮我们自己！你们中国有句古话'受人滴水之恩，当涌泉相报'，何况这是救命之恩。"莱克塔用生硬的汉语说。

"是的，日本法西斯侵略者是全世界爱好和平国家的敌人！我们必须团结抗战，早日击败日军，赢得世界和平！但是，莱克塔队长，这钱我确实不能收！您和战友冒着生命危险来到中国，令我非常感动。"

"难道我的命还不值一万元？"莱克塔说。

周志开见怎么也推托不掉，只好收下这一万元。他拿出一部分寄给牺牲战友的亲人，然后又将主要部分捐给重庆战时救助流浪者的慈善机构。剩下的二千七百元，周志开给母亲王倩绮寄去。

王倩绮收到钱，感觉奇怪，她写加急信问周志开："开儿，你哪里来的这么多钱寄回家？"周志开担心母亲误解，立即回了封加急信解释道："妈妈，您放心！这钱来路正当。孩儿在作战中救了一个美国人，他送了我一万块钱，怎样也推不掉的……重庆物价涨得这么快，您带着弟弟妹妹生活很不容易，就算孩儿尽一点儿孝心吧……"

王倩绮了解情况后，也把钱捐给了重庆救助流浪儿的慈善机构。

被周志开击毙的大坪靖人是日军王牌飞行员，即将升任战队司令。大坪靖人被击毙的消息传到日军驻武汉大本营，引起日军飞行部队指挥部高层震惊。此时，第三飞行团已改编调整为第三飞行师团，原团长远藤三郎因空战不力、迟迟不能除掉中国空军"战神"周志开被调离。接替远藤三郎的师团长下山琢磨为中将军衔，作战凶狠狡猾。下山琢磨听了部下的汇报冒出冷汗，他要求所属各战队迅速查明大坪靖人是被谁击落的。

大坪靖人在宜昌之战被周志开击毙后，日本陆航参谋部立即从国内召回原属第33战队的老飞行员生井清，接替大坪靖人担任第一中队中队长。生井清年初回国协助改造和试飞日军新研制出来的钟馗二型单翼战斗机，他没有料到，重返前线首场战斗拉开了中日双方空军又一次全面较量的序幕。

1943年6月6日清晨，日军驻武汉陆航参谋部一架百式侦察机带回消息说，有大批小型飞机停驻在梁山和恩施两个基地，从机身标志看是中国本土空军的战机。下山琢磨当即决定派遣第 90 轰炸机战队和第 33、第 25 两个战斗机战队分别袭击两地。

下山琢磨召集各战队长，下达作战命令。

"第 33 战队战队长渡边启少佐率主力十四架战斗机，掩护第 90 战队第三中队八架九九轻型轰炸机攻击梁山机场！驻荆门第 25 战队掩护第 90 战队第二中队九架九九式轻型轰炸机出击恩施机场！此次作战，不要采取大编队作战方式，三个战队分头出击，各自为战！"

"嗨！""嗨！"渡边启等战队长立正领命。

一大早，《川东日报》记者程齐宣正躺在万县西山公园编辑部的床上。忽然，刺耳的空袭警报划破天空，他迅速起床跑到附近的防空洞口，过了一会儿，紧急警报没有响起，空中传来了"隆隆"机声。程齐宣循声望去，看见在万县和开县交界的铁凤山顶上空，十来架飞机自东向西飞行着，他没在意这群赴梁山偷袭的敌机，按以往情况推测，程齐宣以为这是我战机出击返航，他回到办公室开始写稿件。

就在日机群飞赴恩施和梁山的同时，中国空军驻扎在梁山机场的第四大队二十余架 P-40 机，第十一大队八架 P-66 机，以及美国驻华第 23 特遣队三架 P-40 机奉命出击轰炸湖北省内的敌占区。

大队长李向阳率十三架 P-40 机，各携带六枚三十磅爆炸弹升空执行任务。11 时 25 分，编队向东飞抵湖北宜昌市聂家河上空，各战机立即对敌司令部俯冲投弹，瞬间，敌人尸横遍野。

周志开驾驶 P-43 "狮子头"战机，率分队由宜昌到渔阳关，再到聂家河、枝江、长阳之线与友机协同作战。在宜昌飞机场，他观察到上面空荡荡，只有一双指示风向标识的风筒斜飘着。周志开没有下手，他不愿意对非战斗员进行攻击，继续寻找投弹目标。到达目的地后，周志开带领一个机队开始低空扫射，为防止误伤同胞，他降低再降低，飞过树梢，掠过屋顶，低得能分清物体颜色。周志开想起全抗日等战友牺牲时的惨状，他将满腔仇恨凝聚在扫向敌人的机枪子弹上，打得敌人魂飞魄散、尸骨狼藉，有力配合了地面部队迅速收复失地。四大队 P-40 战机对日军阵地投下所有炸弹后陆续返航梁山基地。十一大队轰炸任务完成后，战机返回恩施。战机编队在空中有序飞行，沿途同胞伫立翘望，有的人指手画脚地吼道："呀！中国的飞机打东洋鬼子

回来了！硬是要得！"

　　周志开返航前，又独自来到宜昌上空，想抓到一两架落单的日机。周志开等候良久，没有目标出现，他有些失望，只好返回梁山基地。归途中，周志开依稀看见北面天空闪过几个灰点，此时机上燃油所剩无几，他没有纠缠，继续向梁山机场飞去。

　　赴梁山基地偷袭的日机编队从武汉出发后，为避开中美空军雷达，一直在超低空飞行，有时几乎贴着山脊前进，行动缓慢。

　　驻梁山机场的空军司令部，第一路司令杨鸿霄办公室的电话铃声响了，杨鸿霄拿起电话，电话里传来急促的声音："奉节发现疑似敌机十四架西飞！"

　　"知道了！有什么大惊小怪的！"

　　杨鸿霄挂断电话，他犹豫了一会儿，命令岗哨进一步监视，没有通知飞行员机前待命。随后，杨鸿霄拨通重庆电话进行商议。

　　"云阳发现不明飞机！"

　　一会儿，云阳也传来情报，有战斗机部队长要求起飞，杨鸿霄下令再等等。

　　紧接着，万县发来电报，"万县发现不明飞机！"杨鸿霄还是优柔寡断，依然没有下令战机起飞。

　　此刻，日军第33战队十四架隼式斗机和第90战队第三中队八架川崎九九式轻轰炸机从奉节飞越云阳、万县，已经出现在梁山机场上空，企图偷袭。防空站靠肉眼观测的哨兵误将日机视为我机返航。

　　正午时分，当周志开到达梁山机场时，很多友机已先他降落，有的战机在加油。机场上的战友们纷纷讲述个人当日的战果，大家谈得十分兴奋。周志开将飞机滑行到机场西北侧一隅停机线最右边，解开身上的保险伞，也准备加油。他发现飞机方向舵脚蹬出现故障，于是开始修理方向舵脚蹬……过了一会儿，四大队第二批两架出击战机也降落在梁山机场。

　　这时，正在修理飞机方向舵脚蹬的周志开注意到机械士与场夫们神色有些慌张，就问一个前来加油的机械士："基地响过空袭警报吗？"

　　"没有，不过曾经接到情报说有八架不明飞机以及另外的不明机队正从巫山一带向这边飞来。听基地长官说，那应该是自己人的轰炸机。"机械士回答。

　　突然，周志开有种不祥的预感，他判定这八架不明飞机就是敌机，另外一个编队恐怕也是敌机。周志开向附近停机坪扫了一眼，上边整齐排列着

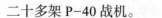

二十多架 P-40 战机。

"如此众多的飞机应该分散摆放！"周志开说。

"据说蒋委员长近日要来梁山巡视，基地指挥官吩咐众人将飞机排成一队，也好让委员长检验一下中国空军的威武之师。"机械士说。

"简直是胡闹！"周志开严肃地说。

此时，东北方向山顶上似乎隐约传来雷声，周志开意识到这是大批飞机临近时的轰鸣声，情势危急，可身下这架飞机仍在"咕嘟咕嘟"地加油。周志开指着远处一排飞机大声问道："那边的飞机都加满油了吧？"这位机械士不慌不忙地说："基地里的战斗机基本上都有油！"

周志开瞥见附近停着一架 P-40 鲨鱼机，就问："这一架谁飞的？"

"也是你们大队飞的！"

"人呢？"

"驾驶员今天本来要开它外出执行任务，但这家伙昨天不小心弄伤手腕，包扎去了，您要是想用的话……"

周志开哪有心思听他啰唆，迅速跳出自己的飞机，吩咐机械士跟场夫们："跟我来！赶快把我这架飞机掩蔽到场边沙堡里去！"

周志开紧急跑向最近那架鲨鱼机，机械士一头雾水，总算在周志开呵斥声中跟了上来。周志开跳进机舱，命令机械士："快开车！"机械士用力一搬机头螺旋桨，螺旋桨"呼"的一声飞转起来。周志开检查各种仪表，都还好。忽然，周志开瞥见远处几架飞机奔向机场，他朝那个机械士喊了一嗓子："快拉空袭警报！"周志开来不及顺着跑道起飞，他迅速将飞机从停机线上拉起来。周志开清楚，飞机可能陷入泥淖中，敌机投弹自己将绝无逃生可能。他不会忘记，六年前周家口悲壮的一幕，大队长高志航临危发动战机，当即被凌空呼啸投下的炸弹命中罹难……此刻，周志开早已将自己的生死置之度外。

情报室终于传来敌机来袭的消息，机场顿时大乱，美军飞行员四下奔跑寻找隐蔽点。机场休息室周围是一片稻田，四大队的飞行员沿着田埂冲向停机坪，试图发动战机强行升空拦截。但飞行员还没有冲至机前，敌首批三架轰炸机已经到了机场上空开始投弹，炸弹如雨点一般倾泻而下，瞬间浓烟四起，火光冲天，弹片横飞……飞行员们只好折返向掩蔽所跑去。日军第 33 战队长渡边启少佐、中队长生井清率领的战斗机编队也抛掉副油箱，俯冲至六百米低空，扫射未炸毁的飞机。我方飞机都处于满油满弹状态，中弹后迅速起火爆炸，机场顿时烧成一片火海。

周志开冒着敌机轰炸的弹雨驾单机强行起飞，他来不及扣上保险伞带，更来不及扣保险伞，连座舱盖也顾不上关闭……战机快速滑行过泥泞的地面，刚一离地，日轰炸机即"嗡嗡"飞到头顶上，炸弹随即在身后停机线和跑道区域爆响……

躲避起来的战友们被周志开的举动惊得目瞪口呆。

"中队长单机上去拼命？"

"他没背伞，被击中了怎么办？"

"中队长身体没有飞机约束，稍不小心就会从座舱里甩出跌落下来摔得粉身碎骨！"

"高空温度太低了，不摔坏也得冻僵……"

大家议论着，不禁为周志开心中捏了把汗。

在腾起的浓烟掩护下，周志开驾机一路爬升，由于没有拉上舱盖，几次转弯时他都险些被甩出座舱。升空后，周志开冷静判断空中形势：敌轰炸机数量众多，且有战斗机护航，如为阻止敌机攻击贸然出击，自己的战机既无高度优势，也缺乏足够燃料和弹药，还没有僚机掩护，以 P-40 战机的性能不足以杀入重围击落敌轰炸机。于是，他没有立即攻击敌机，而是借助云层遮蔽，背离机场跑道方向继续爬升获取高度优势。周志开猛拉操纵杆，拉出一个 270 度急转爬升，这是极端危险的动作，战机随时都有可能失速导致人机坠地……他豁出去了，驾机升至日军轰炸机群上方。机舱内，周志开感到寒气彻骨，耳膜疼痛难忍，但他全然不顾。

此时，日军第 33 战队长渡边启少佐、中队长生井清率第一编队战机掩护敌首批轰炸机投完炸弹并扫射后前往梁山城区轰炸。紧接着，日机第二编队三架轰炸机继续投弹，五架护航战斗机不断俯冲下来疯狂扫射梁山机场，敌战斗机虽然不能投弹，但俯冲扫射异常准确，不一会就把地面战斗机队列打得七零八落，漏出的汽油又引爆其他飞机……疯狂轰炸和扫射的敌机群没有注意到这时忽然翻上来一架中国战机。周志开迅速从敌轰炸机左后方攻击，瞬间，周志开这架 P-40 战机横空出世，如疾风迅雷般冲入日机群左右开弓，将猝不及防的日机编队冲散。战机像烈火中再生的凤凰一般，又如一个所向披靡的勇猛骑士，碧血黄沙，策马入阵来。周志开首先盯上敌领航轰炸机，进行一阵长点射，迫使其放弃轰炸，紧接着，顺势朝右侧另一架敌机开火……顿时，日机轰炸机编队蒙了，三架轰炸机属于日军九九式轰炸机，这种飞机必须在低空才能准确投弹，投弹后需要重复拉升，遭遇周志开攻击后，轰炸机急忙贴着山向东北方向逃去。敌战斗机依然在低空沉醉于疯狂扫射中，全然无暇顾及掩护轰炸机返航。突然，机场上空又飞来日军第三批轰炸机和护航战斗机编队……此刻，周志开仍然腾不出手来扣上安全带、合上座舱盖，在这种情况下去和敌机缠斗无疑是自寻死路。他决定突围，去追歼逃跑的敌轰炸机。周志开驾驶的战机若向上脱离，将立即暴露在敌机火线里被打中，若向下脱离，凭空坐在战机里，下降冲力会将他抛出战机摔得粉身碎骨……周志开急中生智，又来了一个急升转弯，加速追赶向东北方向逃跑的敌轰炸机第二编队。

被周志开击溃逃跑的轰炸机编队是日军第90战队第二分队，该分队共有三架战机，驾驶员分别为分队长赤沼、中士佐佐木、中士馆野。周志开很快追赶上来，升空占据有利位置，爬升至日军机群上方，当逼近日机二百米时，周志开首先锁定赤沼1号领队轰炸机进行一阵猛射，敌机立即腾起黑烟，但很快又维持住平飞。周志开再次攻击，赤沼1号领队机疯狂还击，蓦地又冒烟了，赤沼猛地推低机头，向东侧深谷中逃逸，其他两架敌轰炸机也跟着东逃，周志开紧追不舍，他瞄准机会，对着佐佐木驾驶的2号轰炸机来个俯冲扫射，子弹准确命中敌机后座机枪手，那挺一直向后上方射击的机枪随即哑火了。佐佐木见势不妙，驾机继续朝东飞离。

紧接着，周志开一个拉升，再度进入攻击位置，馆野驾驶的3号机进入周志开的瞄准镜，醒目的太阳徽，肥胖的机身，翘起的单尾巴，两个转动的发动机……这正是日本最好的新九九式轻型轰炸机。周志开猛地来一个俯冲，几挺机枪立即向敌3号机油箱射击，"嗒嗒嗒"……子弹准确命中后座机枪手，炮声刚停，敌机像条白绸带飘向右后方，随即，这架轰炸机起火燃烧，坠于万县分水岭、黄土坎夹峙的峡谷中，机上馆野等四个鬼子毙命。

周志开迅速拉高战机，他一眼瞥见两架轰炸机正一上一下向东北方向飞行。原来，佐佐木的座机后座机枪手被击毙后失去向后方射击能力，躲在分队长赤沼轰炸机下方奔逃。

周志开紧追过去，风猛烈吹着，保险伞带颈子上的铁扣子在座舱外"哗啦哗啦"打着铅皮，像敲警钟一般。他集中精力，全速缩短与敌机的距离，战机越过一座大山，飞到了云阳上空，他首先追上落在后边的敌2号轰炸机，敌机进入射程后，周志开对准2号机进行了一串攒射。周志开注意到这架日军轰炸机尾部机枪口朝上，射手已中弹身亡，他逼近至约三十米处，准备再次射击。佐佐木意识到威险，紧急转向左侧，希望借助1号领队机尾部机枪的掩护。周志开急中生智，瞬间调整位置，瞄准敌1号领队机发动机单发点射，敌机发动机中弹，机身爆燃出熊熊大火，很快坠落下去，驾驶1号机的分队长赤沼等四个鬼子葬身火海。佐佐木见状，拼命向前逃窜。

此时，周志开从容地合上座舱盖，扣好保险带，背上保险伞，收回起落架，他胸有成竹，加大油门，一路尾追敌2号机。为了打得有把握一点，他加速逼近目标，当距离缩短至二百米时，周志开扳动机上机枪，对准敌右发动机与机头之间油箱部位扫射，"嗒嗒嗒——"只见白碎片飞起来，却不见起火，敌机受到攻击，左摇右摆，一阵乱动，像一条受打击的五花蛇扭动着，显然，这是佐佐木躲闪再被瞄准射击的方法。

周志开冷静地关上油门，降低速度，从后面跟着，敌机安定下来平航以后，周志开又瞄准敌机左发动机里面的油箱位置射击，"嗒嗒嗒——"枪声响后，仍然是一些白碎片飞扬开来，不见起火。周志开感到诧异，他突然想起一位机械师说过，有些日机发动机和油箱表面敷有天然橡胶制成的防弹罩，防火性能极佳。敌机受惊，又摇摆躲闪。这种无抵抗攻击，周志开感到有点儿乏味，他不愿做一个攻击没有抵抗力敌机的英雄。

突然，周志开做了一个惊人的冒险动作，他将战机翻转过来，机底朝天，头朝下，飞到日军2号轰炸机上面，摆动机翼，冲佐佐木打了个手势，示意他迫降投降。周志开要活捉这架飞机！佐佐木吓呆了，乖乖地跟着周志开迫降。飞着飞着，佐佐木冷不防一拉机头，来个高速右旋回头撞，向周志开冲来，千钧一发之际，周志开眼明手快，迅速拉起机头，飞机升高三尺左右，避过撞来的敌机。周志开知道迫降敌机投降是多余的，于是，他来了一个侧滚，掉转机头，再次占据有利位置，瞄准这架九九式轰炸机发动机，一扣枪机，"嗒嗒嗒——"子弹击中敌机，瞬间，佐佐木驾驶的2号机燃成一团火球，机头向下垂直坠落下去……

正午，从梁山方向隐约传来爆炸声，正在万县《川东日报》编辑部办公室写稿的程齐宣感到惊异，他赶紧跑到室外。忽然，程齐宣发现从太白岩顶上空出现三架飞机：前面两架飞机贴着"红膏药"，仓皇逃窜，后面一架鲨鱼式战鹰紧追不舍，双方交替射击，向东飞去。程齐宣清楚这是我战机在追歼敌机，他跑出防空洞口，高喊："战鹰勇士加油！快把小鬼子膏药机打下来！"十几分钟后，那架鲨鱼式战鹰回来了，轻松地朝梁山方向飞去。驾驶鲨鱼式战鹰的正是周志开。

程齐宣跑回办公室打电话询问防空指挥部，打了三次电话才得到答复：刚才梁山飞机场被日机轰炸，十余架战机被炸毁，我空军上尉飞行员周志开驾机还击，一人击落三架日机。

周志开飞行二百公里、历时二十多分钟的惊心动魄空战全歼日军一个分队。他考虑梁山机场已经被轰炸，无法着陆，便飞往重庆白市驿机场。着陆时，周志开座机的燃油表已经在红线以下了。两小时后，基地司令部得到地面报告，周志开击落的三架敌轰炸机分别坠落万县、云阳、巴东等地，都是空中燃烧落下来的。战友收拾三架日机残骸时，周志开只取了日本飞行员身上一张小孩的照片，他仔细端详着咧嘴天真嬉笑的孩子，轻声叹了一口气，默默将照片放进贴胸的衣袋里。

第二天一大早，程齐宣和一名外勤记者请示总编后，迅速乘车赶往梁山空军基地采访。此时，基地一片狼藉，好不容易找到一位基地负责人，他介绍说："昨天，周志开上尉所在的我空军 P-40 鲨鱼式战鹰歼击中队出击宜昌附近的日军交通线归来，不料，一队日机竟然诡谲地尾随其后飞进川境，我地面防空监视哨误认为是我机返航，未能发出警报。我机群刚降落梁山机场，日机突然俯冲而下，频频投弹。我刚降落的机群由于油弹耗尽，既不能起飞，也无法还击，损失极为惨重。危急时刻，周上尉见跑道旁停放着一架因检修未参加出击的 P-40 鲨鱼式战鹰，他立即冒着中弹的危险，跳上该机，发动引擎，来不及收起落架和关上座舱盖，在火海弹雨中冲上天空，恰好头上有三架未溜走的日机。周上尉一个仰攀，射出一串子弹，击中了其中一架敌机，这架敌机拖着一条烟火尾巴，一头栽到万县分水乡附近的山崖下摔得粉碎。其余两架落荒逃走，周上尉奋勇追击，从万县上空飞过，他发现其中一架后座机枪手在头一回合较量中中弹，伏在枪架上死去，由后面一架敌机掩护。

周上尉决定先干掉后面这架还有抵抗力的敌机。他集中精力瞄准射击，很快将这架日机击落在云阳县小江附近。随即，周上尉追赶最后那架失去抵抗力的日机。在三峡上空，周上尉驾机飞到敌机顶部摇翼，迫他降落投降。不料，这家伙很顽固，突然拉机头往上猛冲，企图与周志开同归于尽。周上尉迅速来一个侧滚，躲过敌机，然后转过来一阵射击，把这架顽固日机击落在西陵峡中。周上尉从升空到击毁三架日军轰炸机，报销十余名日军飞行员，只用了二十多分钟。被击落的三架敌机都属于轻型轰炸机，性能优越，是日军最重要的近程战场支援机，对我们威胁极大。"这位负责人详细讲述了周志开追歼三架日机的经过，为挽回颜面，他特意假称机场其他飞机不能起飞迎敌是由于机油耗尽导致。

两个记者听得入了迷，许久，程齐宣才缓过神来，兴奋地说："周志开上尉太厉害了，早在三年前我就知道他的大名，骁勇神鹰，格斗中战机中弹百发依然能平安飞回来。"

"是的，周少尉是我们空军的战神，也是一员福将！"

"我们能采访一下他本人吗？"

"不巧，周上尉不在机场，他早上奉召赴渝了。"

程齐宣感到很遗憾，他带着外勤记者立即赶赴分水乡采访。在现场，他们看到当地老百姓捡来一块日机翼尖，上面涂有半个"红膏药"。程齐宣拉下一小片铝合金蒙皮，收起来放到采访包中。回到报社编辑部不久，程齐宣顾不上吃饭，熬夜写出周志开击落三架日机的消息，刊发在次日的《川东日报》头版上。

梁山空战，四大队损失惨重，除了周志开的战机之外，全部损毁。当天下午，战报传到航委会。航委会主任周至柔办公室，副官正读着电报。

"敌混合机二十余架，于本日午时偷袭我梁山基地，因我情报混乱，未及时起飞迎敌，十一架P-40、一架P-66被炸毁、四架P-40被炸伤……伤亡官兵六人，损伤车辆十辆，机场中弹二十四枚，跑道及滑行道均被炸毁……"

周至柔大吃一惊，没等副官读完，他拿过来电报仔细看了一遍，周至柔看完电报额头冒汗、脸发白、腿直哆嗦……刚刚复苏的中国空军拥有七十二架战机，唯一建制完整的空军第四大队拥有二十四架P-40，除三架经过大修尚可使用外，其他全部报废。"惨况与周家口之战比肩……"遭到如此惨重

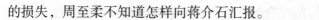

的损失，周至柔不知道怎样向蒋介石汇报。

正愁着，梁山基地复报：本日偷袭我梁山基地之敌，于回窜中，经我周志开单机追歼，颇有斩获。已查实者，计有敌轰炸机三架，先后被周志开击落于梁万云线上，均起火焚毁，人机全毁，我周机于歼敌任务完成后，安全返回重庆基地，余续查中。

"总算解围了！"周至柔惊喜得不敢确认消息的准确性，他立即通知副官召周志开面询，确认消息属实后，周至柔急忙将两次战报上报给蒋介石。

蒋介石获悉"日机袭击梁山基地，第四大队损毁二十余架战机"的消息，顿时大怒，立即约见周至柔，周至柔来到蒋介石黄山官邸汇报，战战兢兢地等着挨训。

蒋介石指着周至柔大骂道："废物！可耻！空军遭如此重大牺牲，你等指挥无能！极其拙劣！"

"是！是……卑职无能，请恕罪！不过周志开很给力，单机追歼三架日机，极大震慑了日军，为我们挽回损失……"

"这跟你有关吗？！"蒋介石喝道。

"这……也是中国空军的荣耀！"

周至柔尴尬地解释着。

蒋介石本想将其撤职查办，在宋美龄劝说下，令其严加反省悔改。如此惨重战局总要有人负责，于是，蒋介石当即下令，将仅到任两个月的杨鸿霄免去空军第一路司令官的职务。

盛怒之后，蒋介石获悉周志开的神勇表现后，则倍感欣慰。正巧，美国陆军第14航空队司令陈纳德将军从昆明返回重庆来到蒋介石黄山官邸，闻听周志开的机智勇猛也是大加褒扬。

"委员长先生，周志开队长的大智大勇在我航空队中无人能比，实在可敬！"

蒋介石赞许地点着头。

"抗击日机轰炸陪都之际，周志开即有神勇表现，战机中弹百发战犹酣！"

两人正说着，副官送来最新情报：我地方人员已将周志开击落的敌机坠落的位置及残骸、遗尸查明，三架敌机，一架落万县东北山谷间，一架坠落于云阳，另有一架坠落巴东以西官渡口。

蒋介石大喜，他提请国民政府颁给周志开一枚青天白日勋章，特准不经考试即晋升周志开为空军少校。此前，空军飞行员尚无一人获此国家最高勋章荣誉。

6月10日傍晚，蒋介石在航空委员会主任周至柔陪同下来到重庆西郊白市驿机场空军基地，召集空军第四、第十一大队官兵，他亲自主持颁发国家最高勋章授奖仪式，为周志开颁发青天白日勋章。

白市驿机场一座小礼堂内，蒋介石坐在主席台前。号兵吹着嘹亮号声，部队官兵排成数列纵队，笔挺地站立着。

蒋介石喊道："周志开同志！"

"有！"周志开赶紧答应着，跟着军乐队吹奏的调子，踏正步走到台前，立正后，向蒋介石恭敬地举手敬礼。

蒋介石答礼，示意他上台。

周志开精神抖擞地迈着正步走上礼台，向全体官兵敬礼。

蒋介石起身走到周志开身边，将一枚青天白日勋章佩戴在周志开左胸军衣上。周志开佩好勋章后，在礼台上再次敬礼，然后走下台来，站立在队列中。

蒋介石发表简短训词："此次梁山之役，我军因警戒不严，准备不周，致遭重大损失，实为我空军莫大的耻辱……幸而周志开同志以超乎寻常的勇敢，扭转战局，重创倭寇！周志开的光荣，不是他自己的，而是整个空军的光荣，同时，亦是全国军人的光荣，不但他本人受人尊敬，就空军地位，及中国的国际地位也因之提高了。希望周志开保持过去的光荣，创造更大光荣，希望所有空军将士都以周志开做榜样，冒险犯难，杀敌致果！"

台下，响起热烈的掌声。

这天，在云阳县小江坠毁的日机部分残骸运到万县西山公园展览，共有一副后座机枪架、一块尾翼，一个降落伞包，一条"千人缝"。前来观看的民众络绎不绝，大家看到昔日在空中耀武扬威的敌机成了战利品，无不拍手称赞。在现场采访的程齐宣做起了义务宣讲员，他不停地向大家介绍打下敌机的神勇飞行员叫周志开。晚上，程齐宣回到编辑部，打电话了解周志开击落的第三架敌机情况，落在长江巫峡官渡口那架日机残骸已经运到了湖北恩施。同时，他了解到万县地区的防空司令（兼任四川省第九区行政督察专员）曾德威因此事受了记大过处分。于是，程齐宣又写出两篇后续报道刊发在次日的《川东日报》上。随着《川东日报》的连续报道,川东百姓率先获悉周志开单机追歼三架日机的英雄事迹。

日本陆军第三飞行师团驻武汉指挥部,师团长下山琢磨正听取日本陆航第33战队、第90战队关于空袭梁山基地的战果汇报。

第33战队第一中队长生井清中尉兴奋地说:"报告将军阁下,我们在梁山给予支那机场毁灭性打击!即便是在航校打地靶训练也没这样轻松。我们每人都进行两三次俯冲扫射,那几十架飞机连同后面的汽车全都腾起了黑烟。在天空中隐约能听到基地的防空警报……确认全部飞机被击毁后,我们才开始返航。"

"吆西,天皇勇士大大地棒!"

随后,下山琢磨要求各战队长嘉奖参战队长和飞行员。

然而,当下山琢磨获悉周志开单机击落三架精英战机时,不禁哆嗦了一下。

"难道支那高志航没有死?如此不要命的战法非高志航莫属!速派密探,查此飞行员为谁?是否高志航又回来了!"

"嗨!"

下山琢磨非常清楚梁山空战的价值,他下令立即写成报告,上报日军侵华大本营司令部,战报报到东京后,裕仁天皇特别以专电表彰"梁山空袭大捷"。

梁山空战后,智勇双全的孤胆英雄周志开再次获得两个绰号:"梁山英雄""摘星手"。

不久,周志开军衔从上尉升为少校。本来周志开就以英勇帅气的"战神"闻名空军,享誉陪都,如今他梁山单机舞长空击落三架敌机、全歼日军整个分队的奇迹经无线广播和报纸传播,立即轰动全国,震惊世界。"孤胆神鹰!""梁山英雄!""摘星手!""中国空军最帅的飞将军!"周志开在全国乃至全世界一夜成名。重庆组成社会各界慰劳团纷纷到基地来慰问,国内外各大媒体也陆续来空军第四大队采访周志开,周志开成为家喻户晓的抗战明星。

重庆街头,报童手举着《中央日报》《梁山日报》等报纸高喊:"号外号外!

战神归来！周志开单机挑落倭寇群贼！"人们纷纷上前买报纸观看，只见上面写着："我飞将军周志开英勇堪佩，寇机袭扰梁山机场，我空军第四大队中队长周志开单机起飞，击落敌轰炸机三架……"

街头一家茶馆说书先生说得眉飞色舞，"龙腾梁山长空，虎啸鄂西丛林！摘星手周志开，只见他像雄鹰一般，打得倭贼四处乱窜；又如猛龙过江，排山倒海，搅得云破天惊，搅得日无辉星无光，搅得倭寇魂飞胆寒！……"人们听得热血沸腾、群情激昂。

王倩绮带着孩子从乡下搬回重庆，这天，她正在卧室端详二儿子志开的照片，小儿子志兴拿着从街头买来的报纸跑进家中喊道："妈妈！二哥又立大功啦！他成梁山好汉啦！"王倩绮接过报纸，看到报纸刊发周志开梁山空战击落三架日机的消息，又惊又喜，"这孩子真是不要命啦！……"此刻，王倩绮更加担忧周志开的安危，她在内心深处祈祷儿子平安。自从周志开上次回家探亲后，王倩绮知道他驻防地点不固定。为不影响周志开战斗，她不忍过多去信打扰，但无时不在关注儿子的信息。

"二哥真棒！二哥真棒！"志敏欢呼跳跃着。

"妈妈，我有这样的英雄哥哥真自豪，以后我也要做二哥那样的大英雄！"志兴说。

"你二哥是你们的榜样！兴儿，开飞机太危险，妈妈不愿你开飞机！"

"我就要开飞机嘛！"

"好好，妈妈答应你。不过，等你长大再说……"

王倩绮将孩子们送到卧室学习，她坐在客厅方桌前，铺开信纸，给周志开写了封信，千叮咛万嘱咐让他注意安全。

不仅重庆，连日来，全国各大城市坊间纷纷讲述周志开创造的空战奇迹，人们议论这位英雄，崇拜这位英雄，寄给周志开的信件像雪片一样飞来，有学生、有文艺工作者、有后方工人……其中，不乏表达爱慕之情的求爱信。

午后，周志开好不容易摆脱连续不断的媒体采访，他手捧几束白菊花，提着两瓶白酒，一个人来到黄山空军烈士公墓祭奠牺牲战友，松涛呼啸，绿树葱茏。他逐一在大中桥同宿舍几位哥哥的墓前摆好鲜花，斟上酒。最后，他蹲在全抗日的墓前，含着泪说道："哥，弟看你来了……梁山空战，我相信你和几位哥哥一定在空中护佑着弟弟……你看看这枚勋章吧，这是咱们共同的荣誉……"说着，他擦干眼泪，从衣袋里拿出那枚青天白日勋章，轻轻放在全抗日的墓碑前。"哥，没有你的日子里，弟弟好孤独……哥，你在哪里啊？我想你……"他抬头凝视远方，泪水潸然而下，蓝天下，一朵白云宛若一张笑脸，悬浮在山顶……

傍晚，重庆大学校园内，操场上、甬路上，同学们三五成群地纷纷议论着周志开的英雄事迹。

杜白云和好友杨小梅走在甬路上，她们边走边聊。

"小云，现在周志开名气更大了，可得小心拴住他，别飞了！"

"随缘吧……我只是特别担心他，昨天做梦他被敌机击中受伤了，吓得我一宿没睡……"

"他是战神，鬼子枪弹打不着他！"

"哪有什么战神啊……他太拼了，我真盼望他别再飞了，可不敢说，我知道他的脾气……"

正说着，两人来到一个花坛边，几个女生正坐在一起读着报纸刊发周志开的报道，她们一边读着一边议论着。

"周志开这张照片多帅气，看上一眼三天不吃不喝也值了！"

"我听过他的报告，他本人长得比照片还帅！据说，重庆很多著名影星都把他当作心中的白马王子！"

"是啊，又帅又勇敢，谁不爱呢！嫁给这样的男人，又安全又幸福！"

装扮时尚、性格泼辣的女生田翠花劝自己的闺蜜徐茉莉说。

"茉莉，你赶紧争取吧，你是咱们班花，文笔又好，快给他写求爱信，争取抢到手！"

"恐怕人家早有心上人啦。"

"管他呢，主动出击，横刀夺爱！"

"他有什么爱好呢？"

"男人最大爱好还不是美色！就靠你这苗条身材和漂亮脸蛋去吸引他，英雄难过美人关，准成！"

"那可不见得，追求周志开的女人特别多，很多漂亮女孩都败下阵来。"

"新闻报道说了，这个周志开与一般军官不太一样，他空战胆大，但平时特胆小，不愿伤及无辜生命……对！你可以抓住他这个弱点，如果他不接受你求爱，你就以自杀吓唬他，准成！"田翠花神秘地说。

"那多不好……"徐茉莉有些犹豫。

"有什么不好，情场就是战场，爱情是自私的，先得到他享受一下再说！"田翠花嚷嚷着。

杨小梅再也听不下去了，她上前斥责道："你们背后这样议论英雄太不道德了！都歇歇吧，人家周志开早有女朋友啦！告诉你们，我身边这位杜白云就是周志开的女友！"

几个女生瞥了一眼杜白云和杨小梅，田翠花眼睛一瞪喝道："哪来的醋坛子？挥着大棒训斥人！谁说周志开属于你们！帅哥英雄人人爱，我们都可以去追，凭实力得到他！"

"你喜欢人家人家喜欢你吗？"杨晓梅也不甘示弱。

"不用你操心，茉莉不好意思追我也要追，我有姿色，我家有别墅，我爸手中还有权力……周志开迟早是属于我的！"田翠花嚷着。

"你这样轻浮浪荡的女人周志开永远不会看上的！"

"我看你才浪呢，狗拿耗子！"

"你骂谁？"

"骂你这个蠢货！"

"你真是无耻烂货！"

说着，杨晓梅上前与田翠花撕扯起来。杜白云赶紧劝开两人，拉着杨小梅走开。

回到宿舍，杨小梅对杜白云说："小云，你看到了吧？那个女生有多骚！赶快给志开写信，尽早把婚事订下来吧！"

"不急，我心里有数……"

重庆大学男生宿舍，一群男生也在看着周志开梁山空战的报道，学生们羡慕不已。

一个男生说："以前我特别崇拜高志航！如今又多了位崇拜偶像，就是周志开！"

"是啊，如果中华男儿都像周志开这样有血性，何至于被小鬼子欺负到现在这个地步！"

"毕业后，我也要考航校！好男儿就应该像周志开一样，志在冲天，舍命救国！"

　　"对，到空军去！做一个跟周志开一样的飞行员，神勇无敌！"

　　"我建议，咱们给他寄一封信，表达我们向英雄学习的心声！徐骁勇，你的文笔好，你代表咱们宿舍八名同学写信，为勇士浴血长空加油！"

　　"好！"说着，徐晓勇铺开信纸动起笔来，表达对周志开的无比崇敬之情，大家你一言我一语地补充着……

十四　战神归来倭寇惊

这天，应陈纳德的美国陆军第十四航空队之约，周志开赴昆明作报告并接受美国记者采访，对美国进行无线电广播。

周志开介绍了梁山战斗经过，揭露日本法西斯军国主义灭绝人性的屠杀，他说："如今，鄂西日军纷纷夺路而逃，我军奋起追击。鄂西战役大捷是中美空军首次大规模协同地面陆军对日作战并取得胜利的典范，与中美空军奋勇搏杀分不开……日军战机无论轰炸还是格斗，暴露出赤裸裸的军国主义，他们疯狂轰炸平民社区、文物场所，将失去抵抗能力的飞行员当作活靶子进行扫射，严重违反国际战争公约！这种滥杀无辜的野蛮暴行，破坏世界和平！违背战争规则！违反人道！日本军阀发动侵略战争，不仅给中国人民和全世界人民带来极大伤害，也伤害自己的国民，他们制造无数人间悲剧。每次空战结束，我从日军阵亡的飞行员尸体衣袋中看到那些天真孩子的照片，非常痛心。呼唤日本民众不要再被军国主义欺骗了，赶快觉醒，特别是日本青年朋友们，与世界所有爱好和平国家的人民一道，谴责侵略战争！不要被侵略者绑架在野蛮战车上成为无辜牺牲品！中国人民是爱好和平的民族！中华民族的历史，是一部气势磅礴、荡气回肠的民族血性史！中国军人捍卫国家血祭山河的意志坚定不移！中国空军飞行员没有俘虏！我们随时准备与敌人同归于尽！"

周志开慷慨激昂的声音通过无线电广播传播到世界各地，人们感悟到中国飞行员的仁与恕，感悟到中华民族广博的人道情怀，感悟到中国人民血战到底顽强不屈的坚强意志……

　　驻昆明美国陆军第十四航空队司令部，飞行员们听着广播，无不伸出大拇指赞叹："周志开少校，我们的榜样！"

　　美国纽约，民众听着广播欢呼雀跃。

　　"中国飞行员周志开，天之骄子！东方战场胜利的希望！"

　　日本驻汉侵华大本营总部，第 11 集团军司令横山勇中将听到广播，急忙下令封锁美国电台，他坐在椅子上哀叹道："支那已非以往的支那啦……"

　　日军深感其空中优势正在丧失，为防止事态恶化，梁山之战不久，日军抽调隶属关东军的陆航第 85 战队赴华中地区参战。第 85 战队是日本陆航精心打造的一支王牌战队，其主力战机是被寄予厚望的钟馗Ⅱ型单翼战斗机。钟馗Ⅱ型战斗机最大航速每小时五百五十公里，从七千米高度俯冲速度峰值每小时六百六十公里，配备 12.7 毫米和 7.7 毫米机枪各两挺，是隼式战斗机的两倍。第 85 战队长齐藤斋吾战功显著，大佐军衔。

　　这天，齐藤斋吾率队员抵达武汉，第三飞行师团师团长下山琢磨亲自迎接。

　　"将军阁下，85 战队奉命前来报到。"

　　"斋吾君，可把你们盼来了！铲除支那空军王牌四大队及美军的空中威胁主要靠你们这支精英队伍啦！"

　　"将军放心，我们不仅拥有最先进的战机，队员个个是神风勇士，定当不辱使命！"

　　深夜，日本陆军第三飞行师团指挥部，师团长下山琢磨正在看部下送来的情报，情报介绍，梁山三架日军九九式轰炸机为中国空军第四大队王牌飞行员周志开所击落。下山琢磨大发雷霆，将日军海陆航空军头目责骂了一番。随后，他召集日军陆航 25 战队、33 战队、85 战队、88 战队、90 战队队长、大队长训话。

　　下山琢磨阴沉着脸说："现已查证，这个周志开对皇军威胁极大，他一个人竟然全歼我们一个分队。不久前，我们最优秀的王牌飞行员大坪靖人也是他击落的。这个家伙简直比高志航还厉害！周志开不仅影响了整个鄂西会战的战局，而且他蛊惑人心的演讲严重影响了皇军斗志！务必除之！不择手段！谁能击毙周志开赏大洋一万元！立即升职！"

"嗨！""嗨！"各战队队长、大队长弯腰领命。第85战队长齐藤斋吾献计说："与周志开交手的勇士普遍反映，空中格斗很难击毙他。我们当会同重庆谍报部门，趁周志开参加公开活动时实施暗杀计划！"

下山琢磨点头同意。

"哟西，斋吾君妙计太高明了！此事由你牵头，迅速部署，周密实施！"

"嗨！"

午后，天空飘起了雨，周志开难得有一刻轻松时间，按上级安排，他接受《中央日报》记者朱民威的采访。

"志开！我们又见面了！恭贺，梁山空战，你以一对八，创造了三比零的空战光荣纪录，成了全世界的英雄啦！德威并重，智勇双全！"

"谢谢！真的很惭愧，我只是尽了一名中国飞行员守家卫国的职责而已！"

"谦虚了，你很了不起。你的壮举震撼了侵华日军高层，打出了军威，壮我国魂！如果没有你的绝地反击，我们空军在全国人民面前算是抬不起头了……听说你还想活捉一架敌机？谈谈这次空战经过吧。"

"敌机来袭突然，我也是军人本能反应，直接驾机冲上去了。但敌众我寡，硬拼是不行的，我冲散敌机编队后，不能平飞，必须采取特技格斗方式迫使敌机放弃轰炸。当时，敌战斗机忙着俯冲扫射我机场，全然无暇顾及保护他们的轰炸机返航。于是，我盯准攻击力稍弱、企图逃走的轰炸机群。我看见一架敌机已经被我击落，两架受伤的敌机在改变航路想逃跑，就紧追不舍。追歼最后一架敌机时，第一次攻击后，想再攻击一次，发现那架敌机后座朝天，判断枪手完了，于是改变计划，停止射击，与敌机靠近，示意他投降。我想要捉到一架完整的飞机。但驾驶员始终不回头看一看，只是加大油门向前飞，后来还想撞我。那时，我计算油量只能维持十分钟，不能再逗留空中，只好送他一梭子子弹……"

"太惊险了，你来不及扣保险带，飞机座舱盖也没关，还不能平飞，做各种特技来战斗，一旦甩出机舱，后果不堪设想……"

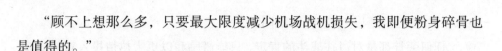

"顾不上想那么多，只要最大限度减少机场战机损失，我即便粉身碎骨也是值得的。"

"小鬼子总是将我们的跳伞飞行员当活靶子射击，你为何对他们如此手软？"

"战争是人类自相残杀的怪物。每次看到鬼子飞行员尸体衣袋装着他们孩子的照片时，我心情很复杂，他们也有美好的家庭啊……日本法西斯军国主义使他们沦为杀人的工具，热衷武士道，其实挺可悲的。我们中华文化讲究'以仁为体''以和为用'，仁者以天地万物为一体，从仁出发，和而不同，多宽容。我想，捉到一架完整的飞机而不伤害人，这是每个驱逐员祈求的战绩。可惜那驾驶员不懂，否则他也许会愿意——和平村不是有他们很多同伙吗？老子曰：'抗兵相加，哀者胜矣。'忠勇的中国军人是侠义的，绝对不屠杀无辜！"

听着周志开的讲述，朱民威肃然起敬。

"志开，我觉得中华文化的'仁'与'和'在你身上体现得特别明显。你有什么宗教信仰吗？"

"我感觉自己挺矛盾的，儒家、道家、佛家对我都有很大影响，也欣赏基督教倡导的'爱人如己'，但不赞同基督教对异教的强烈排斥性……很难说究竟是哪种宗教在主导我，也许自己是矛盾统一体吧。一个人的时候，我经常解剖自我，做人做事尽可能追求完美。"

"你追求至善人性，遇到这场战争是你的不幸。"朱民威说。

"不，是我们中华民族的不幸！我们摊上日本这样一个侵略成性的邻居很不幸。但总不能世代交恶永久搏杀下去，我们唯一的出路就是壮大自己，靠实力制止战争，捍卫尊严！"周志开说。

"梁山空战有哪些感悟？"

"空战讲究的是系统配合，表面上看，击落敌机是一个飞行员的战绩，其实，背后凝聚着指挥员的正确指挥和地勤人员和友机的密切配合。空中格斗也是如此，就像打篮球，队友间配合要默契。单机格斗也像综合搏击一样，要将飞机每个部件视为自己身体的一部分，以己之长，攻敌之短，注意穿插回旋，抓准机会，果断出击！无论集体搏斗还是单机搏斗，日机飞行员确实很卑鄙，他们是不讲规则的，一定要提高警惕，不要做无谓的牺牲！"

"谈得非常好！这次不仅得到国家最高荣誉青天白日勋章，而且升为少校中队长，在今后战斗中会有什么不同？"

"任何荣誉都是对过往战斗的肯定，只能激励我以更大热情投入新的战斗，尽忠职守！无论有无职务，担任什么职务，我都会冲锋在前！这也是志航大队的传统。在这里，职务越高，冲锋越靠前。您看，大队长比中队长牺牲的早，中队长比分队长牺牲的早，分队长比飞行员牺牲的早。航校的校训深植在我们的血脉里，我时刻准备为我们国家和民族献出自己的一切！盼望早日将小鬼子彻底赶出中国，老百姓过上真正平安幸福的日子！"

"说得太好了！近期有什么打算？"

"您过奖了。我想进一步充实自己的学识。当我还是飞行员时，常发现有些部队长在某些方面存在缺点或弱点。现在是我该被人评议了，我升得太快，而且学识不够，经历更谈不上。虽然恪尽职守，但还谈不上尽善尽美。在部队提高自己困难比较多，如果让我暂时离开部队一段时间，肯定会好好充实一下自己，再回到部队，各方面可能会比较好些……可是，我又舍不得离开部队，哪怕是暂时的。"

"不要为暂时离开部队难过，你一定会回来的！总反攻开始后，部队不是需要更多的人吗？那时你不来都不可能呢，问题是怎样利用这段时间为将来作好准备。对了，志开，现在谈女朋友了吧，休假后是不是带女朋友出去逛逛？"

周志开笑了，他故意岔开话题："如果能休息一段时间，我一定珍惜每分钟，提高自己的综合素质，研究战机性能与空战格斗得失。"

"志开，你如此优秀，追求你的人那么多，你为什么不结婚？"

朱民威继续追问，周志开说："匈奴未灭，何以家为？不急。"

"像你这年龄的很多军官都结婚了，有的妻子还随军在身边，生活、战斗都会得到照顾。"

"生活得靠自己，不要想着被别人照顾。打仗主要靠男人，应该让女人走开。军人妻子背后承受的痛苦太大了。"

"现在很多人都以认识你为荣。据说，有人冒着纷飞战火不远千里来重庆就是为了见你一面，给你写情书的信更是雪片一样飞向大队部……是否属实？"

周志开脸红了，说："传言有些过了，不过写信的确实有……"

"都说些什么？能透露一下秘密吗？"

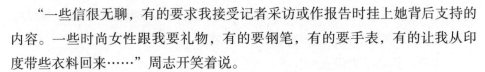

"一些信很无聊，有的要求我接受记者采访或作报告时挂上她背后支持的内容。一些时尚女性跟我要礼物，有的要钢笔，有的要手表，有的让我从印度带些衣料回来……"周志开笑着说。

"她们在试探你，想捕获你的心。你如何看待那些追求你的都市女人？"

"有的很开放，认识没多久就想上床，遭到拒绝后就对我进行恶毒攻击……唉，我对那些只是为了肉体享受的女人们真是厌烦透了。是的，几年以来，即使在重庆大空袭时期，接触的女人全都是这么一群，我很失望，跟她们相处感觉挺压抑……"

"相信总会有贤惠温柔的女孩儿在等候着你。愿你早日寻觅到真爱！"

"谢谢！"

"战争太残酷，要减少遗憾，及早拥有自己的情感生活，享受该享受的东西，早点儿结婚吧，那是生理需求也是一种生活动力！更何况，一个成功男人背后，必须拥有完美家庭。否则，人们不理解，会责备你太孤傲清高。"

朱民威感觉周志开淳朴可爱像个大男孩，于是像长兄一样劝道。

"色即是空，空即是色！一蓑烟雨任平生！匈奴未灭，何以家为？不破楼兰终不还！"

周志开望着窗外平静地说。

"看你饱经沧桑的样子，可别出家做和尚。"朱民威半开玩笑地说。

"放心吧，不至于。鬼子还没赶走呢，岂能归隐？"周志开笑了。

"从捍卫陪都到梁山空战，你浴血长空，创造了一个又一个空战奇迹，成为中国空军耀眼的明星。人们称你是中国空军最帅的飞天英雄，拥有米开朗琪罗刀下《大卫》的健美线条，有着世界超级影星格利高里·派克生动帅气的面孔，有着古希腊战神阿喀琉斯的智勇与战绩。对此，你是怎么看的？"朱民威笑着问。

周志开脸"唰"地红了，他微笑着说："这都是过誉之词，我们空军兄弟无论相貌还是身体素质都不错，大都抱有'我死则国生'的成仁精神，我不过是其中普通一员。我对自己的体形还是比较满意的，得益于常年训练。如果能引导当代男青年抛开萎靡之气，追崇力与美之风，健全我中华男儿体魄与人格，则非常高兴。我觉得男人的帅气不仅在于一张生动面孔，更重要的是拥有宽广胸襟和深邃思想，要有侠骨柔肠悲悯济世情怀，要有血性担当。

我谈不上阿喀琉斯的智勇与贡献，但身上肯定有阿喀琉斯式的缺陷，所以我要不断自省、解剖自我、完善自我，争取做更大贡献！"

"志开，你真是太谦虚啦！不仅是中国空军的骄傲，更是我们中华民族的骄傲！"

"不敢当，不敢当，还要继续努力！"周志开谦虚地表示。

当晚，雨越下越大，周志开又接受了中国空军战地记者刘毅夫的专访，刘毅夫问得更仔细，周志开聊得也尽兴，毫无睡意，不知不觉到了黎明，起床号响了。炊事班的炊事员端来了早茶、热气腾腾的馒头和两头大蒜、一瓶酱油。

"刘记者，您太敬业了，赶紧吃点儿吧。"周志开怀着歉意说。

"志开，你身上故事非常多，讲得也特别精彩，令我深受感动，我准备写一篇长篇通讯，名字就叫《周志开雨夜述战情》，刊发在下期《中国的空军》杂志上。"刘毅夫兴奋地说。

"谢谢刘记者，其实我没什么特别之处，近期媒体连续报道让我很惭愧。志航大队每位兄弟都有感人故事。"周志开诚恳地说。

"不，你非常独特，性格豪迈、慷慨义气、襟怀豁达、秉性忠厚……是一位典型的燕赵壮士。"

"惭愧！您过誉了！我缺点很多。"

"兄弟，感觉咱俩挺有缘的，你身上有挖掘不尽的素材，以后请多给我讲一些独家细节，《中国的空军》杂志可以刊发长篇稿件……"刘毅夫说。

这时，四大队大队长李向阳走进来，准备陪刘毅夫吃早点。听到两人谈话，故意开玩笑说："我们志开成宝贝了，不仅美女在抢，连记者也在抢！"周志开脸涨得通红。

当天上午，周志开送走采访记者，在重庆街头遇到一位陆军上尉，上尉走上前敬了一个庄重的军礼，然后伸出手来，周志开礼貌地还了军礼，与之握手，但怎么也想不起来此人是谁。

"你是周志开吧？上次我随父亲到你们驻防地给你授勋章，所以认得你！"

周志开猛然想起眼前的青年正是委员长蒋介石的二公子蒋纬国。

"蒋上尉好！"

"志开，有什么事尽管跟我说。这是我的联系方式，以后咱们俩多交流。"

说着，蒋纬国把名片递过来，周志开接过名片，说："谢谢！请替我向委员长问好。志开定当奋勇杀敌，不辱使命！"

"志开，梁山一战名震世人，已经取得国家最高荣誉。空军太危险，不如我跟父亲说一声，把你调到陆军来吧！"

"谢谢您的好意！志开志在长空，还是留在空军履行使命吧。"

蒋纬国钦佩地说："以后可要多注意安全啊！"

"好的！您也多保重！"

盛夏，中国空军配合地面部队对日军机场及前线阵地进行猛烈攻击。这天，周志开接到率驱逐组队员出击执行轰炸的任务。临行前，他再三叮嘱队员一定要保证准确投弹，不要误伤百姓及无辜，失去抵抗能力的普通日本兵，主要以震慑为主，减少杀戮。飞机盘旋在宜都敌指挥所上空，周志开不断调整座机高度。此刻，陆地敌军发现周志开的战机，高射炮弹密集射来，周志开沉稳娴熟地操作着，巧妙避开敌人炮火。突然，他猛地来个凌空翻转，驾机俯冲到低空，将炸弹准确地朝着目标投下去……敌军指挥所顿时火光冲天，敌阵地炮火成了哑巴。

周志开连日出击，搅得敌人心惊胆战。很快，中国军队先后收复宜都、枝江、松滋等地。长江南岸的日军从沙市和石首附近渡江全部撤退到北岸，历时一个多月的鄂西战役正式结束。

这天，周志开买了鲜花和白酒，带着队员赵晓光和马涛、刘帅一起来到重庆黄山空军烈士公墓祭奠牺牲战友。刘帅抱着鲜花走在最前边，他不仅战场中接受了一次次生与死的考验，战斗间隙，也时刻在接受着精神洗礼。作为大队年龄最小的新队员，无论军士学校读书还是来到四大队，周志开始终是刘帅心目中崇拜的偶像。在周志开帮助下，刘帅成长非常快，在鄂西会战中还立了功。

几个人集体祭奠所有烈士后，特意来到全抗日、冯天亮、张祖骞、黄河、江南等人的墓碑前，一边洒着酒，一边念叨着鄂西会战战果。

"几位哥哥，兄弟在梁山给你们报仇了！"周志开含着泪说。

"队长，你不要太难过，还有我们在。"赵晓光、马涛、刘帅安慰着。

"马涛、晓光、刘帅，我们同宿舍的八兄弟，除了五大队的刘孟晋外，四大队就剩我一个了。每天，一闭眼就想起他们熟悉的面庞和声音……我迟早也要陪几位哥哥的。"

"队长，你是战神，鬼子枪炮奈何不了你。"马涛说。

"高大队长是我们公认的战神，却凋零在鬼子的炸弹下。我们都是普通军人，选择空军就意味着选择牺牲。当国家需要我们牺牲时，我们别无选择，无非是先后问题。当然，我们生前要做好该做的事，不要留遗憾。我们八兄弟有约定，活着的人要替牺牲战友尽孝，照顾其父母和妻儿，现在我担忧哪一天自己走了，谁来接力……"周志开忧虑地说。

"队长，我不能没有您！您是我的引路人，这条命也是您给的，任何时候我都会替您挡子弹的……"刘帅急切地说。

"好兄弟，你年龄最小，是咱们志航大队的未来，不要轻言牺牲。"周志开微笑着对刘帅说。

"队长，我们都是你的兵，也是你的兄弟，别说你没事，将来万一有个三长两短，我们会接过你手中的接力棒，竭尽全力照顾牺牲战友的亲人……"赵晓光说。

"好兄弟！"周志开紧紧握住三个人的手，望着群山喊道："哥哥们，你们安息吧，我们大中桥勇士都是义薄云天的血性汉子！你们不寂寞，中国空军后继有人！"

说完，他对三人说："我还有一个愿望麻烦你们，哪一天我牺牲后，如果遗体完整，先捐给医学院校做解剖研究，然后把骨灰安葬在这里陪伴兄弟们。你们来看我时记得带黄色菊花，我喜欢黄色，那是抗战胜利的希望，也是我青春生命的绽放！本来托付给几位哥哥的，没想到他们都在我前边走了……"周志开伤感地说。

"队长，你太伟大了……"

"队长，你的奉献精神超越我们这个时代。"

赵晓光、马涛激动地说。

"队长，我可舍不得把您捐了……您一定能活百岁的！"刘帅流着泪说。

"这么大了还哭鼻子！百岁就不必了，但愿我们都活到抗战胜利那一天！"周志开抚摸着刘帅的头，微笑着说。

　　日军驻汉口大本营总部，横山勇像霜打的茄子，垂头丧气地靠在靠椅上。这时，下山琢磨前来汇报。

　　"将军，皇军夏季作战失利，因为敌人预警和战机都加强了，特别是支那飞行员周志开单机进攻能力非常强，这家伙使我们一直采用的战斗机、轰炸机联合进攻模式受阻。"

　　"混蛋！你还有脸跟我说！一个小小支那飞行员，一人击落皇军三架战机，十几位勇士瞬间丧命，大日本帝国颜面尽失！你吹嘘的王牌85战队令人失望！第三飞行师团必须限期除掉周志开，迅速恢复夏季作战所消耗的战力，寻歼敌空军大型机！"横山勇气急败坏地命令。

　　"嗨！"下山琢磨挨了骂，回到自己办公室将气撒在第85战队长齐藤斋吾身上。

　　"你的85战队号称神风特勇队，却他妈的一败再败！给你们那么好的战机，连一个周志开都除不掉！"

　　"将军息怒，我们正准备暗中设计除掉他！"

　　"暗杀计划有何进展？"

　　"我们已得到汪精卫政府的支持，派专业刺客潜伏重庆，即将出手。同时，我们不惜一切手段，刺探到周志开原战机编号为2204号，因支那更新美式新款战机，该号已弃用，我们正设法买通支那空军地勤人员，获取其新战机编号，只要他的战机升空，我们立即派出最精干的神勇飞行员采取群狼战术'围剿'！我们全力实施陆空追杀计划，尽快将周志开的人头给将军带来！"

　　"吆西，速速执行！"下山琢磨转怒为喜。

　　"嗨！"齐藤斋吾鞠躬说道。

　　齐藤斋吾回到自己办公室，皱着苦瓜脸在办公桌前来回走动，他知道，靠单机搏斗，尽管战机性能占极大优势，但没有谁是周志开的对手。群狼围攻周志开战机不止一次损兵折将。而通过收买内奸方式也非常困难，因为开战这么多年，中国空军没有一个俘虏，更别说找出一个叛徒了。

　　这时，分队长细藤才前来报告战况。这个细藤才阴险狡诈、诡计多端，被誉为日军神风王牌飞行员，因为几个战友被周志开击毙，他对周志开恨之入骨，听说高层在为抓捕周志开而犯愁，他多次向齐藤斋吾献计，锁定周志开战机编号进行偷袭，或利用汉奸暗杀手段除掉周志开。

"少佐阁下，除周计划有重大进展！"

"赶快报来！"

"汪精卫的尹副官已赴重庆准备执行暗杀计划。他通过老乡关系找到支那空军一个地勤人员，刺探到周志开战机新编号是 2312！"

"太好啦！"齐藤斋吾喜出望外，一下从椅子上蹦了起来。

细藤才继续献策说："支那空军防范非常严谨，内部很难突破。如果暗杀计划失败，我们还得谋划在空中除掉周志开。周志开虽然英勇无比，但他有一弱点，此人格斗时特别讲规则，喜欢单独出击与我们的勇士对决。我们可以诱其深入，偷袭围攻而歼之！"

"最好把他活捉，我要好好征服他，给死去的皇军勇士出口气！给大日本帝国争口气！"

"活捉他太难了！"

"不管怎样，要把他的头颅割下来送东京展览！我已跟将军立下军令状！若除不掉周志开，提你的人头来见！"

"嗨！"细藤才鞠躬立正。

周末，周志开应邀参加重庆文化界组织的空战英模报告会，台下人山人海，各行各界的学者、市民、商贩、学生、工人听说传奇飞天英雄周志开前来作报告，都想一睹英雄风采。

武汉派来的间谍尹副官扮成一个工人模样，他来到礼堂门口徘徊一阵，趁着人群一度拥挤失控混进了礼堂。尹副官手执一束鲜花，里边暗藏一支手枪和一把匕首，顺利通过门口岗哨安检，然后不露声色地坐在礼堂一角。

周志开讲述了鄂西会战特别是梁山空战的经过，阐述中国飞行员的勇、仁与恕，不时赢得热烈掌声。报告最后，周志开提高嗓音说："鄂西大捷表明，中国的天空任日机横行的时代已经结束了！得道多助，失道寡助！日军靠先进武器与战机赢得胜利的日子一去不复返了！正义必胜！中国必胜！"

"正义必胜！中国必胜！"台下此起彼伏地喊着口号。

报告结束，人们纷纷拥向主席台，想与周志开合影留念，周志开微笑着

——满足大家的愿望。这时，尹副官手捧鲜花挤上前，喊道："周队长，向大英雄致敬！我是中央飞机制造厂的一名工人，专门从昆明赶来表达全厂工人的敬意，正巧赶上您今天作报告。"

周志开看到这个陌生男子起初并没在意，当听说他从昆明中航厂赶来顿时警觉起来，为躲避日军轰炸，中航厂辗转武汉、昆明、保山等地，一年前退至保山后，日军无限逼近，中方被迫自行秘密炸毁，中航厂早已不复存在……周志开暗想，此人有问题。

"请接受我们全厂职工的鲜花，祝您再创空战奇迹！"

尹副官递鲜花的过程中，右手猛地抽出匕首朝周志开胸部狠狠刺去。说时迟，那时快，只见周志开急忙闪身，躲过匕首，顺势飞起一脚，正踢中尹副官右手腕，匕首"咣当"一声落在地上……人们顿时大乱，"不好了，有人行凶！"

恼羞成怒的尹副官转过身来，咧着嘴用受伤的右手拔出手枪对准周志开慌乱射击，子弹擦着周志开耳边飞过。周志开冲上前照着尹副官当胸就是一拳，打得尹副官向后退了两步，紧接着，周志开来个漂亮的扫堂腿，将尹副官击倒在地，然后扑上去夺过他手中的枪。这时，维持现场秩序的警察跑过来，大家一起将尹副官制伏。不到一分钟的惊天动地搏斗，人们被周志开的机智与招式惊呆了。

"英雄不仅空战神勇，地上功夫同样了得！"

"厉害！周少校真乃赵子龙再世！"

"分明是梁山好汉武松！"人们啧啧称赞着。

主办方的政府官员、警察局长一边擦着额头冷汗一边向周志开表示歉意。周志开平静地说："没什么。好好审问一下这个人的来历！"

重庆警察局、保密局经过突审尹副官，查明其背后乃武汉日军针对周志开进行的暗杀活动后，立即上报空军司令部。空军司令部深感震惊，要求空军谍报部门加强防控，严防日本间谍和汪伪敌特渗入，四大队严格落实好周志开外出公共场所的安全保卫工作。

傍晚，周志开接到母亲王倩绮的来信，希望他休假时回家看看新的住址，亲人很想念他。于是，周志开决定趁着周末休假看望母亲。

第二天早饭后，周志开穿上崭新的丝光咔叽军官服，胸前戴上青天白日勋章，将皮鞋擦得锃亮。周志开在镜子前反复照了照，满意地笑了，他要给母亲一个惊喜。因战事紧张，基地派车送周志开回家，周志开谢绝司机跟随，独自驾一辆吉普车离开基地。他驾车来到重庆国泰电影院附近一家超市，想给家人买点儿东西带回去。周志开停好车走进超市，选了些营养品，来到收银台前准备结账。老板是个中年人，他抬头看了周志开一眼，惊喜地喊道："您是梁山英雄周志开？我在报上看过您的事迹！"

"英雄不敢当，在下正是空军飞行员周志开！"

"周队长，你可为咱中国人长志气啦！东西算我送的，这钱我一分不能收！"

"大叔，那咋行？"周志开索性将钱放在柜台上向门口走去。

老板边追边喊道："周队长，钱您拿着！"

超市门口，熙熙攘攘，有人高喊："英雄周志开来了！"

瞬间，人们一下围上来，热烈鼓起掌，周志开停下脚步笑着向大家挥手致意。

这时，超市老板挤过来递钱。

"大叔，部队有纪律的，绝不能随便拿百姓东西。再说，您做买卖也不容易。"周志开执意谢绝。

"可钱你给多啦！总得找回剩余的吧！"超市老板说。

"大叔，我得奖金了！超市没少挨鬼子炸……您就拿着吧！"

超市老板激动地说："多好的英雄啊！你真是老天爷派来拯救中国百姓的天神啊！"

人们纷纷向周志开竖起大拇指，啧啧称赞："果然名不虚传，不仅人长得阳光英俊，心地还这么善良！"

"乡亲们，志开今日比较忙，以后再跟大家聊。"

说完，周志开向大家告辞，然后开着吉普车走了。望着远去的吉普车，人们久久不愿离去。

一个年轻小伙子遗憾地说："可惜，今天没能跟偶像合影留念……"

"没关系，周志开人特别随和，只要有机会他都会满足大家的。"身边中年人安慰着。

周志开驾驶吉普车来到母亲居住的小区，他下车后健步如飞，上楼敲开门，王倩绮一个人正坐在客厅沙发上看报，听到敲门声，她站起来开门，怎么也没想到是周志开回来了。

　　"妈，孩儿回来了！"

　　"开儿，总算把你盼回来了！"

　　母子相聚，格外亲切，周志开放下营养品，把部队奖给他的一块手表亲自给母亲戴上。"妈，这块表是委员长奖的！还有一笔奖金，这是留给您和父亲的！"

　　说着，周志开拿出一沓法币塞到王倩绮手中。

　　"妈什么也不想要，能看上你一面就知足了！"

　　说着，王倩绮从头到脚仔细端详着儿子。"够精神，又瘦了！"王倩绮心疼地说。

　　"妈，放心吧，孩儿越来越壮！您看，这是刚得的勋章！"

　　王倩绮摸着周志开胸前的青天白日勋章，说："我知道，这是国家最高荣誉。你是父母的骄傲，全家人的榜样，对得起咱周家列祖列宗。报上说你一个人打下三架鬼子飞机，可这背后得多危险啊！"

　　"妈，您放心吧，孩儿命硬着呢！鬼子也怕死，没啥了不起的！"

　　"以后可得小心点儿，妈妈就希望你平平安安，宁可不要什么勋章！"

　　"妈，我会小心的。这次空战我只是在尽一个飞行员的责任，不仅政府给予我最高荣誉，社会民间也给予我莫大鼓励，甚至买东西商店都不收钱，百姓太朴实了！"

　　"要懂得感恩，不要沉湎于荣光！梁山一战，你一夜成名，今后一定要注意礼仪，不可傲气待人！"

　　"妈，放心吧，您儿子是什么人您还不清楚吗？荣誉属于过去，我会继续努力，愿做天空一颗星，永远闪光！"

　　"相信开儿会做得更好的！"

　　"这次回来急，也没有给弟妹买什么礼物？麻烦您有时间给他们各买件衣服。"

　　"好的。其实啊，不用你买什么，你的示范作用就是最好的礼物！"

　　"对了，我爸什么时候回家？他工作累吗？"

"你爸很好，放心吧。他工作忙，总是按时给我寄钱来。你还没有中意的女朋友吗？"

"妈，前不久结识重庆大学一位女生，人不错，不过还需要慢慢相处，看缘分吧。"

"太好啦！大学生有素养、稳重，适合你，有空把她带家来妈看看，早点儿把这门亲定下来！"

"好的！妈，还是那句话，等我打下一百架敌机就成家结婚！"

因为战事依然紧张，陆军需要空军力量支援，周志开没有在家住，吃了晚饭踏着星光匆匆回到基地。

十五　不破楼兰终不还

这天，周志开与马涛休假，两人一起上街。街头车来人往，人声鼎沸。他们边走边聊，不知不觉来到江边。同是冀东老乡，显得很亲切。

"马涛大哥，最近给老家去信了吗？"

"没有，快一年没联系了。"

"故乡今夜思千里，霜鬓明朝又一年。真盼望回冀东老家看看！"

"是啊。中队长，听说你在河南开封长大的？"

"是的，我在天津出生，度过童年。后跟随父母迁到河南，中小学都是在开封读的书。我只是童年去过冀东老家短住，却特别喜欢那里的山水，雄伟的长城、滔滔的滦水、洁白的海浪花深深刻在我记忆深处……"

"等抗战胜利后，咱们一起驾机飞回冀东。我带你飞越迁安大理石长城！"

"好的！你们迁安很厉害，人杰地灵。古有互让君位相继出走不期而遇共投文王的伯夷、叔齐，有能征善战、为人孝廉的前将军易侯公孙瓒，还有弓马娴熟、膂力过人的东吴名将韩当……今有飞天英雄马涛！"

"队长说笑了，我往哪儿摆……你才是威震敌胆的飞天将军！你是咱们冀东的骄傲！古代那些名人都比不上你！说心里话，我特别崇拜你，年龄这么小，却如此机智沉稳。"

"慷慨悲歌士，自古燕赵多！尽管东三省沦亡不久咱们冀东也沦陷了，但冀东人从来都是不甘屈服的！咱们冀东人有血性，质朴坚韧、豪爽义气，29军大刀队闪耀长城！冀东大起义震撼世界！八路军浴血千里无人区雄浑悲壮……咱们一定给家乡争气！搏击长空是职责，慷慨捐躯是归宿！"

"我记住啦，队长，我一定以你为榜样，为咱冀东人争口气！"

"算卦啦……"正说着，路边传来吆喝声，一个银髯飘拂的算命先生正摆地摊招呼过往行人。算命先生打量一下周志开和马涛，说道："两位先生，可否算上一卦？"周志开笑着说："先生有何赐教？"

算命先生问了周志开的属相，端详着周志开念念有词："性情稳重心路宽，为人处世更周全。心好行善寻常事，交朋待友礼在先……"

"对，您说得太对了！我兄弟人特别好，心地善良。"马涛迫不及待地说。

算命先生捋着胡须说："这位青年天庭饱满，地阁方圆，中庭隆直，英姿勃发，气质不凡，此乃人中豪杰之相也！不过，今年是先生的本命年，太岁在未，劫煞在申，大利南北，不利东西……破灾之道，静以观望，莫要出击！"

算命先生滔滔不绝地说个不停，并索取周志开生辰八字，还想继续算下去。周志开笑着说："老先生，我们还有事，该回去啦，不打扰了。"

说着，周志开将五十元递给老人，然后站起身，拉着马涛走了。

"队长，算命先生说得挺准的。他让你本命年减少外出，为何不让他算完呢？"

"命运在我们自己手中掌握，安危心自知。既然死都不怕，还算什么命呢？再说，如果我们半年不升空作战，谁来打鬼子？算命者会观察，懂心理学，能猜出一个人过往之事，并不能准确预测未来。"周志开谈着自己的观点，马涛若有所思地点着头。

连日来，出征迎敌、作报告、接受媒体采访，周志开忙得不亦乐乎，难得一刻休息。这天，他应邀来到陕西汉中洋县七中作报告，台下数千名初、高中生聚精会神地听着。

"同学们，当你要投考航校前，首先要有正确的思想和坚定的决心。其次，要绝对服从，敢于牺牲。最后，还要有健全的身体。作为一名中国飞行员，要具备忠勇义智等素质，要有精湛的飞行技术，具有不怕牺牲的精神！开战以来，我们空军以落后的飞机与日机鏖战长空，很多战友献出了宝贵的年轻生命。然而，大家的牺牲是值得的，因为我们打的是一场全民族反抗侵略的正义之战！我们洗刷的是中华民族百年屈辱！诚既勇兮又以武，终刚强兮不可凌。身既死兮神以灵，魂魄毅兮为鬼雄。……"周志开慷慨激昂的演讲令大家热血沸腾，很多学生眼里噙着泪花。

"现代战争靠军人的血性与牺牲精神，拼的是国家综合实力，特别是科技实力。坦率地说，我们制造飞机的水平远远不如日本，我们飞的飞机都是靠外援的，性能一直处于落后态势，很多战友与日军格斗时，因飞机性能落后导致牺牲，有的甚至在训练时由于飞机出现故障而殉职！工业落后，我们只能以血肉之躯来替代，一寸山河一寸血，十万青年十万军……我航校同宿舍八兄弟，仅剩下两位，从航校毕业，我算长寿了……"周志开哽咽了，停顿一下，他嘱咐大家说，"千秋耻，终当雪，中华兴，须人杰！未来国家航空科技靠你们振兴，你们一定要珍惜在校时光，好好学习科学文化，承担起振兴中华科技的伟大使命！有我们千百万军人保家卫国，你们安心地学，大胆地学，小鬼子一定会被赶出中国的！"

台下瞬间爆发雷鸣般的掌声……

演讲进入第二阶段，校长提示说。

"同学们有什们问题，现在可以提出来请周队长给大家解答。"

坐在前排的一名高中男生站起来说："周队长，您好！听了您的报告我非常激动。请问健康身体是不是要有像您这样的大个子和大力气？"

周志开笑了，说："好！这位同学请坐下。我读中学时个儿不高，力气也不大，完全是参军入伍后苦练摔打出来的。健全的身体，要求全身各部位器官正常健康、强壮，也许一个大个子他血压高，也许一个力气大的人他视力不好，这都不合格。比如，你视力特别好，在空中作战时就能先发现敌人，准备好袭击敌人的方法。另外，还要有一个相当大的肺活量，能帮助你在高空呼吸。有了健全强壮的身体，还要培养灵敏的反应力和沉着的应变力，胆要大，心要细，平时注意积累国文、外语、史地等各种学科知识……"

周志开耐心细致地讲解着，又一次赢得师生掌声。

报告结束，学生代表跑上台给周志开送上鲜花。周志开刚走下讲台，很多学生围拢过来，有的想与周志开合影留念，有的请他在日记本题词留言。周志开逐一满足大家。十六岁的初三学生邵佃挤到人群前问道："叔叔，我想现在就参加空军当飞行员，可以吗？""叔叔，我也要参加空军当飞行员

打鬼子！"孩子们纷纷表达参军愿望。

周志开激动地说："孩子们，相信叔叔一定会将鬼子赶走！你们还小，现在任务是好好学习，锻炼强健体魄，树立凌云壮志，将来振兴中华！研制出新式飞机，守卫祖国蓝天，那时再也没有人敢欺负我们啦！"

"叔叔，您能不能教我开飞机？"一个初一学生问。

"好！等赶走小鬼子后，叔叔教你们开飞机，翱翔祖国万里河山！"

在孩子们的欢呼声中周志开离开学校。然而，周志开的演讲震撼着全校师生，大家心情再也无法平静了，很快，除沦陷区外，全国各大中院校学生掀起参加空军的热潮，国民政府教育部门与中国空军司令部联合举办多场招聘活动，通过体检考试，大批中学生、大学生纷纷迈进空军军官学校和空军军士学校的大门。伴随人才培养加快与美军航空队的支援，中国空军重新夺回制空权，有效配合了地面部队作战。

四大队部办公室，大队长李向阳接到上峰电话，称重庆情报部门截获日军刺杀周志开的情报，要求进一步做好周志开的保卫工作。有关部门准备调周志开去航校任教官，要提前做好周志开的思想工作。李向阳接到电话后，马上吩咐参谋叫周志开来办公室。

周志开正在维修战机，接到命令后立即来到李向阳的办公室，他以为又有新出击任务。

"志开，这是情报部门刚转来的密电，日军准备花一万大洋买你的人头！"

说着，李向阳将密报递给周志开，周志开接过来一看，微笑着说："我这颗脑袋能值这么多钱？小鬼子也太瞧得起我啦！"

"志开，不要含糊！你现在成为鬼子的眼中钉肉中刺，他们欲除之而后快啊！上峰想调你去航校做教官，你意下如何？"

周志开一听急了，他说："大队长，这是谁的意思？调我离开一线停飞，还不如给我一枪痛快！"

"上峰也是爱惜你啊！以你目前处境，再升空作战太危险啦！"

"兄弟们每天都在牺牲，志开的生命是生命，难道兄弟们的生命就不是生命吗？志开自从入航校那天起，早已把生死置之度外，每次升空作战，从没有打算活着回来！不管是哪位长官的好意，我心领了。志开生是志航大队的人，死是志航大队的鬼！我要给牺牲战友报仇，与鬼子血战到底！"

看周志开意志如此坚决，李向阳说："其实，我也舍不得你离开志航大队。这样吧，今后你多做领导指挥工作，尽量不要外出执行任务！凡是参加公共场合活动，我就给你派两名警卫做贴身保镖！"

"队长冲锋在前乃志航大队的光荣传统，大队人员如此紧张，岂能为个人安危影响整体战斗力，恕志开难以从命！"

"总以为你性格温和，没想到脾气这么倔！好吧，就依你，但给我记住，你的生命不是你自己的，是我们整个志航大队的，也是我们全空军的，一定要万分小心，不要轻言牺牲！"

"是！"周志开挺起胸，绷紧双腿立正，行个了军礼，然后走出李向阳的办公室。

入夏以来，周志开的荣誉接踵而至，梁山空战获奖青天白日勋章一枚、五星奖章一枚及奖金一万八千元。鄂西会战三次表彰，周志开作战有功，先后获二等宜威章一枚、记功一次。不久，周志开又获一座金质英雄纪念碑及全国慰劳总会奖。周志开单身宿舍柜子里，几乎放不下这些奖章和证书了。周末，周志开适逢休假，又开始摆弄着这些奖章。收拾好奖章，他把奖金分成三份，一份2000元寄给母亲王倩绮，报答养育之恩；一份6000元分成若干分别寄给几位牺牲战友的父母，表达兄弟真情；最后一万元，他以一名空军飞行员的名义寄给重庆孤儿院。

周志开正写着最后一封信，马涛、刘帅走进来。

"队长，你上街吗？大队长吩咐我俩负责保护您周末外出的安全！"

"训练忙，战事紧，我的安全不用你们牵挂！"

看到周志开写信，马涛说："队长，又给嫂子写信呢？写信再多不如多陪陪人家！"

"别胡说，我还是光棍呢。"

"追你的人都走火入魔了，你没心上人谁信啊？我看看你信上说什么秘密呢？"

马涛与周志开虽然是上下级，但没人时像兄弟一样，无话不谈。他拿过信一看，赞叹说："队长，你这字写得跟人长得一样，真漂亮！"当马涛发现周志开准备将万元奖金捐给孤儿院时，惊住了，问："队长，这么多钱你

都捐出去呀？"

"是啊！孤儿院这些孩子父母都死于日军轰炸机下，我消灭日军战机的奖金大部分应该用在这些孩子身上，也算为他们父母报仇了……再说，我们的生命属于国家，随时可能为国捐躯，留那么多钱有什么用？"

刘帅看了信也感动不已，说："可您应该署上自己的真实名字啊！"

"以谁的名字捐不重要，关键是这笔捐款真正用在孩子们身上。我们空军将士本来就是一体嘛。马涛、刘帅，捐款的事不要跟战友们说，我现在就去邮局办理。"

马涛、刘帅执意陪周志开一起上街，称保护中队长是任务，周志开只好应允了，三个人一起到邮局办理了汇款手续。

几天后，重庆战时孤儿院工作人员接到万元捐款，一看署名是中国空军飞行员，工作人员愣住了，赶紧汇报给张院长。张院长很感动，立即上报重庆市民政局，民政局局长想找到捐款的好心人，以表达谢意。局长打电话到空军司令部，空军司令部在各大队开始寻找给孤儿院捐款的人。四大队官兵接到通知，大家纷纷猜到这一定是周志开做的好事，因为周志开热心资助牺牲战友的亲属及常年救助流浪儿早已不是什么秘密。何况周志开梁山空战获得巨额奖金大家也都清楚。

"这事除了周志开没别人，他的热心肠在咱整个志航大队是出名的。"

"对，他最近得了一笔奖金，肯定要献出来的！"……

战友们议论着。

最后，大队长李向阳找周志开反复做工作，并称没有具体捐款人姓名孤儿院按规定无法接收善款，周志开这才承认自己向孤儿院捐了款。

空军司令部证实周志开为孤儿捐款的事后，特意发出表彰通令，号召全体空军将士学习周志开做好事不留姓名的大公无私精神。

大队长办公室，李向阳赞叹不已。

"志开，你简直是咱们志航大队最完美的英雄！"

"大队长，您又客气了，人无完人，我身上缺点挺多的。起初，想成名，作战喜欢个人冒险，集体意识弱……"

"行啦，别谦虚了！战火磨砺我们每个人的成长！你良好的英雄形象，不仅感染国人，也震撼了世界。上峰几次找我谈话要求重点保护你。你实战经

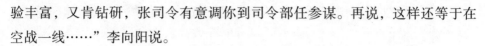

验丰富，又肯钻研，张司令有意调你到司令部任参谋。再说，这样还等于在空战一线……"李向阳说。

"大队长，飞机已经成为我的双腿了，一天也离不开！如果调我到司令部，等于把我双腿锯掉了！您忍心吗？"周志开笑着说。

"你啊！我看只能靠委员长亲自下令了！"

"谁下令也没用！"

正说着，参谋来报，称孤儿院来到基地送锦旗慰问。

"好，赶快迎接！"还没等李向阳、周志开离开办公室，孤儿院的张院长带领工作人员匆匆忙忙走进来，他手执一面锦旗，上面绣着两行大字："赠飞天勇士周志开：人间大爱　情暖孤儿"。

李向阳接过锦旗递给周志开，握着张院长的手说："张院长，您来得正好！我身边这位就是你们要找的周志开少校！"

张院长一看，惊叹道："人如其名，一表人才尚有如此爱心，此乃我中华之楷模啊！"

周志开立正，随即敬了个标准军礼。

在友好气氛中，大家热情交流着。最后，由周志开牵头，四大队与孤儿院结成帮扶对子。自此，周志开又多了一项任务，只要不出战，训练间隙，他经常到孤儿院看望孩子们。

这天，周志开带着战友马涛、赵晓光、刘帅，买了一大堆食品来到孤儿院看望孩子们。院子里，孩子们正在老师带领下做游戏。见到周志开，孩子们一边跑一边喊："周叔叔，周叔叔……"

周志开弯下腰，亲着孩子们的小脸，问："想叔叔了吗？"

"想！"孩子们异口同声地喊着。

"好，今天叔叔又给你们带好吃的来啦！"

"谢谢叔叔！"

说着，周志开将糖块和饼干逐一分给孩子们，孩子们蹦蹦跳跳地跑开了。

这时，一个五六岁的男孩接过糖块，剥开纸后递给周志开说："叔叔，您先吃我再吃！"周志开俯下身子接过糖块用牙咬了一块塞到孩子嘴里，说："好，咱俩一起吃！甜吗？""甜！""叫什么名字？多大了？""我叫小飞，今年六岁了！"

突然，小飞盯着周志开军帽上的国徽问："叔叔，我能戴一下您的帽子吗？"

"好，小飞！"

说着，周志开把军帽戴在孩子头上。

"小飞真帅！"

"叔叔，长大我也要当空军！杀鬼子，给爸爸妈妈报仇好吗？"

"好的！我们小飞一定能成为最优秀的飞行员！"

"我要开飞机，把小鬼子杀绝！"

周志开沉默了一会儿说："等我们国家强大了，小鬼子再也不敢欺负咱们啦。所以，现在一定学好科学文化，将来建设国家！"小飞似懂非懂地点着头。

周志开望着这些活泼可爱的孩子，心中感慨万千，孩子本该在温馨环境中成长，却不得不面对血腥和仇恨。回来路上，他对马涛、赵晓光、刘帅说："这些孩子的父母都是重庆大轰炸中死于日机投的炸弹下，成为孤儿，失去幸福童年……我们有责任啊，没有保护好他们的父母！"

"我们战机那么落后，已经尽力了！"赵晓光说。

"是啊，多少战友失去生命！这仇恨都该记在鬼子头上！"马涛说。

"等我们强大了，驾驶先进战斗机，把炸弹投到日本东京去，将他们全部炸死！"刘帅气愤地说。

"日本法西斯军国主义灌输下的飞行员狂轰滥炸，是灭绝人性的畜生！中国空军飞行员奉行'仁'和'恕'，从来不会滥杀无辜百姓！我们一定要让这些孩子健康成长，培养他们民族自强精神！如果将来我活下来，我想收养几个孩子，给他们父爱。"

"啊？这恐怕不合适吧？会影响你婚姻和家庭和睦的！"

"就是啊，这么多孤儿你也救不过来啊！"马涛、赵晓光、刘帅三个人一脸惊诧。

周志开平静地说："能救几个算几个吧。收养孩子作为结婚条件，事先做女友工作，征得她同意。"

"队长，您的境界估计大多数人达不到！别说收养几个，一个都难。"

"那就一个人生活，做自己想做的事，更自由。"

"中队长，你心地总是那么善良。"

听着周志开的心声，马涛、赵晓光、刘帅由衷崇敬，心想世上恐怕没有中队长这么好的人了。

晚上，周志开接到孤儿院张院长电话，称小飞感冒高烧，想见周志开。周志开立即买了营养品和药赶到孤儿院。病床上小飞睡着了，孤儿院王老师见周志开来了，站起来说："周队长，您可来啦！孩子高烧厉害，也不吃饭，折腾半天了，刚消停下来。他总闹着找爸爸妈妈，又说想见周叔叔。"

"好的，王老师您辛苦了，今晚我来照顾孩子吧！"周志开说。

王老师走后，周志开摸了一下孩子发烫的额头。这时，小飞醒了，见到周志开格外高兴，他坐了起来喊道："周叔叔！"

周志开亲切地说："小飞，叔叔买来你最爱吃的东西。听话，先吃饭！"说着，从包里拿出一盒牛肉罐头和一包牛奶，打开罐头后一点点喂给小飞吃。过了一会儿，周志开又给小飞倒了一杯开水，让他把感冒药服下。吃过饭和药后，小飞精神多了，他从床头自己的书包里拿出一幅画，上面画着一架飞机，飞机上坐着一个飞行员，写着几个大字：飞天大英雄周志开叔叔。

"叔叔，这是我送您的礼物，您看我画得像不像？"

"像！真像！我们小飞真聪明！"周志开接过画，认真地说。

"下次我再画一幅您跟小鬼子空中搏斗的！"

"好！我们小飞将来一定能成画家！"

"我还要当飞行员呢！"

"对，当飞行员！"

"叔叔，我看过一个黑匣子，一闪光就能把人画出来了，比我这铅笔厉害！"

"那叫照相机！将来赶走小鬼子，叔叔给你买相机，咱们开着飞机去'画'祖国高山大河的美景。"

"太好啦！"小飞拍起手来，自从失去父母后，他从没有如此开心过，周志开也像个孩子似的兴奋不已。

"周叔叔，我害怕，晚上能陪我睡一宿吗？"

"叔叔今晚就是来陪你的！来，叔叔给你洗脚，洗完脚就睡觉。"

周志开给小飞倒上一盆温水，小心翼翼地将小飞的双脚清洗干净。

深夜，小飞睡着了，周志开给他轻轻盖好被子，然后躺在小飞旁边。连日侦察敌情，周志开疲惫不堪，不由得打起盹来。

"爸爸！妈妈！快跑！快跑！敌机来了！敌机来了！"睡梦中，小飞不断喊着，周志开赶紧握住小飞的手，"小飞！小飞……"小飞从噩梦中惊醒过来，他流着泪说："周叔叔，我又梦见爸爸妈妈被敌人炸死的场景了……我好想爸爸妈妈！"

"孩子，叔叔一定给你爸爸妈妈报仇！以后我就是你爸爸……"

"爸爸——"周志开紧紧搂住孩子，小飞浑身暖流涌动，他体会到久违的父爱。

盛夏的一天，日军飞机数十架又窜到重庆上空投弹轰炸，一颗炸弹正好落入孤儿院，小飞等三个孩子没有来得及躲进防空洞，身受重伤。周志开赴鄂西执行侦察任务，返回重庆基地时日机早已离去。周志开听说孤儿院被炸，几个孩子住进一家医院，他急忙赶到这家医院。

此刻，孤儿院张院长正在手术室外边焦急地等待着，见到周志开来了，简单介绍一下情况，称三个受伤孩子中小飞伤得最重，正在手术室抢救。一会儿，医生走出来，摇摇头说："抱歉，孩子伤势太重，我们无力回天……"周志开冲进手术室，见到小飞苍白的小脸闭着眼睛，心脏停止跳动，没有了呼吸。

"小飞！小飞！"周志开热泪直流。

处理完小飞后事，周志开回到基地，他再也按捺不住心中怒火，当即登机想去报仇，被战友拦下来。他仰天长叹："我真没用！连个孩子都保护不了……"

这天中午，天空乌云翻滚，瞬间，密密麻麻的雨点倾泻下来。《中国的空军》杂志记者褚祖荫等三人驱车赶往四大队驻防基地准备采访鄂西会战归来的周志开、臧锡兰两位勇士。他们走进四大队驻地大门，拂去衣服上的水珠。营房里比较安静，偶尔传来飞行员冒雨训练的呐喊声。

哨兵通报后，褚祖荫三人来到大队长李向阳的办公室，李向阳对记者突然造访有点儿惊讶，脱口说："哦，你们是不是又来采访周志开这小子！""李大队长，添麻烦了，谁让空军精英都集中在你这儿呢！这次，我们不仅要采访周志开少校，还有臧锡兰上尉。"褚祖荫说明来意。

"一个是单机击落三架敌机的英雄，一个是冒险救盟友的勇士……你们真会选典型！他们智勇兼备、临危不惧，为中国军人树立了光辉楷模！特别是

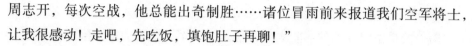

周志开，每次空战，他总能出奇制胜……诸位冒雨前来报道我们空军将士，让我很感动！走吧，先吃饭，填饱肚子再聊！"

李向阳带着褚祖荫等人走向食堂，边走边聊。

"周志开少校是一个负有盛名的空中战士，曾参加战斗百余次，今年六月六日单机歼灭日军一个小队，国府特颁给他青天白日勋章。二十九年夏在陪都上空与敌机搏斗，他就超乎寻常的勇敢，一次，他所驾驶的飞机被敌机击中九十九颗枪弹及一发炮弹，本人竟然毫发无损……每次战斗，他总是有惊无险平安归来！不过，这小子有时挺倔，总想冲在最危险的前线与敌机鏖战……说心里话，我挺担心他的……""周少校是部传奇，他身上故事很多。我们杂志报道后，社会反响非常大，读者纷纷来信希望了解周志开更多事迹。这次，主编特意安排我来采访。"褚祖荫说。

午饭后，李向阳吩咐警卫员通知周志开、臧锡兰到基地办公楼休息室接受采访。周志开接到通知时正在训练，连午饭还没有吃就跑过来。一会儿，李向阳带着褚祖荫等人来到休息室。此时，周志开和臧锡兰正在休息室等候客人的到来。李向阳将两位勇士一一介绍给褚祖荫等人，褚祖荫说出准备采访周志开梁山空战和臧锡兰勇救美国飞行员的意图，周志开、臧锡兰两人都很谦虚，均称自己的战绩微不足道。

周志开脸上挂满汗珠，汗水浸透的训练T恤贴在胸上，隐隐露出结实有型的身材。实际上，褚祖荫早就见过周志开，他握着周志开的手打趣地说："周少校，你身材太精壮了，皮肤还这么白皙……怎么出这么多汗？"弄得周志开挺不好意思，他红着脸说："褚记者见笑了……不好意思，训练一上午，浑身是汗。您几位先跟臧上尉聊，我先去洗个澡……""不用客气，这才是英雄的味道嘛！"褚祖荫笑着说。"是啊，志开，今天又不是相亲！别讲究啦！"李向阳也打趣说。"志开爱干净重形象在志航大队是出名的，让他去洗干净，以最佳状态再现最精彩的梁山空战。我先说吧……"臧锡兰主动为周志开解围。

臧锡兰打开话匣子，讲述起自己在湖北荆门战斗中救助中美空军混合团副大队长爱利生的过程。周志开借机跑回房间浴室，将浑身上下冲洗干净。洗浴完毕，他换上整洁的军官服、穿上皮鞋回到休息室接受褚祖荫专访。此时，臧锡兰正好讲完。周志开落座后，怀着歉意说："让诸位久等，失礼，非常抱歉！近期报道我太多了，我不值得媒体如此关注，记者朋友该多写那些牺牲的战友……梁山空战取得一些战绩，只是自己幸运……"

"周少校是中国空军的形象大使，也是中国军人抗战的精神象征，弘扬您的事迹不仅是国家需要，也是民众需求。" 褚祖荫说，"周少校，麻烦您还得配合我们拍些不同角度的照片。实不相瞒，《中国的空军》每期刊发你的报道，杂志都会热销。很多读者专门来信要求杂志刊发你的照片呢。"

"您过誉，志开实在惭愧……"周志开面含羞涩，但还是满足了褚祖荫的拍照要求。

在谈空战过程中，周志开特意讲清每个细节，再三强调战斗信念及空战体会，有意弱化自己的勇猛和智慧。

周志开的爽快与真诚深深打动着褚祖荫等人，他们认真听着、记着……从周志开身上，他们感受到中国空军的力量与抗战胜利的曙光。

夏末，中美航空部队在中国战场上从防御转入反攻。每天，飞行员们寻找日航空队主力决战，广泛轰炸，摧毁敌军机场及设备，长途奔袭，切断敌航空队补给运输线……每次战斗，周志开均主动请战，他猛烈扫射地面上的日军，宣泄失去战友特别是义兄全抗日与义子小飞的痛苦。此前，周志开不愿意对地面日军部队进行扫射，他觉得战斗不对等，担心打死那些作恶并不严重的日本士兵。

这天，司令部张司令直接约见周志开，再次表示想调他到司令部任作战参谋。

"志开，近日情报获悉，日军将有重要行动。我想调你到司令部任作战参谋！你意下如何？"

"谢谢司令抬爱！志开擅长与日机格斗，指挥能力不够，还请张司令深思，发挥志开长项！"

"升空作战太危险了，你不能有任何闪失。否则我无法跟上峰交代！你是空军全军的榜样，全国的典型，我宁可损失多少架飞机也不能失去你！"

"张司令，大敌当前，志开何德何能深受各位长官如此抬爱！浴血长空是我的本分，如果捐躯那是我的归宿！请司令成全志开舍身杀敌的愿望，这样才无愧牺牲的战友！"

周志开意志坚决，张司令也不好再说什么。周志开立正告辞，步履铿锵有力地走出办公室。

周志开走后，张司令给陈纳德打电话，想请他劝周志开赴美国进行长期培训，使其远离一线风险。

这天，陈纳德专门找到周志开，他没有透露中国空军司令部的意思，而是说："周少校，美国最近又研制出一款新式战机，需要从中国挑选精英飞行员培训，我想唯有你最合适。而且，美国航校慕名你的飞行技术与战绩，想聘你担任飞行教官！"

"陈将军，鬼子一日不赶走，我一日也不离开我的国家！"周志开坚定地说，"常德战事日趋紧张，我们需要充分备战！作为一线飞行员，岂能在这个时候离开战场？"

陈纳德无奈，赞叹说："周少校，你是我最钦佩的中国飞行员！"

周志开获取空军第一枚青天白勋章最高奖励，加上他对空中格斗的倔强执着，他的名气日益高涨，引起了空军内部一些人不满，特别是空战中一些受处理的人。

这天，四大队几个副官在一起打扑克。李副官说道："我们兄弟出生入死，荣誉都让周志开这小子拿去啦，真他妈的不公平！"

赵副官应酬着道："就是！没有我们哨所观察和地勤人员配合，他能升空作战吗？"

"连空军司令等高级长官都没获取的最高荣誉让这个乳臭未干的毛头小子拿去啦！委员长还亲自给他颁奖！什么世道？再说，他击落敌机又不是最多的！"

"我看这小子就会抢功，总想出名！"

"这小白脸心高气傲，听说他拒绝很多长官给他介绍的女朋友，甚至长官的女儿他也看不上！"

"飞黄腾达之路他不走，脑子有毛病！"

"疯狂迷恋周志开的那些漂亮妞，我看一眼都会流哈喇子……他真是身在福中不知福呀！"

"送上门的美女都不要？这小子中看不中用，不会是两腿间小宝贝有问题吧？"

"你真损！他那么魁梧能有啥问题，小心揍扁你！"

几个人一阵淫笑。

"哼！有什么了不起的！我老相好刘小姐被他欺负了，这笔账还没算呢！"

几个人越说越气愤。狡猾的赵副官提议："咱们背后牢骚有什么用？找机会向司令部黑他一下……"几个人阴笑着。

不久，司令部接到一封反映周志开问题的信，称他居功自傲、个人英雄主义、作风轻浮、玩弄女人，信件未署名。张司令立即拨通李向阳的电话，"李大队长，有一封信检举你们大队中队长周志开，举报他居功自傲、作风轻浮、玩弄女人等问题，赶紧调查一下，如果情况属实，与英雄形象格格不入，影响非常坏，必须严惩不贷！"

"张司令！周志开的为人我非常清楚！他不是这样的人。估计是他名气太大引起一些人嫉妒。"

"不管怎么说，一定要查一下。高层对他评价不一，也有人嫌他太孤傲，对他个人婚姻感情生活问题很不满意。我找他座谈想调他任作战参谋，本是爱护他，他却不知趣，顽固坚持空中格斗，他个人英雄倾向是有一些的……"

"是！我马上成立调查组对其调查！"

四大队成立副大队长任组长的调查组，通过与周志开23中队队员座谈及寻访举报信所提供的刘小姐等人，对周志开展开秘密调查。

23中队分队长严仁典和队员马涛、赵晓光、刘帅等听说有人捏造事实诽谤周志开，气得大骂："太缺德啦！完全是诽谤！这些龟孙子打仗往后缩，背后整人却很阴！"

"中队长肯定是得罪小人啦，他们嫉恨中队长的战功！"

几个人气愤不平，一起找到周志开。

"队长，我们给你作证，咱们去找大队长把事说清楚！"

"是啊，队长，众口铄金，积毁销骨，人言可畏啊……"

"我都知道了。众口铄金难铄真，清者自清，浊者自浊，让他们来查吧……"周志开平静地说，随即他命令道，"你们抓紧训练，战备一刻不可耽误！"

"是！"

严仁典、马涛、赵晓光、刘帅走出周志开的办公室，继续商量着。

"队长心眼太好！如若任谣言盛行，队长跳进黄河也洗不清了！"

"我们通知其他战友，集体讨说法去！"

23中队队员听说队长被诬陷群情激愤，他们在严仁典带领下一起来到大队长李向阳的办公室，讲述周志开关爱普通士兵、爱洒孤儿院的事实。马涛等人作证，所谓非礼刘小姐一事，恰恰是刘小姐轻浮放荡追求周志开遭拒而打击报复。

"大家先回去吧，我都清楚，这是有人嫉妒周志开同志的战功而无中生有的闹剧。"

调查小组走访了几天得出结论，认为周志开冲锋在前战功卓著，对待战友亲如兄弟，所谓玩弄女人一事纯属捏造。本想追查写信人，但因没有署名，最后检举信事件不了了之。

李向阳打电话将周志开叫到办公室，温和地说："志开，真相大白了，上峰想处理诬告你的人，因信上没有署名暂时没有进展。"

"谢谢大队长和领导对志开的信任！志开个人荣辱无关紧要，战事紧张，不要分散官兵训练歼敌的注意力，都过去吧。"

"志开，人怕出名，你影响太大了，难免出现一些杂音，希望你放下包袱，轻装上阵！"

"大队长，政府、司令部给我的荣誉确实太多太高了，志开承受不起。以后，我一定奋勇杀敌，再立新功！"

"好！注意保护好自己！"

"是！"周志开绷紧双腿，敬了个军礼。

周志开坐在基地台阶上，凝视着西边的天空，夕阳躲在厚厚云层中，一只大雁从空中掠过，周志开又想起全抗日，"哥，你在空中还好吗……"浮云变幻莫测，紫色云块有的像雄狮，有的像猛虎，有的像饿狼，彼此在吞噬、倾轧……突然，夕阳露出半边脸，顿时云霞碎开，金光射出……

木秀于林，风必摧之。行高于人，众必非之。经历太多的风波与流言，周志开感到身心疲惫，他感慨人性的复杂，叹道："假作真时真亦假，无为有处有还无。世上名利真值得人追逐而争得头破血流吗？世界如果没有血腥战争，处处充满温馨人性的场面，一如这夕阳映照下的灿烂晚霞该多么好啊！"

深夜，周志开给母亲王倩绮写了封信。

母亲大人：

近来因为时常出任务到前线活动，所以没有往家里寄信。我现已升调志航大队第 23 中队中队长，新接收队务，一切尚未就绪，事情很忙。寄上法币伍佰元。

恭请福安

儿 志开

十六　苦涩烂漫一觉醒

这天，五大队好友刘孟晋调回四大队 24 中队，周志开非常高兴，大中桥 115 室八勇士，只剩下他们俩了。两人来到重庆黄山空军烈士公墓祭奠牺牲的战友，给安息在这里的五位兄弟墓前逐一摆放好鲜花，然后又各放上一支点燃的香烟。在袅袅升起的烟雾中，兄弟俩诉说着心里话……

祭奠完毕，周志开、刘孟晋坐在公墓石阶前，凝视着远处滚滚奔腾的长江水。山风拂过，松涛阵阵。周志开伤感地说："青山埋忠骨，绿水慰英魂。几位哥哥永远青春澎湃，纵死犹闻侠骨香……"

"不知道我们能否等到抗战胜利那一天。今天我们缅怀他们，可未来呢？有人知道他们的事迹吗？"刘孟晋困惑地说。

"我们死则国生的抗战牺牲精神，这是一个民族的灵魂遗产！我相信，不管多少年以后，总会有人记得牺牲烈士们，因为他们是为了民族而战、为了国家利益与百姓和平而捐躯的！三哥，咱俩不管谁活下来，一定要守住我们的承诺，照顾好牺牲战友的亲人，守护好他们的墓碑！"周志开郑重地说。

"好的，你是战神，运气好，年龄小，应该活到最后。"刘孟晋说。

"哪有什么战神。我们都在死亡线上奔走，每次出击，我都有捐躯的心理准备。"周志开平静地说。

"但愿咱们俩都能活到老年，能享受一下和平年代的幸福生活。"刘孟晋说。

"抛开战争，其实生命是一个向死而生的过程，只要这个过程足够辉煌，且不留遗憾该多好啊……"周志开感慨地说。

晚饭后，周志开、刘孟晋两个人从驻地营房里走出来。柏油路上，树影婆娑，他们边散步边抽着烟。周志开话不多，听着刘孟晋滔滔不绝地讲述。自从全抗日等几位哥哥牺牲后，周志开也学着抽烟缓解内心痛苦。

刘孟晋像一个"书袋子"，说话慢条斯理，谈战斗，聊生活，谈得很起劲。走着走着，刘孟晋见周志开还是不说话，问："志开，你好像换了一个人似的，思想太深沉，有时让人捉摸不透。现在，战友们都以你为榜样。我有你这么一个英雄弟弟，感到特别自豪。"

"没什么，我还是你的兄弟，崇尚内心平静的生活。我觉得，人的生命是有限的，但人的灵魂会因信仰而重生。如果有下辈子，真希望远离硝烟战火，活成自己的样子……"周志开沉稳地说。

"还是实际些吧。最近你和杜小姐感情进展如何？你们以后打算怎么样呢？"刘孟晋问。

"有信件往来，接触不多。以后还是这么维持下去，她还小，目前读大学二年级，两年之后毕业。"

"别再犹豫了，杜小姐跟你挺合适的，赶紧结婚吧！"

"她是个好女孩儿，我是不想拿婚约来约束她的，说不定哪天我会出事……这么下去，她可以平静读完大学。等赶走小鬼子打完了仗，再说这些也不迟。"周志开说。

"我真搞不懂，你既然对她感觉好，总该表达一下儿呀。若是订了婚，她不至于感觉捉不住你了。"刘孟晋说。

"那不会，她知道我是深深爱她的，或者她懂我为什么不和她提订婚的事。"

突然，周志开故意岔开话题，聊起作战的事。

"你们中队接到准备作战的电话了吗？"

"吃饭时听到这个消息。"刘孟晋说。

"我们明天就要出动了。看来，这次可以好好做点儿工作。长期不能痛快地打仗，挺遗憾的。现在总算拥有更多鲨鱼狮型机，整个部队战斗意志旺盛极了！"周志开说。

两人又谈了一些俯冲投弹的问题，然后分手离开。

周末，23 中队轮休，周志开的单身宿舍成了大家的娱乐场。周志开与分队长严仁典切磋棋艺，队员们一起来观战。摆好棋局后，两人沉浸在象棋酣战中。严仁典攻击猛烈，步步紧逼。周志开攻守兼备，每步棋走得都比较稳重，有时为了一步棋琢磨了十分钟。站在身后的马涛替他着急，不住喊"快翻炮！快翻炮！"周志开依然不动声色，思考一会儿后，他果断出击，出奇制胜，最后连胜三局，令战友们大开眼界。

"棋场如战场，讲究攻守兼备，深入了解对手的战术与战机性能，以己之长，克敌之短。未了解新式敌机性能时，一定要慎重出击，不要把战机短板暴露给敌人……"周志开耐心给战友讲着，大家听得心悦诚服。

"周队长，跟您学完棋艺，再把您获奖的宝贝拿出来给我们看看呗！"队员刘帅笑嘻嘻地说。

"对，让大家开开眼，以后每个人都以队长为标杆！"严仁典说。

"好，今天就和兄弟们一起开心！"

周志开说着，从柜子里小心翼翼地拿出四个装有奖章的金属盒子，他逐一打开盒子。

"这枚二星星序奖章是我一年前击落两架敌机时得的。前不久，梁山击落敌机三架之后，又得到一枚五星星序奖章，还有这枚青天白日勋章。这枚三等宜威奖章是重庆空战时连续出击五次以上获得……"

周志开像一个孩子展示心爱玩具似的开心介绍着。

"队长，这枚青天白日勋章现在咱们全空军只有你获得，太厉害啦！"

"队长，你创造一个人一次击落三架日机的最高纪录！听说全国获青天白日勋章的一共六位，除一位击沉长江上数艘敌舰的炮兵，包括委员长、薛岳将军、傅作义将军、张自忠将军！那可都是大人物啊！"

"队长也是名人，将来肯定会成为将军！"

周志开微笑着说："荣誉代表过去的战绩，不能说明什么。我还是你们的队长，你们的兄弟。其实，我只愿做一名普通士兵。"

"队长，这些奖章不要锁在柜子里，外出上街就别在身上，那该多神气！"

"咱空军第一帅哥胸前挂满金光闪闪的勋章，身边肯定美女如云……"

"队长，我相亲会女友时能不能借我一枚戴戴？"

大家你一言我一语地赞赏着，戏谑着。

"行！咱们是生死兄弟，你们谁戴都行。如果哪一天我先走了，你们就把奖章分了……不过，现在先让它们躺在柜子里吧。"周志开说，"军人要为国家而战，要有集体荣誉感！我个人的荣誉离不开大家协助！但愿我们中队每人都获一枚奖章。作为中队长，我要带出一个王牌中队！大家有没有信心？"

"有！""有！"大家异口同声地回答。

这天，一名陆军上尉带着一位女士来到江北社区看望王倩绮。在楼门口，陆军上尉喊道："三婶，我和您侄媳妇看您来了！"王倩绮打开房门，一眼认出陆军上尉是堂侄周志光。

王倩绮喜出望外，"快进来坐！没想到你们也在重庆。怎么找到这里的？"

"三叔来信告诉我的。"周志光说。

周志光是周世藻的孙子，与周志开都是周慎枢的曾孙。三年前，周志光带妻子王玉华辗转多地移居重庆。周志光在重庆兵工厂任军械库主任，负责军火存放工作。他在报刊上看到周志开空战倭寇的英雄事迹，给三叔周予孜去信询问后，获悉王倩绮的住址。

"听说您来重庆了，总想找您，始终没机会。那段时间日本飞机昼夜轰炸，工厂掩护军火任务繁重，每次敌机来了，我们将军火装上民用小船，驶到山洞中，敌机走了，再运出来送给前线部队……"周志光介绍着。

"没想到你和志开哥儿俩一个在天空，一个在地上，都在守卫着我们的首都！"王倩绮欣慰地说。

"我哪如志开弟啊！他可真是咱们周家的大英雄！全国都出名了！"周志光羡慕地说。

家族亲人重逢山城重庆，王倩绮与侄儿、侄媳有着说不完的话。

七月底，周志开获批七天假期，非常难得。休假前，驻昆明的美国十四航空队期待再次见见这位创造空战奇迹的英雄，航委会转来十四航空队邀请电报。正巧，周志开个人也接到成都女友杜白云发来的电报，称："有要事盼来蓉面商。云"。

周志开犯难了，他不知道该如何选择。

傍晚，周志开又约好友刘孟晋出来散步，询问他这七天休假该去哪里。

"为什么白云小姐不来信说明什么事，而只是拍一个含糊的电报来？"刘孟晋问。

"肯定是重要事，她要我快点儿去当面谈。"周志开回答。

"她过去给你打过电报吗？"刘孟晋问。

"没有，这是第一次。"周志开说。

"我估计成都应该是谈婚论嫁的事，这很重要。十四航空队还请了什么人去？"刘孟晋问。

"臧锡兰！"

"我觉得你该去成都。昆明那边，十四航空队只是为了对救爱利生的臧锡兰表示敬意。你不过是个次要的客人。成都那边需要你本人去才能解决事情，你应该放弃去昆明的打算，立刻到成都去！"

刘孟晋分析着，论断颇为合乎情理。

"我明天就去成都吧。"

听了刘孟晋的建议，周志开决定去成都见杜白云。

第二天，周志开由重庆白市驿基地驾一架小飞机飞往成都。

正午，周志开下了飞机，安排随机队员将飞机飞回去，然后独自一人到商店买了礼品，按照杜白云电报上留的地址来到她家所住的小区。小区坐落在成都市中心区，但很安静。周志开来到一栋居民楼房门前，敲开门，客厅里，除了杜白云还有两位干练的老太太，一位是杜白云的母亲杜老太，一位是刚从北平来杜家的姑妈徐老太。杜白云将两位老人介绍给周志开，周志开礼貌地向两位老人问好。

周志开挺拔的身姿、英俊的相貌、不俗的气质及随和的语气给两位老人留下非常好的印象，她们暗暗为杜白云叫好，庆幸杜白云找到这么优秀的男朋友。随后，杜白云和母亲到厨房开始做午餐，客厅沙发上只剩下周志开和杜白云的姑妈徐老太。

周志开给老人倒了一杯茶递过去。

"伯母，您喝茶。"

"好，谢谢！"

徐老太端起茶杯，眯着眼看周志开。

周志开坐在沙发上，若无其事地拿起茶几上一份报纸看起来。

徐老太暗自打量了一会儿，问："志开侄儿，你家是哪儿的？"

"伯母，我老家在河北滦县，随父母在河南开封长大。"

"哦，滦县好，那里有滦河，景色很漂亮……你爸爸妈妈在哪里工作啊？"

"家父做司法工作，母亲一直在家照顾弟弟妹妹。日本发动全面侵华战争后，他们暂居重庆。"

"你今年多大了？属什么的？"

"我今年虚岁 25 了，属羊的。"

"哎呀，这么大啦！若是在我们那里 25 岁男人早都当爸爸啦！"

徐老太的一番话弄得周志开挺尴尬，他红着脸说："我腊月生的……"

"那也不小啦！你们属羊的命不好，十羊九不全！不过啊，遇上我们家白云，你可走大运了，她是属猪的，羊和猪天赐良缘！你比他大四岁呢？可要照顾好她呀！"

"我会的，白云是个好姑娘。"周志开客气地说。

"你们飞行员每月挣多少钱呀？"徐老太继续问道。

"待遇还不错，我们不在乎挣多少钱，主要是保卫国家不受欺负，保护老百姓不挨鬼子轰炸！"

"哎呀，不挣钱哪能行啊！以后怎么养家？那么多当兵的，也不缺你一个！我看呀，你和白云早点儿把婚结了，别再飞了，天上打仗多危险？"

周志开笑而不答。

徐老太絮絮叨叨问个不停，周志开尽管心里有些厌烦，但他还是微笑着，没有表现出任何不快。

不一会儿，杜老太和杜白云做好一桌丰盛的午餐，招待周志开和徐老太。

"志开，喝两盅酒吧！"杜老太拿出一瓶白酒说。

"伯母，我不喝酒。"

"也是，没个男人陪你喝。自从来到成都，我一直与白云相依为命。她和妹妹去重庆读大学后，家里就剩下我一个孤老婆子，怪清净的。还好，她姑妈来了，我算有个伴儿……"

杜老太念叨着，周志开认真倾听着。

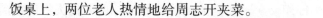

饭桌上，两位老人热情地给周志开夹菜。

"谢谢两位伯母，我自己来吧。"周志开礼貌地说。

饭后，周志开跟随杜白云来到卧室。杜白云告诉他，姑妈来成都是为了催她一家人回北平，因为父亲在北平保管着家中那份产业，已经与南迁的家人分离六年了。这六年中，杜老太在成都因为水土不服得了肺病，人更加衰老了，老人总想回到北平自己的家里。由于两个女儿都在这边读书，父亲虽然几次来信催她们回北平，但娘怹总是迟迟不决。

"这次姑妈亲自来，就是要决定这件事情。我急了，所以打电报，找你来商量。"杜白云将事情经过告诉了周志开。周志开犯了难，他内心不愿杜白云回北平去。这一去，也许战争结束之后才能相见。人一分开，也就保不定命运如何发展。周志开不清楚自己与老人哪一个在杜白云心中占得重一些。他知道杜白云纯洁坦率，孝敬父母，不能因为自己而让一个女孩儿跟母亲分离。

"你这件事让我也很为难。一旦你母亲回去，你不跟着回去，你和你母亲心里都是一种牵挂……"周志开说。

"我也是这么想，你晓得我从来没有离开过母亲。不过跟了回去，觉得无所凭依似的。我又不愿在北平那地方住。这真叫我难透了，想来想去，只好找你来帮我拿个主意。"杜白云恳切地望着周志开。

"好在这件事姑妈既然已经来了，总可以从长商量一阵儿。今天且不谈这些了，我们还是去看看张教授和张师母吧，去年张师母一家从重庆迁到成都来了。"周志开建议。

"好的！"杜白云点了点头。于是，两人手挽着手走下楼，他们在街上店铺买好礼品，来到坝上社区拜访张伟强夫妇。两人敲开楼门，张伟强不在家，张师母见到周志开和杜白云非常高兴，不住催促说："志开、白云，你们赶紧把婚订了吧，我和张老师还等着喝你俩喜酒呢！"

"我大学还没毕业呢！"杜白云脸上露出幸福的神情，周志开微笑着没有说话。

过了一会儿，周志开说去祭奠一下同宿舍的李壮飞大哥，杜白云想陪他一起去，周志开没同意，他一个人从张师母家出来，在花店和商店先后买了一束菊花和两瓶白酒，来到李壮飞夫妻墓前诉说战友思念之情。

晚上，踏着朦胧月色，沐浴着轻柔夜风，杜白云牵着周志开的手来到成都一家影院看话剧《牛郎织女》，话剧演到动情处，杜白云把头依偎在周志开怀里，她紧紧攥着周志开的双手说："志开，我们不会像他们那样吧……"

周志开没有回答，心里很复杂，想到杜白云要北行，心中不好受。他想安慰杜白云说"你一个人留下来吧，我像亲人一样照顾你"，但他清楚自己生命随时会失去。周志开从没想放弃飞行与作战来挽留杜白云。

沉默了一会儿，周志开说："云，万一我哪天不在了，你怎么办？"

"那我也不活了……"

"不，你要坚定地活下去！重新寻找自己的幸福！这才是我期盼的……"

"可我今生不能没有你！"

看到杜白云如此执着，周志开知道不能陷得太深了，他只好狠心地说："今生咱们做兄妹吧……我暂时不想谈……"

杜白云一听生气了，她突然想起刘小姐大闹校园中伤周志开的事，她从来没相信刘小姐的话，在她内心深处，周志开始终是最完美的男人。此刻，杜白云听周志开这么一说，她不由自主地问道："你名气越来越大，是不是看不上我了，又喜欢别的女孩子啦？难怪有人说你喜新厌旧！"

"云，你误会了，我喜欢你……但是我不能娶你，咱们俩做兄妹更合适……"

"你就是喜欢别人啦！你坏……"

杜白云哭着跑出剧场，周志开赶紧追了出来。

林荫路上，周志开不知怎样跟杜白云解释，他几次牵起杜白云的手都被甩开。最后，周志开只好说出内心的真实想法。

"云，我喜欢你是真心的，可惜我们出生在这样一个烽火岁月，国家贫弱受欺负，百姓涂炭，必须得有人用生命来拯救。我的很多兄弟都牺牲了，我要为他们报仇，我得为全中国被鬼子屠杀的同胞报仇。天空作战是非常残酷的，我同宿舍的那位大哥捐躯后，他的妻子殉情了，他们一起埋在成都，今天没带你去祭奠，就是担心你……你太痴情，我不愿一个无辜女子为我殉情……"

杜白云听了周志开的解释破涕为笑。

"好！你如果有个三长两短，我依然好好活着！这行了吧！"

"云，我还有个愿望，跟你商量一下儿。"

"你说吧！"

"将来我捐躯后如果遗体保留完整，请你和战友将其捐给重庆医学院校供学生解剖研究,有用器官可做教学标本,遗体利用完后的骨灰撒在黄山空军墓,让我陪那些战死的兄弟,好吗?"

杜白云一听惊呆了,她摸了一下周志开的额头说:"你发烧了吧,胡说什么呀?"

"云,这个愿望是深思熟虑的!我们国家之所以受欺负,就是国家科技实力太落后。现在,国家西医水平还很落后,需要有人破除旧观念敢于献身,提升全民族医疗健康水平。我活着无法完成航空强国的梦想,死后想为医学进步贡献一点儿微薄之力,倡导一股新风尚。"

"你别讲大道理了!你生前死后都是属于我的,从头到脚每个部位都属于我,这个不能捐!"杜白云坚决地说。

"唉——"周志开叹了口气摇了摇头。

"再说,我不忍心……那样做对你是不尊重的!"

"完成我的遗愿是最好的尊重!"

"你心里总想着牺牲的战友,将来我到哪里陪你?"杜白云委屈地说。

"好了,不提这个了……也许我留在长空,尸骨无存……"周志开无奈地说。

"志开,你别再做英雄了,咱们做普通老百姓好不好?远离战火,找一个清静的地方过一辈子!"

"不是我想做英雄!我也想过普通人的太平日子,可小鬼子不允许啊!偌大的中国,哪儿有和平净土?"

杜白云沉默了,周志开也不再说什么,两人一起回到杜白云的家里。此时,两个老太太已经入睡。

"跑了一天挺累的,洗个澡吧!"杜白云说。

"我来成都之前在基地洗过了,不训练,身上没什么汗。"周志开说。

"那就早点儿睡吧……卧室是双人床……"

灯光下,杜白云解开内衣,露出女人特有的轮廓,她拉住周志开厚实有力的手,脸上泛出红晕,含情脉脉地注视着周志开。此刻,杜白云多么渴盼周志开突然将自己搂在怀里,两人在床上度过最幸福的时光……周志开内心"怦怦"直跳,思想进行着激烈斗争,他知道杜白云对自己的依赖与深情,也想酣畅淋漓宣泄一番,满足杜白云那份炽烈的渴盼,但他知道,且不谈军纪,一旦突破这层底线,就得对杜白云一生负责,他无法从内心深处做出这个承诺……瞬间，周志开理性战胜了情感，冷静地说："云，不早了，你回屋休息吧，我就在客厅沙发上睡了……"

杜白云是个比较传统的女孩儿，见周志开如此反应，心里很失落，但她没说什么，默默回到屋子一个人睡了……周志开和衣躺在沙发上，他怀着歉疚心情，一夜未眠。

第二天，重庆基地突然给周志开拍来电报："又奉备战令，速归！阳"

鄂西苍翠的群山在眼前闪耀，浩荡的江水在耳畔奔腾，鲨鱼战机发动机声在轰鸣……周志开心急如焚，他拿着大队长李向阳发来的电报，对杜白云说："我今天得回去了！"

杜白云说："你这假期也不算数呀！"

"没办法，飞行员使命在肩，时刻捍卫国家领空！"

"关于我的事，你能说两句吗？"

"我不能说，若是我有一份地面工作者的安全保障，我一定留你不走，让你母亲由妹妹姑妈陪着回去。你知道，我现在没有说一句多余话的能力……"

周志开终于鼓足勇气把最后心意说出来。

杜白云知道眼前这个男人是那么多情重义，也是那么理智，再硬缠着，也拴不住他的心，还可能失去他。于是，杜白云安慰周志开说："你放心去好了，我和母亲在一起还有好几天可以商量，有了结果，我拍电报告诉你。"

"我还是希望你跟伯母回北平！"

周志开嘱咐完，背起飞行包，沐浴着金色霞光转身走了。杜白云望着周志开远去的背影，迟迟没有移动脚步，她的心情也很复杂。

"如果没有战争该多好啊！如果他不这么倔强该多好啊！飞机是他身体的一部分，蓝天是他的爱人……"

杜白云心里一阵莫名的失落，她不知道何时再能见到周志开，那远去的背影仿佛像风筝一样越飞越远，越来越模糊……她握紧手中的线，突然，一阵风拂过，线断了，风筝消失了……

"志开——今生无法拥有你，爱过就知足了……"

杜白云痴痴地望着落下去的晚霞，眼眶浸满了泪水……

晚饭后，杜老太与姑妈徐老太见到杜白云失魂落魄的样子，心里明白了一切。她们一起开导着杜白云。

"周志开这孩子人挺好，模样也俊，但他从事的职业太危险了。通过聊天，我感觉他喜欢飞机胜过喜欢你。云儿，你还是把他忘了吧，他是个玻璃人，随时会破碎。等到了北平，姑妈给你介绍个大学老师，长得比他还俊。"姑妈劝说着。

"是啊，你姑妈说得对！飞行员脑袋掖在裤腰带上，说没就没了。他来去这么匆忙，对婚事也不表个态，可见人家没把你放在心上。再说，如果你一个人留在这里，我们也不放心啊！"杜老太说。

"姑妈、母亲，爱一个人不在于外表上的帅，我欣赏志开心灵的帅！他在云天冲锋战斗背后需要我……"

"我们不想让你将来吃苦遭罪！你看飞行员有几个长寿的？"

"他们在为国家而战！失去的是肉体躯壳，获得的是精神永生！志开的精神境界，一般人永远达不到……"

不管两位老人怎么相劝，杜白云无法舍弃周志开。

当天，周志开告别华西坝里的花鸟天下，由四大队派来的一架小飞机接回重庆基地。回到基地不久，立即投入紧张战备训练中。

次日午后，周志开与刘孟晋一起散步。

刘孟晋问："成都之行收获咋样？没把婚事订下来吗？"

"没有。成都之行，我更加坚定不结婚了！"

"你到底打算怎样？这么好的女孩儿都不中意！"

"不是！我不想欺骗她，也不想违背自己的内心。"

"你这样做会伤害她的！"

"可如果欺骗一个女孩儿，让一个无辜女孩为儿自己陪葬才是真正的伤害！"

"你是英雄人物，感情生活引人关注，总不结婚别人会误解的！说你什么闲话的都有！"

"无所谓，无愧良心，遵从本心，让人说去吧！"

"晚上没跟她睡一觉？"

"我能在婚前做那种事吗？岂不是太自私？"

"说什么自私，你情我愿。志开，你太傻啦！就如你所说，万一我们牺牲了，也得享受一下世间销魂时刻嘛。"

"色即是空，空即是色！"

"又来了，我不懂。你至少也得留个后代将来到坟前烧个纸吧！"

"我无法尽抚养孩子的责任，不能给家庭和社会留下负担。"

"你孤零零一个人走了，来世间一回不觉得太委屈自己吗？你会后悔的！"

"我不后悔！为反侵略的民族正义战争捐躯死而无憾。历史是有温度的，我相信百年后无论正史还是野史总会记住我们的！"

"别说百年后，战争一旦结束，很多人就会忘记我们的……"

"不管怎样，我相信总有后人会读懂我的选择。此生为华夏，值得！"

两人回到驻地，途经警卫室，警卫递给周志开一份电报，周志开接过一看，原来是杜白云拍来的，上面说："母妹北回，我留蓉，云"。

刘孟晋打趣地说："我说嘛，这个痴情女孩儿你是甩不掉的！"

"唉，真是幼稚！她会后悔的。"

周志开轻轻地叹了口气，他心里无比激动，这女孩儿是牺牲陪伴母亲的情感，在等一个兵呢。可自己又能给她带来什么呢？当断不断反受其乱，杜白云越是一往情深，周志开越想提出分手。

"三哥，我不想给她回信了，怕她感情陷得太深。将来如果我牺牲了，你就告诉她其实我并不爱她，让她彻底把我忘掉，找一个心上人回到父母身边去，拜托了！"

"你这是真心话吗？"

"总之，你想办法劝她尽快从失去我的痛苦中走出来。当然，如果她愿意，你们组建家庭也可以。本来咱们宿舍八兄弟就曾有约定嘛。"周志开诚恳地说。

"别乱想了，我哪有你那种吸引女孩子的魅力啊！人家看不上我！你没事的，说不定我走在你前边呢……"刘孟晋自嘲地说。两人不自觉地笑了。

傍晚，基地斜阳衔山，红霞似火，周志开一个人坐在训练场上一块石头上，眺望西边绚丽的彩霞，霞光闪烁着，滚动着，将整个基地披上一层金色外衣。

周志开陶醉在霞光之中，凝视着形态各异变化莫测的火烧云，他浮想联翩，时而忧愁，时而欣慰，此刻，他内心不再疲惫。晚霞渐渐散去，西边天际漏下一抹玫瑰色的余晖。

"好壮美！可惜太短暂了！没有晚霞散金，哪有朝霞满天？夕阳和朝阳同是不老的太阳！"周志开自言自语地说。

深夜，周志开在宿舍读着母亲王倩绮的来信。

志开儿：

来信及奖金收悉，你爸也获悉你梁山孤身击落三架日机，获国家最高荣誉，甚慰！我儿为周家列祖列宗添光增彩了，不愧周家好儿郎！爸爸妈妈为你自豪！望你戒骄戒躁，以此殊荣为动力，善待他人。你战事繁忙，务必多加营养，与倭奴作战，切莫贪功。奖金寄家多矣，我和你弟妹有你爸爸每月三百元补贴，生活尚可，不可为家里分心。今告知儿真相，全民族抗战后，你爸爸担任国民政府山东高等法院院长，一直在敌后开展司法系统抗战工作，近期来信报平安，尚好，不必挂念。以前称其在渝区工作是为避免你分心。另外，不要怪你大哥志宏没有联系你，他自从七七事变在北平失踪至今无音讯，他经常写抗日文章，呼吁民族正义，恐遭不测……有一个好消息，你堂兄志光在重庆兵工厂工作，他一家也侨居重庆，不久前我们取得联系。志光很想念你，他家住重庆西郊一个社区大院，门口有两棵大竹子，方便时可以去看看。

家中弟妹一切尚好，勿念……还有一事，希望你与杜小姐尽早把婚事订下来，我还盼着早日抱孙子呢……

周志开读着母亲的信，心情格外复杂，听说父亲在前线工作平安无事，他感到安慰，但获知大哥失踪，他很痛苦，手足情深，童年时哥哥带自己游玩的情景历历在目……周志开感叹母亲的刚强，她背后一个人付出太大了，其艰险与磨难非常人所能背负。周志开感到非常愧对家人，特别是对不起母亲，自己与母亲近在咫尺，却无法照顾母亲，连回家看望的机会都很有限。周志开听说堂兄周志光一家也在重庆非常高兴，哥儿俩十多年没见面了……

周志开铺开信纸，给母亲写着回信。

母亲大人见信如面：

开儿十分愧疚，这么多年您一个人承受生活艰辛与磨难甚重。有您这样伟大的母亲，开儿深感自豪。开儿想念父亲和大哥，相信他们自有好报，均能平安归来。敬请母亲放心。我盼望与志光堂兄一聚，但因战事紧张暂时无法如愿，以后找机会聚。

关于婚姻一事，恐忧亲心，深以为憾。云儿是个好姑娘，但儿需对她负责，暂不宜订婚。此事还是等抗战胜利后再议，恳请母亲原谅。母亲大人，今年以来，我空军将士浴血长空，已经逐渐夺回制空权，抗日胜利曙光初现。大队即将迎接新战事，孩儿定当奋勇冲锋，再立新功！战火纷飞，枪弹无情。孩儿的生命是您和父亲给的，且谆谆教导抚养我长大成人……感念亲恩无时不铭刻在心，总想竭力报答。但军人属于国家，特别是值此卫国之战，忠孝难两全。母亲向来思想开明，深明大义，知道孩儿所思所做之事均以国家利益为重，于社会和他人有用。战争残酷，孩儿特交代一番身后事。如孩儿遭遇不测，母亲大人万望坚强，并与部队战友完成孩儿遗愿：其一，遗体若是能保留完整的话，无偿捐给驻重庆的医科大学解剖教研室作解剖教学标本。其二，抚恤金一部分留给您和父亲，余者上交国家助力空军事业或捐给孤儿院。其三，所有书籍留给弟弟妹妹，鼓励他们励志苦学，报效国家。其四，丧事从简，不举行隆重悼念活动。今生孩儿不孝，只待来世再报答父母养育之恩。在此叩谢父母大人，亲恩永念！

志开 敬上

写完信，周志开眼前浮现出母亲那慈祥而坚定的面容，泪水夺眶而出，顺着脸颊滴落在信纸上。

第二天一大早，周志开想把信寄走，但他犹豫了，他觉得母亲接到交代遗嘱的信件肯定承受不了。于是，他默默地把信折好，放在柜子里的衣袋里。

十七　智勇双全战常德

　　1943 年 8 月 23 日，日机对重庆实施最后一次轰炸后，再也无力侵入重庆主城上空轰炸了。驻防重庆的中国空军部队及时调整作战方式和目标，主要依托空军第一路战区的梁平、恩施基地，支援宜昌、长沙、常德、衡阳等地的中国陆军作战。

　　这天，航空委员会对四大队通令嘉奖，授予周志开、高又新、臧锡兰"空中红武士"荣誉称号，他们是继高志航、李桂丹、刘粹刚、乐以琴"四大天王"之后中国空军涌现出来的最耀眼的明星英雄。

　　梁山空战后，周志开升任四大队 23 中队队长，高又新升任四大队 21 中队队长。两位骁勇神鹰继续较着劲儿战斗，两个中队的队员们也开始竞争杀敌。

　　周志开、高又新两人作战胆大勇猛，飞行技术精湛，但生活上却形成鲜明对比。周志开喜欢整洁，内务整齐，军装笔挺，皮鞋也擦得锃亮。高又新则不修边幅，穿着随意，战事紧张时，不洗脸不刷牙，衣服口袋里常装着零食，随时掏出来就吃。周志开喜欢清静，爱一个人独处思考问题。高又新天性好热闹，碎嘴子，不考虑场合，总是大大咧咧嚷着。高又新一个月薪饷没几天就花个精光。周志开生活细心，善于规划，开销有度，乐于助人。两人虽然性格差别很大，但并不影响他们的交流与合作。

　　高又新视力超常，编队飞行时，他远远就能看见前面有飞机，且能分辨清楚敌我及飞机型号，而旁人却需再飞四五分钟后才看得见。高又新常常出入敌人密集火网毫无损伤，别人跟着他非常吃力。有战友抱怨做高又新的僚机太难，容易牺牲。战友们背后的悄悄话传到周志开耳中，他总想找机会跟高又新交流一下儿。

这天傍晚，高又新执行任务归来，他约上好友到重庆魁星楼酒店聚餐。正吃着，周志开带着队员马涛、赵晓光、刘帅训练结束，他们也来到魁星楼就餐。

高又新喊道："周队长，一起吃吧！"

"谢谢高队长，那就不客气了！"

周志开笑着应道，他带着马涛、赵晓光、刘帅走过来。周志开倒满酒，举起杯说："祝贺高队长凯旋！"

"周队长客气。重庆真棒！咱哥们又回来了！来，鱼头豆腐，吃啊！酉阳麻辣牛肉片，不死就吃个痛快！打仗跟吃饭一个道理，逮着就不要放过！"

"高队长火眼金睛，大闹鄂西长空，不愧志航大队的驱逐之王！"

"在周队长面前我哪敢称王！你才是真正的驱逐之王！来，咱们一起敬梁山好汉摘星手一杯！"

"好，干一个！"

大家一饮而尽。

酒过三巡，周志开委婉地说："高队长，恕兄弟直言，作为中队长，我们不仅要带好每个兵，而且要对每个人的生命负责。与敌机搏斗，编队要同进共退，灵活呼应，注意友机之间协调一致，冲锋时既要保护好自己也要照顾好战友，做到有效杀敌。"

高又新听了有些不悦，说："周队长的意思是我杀敌鲁莽，不顾战友死活，热衷个人争功？"

"我不是这个意思。我们飞机性能不如敌机，战机宝贵，战友的生命更宝贵。每当看到战友因训练失事或失去战斗力后依然被敌人枪炮扫射，我特别痛心……我们不怕牺牲，但要死得其所。下次迎敌，我给高兄做僚机！"周志开诚恳地说。

"与周队长并肩杀敌是件快活的事！我知道周队长是性情中人，视战友为亲兄弟！谢谢你的指教！我是个粗汉子，缺乏你的细心与耐心，只要打起来，就知道个人猛冲，什么都顾不上啦。"高又新坦率地说。

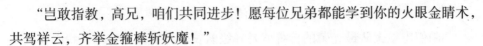

"岂敢指教，高兄，咱们共同进步！愿每位兄弟都能学到你的火眼金睛术，共驾祥云，齐举金箍棒斩妖魔！"

"好，共驾祥云，齐斩妖魔！"

大家痛痛快快地喝着、聊着……

吃完饭，周志开带着马涛、赵晓光、刘帅返回基地。

路上，赵晓光说："队长，高队长的21中队在跟咱们较劲儿呢，听说他们的目标是要打下五十架日机！"

"咱们的目标是打下一百架！"刘帅建议。

"对！必须超过他们！"马涛说。

"打落更多日机诚可贵，但还要最大限度减少我们战机的损失与人员伤亡。战必胜要融入每个队员骨子里，每个战友的生命都是宝贵的，绝不能做无谓的牺牲。"周志开说。

"是！"马涛、赵晓光、刘帅齐声应道。

"据说21中队没人愿意给高队长做僚机，他能在敌人火力网中穿梭自如，而掩护他的僚机一下就被日机击中。刚才那傲慢样儿，似乎还不听劝。"马涛有点儿愤愤地说。

"高队长双眼视力超常，这是他独有的优势！切记，狭路相逢勇者胜！当然，我们战机性能与敌机有差距，与敌机纠缠不仅需要勇敢血性，更需要智慧，智勇兼备方能以弱胜强，横扫长空无敌手！"周志开耐心地说。

"队长，您可千万别做高队长的僚机，太危险啦！"刘帅说。

"无论主攻还是做掩护，我相信自己不会那么窝囊地被击落。再说，只要为民族正义而战，牺牲值得，又何足惜？"周志开平静地说。

"21中队战绩比不上咱们23中队，高队长也不如你！看他那邋遢样子，挺好笑。"马涛说。

"马涛、晓光、刘帅，鄂西会战结束后，国际形势对我们越来越有利，估计很快要有一场大会战！我们要注意团结协作，战友之间竞争杀敌是一种动力，但不要争功逞强斗狠！与战友相处，要有一颗包容之心，求同存异，多学人家的长处，弥补自己的短处。其实，高队长人挺豪爽，注意尊重他。"

"好，队长，我明白了。"赵晓光说。

"队长，你心真是太善良啦！"马涛说。

"咱们志航大队最光荣的传统就是各级队长带头牺牲的精神，我必须践诺这个优良传统！"

周末，四大队在大礼堂组织官兵文娱活动，周志开连胜大队长李向阳及整个大队四个象棋高手，战友们羡慕不已，他们没料到周志开温文尔雅、不动声色，居然还是个"棋王"。这时，高又新挤过来说："志开，咱们俩杀一盘吧……"

"太好啦！驱逐王大战摘星手，看鹿死谁手？"旁边队员们起着哄。

周志开有些疲惫，但看到战友们兴致如此高，他微笑着点了点头。很快，两人摆好棋盘，李向阳和队员们纷纷围拢过来观战。

棋局开始后，高又新大杀大砍，直出直入，周志开沉着冷静，出击凌厉，很快，楚河汉界，中宫炮，用马罩，双车挟士，重炮将军，直斗得难解难分。周志开、高又新两人沉浸在象棋酣战中，21、23中队队员为各自中队长加油，"周队长，跳马，跳马……""志开，翻炮，翻炮！"无论大家如何叫喊，周志开不为所动，他认真思考着，迟迟没有落棋。沉思良久，周志开突然飞象，将，随即，撑士，将！最终，周志开扭转被动，迅速赢得胜利。

"志开！我服了！你下棋出其不意，实在让人难防。"高又新钦佩地说。

"你们的棋艺实际蕴含着你们各自空战的格斗风格。又新勇猛直冲，奋不顾身，志开胆大心细，沉着冷静，迂回穿插，战技精湛。实战中，又新在沉稳与谋略上要向志开学习！"李向阳点评说。

"高兄敢打猛冲的作风小弟佩服。空中格斗，我们往往战机性能不占优势，要注意扬长避短，以柔克刚，减少不必要的牺牲。其实，我特别欣赏高大哥那双锐利的眼睛。"周志开微笑着说。

"我这双眼睛再厉害也比不上兄弟的大脑！"高又新自嘲地说，"我这双手也比不上志开兄弟，耍不灵笔杆，只会拿驾驶杆，而志开双手能舞文弄墨。"大家都笑了。

"今后你们要密切配合，杀出志航大队无敌王牌风范！"李向阳说。

"是！""是！"

周志开、高又新绷紧双腿，立正敬礼。

　　1943 年入秋的一天，周志开执行空中警戒任务归来，回基地前，他特意驾机来到母亲王倩绮居住的小区和堂兄周志光家大院上空，做了几次低空盘旋。王倩绮知道是志开回来了，带着小儿子志兴和女儿志敏，站在阳台上向空中挥手。"哥哥——"小志兴蹦起来喊着。在周志光居住的平房大院，周志光看见一架中国战机低空盘旋，兴奋地喊道："志开回来了……"妻子王玉华抱着儿子跑出屋，一家人站在院门口两棵大竹子前向空中招手。周志开低空盘旋几圈后依依不舍地离去……

　　在中国空军奋勇抗击下，日军失去制空权，给养不济，战斗力下降，陆军总部想出一条毒计：摧毁中国人的粮仓与饭碗。日军攻占武汉后，大批民众拥向西南，四川、云南人口急剧膨胀，重庆、成都等大城市人满为患。国统两区经济恶化，通货膨胀严重，百姓吃饱肚子、军队所需粮饷成为重庆国民政府的大事。"湖广熟，天下足"，四川以东、洞庭湖以南的广大平原是中国著名的鱼米之乡。国民党政权迁都重庆后，每到收割季节都会派部队将湖南稻米运入蜀中，以保证军民之需。侵华日军总司令认为，若能破坏国统区的粮食供应，重庆等城市就会因饥荒而爆发民变，进而导致国民党政府因内乱而垮台，当年冬天将有无数中国平民死于饥寒之中。

　　入冬，日本大本营陆军部为了实施摧毁中国粮仓的作战目的，并在年底抽调部分在华日军主力师团转向太平洋方向作战，决定以侵华日军第 11 军主力和第 13 军一部发动常德战役，以打击、歼灭我第六战区的主力部队，并牵制中国远征军入缅作战。常德会战由日军第 11 集团军司令官横山勇中将指挥，并抽调汪精卫在武汉地区数万伪军，预派参战总兵力十余万……一条惨无人道的战争计划就这样出笼了。中国方面发现日军险恶用心，为保卫粮仓，紧急派出重兵镇守湖南，总部设在常德。常德是湘西重镇，川贵门户，素有"西楚唇齿""黔川咽喉"之称，历来为兵家必争之要冲。武汉失守后，这里成为重庆大后方唯一物资补给线。中国集结了第六战区四个集团军、第九战区等三十个师二十万人参战。

　　11 月 2 日，日军第 116 师团和第 68 师团与我鄂西、湘北地区驻军交火，常德会战爆发。

　　日陆军第 3 飞行师团师团长下山琢磨率领所部第 16、第 25、第 44、第 45、第 85、第 90 等战队及第 16、第 18、第 55 独立中队，共二百五十三架各式飞机参战。中美投入中国空军第2、第4、第11大队、美第14航空队、中美混合联队部分兵力计各类飞机二百架参战。一时间,鄂西、湘北上空中日战机大对决杀得天昏地暗。中国空军缺乏轰炸机、攻击机等专用对地机种,为了支援陆军作战,启用争夺制空权的战斗机投入对地攻击任务,同时执行前线遮断、侦察、战术空投等任务。

恩施机场,空军第一路司令官张廷孟上校坐镇指挥作战。四大队临时大队部距离机场三华里,在清江河滨一个山谷里,这里山清水秀,树木茂密。此处原是私人别墅,暂借四大队居住。这天上午,周志开刚到恩施就来到张廷孟的办公室,哨兵通报准许后,周志开进入房间。

周志开见到张廷孟,绷紧双腿,立正行了个标准军礼,说:"第四大队第23中队队长周志开奉命向您报到,请求立即出战!"

张廷孟还了军礼,笑着说:"周少校,你的勇气非常可嘉,但你不要忘记现在你是一队之长,作战就应该时刻想到集体的安全和力量,注意多做指挥工作。出战还是等一等。"

周志开还想解释,张廷孟让周志开回去休息。

"是!"周志开有些失望地走出张廷孟的办公室。

这天,23中队接到夜间派侦察员赴鄂西一带侦察敌情的任务,周志开本想亲自出战,但想到上峰对自己的要求,他犹豫了一下。这时,队员马涛主动请战,周志开勉强同意了,临行前,他再三叮嘱马涛注意安全。

深夜,马涛从恩施机场单机起飞赴前线侦察,由于马涛夜空飞行经验不足,他驾驶战机在低空侦察过程中被日军阵地炮兵发现,不幸被敌高射炮击中,飞机坠落,马涛当即阵亡。

当马涛的遗骸运回基地时,周志开非常痛心,他后悔自己没有去执行这个任务。周志开率队员祭奠完马涛,小心翼翼地珍藏起马涛的照片和飞行服,嘱咐赵晓光、刘帅说:"马涛是迁安人,入伍以来从来没有回过一趟家。他很想念故乡亲人,将来抗战胜利后,我们中队不管谁活下来,要去看望他老家的亲人,交还这些遗物……"

大家含泪点着头,说:"队长,希望您带我们一起去……"

常德战事紧张,周志开来不及悲伤,当晚,他又接到新的侦察任务,队员们纷纷请战,周志开说:"你们注意休息,调整好状态。侦察任务事关常德会战大局,要有丰富的夜飞经验,我必须亲自去!"说着,他登机起飞。

周志开驾机飞到鄂西、湘北上空,搜索到常德澧县暖水街敌军动态及宜都聂家河敌人增援部队情况,确认信息后,他立马将情报传递给地面部队。周志开回到基地已经是凌晨了,他简单眯了一会儿,天刚蒙蒙亮,中队又接到新的侦察任务,于是,他又驾机起飞……

连续一周,周志开每天都执行侦察任务,摸清诸多敌阵地增援情况。每次周志开回到基地,队员们看着他疲惫消瘦的样子,心疼不已。

"队长,您提醒了我们夜飞注意事项,让我们去吧!"

"我要给马涛和牺牲战友报仇!"

赵晓光、刘帅等队员纷纷请战。

"有机会的,我们很快要执行轰炸任务。"周志开说。

平时训练结束,周志开总要冲个热水澡,晚上养成泡脚习惯,但常德战事爆发以来,他连飞行服也顾不上脱,靠在床头眯一会儿天就亮了。

清晨,赵晓光来到周志开宿舍,给他端来一碗面条。

"队长,这是大家请地勤食堂师傅专门给你煮的鸡蛋面,你赶紧吃点儿吧。一会儿任务又来了。"

周志开问:"你吃了吗?"

"我吃过了!"

"说谎!来,咱们一起吃!"周志开拿过一个饭盒,将面条一分为二,递给赵晓光一份。

"都说八路军官兵一致,没想到你待我们也跟兄弟一样!"

"官兵是平等的,我们就应该像人家八路军学习嘛!"周志开认真地说。

"以前,我在国军陆军服役,经常挨长官骂,到了志航大队,特别是到23中队跟了你,仿佛到家一样,享受兄弟一般的温暖。"赵晓光激动地说。

"我们情同亲兄弟。只有兄弟同心,战场才能打胜仗!小鬼子之所以敢欺负我们,就是内部缺乏团结。我们的国家再也经不起内耗啦!"周志开感慨地说。

赵晓光点着头,停下筷子,若有所思。

"来,咱们把面条都吃掉,打起仗来有精气神!"

"好的！队长，今天侦察任务我能替你去吗？请相信我！"

"不行！不是不相信你，单机侦察只能我去，马涛牺牲我很难过，中队不能再少一个兄弟了。对了，晓光，有件事交代一下。"

"你讲！"

"最近我连续执行侦察任务，一周也没洗澡了，万一牺牲了麻烦你和孟晋、刘帅帮我将全身清洗干净，若保留完整遗体，及早捐给医学院校……躺在解剖台上也要保持军人该有的样子，但愿学生们能感悟到一个战士青春生命的力量。"周志开认真地说。

"队长，不要说了！你是福将，鬼子枪弹碰不着你的！"赵晓光怀着崇敬的心情说。

"没受伤只是暂时幸运，战场难测啊，死倒不怕，只是担心今生留下遗憾。同宿舍几位生死兄弟都在我前边走了，我帮他们清洗遗体、料理后事，等到自己有那一天却没有兄弟……每当想起抗日哥牺牲后的惨状心如刀割般……"

"队长，你真伟大，总想为社会和他人服务。你是晓光今生最佩服的人，感谢你对晓光如此信任，我会按你意愿做的！你一定没事的！"赵晓光哭着说。

"晓光兄，如果你看到抗战胜利那一天，一定莫忘致力于航空强国事业！中日血战，我们付出的代价太大了！"周志开紧紧握着赵晓光的手嘱咐着，赵晓光使劲地点着头。

说完，周志开穿戴好飞行服走出宿舍，大踏步奔向停靠在机场白线上的侦察机，去执行新的侦察任务。赵晓光望着周志开的背影，泪花顺着脸颊不停地流着，他在内心深处祈祷周志开一定平安归来。

常德会战进入胶着状态，23中队完成一系列重要侦察任务后，开始执行新任务。连日来，周志开每天率队出击，扫射敌军阵地或交通线，给地面部队空投弹药，轰炸敌军堡垒……日军损兵折将，受到极大震撼。

这天，周志开刚回到机场，中国空军三支队伍同日到达恩施基地来增援，张廷孟唯恐再上演梁山机场被袭惨状，派周志开率基地九架P-40战斗机前往日军各前哨基地骚扰，使日军忙于应付，无暇发动偷袭。周志开尽管筋疲力尽，但他毫不犹豫，立即率赵晓光、刘帅等队员登机出征。

战机起飞前，赵晓光说："队长，你太累了，我们这次出航本是牵制敌军，并无具体目标，完成任务早点儿回去吧！"

"不行，常德会战是敌我争夺饭碗的生死之战，我们必须利用一切机会消灭敌人，给地面部队最大支援！"

很快，周志开率领编队，穿越在日军占领的公安、澧县等地上空。因中国战机时隐时现，日军各基地大批战机紧急起飞围歼周志开等战机。面对强敌环伺，周志开沉着冷静，避开与大批敌机正面交锋，借助云层的掩护，他率九架战机灵活巧妙地与敌机玩起"捉迷藏"，拖得日军战机疲惫不堪，最终无功而返。返回基地途中，周志开发现日军一支运输队正在路上行进，他果断下令，九架飞机一阵俯冲，射出密集子弹，地面瞬间成了红色火海……击溃这支运输队，周志开刚要继续返航，队员刘帅用无线电报告："附近发现日军侦察机！"周志开下令追歼。原来，三架日军九九式侦察机从前沿地带侦察归来，没料到与周志开的编队遭遇。在周志开指挥下，九架战机瞬间变换队形，从三个方向包围日机，打得日军战机丝毫没有还手之力，先后着火坠落。

恩施作战指挥所，不断传来空中情报，常德、公安均有敌机活动。前进基地指挥所主任刘毅夫立即通过对空电话告诉周志开，周志开在空中笑着回答："希望今天能捡几条臭鱼回来，你准备吃鱼汤吧！"刘毅夫说："祝你好运！"他转身对旁边吴参谋说："志开这小子喜欢幽默，打仗也不例外。当初采访时就跟我无话不谈。"吴参谋笑着说："您随和，无论是做随军记者还是升任基地领导，大家跟您不见外。"不久，无线电传来周志开呼叫，他兴奋地说："我们去的正是时候，先用炸弹摧毁了十几辆鬼子的轻重汽车，有三辆被炸起了大火，其余的都炸翻了，然后到澧县巡逻，碰见了三架九九式俯冲轰炸，我们都把他们送到洞庭湖里去了。"刘毅夫说："恭喜你！"周志开问："我们是否立刻返航？油量还很多！"刘毅夫担心他们返航遭遇空战，当即告诉他："再到常德附近看看，没有好目标就返航，路上注意新伙伴上来了。"周志开高兴地说："我明白了，我掩护他们！"

第3飞行师团驻汉口指挥部，师团长下山琢磨接到战报，骇然失色。

"我们近百架战机捕捉不到几架支那战机，还损失三架侦察机，战力如此之强非周志开莫属！一定要把他除掉！将恩施机场给我炸平！"下山琢磨咆哮着。

第二天清晨，日本陆航部队出动大批战机飞往恩施机场，驻守恩施基地的中美联合空军得到地面观察哨发回的消息后，下令所有战机兵分两路，一部由大队长李向阳、中队长周志开带领 9 架 P-40 战机赴常德攻击日军地面部队，另一部在基地上空阻击敌军。

李向阳、周志开等人飞到常德城上空，9 架战机围着敌军前沿阵地弹如雨下，炸毁日军坦克、大炮不计其数，敌军死伤成片，哭爹喊娘，阵地瞬间化作一片焦土……恩施基地上空，中美飞行员也成功击溃前来袭击的敌机。

傍晚，大队长李向阳通知周志开，要求 23 中队次日掩护高又新给常德守军投运弹药。23 中队队员一听不高兴了，"为什么让我们作掩护？""是啊，我们应该担任轰炸任务啊！"

周志开耐心做大家工作："服从命令是军人的天职！高队长眼力好，我们要密切配合，必须保证弹药准确投入我方阵地。"在周志开劝导下，队员们不再发牢骚了。

第二天清晨，周志开奉令率九架 P-40 战斗机，从湖北恩施起飞，飞往常德，掩护高又新中队向我驻守常德部队空投九万发子弹。常德外边日寇，在我机进入常德的航道上，增加很多高射枪炮。我空投飞机，为了确保子弹安全，必须超低空进入，慢速度空投，这样很容易遭到日军火力射击。有了周志开的九架飞机"开路"轰炸、扫射，高又新就安全多了。返回途中，周志开与敌三架钟馗中岛Ⅱ式钟馗战机、十七架一式战机、二十二架九九式轰炸机遭遇。周志开率先发现敌机，命令队员借助云层掩护，迅速进入不同战位准备出击。周志开深知日军新式钟馗Ⅱ式战斗机俯冲速度快，机枪火力猛，杀伤力比较大，但其存在灵活性差的弱点。周志开命令队员缠住敌一式战机，自己对付凶猛难缠的钟馗Ⅱ式战斗机。

周志开发出作战命令后，犹如蛟龙出海，穿破云层，率先冲锋，很快将敌机编队冲散。紧接着，其他 9 架 P-40 战机从不同方向杀来，"嗒——嗒——"。飞机发动机的轰鸣声、枪炮声和爆炸声交织在一起，空中硝烟翻滚，弹道闪亮纵横，双方展开激战。

周志开单机冲入钟馗Ⅱ式机群，拿出自己凌厉的"扑杀"术与三架钟馗战机缠斗。驾驶钟馗Ⅱ式领队机的是日军第 85 战队分队长细藤才，他从没见过中国战机如此凌厉迅猛的扑杀术，吓得额头冒出冷汗，他想这肯定是周志开的战机。凭着钟馗Ⅱ式战机火力猛的优势，细藤才拼命扫射。周志开驾驶战机上下翻飞，避开敌机密集子弹。混战中，周志开突然调转机头加大油门，咬住另一架钟馗Ⅱ式战机穷追猛打，打得这架敌机毫无还手之力，敌机驾驶员在座舱内不住高呼"天皇万岁"。这时，从侧面杀来的赵晓光对准敌机油箱狠狠射出一梭子子弹，这架钟馗Ⅱ式战机瞬间凌空爆炸。细藤才有些发蒙，落荒而逃。

随即，周志开率队员刘孟晋、刘帅又合力击落敌另外一架一式战机，余下敌机纷纷逃窜……

高又新听说周志开带领23中队毫发无损击落两架日机，特别是击落日军寄予厚望的钟馗Ⅱ式战机，很是羡慕，他找到大队长李向阳，再次申请执行攻击任务。李向阳知道高又新又跟周志开较上劲儿了，笑着说："无论是侦察、轰炸，还是与敌机空中格斗，都是配合地面部队打好常德大会战！战功大小不局限于击落日机数量的多少。你给陆军兄弟及时送去弹药，这也是扭转战局的重要体现嘛！当然，这离不开志开率领23中队背后掩护的功劳啊！志开这次击落日机，完全是一场遭遇战。"

"我比周队长大好几岁，总是落在他后面怪难堪的！"

"你们竞争杀鬼子很好！志开是个好同志，别看他年龄小，但成熟稳重，心胸非常开阔，对名利看得很淡，这点我们都要向他学习！"

"迟早我也要像他一样获取一枚青天白日勋章！"

"会的！又新，21中队、23中队别说在咱们志航大队，在整个空军都是响当当的神鹰中队，你和志开是我的左膀右臂啊，战场上一定要协同作战！"

"是！大队长请放心！"

不久，高又新率21中队在给常德守军运送弹药返程途中也同四架敌机相遇，高又新率队击落两架敌机，消息传到23中队，周志开向高又新表示祝贺。

这天，周志开率九架战机，支援常德外围国军反攻作战。恩施作战指挥所，无线电里传来周志开中队发生空战的声音。吴参谋在指挥所洞口叫刘毅夫，"刘主任，您快来听听，周队长他们与敌机遭遇了，打得很凶哩！"无线电传来赵晓光的喊声："队长，上边又下来五架零式，交给我啦！前边几个鬼崽子要跑！"周志开的声音："晓光别莽撞，你们先爬高站位，我去追赶前边的鬼东西！"过了一会儿，刘帅的声音："好哇，零式变螺旋掉下去啦，下边是公安的一个河岔子！""喂，队长注意，你后边还有零式偷袭！"听不出是谁的声音，叫得很急。"我看见了，故意教它下来，给你机会揍它。"周志开的声音。"打得好！起火啦，别管它！小心你身后的敌机！"又是周志开的声音。不久，周志开回机场落地，报告击落两架零式，我机全部无恙。午饭后，周志开顾不上休息，又率队走了。

1943 年 12 月 3 日，常德一度陷于敌手，地面部队紧急呼叫空军支援。周志开立即率队执行轰炸敌司令部的任务，经过前期侦察，周志开锁定常德王家厂是敌司令部所在地。

正午，周志开驾机来到常德子良坪上空，发现子良坪河口东面敌人部队及十多匹骡马。他借着云层掩护，突然来一个俯冲，对准地面部队加以扫射，鬼子像割草一样倒下，受惊的军马嘶鸣着到处乱蹿……从内心来讲，周志开不愿意扫射地面部队，他不忍目睹血肉横飞的场景，哪怕是敌人的尸体。日军的残暴与众多战友惨烈捐躯令他痛下决心。不过，每次扫射，周志开还是冒着可能被地面炮火击中的危险，尽量将飞机飞得低些再低些，重点将枪口对准指挥官，射出仇恨的子弹……

击溃敌人地面骡马部队，周志开驾机飞到王家厂敌司令部上空，地面敌人发现战机，疯狂向空中开炮射击，周志开穿梭在密集火力网中，一个低空俯冲，对准敌司令部和弹药库，准确将炸弹投放下去，伴随着轰轰的巨响，敌司令部火光冲天……

日军驻汉 11 集团军司令部，横山勇中将获悉王家厂敌司令部被炸的消息雷霆大怒，把日军陆军第三飞行师团长下山琢磨及各战队长大骂一顿。

"饭桶，一群废物！一个司令部被一架支那战机一窝端了，是皇军的耻辱！大大的耻辱！立即组织精干力量，彻底消灭支那这支阎王大队，夺回我们的制空权！"横山勇吼道。

"嗨！"

"将军息怒。情报获悉，这个可恶的支那飞行员就是梁山击落皇军三架战机的王牌飞行员周志开！此人勇猛无比，指挥战术灵活，格斗出其不意，十分狡猾！是支那空军高阎王大队最厉害的家伙，令皇军十分头痛！常德会战以来，他的中队给皇军带来极大伤害，不久前又击落我们三架侦察机，近百架战机围堵还是让他跑掉了，我们最先进的钟馗Ⅱ式战机也不是他的对手……"

下山琢磨战战兢兢地汇报。

"又是这个周志开！他给皇军造成的威胁太大啦！我宁可毁掉一百架战机，也要活捉周志开！"横山勇咆哮着。

"嗨！活捉周志开！"

"嗨！活捉周志开！"

下山琢磨及各战队长嗷嗷叫着。

"捉住周志开，我要把他活剥，以解我心头之恨！"横山勇恶狠狠地吼道。

"嗨！""嗨！"

在常德会战地面和空中厮杀最激烈的一个多月，周志开几乎每天出击轰炸扫射敌军阵地或交通线，他越战越勇，从没有如此兴奋。

这天，周志开执行完轰炸任务回到基地，获知第 21 中队长高又新率领两架 P-43 式和一架 P-40 战斗机击落四架敌机，他动员队员们向 21 中队看齐，再立新功。当天，周志开奉命驾 2312 号机袭击荆门敌机场，到达荆门上空，他准确投弹命中停靠在机场的日机，将其摧毁。为彻底摧毁这个机场，他驾机往返三次细心观察，发现敌机场隐藏数所营房仓库，他立即对准目标射击，摧毁所有仓库。此后，周志开开启了全天候战斗模式，甚至一天连续出征两三次。

第二天，扫射津市敌人多艘汽船、木船，轰炸斗湖堤新建机场……

第三天，轰炸津市敌军，扫射常德澧县公路上敌军人马车辆……

第四天，轰炸扫射公安敌军，侦察公安至临澧路上敌军动态……

第五天，侦察常德西北敌人动态……

第六天，扫射轰炸易桥敌军……

第七天，扫射热水坑漆家河以东及潘家桥盘龙桥以西敌人退却部队，摧毁热水坑以东小山敌炮兵阵地……

第八天，巡逻侦察公安石首澧县一带地区敌人动态……

第九天，侦察良坪菜园寺敌人动态，侦察澧县公安斗湖堤敌人运输状况，扫射敌驮马队，毙敌三百多……

第十天，周志开登机前，特意带了一批罐头等干粮，完成低空侦察任务后，他趁日军不备，轻松穿越日军阵地，日军发现后，气得胡乱放了一阵高射机枪。周志开飞到我军阵地上空，将罐头等食品投下，陆地战士们开始不知道这架雄鹰战机驾驶员是谁，当周志开低空盘旋时，他驾机在空中翻了个筋斗，飞了一个 V 形特技动作，预示着常德会战胜利。这时，不知谁喊了声："这是我们的摘星手周志开！"周志开驾机爬高，大家仰望长空，纷纷向空中 2312号战机致敬，一直目送飞机远去……

在空军支援下，中国陆军部队很快发动反攻，并包围了敌军，顺利收复常德。

傍晚，周志开驾驶战机刚降落恩施基地，无线广播传来收复常德的消息，他舒了一口气，激动地流下眼泪。连日征战，周志开超负荷的作战密度超过重庆大轰炸期间，顾不上吃饭睡觉，严重透支身体。他刚要站起来，突然眼前一黑，晕倒在座舱座位上。

赵晓光、刘帅等队员迅速跑过来将周志开抬出机舱。起初，大家以为周志开负伤了，仔细检查一番，除了飞机外部布满累累弹痕外，周志开身体并没有枪伤。军医赶来，发现周志开嘴唇干裂，心跳减慢，称这是过度疲劳引起的昏迷，问题不大。战友们这才放心，将水壶口对准周志开干裂的嘴唇，缓缓灌下温开水。24 中队的刘孟晋获悉周志开归来昏迷，赶紧跑来看望兄弟。

一会儿，周志开清醒过来，微笑着说："没事，太困……听到收复常德的消息太激动了。P-40 战机真是我的好胳膊腿，既能扫射又能投弹。"

"队长，你可把大家急死啦！你要真有个三长两短全中队都完了……所有战绩都是零！"赵晓光说。

"你如果不醒来，大中桥 115 室就剩我一个，我也不活了……"刘孟晋说。

"你不活谁来完成兄弟们的愿望？这可不是三哥坚强个性。我醒不过来正好实现最后捐献遗体的愿望嘛，闯过这么多枪林弹雨留下一具完整遗体多难得……"周志开笑着说。

"你这么想捐，我现在就把你拉医院去活着捐了得啦！圆你的终极英雄梦！"刘孟晋开着玩笑说。

"三哥真坏，也太狠心了吧，真就舍得弟弟？不怕有人找你算账……"周志开故意逗趣着。

"我哪敢呀……重色轻友，英雄也不例外。你又想杜小姐了吧？常德大会战胜利了，快把婚结了吧！不然追你的人越来越多，你会挑花眼的……"

刘孟晋一番话说得周志开脸又红了，他连连摆手，说："空即是色，色

即是空……"逗得大家哈哈大笑。

大家将周志开抬到宿舍休息，并送来丰盛的晚餐。

晚饭后，大队长李向阳、中队长高又新等人来到宿舍看望周志开。周志开从床上站起来敬礼。

"报告大队长，周志开执行任务完毕，请求归队！"

"好！你小子！常德会战你立大功啦！一个多月，无论出击次数还是歼敌人数，你周志开都是全大队最多的！"李向阳用拳头轻轻地捶了一下周志开的肩膀。

"志航大队的冠军队属于你们23中队！周队长才是名副其实的驱逐之王啊！"高又新心悦诚服地说。

"惭愧，驱逐之王当属高兄。常德会战，志开不过有几分幸运罢了。"

"你们都别谦虚啦，你俩不仅都是战神，而且是福将。周末我请客，来个一醉方休！好好庆祝一下！"李向阳笑着说。

李向阳、高又新等人走后。周志开一个人来到水房冲了个热水澡，密集的水线从头淋到脚下，他感到从未有过的轻松惬意，周志开一边搓洗着一边哼着空军军歌。

回到宿舍，周志开将身上水珠擦洗干净，他发现右脚上的伤疤不明显了。灯光下，健美的肌肤闪闪发亮，全身肌肉线条格外分明。周志开拍着发达的小腿肚子，自言自语地说："又闯过一系列鬼门关！浴血长空征战六年，穿越无数枪林弹雨，全身上下居然没留下什么伤疤，也算奇迹啦！但愿保持下去，等到抗战完全胜利那一天，兑现《健与力》杂志拍摄健美写真照的承诺。"

周志开跳上床，披上睡衣，掏出日记本，梳理着连日来的作战经历与感受，写着写着，他睡着了……

突然，一个身着长袍的白胡子老人来到床前，老人手执拂尘，鹤发童颜，慈眉善目，说道："志开醒来！志开醒来！"周志开迷迷糊糊地睁开惺忪睡眼问道："您是哪位……""莫道我为谁，长阳任我行。冰月寒雪飘，劫煞云中来。留得此身惜，切莫东向行……"

说完，一道亮光闪过，老人不见了。

周志开惊醒了，原来是一个梦，他百思不得其解梦中老人的话。

"难道暗示我不要再出征应敌？那怎么行啊？……小鬼子还没赶走呢！"

　　周志开拿起笔，在日记上接着写道："我——周志开，爱我的青春生命，爱我的亲人和朋友，爱我的战友兄弟，但更爱我的国家。如果我的青春生命能闪耀光芒，照亮黎明前的黑夜，换来飞鸽盘旋的春天，世间不再有血腥杀戮，我愿躯体化作纷纷飘扬的雪花，滋润那片充满博爱自由的和平热土……"

十八　云天恨海长阳血

　　常德会战期间，周志开率第 23 中队屡立战功，击落敌机五架，他以指挥有方、作战勇猛获一等宜威奖章。同时受表彰的还有高又新率领的第 21 中队。空军司令部准备提升周志开为第四大队副大队长，但有人提出反对意见，称周志开每次战斗冲锋在前，勇气可嘉，但有个人英雄主义思想，存在贪功想出名的自私心态。另外，周志开单机击落敌机总数并不是最多的，却因梁山之役获颁青天白日勋章，有人不服。还有人反映，周志开以相貌出众、爱炫耀，崇尚西方思想生活，作风轻浮，热衷与女星交往……于是，司令部提升周志开副大队长之事暂缓。

　　消息传到四大队，训练场的战友们为周志开抱不平，纷纷抱怨道："嫉妒！完全是嫉妒！小人恶意诽谤，卑鄙无耻！志开为人谦虚随和，性格沉稳，带兵率先垂范，不仅是优秀战斗员，更是难得的指挥员！""有的人靠论资排辈成为指挥官，昏庸无能，就知道坐在办公室论道，偏听小人打小报告，根本不了解一线官兵的实际情况！"

　　听到战友们的议论，周志开莞尔一笑。

　　"谢谢大家对志开的关心与鼓励！政府和司令部给我的荣誉确实太高了。我年轻，身上缺点多，缺乏领导艺术，任职中队长时间不长，需要在战火中更好地锤炼自己。其实，我就想做一名普通飞行员，在空中与敌人格斗。"

傍晚，23 中队分队长严仁典，队员赵晓光、刘帅为周志开遭遇流言愤愤不平，他们联合全队战友准备以集体名义向高层反映周志开大义助人的高尚品格及带兵有方的真实情况。周志开知道后，严肃批评中队官兵，他耐心地说："你们这样做对我有意义吗？！仰不愧天，俯不愧人，内不愧心！我——周志开的为人，你们最清楚，功名与权力不过是浮云，那根本不是我想要追逐的。雁过长空，影沉寒水。雁无遗踪之意，水无留影之心……有些事我一直没告诉你们。我的爷爷曾是清朝二品官员，父亲也是国民政府山东省高等法院院长，他们官场朋友很多，特别是父亲。但我从来没想靠长辈来庇护成长，甚至不想让战友知道我的家庭背景，我就是想靠自己拼搏，走出一条无悔人生路。我童年衣食无忧，家境非常好，但厌烦朱漆大门里的荣华富贵生活。爷爷曾说过：'不可见利而趋，遇害则避，但凭天理良心做事，虽败亦无可悔，勿因目前利害而变节，徒致身败名裂耳。'老人给我留下深刻印象，一直影响我们的家风，使我明白做人之理，懂得报效国家之理。我始终坚持要把个人命运跟国家命运结合起来，为国家做一点儿贡献。痛心的是，狼烟四起，国家受辱，不能读书治学，唯有航空救国。我喜欢跟大家一起穿草鞋，剃光头，睡通铺，战长空，在烽火中磨炼自己。有人说我靠一张俊俏脸蛋滥交女人，我可以负责地告诉兄弟们，我至今没跟一个女人上过床，哪怕是自己爱的人……我命在长空，今生不会让任何一个无辜女子为我陪葬，'色不异空，空不异色；色即是空，空即是色'，一切让时间来证明吧……我确实有杀敌立功盼望成名当英雄的欲望，入航校之前还想当电影明星，但我不爱财，身上唯一华丽的点缀品就是手指上这枚金戒指，我之所以戴着它是为了完成一种证明，将来一旦机毁人亡时，亲人们可以在飞机残骸中找到我的残肢碎体……无涯毁誉何劳诘，骨朽人间论自公。我——周志开，属于这个苦难深重的民族！如今国家需要我捐躯，我自然义无反顾！我死则国生！祈盼我中华大地早日脱离战火，永远和平！"

周志开激动地说着，眼里噙着泪花。

严仁典、赵晓光、刘帅认真听着，眼泪"唰唰"地流下来……眼前的周志开是那样熟悉却又陌生，因为相处这么长时间，自己并没有真正了解周志开大海般的胸怀。三人视线模糊了，周志开的伟岸形象越来越高大，足以令他们仰望，遇上这样的队长，结交这样的战友兄弟，是自己一生的荣耀。

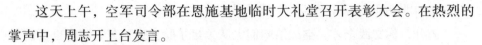

这天上午，空军司令部在恩施基地临时大礼堂召开表彰大会。在热烈的掌声中，周志开上台发言。

"常德会战胜利，离不开陆军部队浴血搏杀，离不开我们空军部队协同作战，离不开陈纳德将军率领的美国第 14 航空队的鼎力相助！常德会战属于饭碗之战，胜利意义重大，我们摧毁了日军惨无人道的野蛮计划，保住了中国的粮仓，避免无数百姓死于饥寒。如今，经过一年艰苦争夺，我们夺回了中国战场的制空权，洗刷了被迫避战的耻辱！战友们，一寸山河一寸血，万里长城万里魂！让我们再接再厉，彻底将小鬼子赶出去！中国抗战必胜！"

台下，爆发出雷鸣般的掌声！

"中国抗战必胜！向摘星手周志开少校致敬！"

"向红武士周志开致敬！"

…… ……

呼喊声此起彼伏。

表彰会结束，大队长李向阳带领四大队的战友们走上前，紧紧拥抱周志开，激动得说不出话来。

"把英雄抛起来！"不知谁提议，大家响应，将周志开抬起来，一次次做着上抛动作。

"大队长，该兑现诺言了，请客庆祝吧！"高又新建议。

"好，今晚咱们好好庆祝一番！"

晚上，山谷里大队部食堂像办喜事一样热闹，大家一边喝着酒一边即兴表演节目。李向阳和张副大队长、周志开、高又新等人坐在靠近主席台的一桌，兴奋地观看战友们自编自导的节目。四大队人才济济，各中队轮流登台表演节目，有唱歌的、有对对子的、有演话剧的、还有表演武术的……大家格外尽兴。特别是 21、23 两个中队的队员们，战斗中竞争较劲儿，文艺汇演也不甘落后。

"我们 21 中队是开花芝麻——步步高！"

"我们 23 中队是出土甘蔗——节节甜！"

队员们兴致越来越高，各中队长也坐不住了，高又新首先上台表演格斗术，他一个飞身跳上舞台，随即摆开招式，步步紧凑，闪展腾挪，瞬间将几个壮小伙摞在地上，赢得一阵掌声。

"23中队周队长来个节目！"有队员起着哄。

"志开，你文武全才，空战给咱们大队争足了脸！这才艺表演你也要满足大家啊！"李向阳笑着说。

"李大队长，您先来个节目吧！常德会战志航大队的战功都是在您领导下取得的！"周志开说。

"你也会奉承我了……我上台后你肯定满足大家的愿望吗？"李向阳问。

"一定！"周志开爽快地应道。

在大家的掌声中，李向阳走上主席台，接过主持人的话筒，说："我今天高兴，但没有音乐细胞，唱不好，就给大家出对联助兴，我说上联，你们抢答说出下联。请听好：中国捷克日本。"

高又新首先站起来喊道："美国苏联援华！"

李向阳摇了摇头，说："要保持词性相当、结构相称。"周志开注意到大家面面相觑，没人站出来继续回答，于是站起身来不紧不慢地说："南京重庆成都！"

"好！解释一下你的答案。"

"中国一定战胜日本，南京还会重新庆祝成为首都！"

"志开的下联对得精巧准确！"顿时，大厅响起热烈掌声。

"志开，该你上场了！"李向阳喊道。

"好，献丑了！"周志开精神抖擞地走上台，立正敬礼。

"战友们好！我——周志开。兄弟们，今晚我们在这里欢庆时，不要忘记那些牺牲的战友，他们化作天空中的群星，在注视着我们……长空壮士血，万古军人魂！"

"志开说得对！长空壮士血，万古军人魂！我提议这杯酒，敬我们牺牲的战友！"大队长李向阳郑重地说。

"敬牺牲战友，一路走好！"大家斟好酒，仰望窗外夜空，然后将酒洒在地上。

随后，周志开接过李向阳手中的话筒，说："今天给大家唱一首咱空军的战歌——《壮志凌霄》，请战友们多指点！"

说完，周志开清了一下嗓子，满怀激情唱了起来。

"壮志凌霄，壮志凌霄，好男儿报国今朝。翱翔铁翼山河动，扫荡云烟日月摇，我们要智勇充沛，德性高超，经文纬武，飞虎腾蛟。努力奋发为雄，勿忘艰难缔造，担负起天下兴亡，万里长空永保……"

周志开洪亮的嗓音、激越的曲调，听得战友们热血沸腾。很快，大家一起跟着唱起来，雄浑的战歌回荡在食堂上空，响彻整个山谷。

周志开唱罢，刚要回到餐桌前，台下有人喊道："再来一首！""再来一首情歌《西子姑娘》！"

主持人笑着说："周少校才貌双全，帅得迷人，令众多美女折腰，不乏爱情故事。请您为大家唱一首《西子姑娘》吧。"

周志开脸"唰"地一下红了，"哪有什么爱情故事，我还是光棍一根呢……"周志开说。大家再三起哄，周志开只好又唱起《西子姑娘》来，"柳线摇风晓气清，频频吹送机声，春光旖旎不胜情……"悠扬委婉的深情旋律瞬间把大家听醉了……

战友们张着嘴，仿佛看到西湖少女在痴情地凝望着天空，苦苦守候心上人归来。周志开唱罢，大家依然回味在动情的旋律中。

"要是有女歌星来伴唱就好了！"

"女星也没有咱们周队长唱得好！"

战士们窃窃私语。

"周队长不仅歌唱得好！他健美的体形更迷人！给我们展示一下健美动作吧！"

台下又有人提议。

"看来今晚周少校不彻底满足大家是下不了台了！"

"这可不行，太不严肃啦！"

大队长李向阳笑着说："志开，这里都是从死亡线上爬回来的兄弟，难得一刻放松，展示阳刚健美身材有什么不好意思？这与西方自由生活无关！拿出空战血性来！"

"是啊，志开，别像大姑娘似的，光脸蛋俊不行，没点儿魄力，你怎么带兵啊？"

"小白胖，大中桥好汉都是铁骨男人，亮出真功夫！"

"对，小白胖亮出好身材！否则就是天气冷怕挨冻！"

听了大家的话，特别是还有战友叫自己"小白胖"这个称呼，周志开的倔强劲儿上来了，"哼，别以为我是白面书生，谁说我怕冷？冷水澡我都敢冲！今天让你们知道什么叫力与美……"

于是，他微笑着说："那就恭敬不如从命啦！"

说着，周志开解开腰带，脱下皮鞋，干脆利落地脱下军装和内衣，只穿一条短裤，露出一身腱子肉。"好样的，志开！""勇敢！""这才是咱空军血性男儿！"……

灯光下，周志开自然站立，富有光泽的皮肤，发达的肌肉，匀称的体形，鲜明的线条，饱满的精神，一下将全场战友镇住了……生动面孔下，宽厚挺拔的双肩格外对称，健硕的胸肌闪闪发亮，六块块垒分明的腹肌，呈现出一个"王"字，与两条结实的大腿相得益彰，两条矫健小腿跟腱修长，轮廓如钻石一般，球形腿肚儿蕴含无穷力量……

"哇，真是标致极了！这肌肉线条胜过大卫啦！"

"人鱼线、马甲肌、子弹肌……简直帅炸了！"

"是啊，从没见过这么健硕有型的好身材！这才是咱们中国军人的模特，如果中华男儿都有如此精干体形，谁敢说我们是'东亚病夫'？！"

"今晚算饱眼福了！咱队长这强健匀称的体形太迷人了！难怪那么多漂亮女孩儿追他追得神魂颠倒……"

"队长胸肌隆起，尽显男人阳刚之美！"

"队长的背部宽阔结实，呈倒三角形，太有男人味了！"

"我最喜欢队长线条清晰的腹肌，这才是帅男人的标志！"

"我认为队长的小腿最帅，轮廓清晰，健力美兼具！"

"无须表演，队长站在那里，全身各部位肌肉匀称协调，犹如一尊雕像，一件艺术品！"

"赶紧向中队长取经，我也要练成这种精干身材！"

"光塑造体形不行，人家志开还有俊朗的脸，所以才成为众多痴情少女的偶像！"大家啧啧称赞着。

伴随动感音乐，周志开自然站立，然后左腿屈膝，前脚掌着地，吸腹挺胸，右手握住左手腕，屈肘，用力收缩胸部和全身肌肉……台下爆发出雷鸣般的掌声，随即，周志开又做了后展肱二头肌、侧展肱三头肌、前展腹部和腿部等健美表演造型动作。肌肉线条勾勒出来的强健体魄，尽情释放着青春活力……

周志开动作流畅地展示完全身各部位肌肉后，挺胸并腿，抱拳致意。台下喝彩声、掌声不断，热烈气氛驱散着江南冬夜室内的寒意。

"志开，等抗战胜利你参加世界健美大赛，保准拿个第一！"

"对，我敢打赌！队长肯定是世界冠军！"

"那时队长就是世界明星了！"

"周志开，中国的大卫！"

"这体形，不仅好看，更实用，所以志开能驾机玩高难度特技！"

"这身肌肉铠甲，鬼子枪弹也奈何不了！"

…… ……

在一片欢呼声中，周志开穿好军装，然后郑重地对大家说："战友们，我不想做什么中国的大卫！只想做一名优秀的中国空军飞行员，不惜用生命捍卫国家的和平！安得壮士挽天河，净洗甲兵长不用。愿我们的祖国早日远离战火，百姓脱离苦海。战友们，抗战还没有到狂欢时，作为一名飞行员，我们随时都可能倒下，甚至粉身碎骨……裹尸马革英雄事，纵死终令汗竹香！别忘了，当冲锋战友倒下去的时候，请活着的兄弟替他们回家看一看！请最终活下来的兄弟，把我们的悲壮故事讲给生活在和平盛世中的后代们听，让他们懂得我们的死是为了谁……"

周志开说着说着哽咽了，战友们眼眶闪烁着晶莹泪花。

"兄弟们，记住周队长的话，活下来的兄弟照顾好牺牲战友的亲人，传播好英烈事迹！战事尚未结束，今天的聚会就到此吧！等抗战全面胜利那一天，我们再聚，但愿今天在座的一个都不能少！最后，告诉大家一个重要消息：中国战区指挥部宣布常德会战结束，航委会电令我们志航大队于后天（15日）飞返重庆梁山，请大家做好准备。"李向阳大声说。

听到要返回重庆，大家又是一片欢腾，毕竟重庆是四大队战斗时间最长的地方，那里的基地设施更完善，训练、吃饭、洗澡方便些。

随即，一曲激昂的空军战歌再次响起，四大队联欢庆祝晚宴结束。

周志开回到宿舍，身心疲乏，他顾不上休息，小心翼翼整理衣物。然后，周志开将常德会战上峰颁给自己的奖金仔细清点了一下，准备捐给孤儿院，留下一小部分给父母买点儿礼物。

收拾完，周志开将临时洗澡用的木桶倒满温水，他想彻底清洗身上的征尘，好好放松睡一觉。周志开关好门，脱去内衣泡在木桶里，从头到脚搓洗着……他感觉舒服极了，仿佛回到童年夏天畅游的河水中，碧波荡漾，鱼儿游来游去，岸上杨柳依依，鸟语花香，他看到了长城，望见了大海……连日征战、白天紧张的操练与晚上的激情演出，周志开实在太累了，洗着洗着，他头靠在木桶边睡着了……冬季室内温度越来越低，过了一阵儿，周志开被冻醒了，他看到自己浑身赤裸睡在木桶里的样子，尴尬地笑了，"再晚醒一会儿我快冻成冰人了！"他不禁留恋起大中桥营房集体宿舍的火热生活，"一个人生活倒是挺自由，但有时真不容易。如果抗日哥在身边该多好啊，今晚我们会一起登台表演，他最懂我……"周志开自言自语地说，感到一股莫名忧伤，"哥，说好你给我拍照的，怎么失约了呢？……哥，我好冷，如今谁来给我御寒……"周志开眼噙泪花，回忆起哥儿俩相聚度除夕的一幕幕……

周志开从木桶里站起来，准备擦干身子上床，由于刚才在水里泡时间长了，一时两腿发麻竟站立不起来了。"如果突来敌情这不麻烦了嘛！唉，什么时候我才能好好洗个澡睡个踏实觉呢？"过了好一阵儿，周志开腿脚麻木感消失，他从木桶中跳出来，一不小心，小腿胫骨碰到木桶边缘的木板上，顿时鲜血直流。周志开赶紧擦拭干净，若有所思地说："小腿肌肉如此发达，却抗不住木板的撞击，因为胫骨前部没有肌肉抗阻缓冲，皮肤太薄了……再强大也有脆弱之处，战机就是自己的肢体，不也是这个道理吗？"他琢磨着空中格斗如何扬长避短，发挥战机最大效能……

周志开擦干身子，看着全身线条流畅的腱子肉，特别是放松状态下块垒分明的腹肌块儿，不禁产生一种自恋情结，他暗自笑道："假如米开朗琪罗在世挑选雕塑模特，我能入选吗？管他呢，审美标准各异，中国男人应该塑造富有自身特色的阳刚之美。总之，昔日'小白胖'能给大家带来力与美的享受也算值了。军营淬火，空中搏击，没白摔打。真正的健美男儿不仅形体呈现阳刚美，还要具备勇敢无畏、刚毅果断、坚毅顽强的精神气质，更应该拥有一颗悲天悯人的博大之心，多行善事。雕塑健美体形，塑造美好心灵，我尽管一直在努力，但做得还不够完美……"

周志开想到自己即将到来的25岁生日，想到大中桥同宿舍的战友全抗日、冯天亮、张祖骞等兄弟，他感叹道："要是几位哥哥他们还在该多热闹啊！

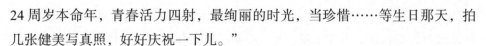

24 周岁本命年，青春活力四射，最绚丽的时光，当珍惜……等生日那天，拍几张健美写真照，好好庆祝一下儿。"

夜深了，周志开盖上被子躺在床上，不用再穿着飞行服入睡，他仿佛融入大自然之中，感觉从未有过的轻松惬意，这一宿周志开睡得很香……

第二天一大早，12 月 14 日，伴随着起床号声，周志开早早起来整理内务，出完早操，他一个人来到训练场旁散步。

此刻，东方出现一片柔和的浅紫色，等着姗姗来迟的冬日朝阳。周志开坐在一块石头上，眺望远方的云霞。一会儿，浅紫色变换成彩霞，似火在燃烧，几朵浮云披上一层金色，像猛虎的爪牙在抓捕一只山羊……周志开心"噗噗"跳了起来，他恨不得立马飞上天去解救那只可怜的山羊……周志开多愁善感，内心世界极为丰富，别人眼中普通的云霞，他能观察出美妙与险恶，悟出世事沧桑之道。确如战友所言，他气质不俗，不仅四肢发达，大脑更聪明，他的机敏与判断力绝对出众，这也是他不管空中格斗多么险恶都能化险为夷的重要因素。朝霞渐渐变得斑驳陆离，云层似乎很厚，朝阳依然没有喷薄而出，周志开心中有些遗憾。

突然，早餐号声响起，他匆匆赶往食堂吃早餐。

早饭后，周志开来到基地附近邮局，悄悄把常德会战获得的大部分奖金又寄给了重庆孤儿院。

大队长办公室，李向阳正准备下令次日全队返回重庆梁山基地。这时，他接到第一路军司令张廷孟的电报，称："我方突然侦察获悉日军在汉口集结百架飞机意图威胁湖北恩施、梁山等前进基地，另又有多股陆军部队正在汉口以西方向活动。航委会责令四大队火速查明敌军意图，速派最精干侦察机以最快速度进行低空侦察。张廷孟"。

此前，中美空军的侦察任务一般由蚊式等专用侦察机来担任，但常德会战以来每逢有重要侦察任务时，司令部总是要求经验丰富的老飞行员驾驶P-40 战机来完成。

看着电报，李向阳犯愁了，派谁去呢？他深知，任务紧迫，没有特别精湛的飞行技术和侦察经验的飞行员无法在短时间内完成这么重要的任务，唯有王牌飞行员周志开、高又新，特别是周志开，他肯定能出色完成任务。一个多月来，周志开为支援陆军作战，连续单机出动侦察前线敌军活动情况，他从没有抱怨，总是率先出发，最后返航。周志开富有独立作战经验与胆略，这么艰巨而急迫的任务非他莫属。但李向阳还是有些顾虑，单机独闯敌前线，P-40执行这种低空侦察任务风险很大。P-40低空盘旋、格斗性能都不如日军主力战机，万一与其遭遇，再优秀的飞行员也难以脱身。

"这员虎将可不能有个三长两短啊……不过，现在常德会战已告胜利，敌机大部分向南逃窜，即便出动也是秋后蚂蚱，估计不会有多大威胁……"

李向阳正反复琢磨着，周志开前来请战。原来，他给孤儿院寄完汇款回来途中，遇到大队作战吴参谋，告诉他部队暂缓回重庆基地。周志开判断又有新任务，决定在中队调回梁山前再对前线敌军进行一次侦察，特意来找李向阳。

"正好，上峰刚来电报，敌军有行动！"

说着，李向阳将电报递给周志开。

"大队长，派我去吧！"李向阳还有些犹豫，突然电话铃声响起，张廷孟打来电话，要求派周志开完成这项艰巨的侦察任务。张廷孟本来接到航委会"常德会战结束，张司令官即率四大队人机返渝"的命令，但他觉得详细侦察一下为陆军提供参考情报再班师回重庆更安心，主动请求再派精干飞行员到汉口附近侦察长江有无兵舰及火车站日军运兵列车的情况。航委会根据最新情报，批准了张廷孟的请示。

李向阳放下电话，说："张司令直接点将啦，非你莫属！"

"太好了！"

"你做事太要强，单机侦察会吃亏。这样吧，你和高又新一起去。一定要注意安全，速去速归！"

"是，保证完成任务！"周志开绷紧双腿立正敬了个标准军礼，信心十足地说。

李向阳将高又新叫到办公室，对两个人进行一番交代。为震慑敌军进行无线电欺骗，空军电台特意将周志开的呼号升格为大队长，认为这样敌人监听到后，武汉一带敌机便自会起飞避警，向南京、南昌等地逃逸，等发现周志开是单机时已无法追击了。

上午十时许，周志开准备登机，检查身上两支手枪里的子弹，每次执行任务前，他都要认真检查一番。飞行员配备手枪，主要用来危急时刻应急，一旦跳伞落入敌军阵地，手枪里最后一颗子弹是留给自己的，"中国空军没有俘虏"的观念深深刻在每个飞行员心上。

这时，23中队分队长严仁典、赵晓光、刘帅等队员闻讯后前来相送，赵晓光将周志开的保险伞带拉上，并扣好。周志开自己试了伞，性能良好，他逐一与送行的战友握了握手。

"队长，保重！"

"队长，等你回来到重庆吃火锅！"

大家嘱咐着，周志开登上2312号P-40式驱逐机，关上密封盖，微笑着点了点头，就滑行起飞了。

随即，高又新也驾驶一架P-40战斗机起飞。两架飞机在空中会合后，一起沿长江向东飞去。两架飞机先在孝感上空略作盘旋，确认没有大批敌机后，两人决定分头行动，高又新转向江北，侦察沙洋、皂市、钟祥、荆门、宜昌。周志开则按计划向西南飞行，前往沣县、澧县、石首、华容、安乡一带阵地侦察敌军及敌船运输状况。

十二点二十分，周志开驾机飞至汉口机场上空侦察。天空飘着浮云，为了获取准确详尽情报，周志开冲出云层，下调飞机高度，他机警地注视着下面，不断用相机拍摄地面情况。正拍着，敌地面岗哨发现周志开的座机，警报突然响起，日军数架战机紧急升空，群狼式围攻周志开的飞机。周志开沉稳应战，他又拿出"8"字飞行特技，穿梭在敌机密集火力网中，然后抓准机会左右开弓，先后对准其中两架敌机发动机猛射，顿时，两架敌机冒着黑烟坠毁……敌机陆续增援，周志开没有恋战，他一个斜冲，甩开敌机向西南方向飞去。

甩开敌机后，周志开沿着长江南岸继续侦察，寻找地面日军踪迹。此刻，周志开驾机飞到湖北长阳境内，自从全抗日、张祖骞牺牲在长阳后，周志开将自己的战机代号称为"长阳"，志在为战友报仇。灰暗色的云层很厚，漫天翻卷，周志开注意力大部集中于飞机左右下半部，他忽视了飞机的尾后、侧背。突然，四架日军钟馗战机从他后侧悄悄靠近，领队的正是日军第85战队分队长细藤才，他率领中尉根岸、上士柴田等多人，奉命到我方前线执行游猎巡逻侦察任务归航，正好与周志开战机遭遇。

细藤才等人驾驶的中岛Ⅱ式钟馗属于高空战斗机，经过改造，续航能力和灵活性大幅提升，战斗力相当厉害，这是日军刚从本土调来的新型改装钟馗战斗机，日军本想用完善后的中岛Ⅱ式钟馗战机与美军在太平洋决一死战，因常德会战失利，所以调来一部分，准备再度压制中美空军。

日军谍报部门掌握中国空军"战神"周志开的战机编号，要求其各级队长及王牌队员必须牢记，只要空中遭遇就不择手段将其消灭。当细藤才发现周志开的座机编号时，顿时乐开了花，"支那周志开这只神鹰给我们带来极大损失，搞得整个日军海陆飞行部队士气低落，高层绞尽脑汁也抓不住他，这下总算让我逮住了。他现在单机飞，而且驾驶的战机跟我们的新式战机根本不在一个档次上……嘿，这可是送上门来的大鱼啊，要活捉领赏！"

细藤才想着想着不禁打了个哆嗦，他暗想：这周志开可是身经百战的猛虎啊，皇军多少神风特攻飞行员都命丧他手！我领教过他的战技，他一个人轻而易举干掉我们三架战机，不可轻敌。我别做梦活捉他了，能把他打伤或打死就立大功了。于是，细藤才悄悄向身后钟馗战机驾驶员根岸、柴田等人发出偷袭信号，命令其他三架战机从后面的左中右一起攻击周志开战机，他自己从上面压制。指令传递完毕，四架Ⅱ式钟馗像饿狼一般扑向周志开的座机。此刻，周志开正全身心集中精力关注飞机前方左右下半侧进行地面观察，哪想到日军战机从背后突然卑鄙袭击。正飞着，周志开猛然从后视镜注意到敌机扑来，说时迟那时快，他迅速爬升试图摆脱，岂料细藤才驾机从上面冲下来。瞬间，密集的子弹像雹子一样从四周射过来，打得座机火花四溅。周志开沉稳地操作着，一边在火网中穿行，一边瞅准机会猛烈还击。然而，他左躲右闪，上下腾飞，但始终无法突围出来。周志开发现，自己驾驶的P-40战机在盘旋、爬升、速度等方面远不及对方钟馗战机，既无法水平机动摆脱，也无法借助P-40俯冲机动性能好的优势逃脱，只能被动挨打……

周志开有一种不祥的预感，"不好！"他叫了声，腿部、背部先后被敌机机枪击中，鲜血瞬间渗透了飞行服，他全然不顾，继续与四架日机周旋着……

"小鬼子，有本事咱们单挑啊！背后袭击算什么……"周志开骂道。过了一会儿，周志开伤痛加剧，他抱定必死之心，几次猛冲，想与日机相撞，但发现自己座机受速度与高度限制，根本无法接近Ⅱ式钟馗，可怜一代飞将周志开只能凭着娴熟的飞行技术拖延格斗时间，他再机智勇敢也难反转危局……突然，细藤才乘周志开与其他战机纠缠之际，瞄准周志开座机的发动机狠狠射来一串子弹，"嗒——嗒——"子弹正好击中发动机油箱，飞机剧烈颤动了一下，周志开使出浑身力气一拉操纵杆，飞机终于冲出四架钟馗战斗机的包围圈。

细藤才被周志开的勇猛震撼了，他驾机追了过来，准备趁周志开跳伞时扫射，追了一会儿，细藤才心有余悸，害怕周志开绝地反击，与其相撞，他不敢再追下去。另外，长阳属于我防区，细藤才担心遭到我方地面部队攻击。狡猾的细藤才看到周志开身受重伤，战机被击中，摇摇晃晃地飞向山区，估计飞不了多远就会坠落，机毁人亡。于是，细藤才在空中一阵狂笑之后，招呼同伙溜之大吉。

周志开忍着剧痛驾驶冒着浓烟的战机尽量保持平稳，飞机越过一个又一个山梁，他不甘心毁掉座机，没有打算跳伞，想将飞机迫降在一处开阔山地上。飞机飞抵长阳龙杨乡龙潭坪上空时，机内传来爆炸巨响，飞机操作突然失灵，瞬间急速下滑……周志开知不可为，他喊了声："战友们、亲人们……志开与你们永别了……"紧接着，从容地将侦察拍摄的照片胶卷掷下……

龙潭坪村，北风呼呼地刮着，村民早已被空中隆隆机声吓呆了，只见一架架飞机从高空飞过，时而枪声响起，人们心情非常紧张。突然，一架飞机在上空盘旋两圈，紧接着越过一座小山后摇摇摆摆地朝龙潭坪附近的岩湾坪飞来。岩湾坪是个面积不过十来亩的土坪，南北是小石山，东边矗立着几行大柳树，飞机最后呈东西向在岩湾坪坠下，一下撞到一棵大柳树上，瞬间把柳树撞成几截……机头又撞在石山上，"轰隆"一声巨响，如同闷雷，顿时浓烟滚滚，烈焰腾空……

地面人们惊呆了，发现飞机上标着青天白日国徽，知道是我们的战机，却一时不知如何施救。大家正不知所措时，一个叫易汉青的汉子跳进旁边的溪沟，将衣服打湿后闯入火海，拖出正在燃烧的周志开……

可怜英俊帅气的周志开血肉模糊，极难辨认，遗体只有胸部腹部尚完整，头部下颚以上部分不见了，仅剩头骨及头皮留在脖子上，背部、左手掌，手指、两大腿均被灼伤，外皮脱落，两腿膝盖以下及两脚掌都被烧焦，左腿且弯曲不直……看到惨不忍睹的一幕，现场救援人员无不失声痛哭。

不一会儿，龙杨乡乡长孙博古赶到，立即组织扑火。并在四周打上木桩，不让村民靠近，以防机上有爆炸物伤人。随即，孙博古组织人清理现场，从一件烧焦的上衣中发现一本日记和一张照片，大家才知道遇难飞行员叫周志开，25岁，是国军空军23中队少校队长。孙博古要求村民昼夜看护现场，守护好飞机和周志开遗体残骸，等待部队前来处理善后事宜，他迅速上报县政府。

沉重的铅云垂挂于天际，山风悲鸣，河水呜咽……傍晚，天空纷纷扬扬飘起洁白雪花……

恩施机场，无线电台紧急呼叫着，"长阳，长阳，收到请回复！长阳，长阳，收到请回复……"空气像凝固了似的，整个机场官兵都在牵挂着周志开的安危，等着他回来，电台也渴望听到一点儿他的无线电话，可是没有任何声音，没有一丝信息。从上午十点、十一点到中午十二点、一点，始终没有周志开的消息。基地上的人急了，李向阳更是急得团团转，"志开为什么一直不拍个电报来？"李向阳将周志开失去联系的情况逐级上报司令部。司令部通知防空部，一旦发现有飞机迫降，即刻报来。

当天下午四点五十分，高又新驾机返回恩施，李向阳急忙了解情况，高又新汇报说："我和周队长飞到汉口附近，已看到孝感机场，但未见敌机。他先摇翅向西南脱离，我向江汉平原的皂市、沙洋一带飞去，到钟祥、荆门之后，经由宜昌以北的兴山回来，什么都没有看见。"

听高又新说与周志开早就分开时，李向阳一下瘫在座位上。

"志开失去联系六个小时了！这回完了，我太轻敌了，是我害了志开……"

"没事，大队长您别担心！志开是梁山英雄，有一百零八条命，敌人没那么容易要他的命！"高又新安慰着。

"又新，我心里不踏实，明天一早，你赶紧带人去找！一定给我找回来！另外，立即上报司令部，通知各机场帮助协查！"

"是！"

傍晚六时十分左右，大家还没见周志开飞回，高又新也坐不住了，他判断以P-40战机的续航力，周志开不可能继续飞行。四大队再次上报周志开失踪的消息，空军第一路司令张廷孟命令恩施、梁山、白市驿三座空军电台轮流呼叫，但均无音讯。随即，第六战区全部防空监视哨所进行空中搜索，没有发现任何线索。

晚饭后，国民党谍报部门截获一份日军电文，其中提到当天下午，曾有一架中国飞机偷袭汉口机场，日军地面设备略有损失。日军立即出动战机与之进行激烈空战，这架中国飞机在击落两架日机后负伤向长江南岸逃离。人们顿时如五雷轰顶，但依然希望情报有误。

恩施基地电台打开了收音机，收到汉口敌人广播电台一条广播，大家听着血都凝结了，那声音是由中国人说的汉语："今日十二点二十分，中国飞机队前来汉口机场实行偷袭，我地面设备略有损害，我神武飞鹰立即升空与之从事激烈空战，当将敌机全队覆灭，仅余一架沿长江南岸负伤飞逃，我机亦有两架损失。"

深夜，湖北省政府转来长阳县龙杨乡乡长孙博古报告："我机一架在空中着火，坠于龙潭坪附近山岩上，发现驾驶员身上有青天白日国徽，空军大队出入证。从军服、随身物品辨认，此人是周志开。"

获获悉噩耗后，第六战区司令长官陈诚下令恩施空军基地赶紧赴长阳核实情况。恩施基地司令官田振声立即命令前进指挥所主任、中美混合联队行政检察官、随军记者刘毅夫和23中队分队长严仁典驾车前往坠机地点加以确认。刘毅夫、严仁典穿上皮飞行衣，连夜乘坐大卡车前往巴东，翌日到达巴东后乘船来到三斗坪，然后爬一整天的山，夜宿生姜坪，到长阳县后又连续爬了两天大山，终于到了坠机地——龙潭坪。

刘毅夫、严仁典在龙杨乡乡长孙博古家里住下，第二天早饭后，两人跟随孙博古和目击周志开战机坠落的几位村民一起来到龙潭坪一个三湾大河套里。河套有一公里长，半公里宽，套中长满合抱大树，小溪两旁遍布大小不一的石块，从高空看，很像山中一片平坝。在小溪进山峡一头，二十余棵大树齐头断折，村民介绍，这都是被飞机碰断的。断树附近，汽油味扑面而来。孙博古指着石崖说："飞机碰断了很多大树之后，又碰到前边的石崖。那位飞将军就牺牲在石崖下边，唉，真可惜，我们当天已把飞将军的遗体装棺了，就停在石崖下边。"

刘毅夫、严仁典心情沉重，沿着崎岖山路来到一堵石崖下边的飞机残骸前，一眼就认出那是我方的 P—40 战斗机。战斗机的残骸三分之一深陷在积雪中，左侧主翼已经折断，油箱下方有十几个弹孔，汽油溅了一地，但没有爆炸。机头前的发动机被撞成碎片，机身部分尚完整。刘毅夫、严仁典急切地想打开棺木看一眼战友遗体，孙博古称："飞将军下颚以上部分都没有了，非常惨烈。根据我们当地习俗，请重新装殓时再检查吧。"刘毅夫、严仁典泪流不止。

刘毅夫进一步调查战机坠落时的情况。一位目击村民介绍："我们听到山外有飞机的声音，抬头一看，就看到两架飞机，由东山头上飞过来，天空中还不时有断断续续的枪声，另一架飞机飞走了，这一架飞机又向西飞，飞了一会儿又折回来，就在河套上空兜了几个圈儿，忽然扑下来，先碰断几十棵大树，最后一头碰到石崖上。等我们跑过去，飞机摔碎了，飞将军的头也碰没有了。""你们看见的飞机是什么颜色的？"村民说："我们这架飞机是黑色，另一架飞机是白色，跟在黑飞机后边。"刘毅夫问："你看白色飞机大些，还是黑色飞机大些？"村民回答不一，刘毅夫又问："白的在前边，还是黑的在前边？"村民异口同声说："我们这架飞机在前边，后面是白色飞机，我们听到几响枪声后，白飞机就向来时的路往东飞走不见了。"

刘毅夫断定，周志开是艺高人胆大，侦察任务中，已经耗油很多，返航时到了自己防线上空，疏忽了对空中的搜索，后下方视野不清，敌机利用这个机会，掉在后下方，打漏周志开战机的油箱。当周志开发觉遇袭时，油量已不允许他再应战，周志开设法寻找迫降位置，看到了飞过的龙潭坪河套长坝，等他降低高度，发现长坝地形并非理想迫降场，但油已漏光，不迫降已不行了。他又企图以翅膀碰树，减低飞机速度，想不到战机力量太大，连续碰断二十几棵合抱大树，仍向前行。此时，周志开可能早已被连续碰撞的巨响震昏，只是下意识握着驾驶杆，最后碰到石崖丧生。

飞机坠地没有爆炸，周志开的头颅到底哪里去了呢？刘毅夫百思不得其解。随即，刘毅夫吩咐大家在岩石周围仔细寻找，严仁典在附近山地上发现周志开飞机坠落着地前投下的敌情相片胶卷，但谁也没有找到周志开的头颅，最终也没调查出个结果来。"这几天一直有村民在看守现场。"孙博古解释说。现场参与救援的易汉青说："飞机先撞上一棵大柳树，最后机头撞在岩石上，我拖出驾驶员时他身上正着火，扑灭后，遗体就这样了，我也不忍细看，他

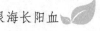

的头颅应该是撞碎了……"刘毅夫、严仁典只好作罢。

龙潭坪一位德高望重的八旬老人，主动将自己百年后的紫檀木寿材献出来装殓英雄遗体。

三天后，长阳县长也赶来了，并带来一个乐队，然后设墓，开棺。开棺之前，县长说："凶死的人见了亲人就会流血，刘主任你们要小心，不要让尸血喷上。"刘毅夫并不相信，他觉得隆冬季节，志开的遗体早已冻僵了，不会有血流出来。何况他碰山时血已经流尽，又在小棺里停了一周。然而，当小棺打开之后，意想不到的事还是发生了，志开的遗体脖子以上什么都没有了，突然从脖腔里冒出很多血水……

刘毅夫、严仁典惊呆了，两人悲痛万分。刘毅夫曾采访过周志开，成为无话不谈的好友，此刻，他腿发软，泪流满面。严仁典与周志开朝夕相处，更是失声痛哭，"这还是我们英俊的周队长吗？" 刘毅夫、严仁典详细检查志开残缺的遗体后，小心翼翼地用一块干净的白布包裹好，与村民一起将其抬放入新棺内。

第二天早晨，周志开壮烈捐躯七天后，航委会附员米季麟赶到长阳县处理善后事宜，他会同刘毅夫等人与长阳县府在龙杨乡公所举行周志开公祭会。

上午，在飘扬的雪花中，孙博古率龙杨乡民众及乡中心学校全体师生二百余人怀着无比沉重的心情参加周志开的公祭会。

刘毅夫主持公祭，并饱含深情地诵读了自己熬夜为周志开撰写的纪念碑文。

碑文写道：空军少校队长周烈士志开碑记，周烈士，河北滦县人，激于倭寇猖獗，长城震荡，乃立志投军，考入航空学校，于民国二十七年毕业，参与陪都空战，日夜勤劳，功绩卓著。二十八年出击桂南，于昆仑关上空，击落敌九六式重轰炸机一架，于是纪录创始，壮志益坚，而已为上峰赏识。越年复于重庆上空，再造战果，时则敌侦察机活动频繁，彼遂于三十二年春，运城之役，歼敌汉中上空，至是乃威名赫赫，同袍称羡，举国欣载，敌焰为摧，是年六月，鄂城战起，烈士于万急情态下，单机迎敌，由梁山而至万县，半句钟内击落敌九九式轰炸机三架，分坠长江沿岸，煌煌战绩，举世无匹，敌人既钦且嫉，然飞将尚在，敌气馁矣。最高当局，特授予青天白日勋章，以表崇功，而励士气，并拟送其出国深造，烈士则以百架纪录为期，领袖许之。不意二次鄂西会战之时，烈士竟于十二月十四日，出击返航时，饮恨坠机，龙潭山麓，杀身成仁，殉国年仅廿五，遗老母弱弟，旅居陪都，身后凄楚，闻者泪下，国殇痛悼，黎厝停炊，山河失色，天地同悲，刻石纪念，烈绩永垂！

刘毅夫谨题并悼。

这时，当地百姓才知道，大名鼎鼎的空军"战神"周志开是奉命飞往江北侦察日军防务归来而遇难的。

"向英雄周志开学习！我立志参加空军！"

"为英雄报仇！杀尽倭寇！"

"饮恨长阳，志开永存！"

"我要为周烈士守灵一辈子！"

…………

现场口号声此起彼伏，天空雪花漫天飞舞。

随后，大家眼含热泪向周志开灵柩三鞠躬，将周志开遗骸暂时浅埋于坠机处的小山顶上，以待改葬。

一位老人拄着拐杖颤颤巍巍地走过来，突然跪在坟前，悲怆地喊着："多好的小伙儿，为什么不让我这老朽换回他年轻的生命啊！苍天为他落泪呢……诚既勇兮又以武，终刚强兮不可凌。身既死兮身以灵，魂魄毅兮为鬼雄！"悲壮凄凉的声音久久回荡在山野中……

现场人员无不痛哭流涕。

公祭结束，孙博古等人将飞机未焚毁处存物及周志开遗物清单转交给刘毅夫。清单如下：机枪六挺，枪弹一百七十五发，自动手表一只，手枪两把及子弹六发，机场出入证一帧，国旗一面，自来水笔一支，法币二百元，关金（五元）三张，军人手牒一本，相片三张。

县府当天决定，将周志开坠机地点岩湾坪更名为"志开坪"。

十九　无声热血化碧涛

日军驻汉陆军航空队第 85 战队指挥部，细藤才带着几个飞行员向战队长齐藤斋吾汇报在长阳与周志开空战的经过，称击落周志开的座机，看到周志开座机坠落撞上山头。

"大佐阁下，这次周志开必死无疑！"

"吆西，细藤君立大功啦！你为大日本皇军除去一块心病！周志开乃支那最厉害的飞行员，击毙他必将动摇美国和支那空军部队的战斗士气，扭转皇军不利战局！不过，你怎么确认他一定被击毙了呢？这家伙狡猾得很，我们那么多神风勇士都拿他没办法。"齐藤斋吾心存疑惑。

"周志开座机编号 2312 我看得很清楚，那种迂回穿插的勇猛战术支那飞机只有他玩得出。说实话，尽管我们战机数量、高度、速度、火力都占优势，如果面对面空中对决，我们四架飞机也不一定是他的对手。我们采取背后袭击术，将其围困。激战中，我的机枪射中他身体和飞机发动机，而且，他没跳伞，飞机坠落着火了，他本领再高也插翅难逃！我想割下他的头颅给您带回来，因属敌人辖区，山地无法迫降，实属无奈。"细藤才兴奋地述说着。

"迅速收集情报，寻找证据，确认击毙周志开后，立即上报大本营，予以重奖！"

"嗨！谢谢大佐！"

　　傍晚，周志开捐躯最终确认的消息传到空军四大队，整个大队从大队长到飞行员、地勤人员悲痛欲绝。23中队营区，大家围着分队长严仁典问个不停，严仁典痛苦地说："我宁可自己替队长死啊……太惨了！"战友们抱头痛哭。

　　"中队长，你不是福将吗？你死得太不值啊！"

　　"为什么不让我去替中队长死？！"

　　"明知单机低空侦察太冒险，却派中队长去！这简直是谋杀！"

　　"上峰太轻敌！中队长太自信！"

　　"中队长每次战斗总是冲在最前面，迟早会出事。"

　　大家哭着、抱怨着……

　　"走，找长官讨说法去！"

　　"对，找大队长去！"

　　大家纷纷响应。

　　"站住！志开既是你们的中队长，也是我们大中桥一个宿舍的兄弟，他的离去，我比谁都难过。你们这样做，英魂无法安息。战事依然紧张，我们不要添乱了！现在唯一能做的是抓紧训练，给志开报仇！"

　　不知什么时候，24中队飞行员刘孟晋走进营区，他痛苦地劝着大家。

　　"对！血债血还！为中队长报仇！"

　　"为中队长报仇！"

　　大家正喊着，大队长李向阳也来到营区，队员们纷纷请战出击，要为周志开报仇。

　　李向阳说："兄弟们，志开离去，我很痛心，志航大队宁可失去所有战机也不愿失去志开这员虎将。我向大家检讨，是我对不起他，不该派他去执行这种危险任务。志开的仇我们一定要报，但不是现在。志开用生命代价摸清了敌人的真正动向，检验出改装后日军新Ⅱ式钟馗战机的凶猛特性，你们去了不是白白送死吗？另外，上峰有令，要求我们近日返回重庆基地。大家要化悲痛为力量，刻苦训练，提升战术技能，将来为志开报仇雪恨！"

　　队员们情绪暂时平静下来，但没有一个人吃晚饭，大家沉浸在无限悲哀与痛苦的回忆中。

　　周志开的宿舍里，战友们强忍悲痛收拾着周志开的遗物。四大队有个不成文的惯例，每当有战友牺牲，活着的战友就会及时分掉牺牲者的东西，留作纪念。李向阳要求大家将周志开的钱包、日记、重要信件等遗物留给周志开的亲人，一般物品归大家收藏。从床上到书柜，战友们仔细清点房间每个角落，除了照片、日记、学习笔记，航天、外文、文史等书籍，毕业证、荣誉证书及军官服、运动装、飞行服、运动鞋、皮鞋等衣物外，没有任何贵重物品，钱包只剩下数百元生活费。

"没想到志开如此清贫，他家里富裕，又得了那么多奖金，居然没什么积蓄。"

"他都捐给孤儿院了，连津贴都拿出来救助牺牲战友的亲属了……"战友们感慨道。

很快，周志开照片和穿过的军装等物品被分得一干二净，周志开用过的毛巾、脸盆、饭盒也被战友珍藏起来。周志开性格沉稳随和、豪爽仗义、智勇双全，危急险难总是冲锋在前，每个队员都特别喜欢他。虽然是中队长，但平时总是直呼其名，是大家心中值得托付生命的兄弟，谁也不忍心看到他离去。

赵晓光将周志开的读书笔记和书籍收藏起来，激励自己前进。刘帅一边哭着一边寻找周志开的照片，还特意珍藏周志开穿过的运动鞋、作战靴，他说："周大哥是我入航校的引路人，是我从军的人生老师，还救过我的命……"刘帅心中暗暗发誓，要踏着周志开的足迹，完成他未竟的事业。刘孟晋什么也没收藏，他点燃一支烟不停地猛吸着，燃烧着内心深处的痛苦与思念，大中桥115宿舍八勇士只剩他一个人了，他内心异常孤独……

清晨，恩施基地前进指挥所主任刘毅夫和四大队分队长严仁典、队员刘孟晋等二十余人奉命赴长阳迎取周志开的灵柩。经过乘车、坐船、步行，大家跋山涉水于第三天正午到达长阳县岩湾坪。龙杨乡乡长孙博古率领岩湾坪父老乡亲们在村口迎接刘毅夫等人。

"刘主任，总算把你们迎来啦！接到消息，我们提前起出周烈士棺木，全乡父老乡亲在此等候半天了！"

"孙乡长和乡亲们辛苦啦！周少校遗骸可安好？"

"周烈士残存遗骨保存完好。全村百姓自发报名，每天都为烈士守灵。"

"谢谢大家，我代表司令部向乡亲们致敬！"

"应该的。刘主任，我们有一个请求不知当讲不当讲？"

"但讲无妨！"

"周烈士乃全国抗战英雄、明星人物，他牺牲在我们岩湾坪，岩湾坪地名从此依英烈，百姓永志难忘，大家盼望周烈士遗骸安息于此，乡民世代陪护忠骨！"

"百姓心情我们理解，但周少校影响很大，政府要求司令部统一安葬于烈士公墓。这样吧，岩湾坪可建一座烈士虚墓，以衣冠冢代之。"

部队与地方商量好周志开遗体移交事宜后，刘孟晋拿出周志开生前珍藏的一套崭新军官服，准备给遗体换上，再看上一眼兄弟，做最后道别。突然，他想起周志开生前多次嘱托捐献遗体之事。尽管内心很矛盾，他还是想尽可能帮兄弟完成遗愿。于是，刘孟晋端着一盆清水来到灵柩前，准备清洗周志开的遗体。他甚至期待出现奇迹，发现里面躺着的不是周志开，而是村民搞错了。因为，每次空战，不管战斗如何激烈，周志开总能平安归来，而且从来没有受过伤。当刘孟晋揭开棺木中包裹周志开遗骸的白布时，不禁大叫一声："哎呀，疼死我也！" 刘孟晋不止一次看到战友牺牲时的惨状，虽然心里有所准备，但眼前惨烈一幕还是令他惊呆了。白布下，周志开遗体失去头颅，除右手、腹部、胸部完好外，全部烧焦了……虽然浅埋半个月了，但因当地连降大雪气温低，密封严实，遗体幸存完好部位除了冰凉僵硬外，依然跟他坠机牺牲时一样。

"这不是我的兄弟！这不是我的兄弟！"刘孟晋发疯地喊着，用头撞着棺木，旁边战友不住地劝着："冷静！孟晋！冷静！孟晋！"

附近的严仁典跑过来拉住刘孟晋，跟大家解释着。

"他俩是航校同宿舍战友，兄弟情深，无法接受……"

一会儿，冷静下来的刘孟晋像个孩子似的号啕大哭，他一边哭着一边解开周志开血迹斑斑的飞行服，用水清洗遗体残骸。多年朝夕相处，大中桥八兄弟彼此之间每个人的体貌特征深刻在各自脑海里。周志开双手虽然摸枪多年，但皮肤细腻光滑，特别是匀称发达的六块腹肌，是他傲人体形特有标志……那只结实的右手，块垒分明的腹肌……这分明就是自己兄弟周志开啊。

"他把自己的一切都捐给国家了……说好的，他说牺牲后若遗体完整就捐给医学院……怎么会这样？云天啊，你为何不保护好我兄弟啊！"

刘孟晋一边念叨着，一边捶胸顿足，仰天长叹。

"知道你们兄弟情深，我一直没敢告诉你志开身后惨状……志开虽然年龄小，他不仅是我们最佩服的中队长，也是我们大家心中的好兄弟！我们一定要为他报仇！"严仁典诉说着。在场人员泪眼模糊。突然，奇怪的一幕发生了，志开遗骸脖腔里又溢出血水。"果然看到亲人又流血了……"有人叹道。

刘孟晋不甘心自己的兄弟遗体头颅和身躯分离，他在坠机现场数百米内苦苦寻找了半天，飞机残骸下、树枝积雪旁、山坡岩石下……整个岩湾坪翻了个遍，还是找不到周志开的头颅。在大家劝说下，最后只好作罢，刘孟晋和严仁典流着泪，小心翼翼地给周志开遗体残骸换上崭新的军官服，重新装殓。

大家盖棺、封棺、公祭，忙了一整夜。第二天清晨，刘毅夫、严仁典、刘孟晋等人告别县长、乡长及当地百姓，带着周志开的灵柩启程，龙潭坪很多年轻力壮的小伙子坚持送灵到三斗坪。因山高雪深汽车无法进入，二十几个人抬着千斤重的灵柩跋涉前行，二十几根大绳索拉着、牵着、抬着棺木向山下放。刘孟晋走在最前边，泪水止不住地流。沿途民众获悉棺里装的是为国捐躯的空军英雄遗骸，很多人自发参加抬棺，百余人的运灵队伍历尽千难万险，费了三天三夜工夫，终于走出大山，来到三斗坪。专员率众在江边搭了祭棚，请了和尚、道士进行隆重夜祭后，大家抬棺上了船，最后运到湖北恩施基地。

重庆国民政府担心第一位获得青天白日勋章的王牌飞行员周志开殉国影响中国空军的战斗士气，指示空军司令部暂不对外发布周志开牺牲的消息。如何告知周志开的家人成了空军第一路司令官张廷孟和恩施基地司令官田振声的难题，经反复讨论，他们决定以空军司令部名义慰问时告知。因周志开遗体太惨，担心周志开母亲王倩绮禁不住打击，恩施基地临时安葬了周志开遗骸，没有通知王倩绮参加。周志开遗骸下葬那天，基地专门为其鸣炮志哀，百余名将士无不落泪。美国陆军第14航空队指挥官陈纳德专程从重庆白市驿驻地赶来参加周志开遗体安葬仪式，痛悼中国最好的飞将军陨落。

王倩绮在重庆家里莫名烦躁。都说母子连心，早在周志开遇难时，王倩绮似乎意识到什么。那天正午，她感到心里不舒服，给孩子做完午饭后，自己一口也不想吃。她不停地翻看周志开的来信，每封信上，除了祝福父母身体健康和报平安外，没有任何有关战场的信息。这时，小儿子周志兴拿着一张报纸回到家，高兴地说："妈妈，报上登了，志航大队又打胜仗了，我二

哥很快就回来了！"

"好，等你二哥回来，咱们好好庆祝一下儿！"王倩绮拿过报纸，只见上面写着："常德会战志航大队再立新功，即将得令凯旋……"看完报纸，王倩绮松了一口气。

正当王倩绮期待周志开回家之际，这天上午，刘毅夫、李向阳带领空军第一路军司令部几个参谋副官及志航大队代表刘孟晋、赵晓光等队员携带慰问品来到周宅看望王倩绮。刘毅夫敲开房门，王倩绮一下怔住了，她感觉气氛不对。

"请问，你们找谁？"

"您是周志开少校的母亲吗？"

"是的。"王倩绮回答。

"伯母，我是基地司令部主任刘毅夫，这位是志航大队李向阳大队长，我们受张司令委托，代表空军司令部专程来看您……"刘毅夫说。

"快请进！"王倩绮客气地将大家让进客厅。

"刘主任、李大队长好！战事紧张，真是麻烦你们了。"

"伯母，您和伯父培养了一个好儿子啊！"刘毅夫说。

"您过奖，是部队教育得好，志开还好吧？"王倩绮问。

刘毅夫故意岔开话题说："伯母，伯父没回重庆吗？"

"他一直在山东司法部门与日伪周旋，搜集抗战情报，没空回来。志开他怎么啦？"王倩绮急切地问。

沉默片刻，刘毅夫说："伯母，您要坚强，志开他……"

"志开怎么啦？"

"志开他捐躯了……"

王倩绮顿时如五雷轰顶，她打了个趔趄，大家赶紧上前搀扶。

"我就知道，他早晚得撇开我——"王倩绮晃晃悠悠的走到写字台前，拿起周志开的照片说，"开儿，你是好样的！妈妈为你自豪！"说着，泪水哗哗而下。

随即，刘毅夫等人含泪讲述周志开的牺牲过程。

李向阳紧紧握住王倩绮的双手，痛心地说："伯母，您扇我几个嘴巴吧！这样我心里好受些。我没有保护好志开啊！"

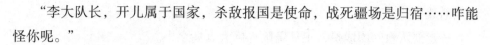

"李大队长，开儿属于国家，杀敌报国是使命，战死疆场是归宿……咋能怪你呢。"

"伯母，很对不起您，未能让您看志开最后一面。将来，志开的遗骨要运回重庆隆重安葬，您有何要求？"

"志开魂在蓝天，青山处处埋忠骨……部队看着安排吧。"

李向阳将周志开的遗物——交给王倩绮，大家发现在周志开飞行服的衣袋里，有两封信还没有打开，一封是王倩绮寄给周志开的信，一封是周志开写给母亲的信。

"牺牲前一个月，志开每天都出飞行任务，根本没时间看……"李向阳说。

"我懂，他给家来信总是寥寥几句，除了报个平安没什么内容……他太累了，没时间说啊……"王倩绮泪眼婆娑地说，她当着大家的面打开周志开生前最后写给自己的信，看着看着，王倩绮怔住了，"这是志开的遗嘱啊，他早就预料到这一天了……"

王倩绮强忍悲痛读完信，平静地说："一切按志开交代的办吧……"

刘毅夫、李向阳等人接过信一看，热泪夺眶而出。周志开在信中将自己身后的抚恤金和遗物都做了交代，特别是看到"如遗体保存完整请捐给医学院做教学标本"的要求时，大家既惊讶又崇敬，同时也对王倩绮的深明大义表示敬意。

"志开生前几次跟我提过捐遗体的愿望，他太伟大了！超越了我们这个时代……可惜啊，战争太残酷，我们无法帮他实现最后的愿望……"刘孟晋说。

"七尺男儿生舍命，千秋鬼雄死捐躯。志开是最纯粹的救国英雄，也是拯救人间苦难的天使。"刘毅夫感慨地说。

"伯母，志开牺牲得太壮烈，他……"李向阳刚想说出实情，刘毅夫使了个眼色，暗示他不要讲。

刘毅夫说："志开是国家和民族的骄傲。伯母，志开遗体还是入土为安吧……"

王倩绮顿时明白了，"你们应该让我看他最后一眼……我能接受……"

客厅里一片肃穆，人们望着墙壁上周志开刚入航校时面带微笑的军官照，犹如万箭穿心，多么帅气的小伙儿，多么善良的心啊，这是一名热血军人对国家和民族的最高奉献，这是人性至善的化身，为什么让他遇上这悲壮时代

的残酷战争?

送走部队慰问团成员,王倩绮陷入巨大哀痛之中。

"开儿啊……"这位刚强的母亲一个人抱着周志开的照片放声痛哭,宣泄内心的悲恸。

志兴和志敏放学回家后,听说二哥牺牲了,也号啕大哭。过了一会儿,志兴走到母亲身边,拿出手帕给母亲擦眼泪,"妈妈,二哥走了,还有我陪您!我一定要为二哥报仇!"说着,志兴攥紧小拳头。"兴儿,好样的!"王倩绮紧紧搂住两个孩子。

这时,志同也从学校回来了,看到母子三人哭成泪人,她惊呆了。"姐姐,二哥没了……"志敏哭着说,志同身子晃了一下,差点儿摔倒在地上,瞬间泪水夺眶而出,"不!二哥一定会回来的!"志同撕心裂肺地喊道,她跑到自己的房间,拿出志开当年送给她的那块鹅卵石,不管如何颠沛流离,这块石头一直珍藏在身边。

"二哥又走了,这次是真的走了……二哥,你永远活在我们心中!"志同痛苦地嗫嚅着,志开的音容笑貌浮现在脑海中,她拿出刻刀在石块上面反复刻着"志开二哥"几个字,泪花不停地溅在石块上。

连日来,周志开的中学同学孙承宏等一批批空军军官不断前来慰问王倩绮。起初,大家走到周宅没有勇气进去,他们怕看到王倩绮脸上的泪花,怕听到她不停哭诉,但大家看见的却是王倩绮镇静的脸和干枯红肿的眼睛。周志光、王玉华夫妻闻听堂弟周志开牺牲的消息,悲痛万分,他们侨居重庆多年,与周志开没能聚过一次,没想到那次志开驾机在家门口空中盘旋竟是永别。王玉华连续陪伴王倩绮多日,劝她从悲恸中尽早走出来。

日军第 11 集团军驻汉司令部,日陆军第三飞行师团师团长下山琢磨少将收到日军谍报部门情报,证实细藤才击落中国神勇飞将周志开。下山琢磨立即上报给司令官横山勇中将。横山勇喜出望外,召见第 85 战队队长齐藤斋吾及参战分队长细腾才、根岸中尉、柴田上士等人。对第三飞行师团、第 85 战队给予重奖,称这是常德会战日军最大战果,并提升细藤才为第 85 战队第一中队中队长。

"周志开是支那家喻户晓的战神！击毙他对大日本皇军太重要了，洗刷了皇军常德战败的耻辱！应该割下他的头颅作为战利品送到东京展览！这是我们征服支那的象征！"横山勇瞪着三角眼有些遗憾地说。

　　"将军放心，我们发动忠实皇军的特务，挖地三尺，也要把周志开的头颅找回来！"细藤才鞠躬献媚道。

　　"呦西！细腾君如完成此任务，再次提拔重奖！"

　　"嗨！""嗨！"

　　这天，受周志开生前委托，刘孟晋、赵晓光来到成都找到杜白云，告知周志开捐躯的消息。杜白云听到这个噩耗当即晕倒，苏醒后，她几次想自杀。无奈，刘孟晋只好说："杜小姐，其实，志开已有心上人，他一直把你当妹妹……"

　　"我不信，我知道他心里是爱我的……"

　　刘孟晋拿出周志开最后写给杜白云的信递给她。杜白云打开一看，周志开在信中明确表示今生把杜白云视为亲妹妹，希望她回到北平父母身边，重新寻找自己的幸福，将来过上和平生活，享受人间快乐……

　　杜白云愣了会儿说："这不是他的真心话……"

　　"杜小姐，志开生前早就预料自己迟早为国捐躯，他担心你做傻事，知道你无法忘掉他，于是将你认为妹妹，希望你坚强活下去。活着的人路还长，你别辜负志开的期待……"刘孟晋开导着。

　　"是啊，杜小姐，如果你真的在乎志开，就该听他的话，坚强活着，回北平吧……"

　　在两个人再三劝说下，杜白云含泪点了点头，"我活着，但今生不嫁……"

　　"唉……"刘孟晋一声长叹，"何苦呢？你这样做并不是志开的本意啊……志开内心慈悲，不忍看人间痛苦，你孤老终身他会自责，九泉之下也不会安息的。"

　　"我们很多军人跟志开一样，不惜牺牲生命，就是为了百姓过上和平生活，享受天伦之乐。你孤苦一生对得起志开吗？对得起所有捐躯的烈士吗？"

　　刘孟晋、赵晓光耐心劝慰着，杜白云渐渐坚强起来。

　　"两位大哥，你们别说了！我听志开和你们的话，好好活下去！明天就回北平……愿你们平安归来！"

1944 年春节后，中国军队经历陆地外围战、城郊战、巷战、空战等一系列浴血搏杀，相继收复常德及周边县市区，日军全线败退，常德会战正式结束。国民政府航委会、空军司令部准备在重庆黄山空军烈士公墓举行安葬周志开遗骸的葬礼，要求媒体正式公开周志开捐躯的消息。

《中央日报》《大公报》《中国的空军》等记者迅速采访四大队周志开的战友，追忆周志开生前的英勇事迹。记者朱民威第一时间采访了刘孟晋等人。朱民威多次采访周志开，周志开帅气的形象与随和低调的素质深深刻在他脑海里。深夜，朱民威梳理白天采访素材及以前采访周志开本人的材料，满含激情地写着《空军英雄周志开》的长篇通讯，他在报道中写道：

周志开不在了，他一生很单纯，抱了个做明星的理想，可以说是由爱美出发，结果做了飞行员，变成了追真理殉道义的军人。他平素胆极小，怕蛇，路上一条蛇滑过，他都惊慌避开。他怕小昆虫，从不伤害任何生物。航空队里打猎风气极浓，他不去做这些事。这种态度影响到他作战的主张，他不愿做打敌人陆军地靶工作，如像俯冲投弹、扫射等，都不愿做。只爱与敌机作战。他认为人类应该和平，不应有战争。即使要战争，也只是在双方同等条件下比较战士们的优劣。他自知年幼，读书不多，国家命令重于一切，所以他执行命令总是彻底而有成效……志航大队的历史是血写的，厚厚的战绩，包括多少烈士们的功劳，因此人员变易极其迅速，可他永远在志航大队。从 1937年他到队见习起，人事变异，战术改进，器材更新，种种都影响部队生活方式转换与风气变迁，可他依然是"我——周志开！"。

"天堂"里的"乐园"有周志开。他是天之骄子，战神的宠臣。"我——周志开"就是他的护照、身份证、口令。在神空，在云的宇宙，他可以自由翱翔。他永远存在，永远年轻、俊美，永远英勇、热情、忠诚、活泼。每个认识他的忘不了他，每个未曾相识的也都在惋惜哀悼他。当我想起他，想得太多太多，想不完，可是我写什么呢？还是让他自我介绍吧："我——周志开！"

写着写着，朱民威的眼泪滴落在纸上，他哽咽了……

"志开是有思想的人，他崇尚独立的人格与尊严，他的头脑始终是清醒的，因为清醒注定孤独。他不曾存心要做人上人，却尽到了人中人的责任……"朱民威感叹道。

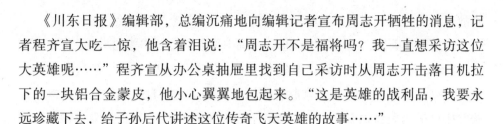

《川东日报》编辑部，总编沉痛地向编辑记者宣布周志开牺牲的消息，记者程齐宣大吃一惊，他含着泪说："周志开不是福将吗？我一直想采访这位大英雄呢……"程齐宣从办公桌抽屉里找到自己采访时从周志开击落日机拉下的一块铝合金蒙皮，他小心翼翼地包起来。"这是英雄的战利品，我要永远珍藏下去，给子孙后代讲述这位传奇飞天英雄的故事……"

周志开壮烈捐躯的消息经媒体公开，全国一片悲痛，特别是在重庆，周志开的牺牲，深深刺痛了每个人，人们的心在淌血，无法接受这位帅气男神凋零，他们心中的周志开永远年轻帅气、热情活泼、英勇智慧……

航委会及空军司令部，无论是相知还是陌生人的信件像雪片一样飞来……两位并没见过周志开的女孩来信写道：

"周志开牺牲了……那么是真的了，我说什么好呢？军人要死在前线，海上或天空，不应该死在病床上，是的，这些我都明白，但是我伤心，我哭……我觉得未死的可珍贵，我祝福他们……"

"……崇敬或企慕一个人，不一定要占有他……当然若是可以得到那高贵的爱情是荣幸的，不然，那一种深沉企慕，深埋在心里，时时为他祝福，不是很隽永吗？然而这种默默的情感，当获得这个消息以后，再也不能沉默了……给我一张周志开的照片，我要永恒地纪念他……"

清高的影星邢小姐获悉周志开牺牲的消息，眼含热泪写道：

"……他给我第一印象是骄傲，第二是文秀，第三是幽默，第四是雄壮，第五是热情……他死了，我觉得这些印象全不是了。他教我懂得'牺牲'。是的，如果叫我为他而死，我是多么乐意，多么光荣……我还没有开始爱他，现在，我说我爱他了，但这不是为了自己，绝不。我可以为他死，让他活着，让所有人能够爱他，亲近他，他实在是可爱啊……我预约'愿订来生'，若蒙他的许诺……"

各大中学校男学生，纷纷在信中表示立志参加空军，踏着周志开足迹浴血长空。有的甚至写来血书，为心中崇拜的偶像周志开报仇雪恨。大学生王超眼含热泪，用周志开送给他的派克钢笔精心绘制出一幅周志开翱翔长空的画像，然后折叠成帆船，小心翼翼放入江中，表达哀思……

一时间，全国大后方成都重庆等地高校、社区、军营、街头广场，人们以各种形式集会、演讲，缅怀偶像英雄周志开。沦陷区的热血青年也纷纷穿越敌人封锁线，来到成都空军军士学校，表达参加空军的强烈愿望。

重庆街头茶馆，说书先生在悲壮曲调中弹唱周志开捐躯的事迹。

"梁山上空卷烟尘，英雄搏命弃置身。将军百战归其所，惜哉未捷愧对人……列位看官听我道来，常胜将军周志开是不允许自己失败的，他被卑鄙的空中倭贼偷袭饮恨长阳，所以他把自己的头颅留在长空，化为一颗璀璨的星星，凝视人间善恶，保佑我军民奋勇杀敌……"

这天，重庆朝天门码头，从客轮上走下来一个商人模样的中年男子，身后跟着两个随从。中年男子身材魁梧，目光沉稳，他正是周志开的父亲周予孜。全民族抗战以来，这是他第一次来渝述职。山东沦陷后，身为国民政府山东高等法院院长的周予孜辗转敌后，秘密开展抗战工作。他与家人分别七八年了，自从托朋友将妻子王倩绮和小儿子、两个女儿安顿到重庆后，始终没有机会和家人团聚。他每月按时给王倩绮寄来生活费。关于二儿子周志开的信息，他只是偶尔从报纸上和广播中获悉，当周志开梁山一战闻名全国后，他既为儿子感到自豪，也急切地想来重庆与家人团聚。

码头熙来攘往，周予孜等人上岸后，准备乘黄包车去重庆国民政府大楼。这时，街头报童拿着报纸喊道："卖报卖报，梁山英雄陨落华容，中国神鹰凋零长阳！战神周志开壮烈捐躯！"听到叫卖声，周予孜大叫一声："啊？！"他急忙跑过去从报童手中买来一份报纸，看着那刺眼的标题和周志开微笑的照片，他打了一个趔趄，差点儿没摔倒在路边，随从连忙上前扶住他。

周予孜老泪纵横，仰望长空叹道："儿啊，你怎么以这种方式迎接老父……"随即，周予孜强忍悲痛，带领随从赶到政府大楼，汇报完工作，他要了一辆黄包车紧急赶往家中。

周予孜见到妻子王倩绮，老两口儿拥抱在一起老泪纵横，久久说不出话来。周予孜万没想到与二儿子周志开分别十年后重逢只能看到儿子的遗照。他来到卧室周志开睡过的床上，抱起儿子的军装紧紧贴在脸上，他在寻找儿子的味道，哪怕是一点点……王倩绮走过来，把周志开的信展开递给周予孜，周予孜泪眼模糊地看着，说道："志开，我的好儿子，对得起周家的列祖列宗！他这是把自己一捐到底啊……开儿的抚恤金就按他自己的意愿捐了吧，你和孩子的生活，还有我……"王倩绮点了点头，周予孜拉住王倩绮的手说："开

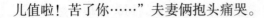

儿值啦！苦了你……"夫妻俩抱头痛哭。

入夏的一天，刘孟晋在印度培训期间飞机失事殉职。战友杨孤帆从印度将其骨灰盒带回陪都，安葬于黄山空军烈士公墓。至此，周志开大中桥115室八勇士全部捐躯。刘孟晋父母听说儿子殉难，从湖南常德带两个小儿子来重庆祭奠，途中刘孟晋父亲失踪，刘孟晋母亲娘仨逃到重庆，寄寓航委会附近的小草屋中。王倩绮获悉后，给予刘家母子大量衣食资助。

1944年重阳节，秋高气爽，天空湛蓝，菊花盛开，重庆难得的好天气。国民政府追赠周志开为空军中校。空军司令部派人将周志开灵柩从恩施迁往重庆，并在黄山空军烈士公墓举行周志开遗骸安葬仪式。仪式举行前，空军作战前敌总指挥部总指挥、司令周至柔率航委会、司令部等高官一起到周宅慰问王倩绮，并将国民政府十万特优抚恤金交到王倩绮手里，王倩绮强忍悲痛，当场将十万特优抚恤金转赠空军教育事业，并将年仅十三岁的小儿子周志兴送入空军幼校学习。

"感谢政府如此厚爱志开。战死沙场是军人的本分，我替志开完成他的遗愿……"王倩绮说。在场的人无不动容。

黄山空军烈士公墓周志开葬礼现场，重庆各界代表及空军将士近千人参加缅怀仪式，周至柔主持祭奠。天色阴沉，山风悲鸣，河水呜咽，空气仿佛凝固似的，伴随低缓的哀乐，人们迈着沉重的步子，向周志开灵柩三鞠躬、献花。

周至柔代表国民政府和空军司令部致辞，给予周志开崇高评价，称周志开战绩卓著，开创诸多空战奇迹，在中央航校第七期毕业学员中最早担任中队长，第一个晋升少校……他号召全体空军将士继承周志开遗志，奋勇杀敌，彻底夺取制空权，配合地面部队早日取得全国抗战的最后胜利。

王倩绮站在最前排，做了简短发言，她没有痛哭，一脸平静，不住感谢国家对周志开的厚爱。

最后，刘毅夫宣读了南阳熊绍龙撰写的赠空军中校周志开事略词。

葬礼结束，王倩绮情感克制的态度引起一些年轻小伙子的疑惑。路上，几个小伙子窃窃私语。

"志开真够可怜的，长得那么帅，追他的人那么多，到头来却孑然一身，连个妻儿也没有……"

"可不是，真是怪！听说志开坠机后头颅不见了。唉，牺牲后连个完整遗体都没保留下来……"

"你们注意了吗？今天没见志开母亲落泪。"

"是啊，老太太到底是不是志开的亲生母亲？"

几个人后边两句悄悄话正好被走过来的王倩绮听到了，她说："我无疑是志开的亲生母亲，我爱护志开，也爱护和他一起作战的兄弟。我总想能尽量以我的坦然，来冲洗他们弟兄之爱的感觉。国家这样厚待志开，棺木太小，周主任连夜命令赶工重做。入土时，周主任又亲临现场……一个战死的人，能得到这样的礼遇，我还有什么可伤感的……"

小伙子们很是尴尬，连忙向王倩绮表示歉意，然后迅速走开了。

这天，《大公报》刊发朱民威采写的一篇稿件再次引起全国轰动。

"空军健将周志开于去岁鄂西之役殉职后，其周母太夫人又送其唯一幼子志兴入空军幼年学校，勉以继乃兄遗志报效国家，其友好闻讯，将呈请政府仿游击队之母赵老太太之尊称，冠以'空军之母'。并计划筹办志开小学一所以慰英灵，盼热心人士予以赞助，共襄盛举。"

连日来，很多城市热血青年掀起学习周志开、踊跃参加空军的热潮。整个重庆也再次掀起缅怀周志开的高潮。王倩绮经常应邀去空军各部队作演讲，鼓励空军将士英勇杀敌，为国立功。

中国空军通过情报系统获取偷袭周志开的日军飞行员细藤才的信息，为给周志开报仇，志航大队多次组织猎杀细藤才行动，均被其逃脱。周志开捐躯十一个月后，细藤才终于遭到应有惩罚。1944年10月5日，细藤才驾驶疾风Ⅳ战机从汉口升空后不久，感觉发动机状态有异，便试图在三水基地降落维修，但他不知道三水基地虽然名义上有一条跑道，其实就是一方坑洼不平的草地。疾风战机高速着地后立即开始翻滚，脆弱的机身竟然在颠簸中断成两截，漏出的燃油发生爆炸，细藤才同驾驶舱一道被气浪推进旁边河中。第二天，日军第85战队派人捞起细藤才的尸体，就近找些树枝烧掉后捡出几块骨头带回汉口。

1945 年清明节这天，飘洒一夜的细雨停了下来，微风拂面，空气湿润，仿佛荡去寒冬的沉重。王倩绮乘汽车去黄山空军烈士公墓祭奠周志开，同车有刘孟晋的母亲等人，记者朱民威跟车同行，并作现场采访。一车人穿戴整洁，车上放着纸钱香烛。

四十九岁的王倩绮格外引人注目，她浑身朴素，银灰色头发绾着香蕉髻，一件半旧黑绸衫，一双黑布鞋，臂上戴着一块手表，手上戴着一枚金戒指，戒指比较大，缠着白布，显得不协调。

王倩绮与刘孟晋的母亲亲切地交谈着，她聊着刘孟晋，似乎忘了儿子周志开。刘老太叹息自己儿子性格"怪"，怪性格断送了性命。

在三月春风的吹拂下，黄山遍开黄色的油菜花和紫色蝴蝶形的胡豆花，马尾松的针叶球在太阳照耀下闪着青光。朱民威伫立在公墓石阶前，凝视着浩荡奔流的长江水，不禁一阵心酸，青山埋忠骨，绿水慰英魂。这些定格在青春旺季的英雄，与青山融为一体，激情澎湃……

刘孟晋的母亲一进坟场就泪流满面，在九十九号刘孟晋墓前点燃香烛，她自言自语地念叨着："儿啊，你忠义勇敢，热肠待人，为啥撇开老妈了呢？……"老人的眼泪不停滴落在坟前，大家没有阻劝，只是赶快烧香、烧纸、燃烛，希望缩短祭奠时间。

王倩绮拿了一把香，按坟头给每位烈士敬一支香烟，最后才停在五十一号周志开墓前焚香凭吊了一阵儿，没有泪花，没有哀怨。

回来路上，刘老太在车中昏睡。朱民威对王倩绮进行专访，王倩绮解释自己墓前不哭的理由。

"我不是不哭！我是觉得祭礼不全，等到中国打了胜仗，我盼望能把日本军阀战争贩子的人头放在我儿子坟前，那时候我会哭的，比所有空军母亲哭得更凶，把所有忍住不流的眼泪都流出来……"

"国家对周志开太好了！他对国家，只是尽了一个空军战士应尽的责任，而国家对他，却处处是殊遇，所以，我无论如何不能再收政府给家属的一笔十万元特恤金。"王倩绮再三说，是机遇和幸运成就了周志开的辉煌战绩。

王倩绮介绍自己手上的特殊装饰，她说："这些都是志开的遗物。在空中，志开的油箱漏了，他发出最后一封电报——'也许我要跳伞！'因为他还是想救飞机，忽然改变初衷，将侦察情报从飞机上掷下……他戴这枚戒指准备飞机着火时还可以留一个符号，证明火葬的是他。结果飞机没有着火，直跌下来，他脑部受了致命伤……人家在他手上把这些脱了下来，我素不喜欢首饰的，因为这是纪念物，有超饰物的意义，所以我随时都戴着。这块手表是志开首次击落一架敌人轰炸机获的奖品，每次看见这手表，我就会想起他……每个飞行员都要起一个好名号，不知为什么，志开替自己起名叫'长阳'，这次他就是在长阳镇殉职，现在当地为纪念他，把长阳镇改名志开镇……"

王倩绮诉说着，显然，部队没有告诉她周志开牺牲时头颅与躯干分离的惨状。

"我从不向儿子和丈夫诉说生活的困苦，唯恐因为他们一点儿爱家的私心，走了一步再也退不回来的差路。志开三百五百地往家寄钱，最多一次寄回二千七百元，我问他哪里来的这么多钱寄回家？他写信解释：在作战中救了一个美国人，送他一万块钱，怎么也推不掉。许多人说我生活优裕，才沽名钓誉拒收这笔特恤金，我不必辩白，事实是最好的说明。"

朱民威采访完王倩绮，又深入王倩绮所居住的社区走访，他震惊了。原来王倩绮一直在江北带着两个女儿一个儿子艰难度日，丈夫周予孜在山东司法界出生入死战斗着，大儿子周志宏卢沟桥事变后与七八位抗日战友一起失踪，至今杳无音信，两个女儿因为经济困顿辍学……周志开捐躯后，王倩绮把小儿子志兴送到空军幼年学校，很多邻居不理解，为何还让小儿子冒险。起初，王倩绮准备将那笔特恤金连本带息一起捐赠给学校，经朋友再三劝说后，她才接受每月八百元的常年恤金。

一个拍卖行主人偶然探知王倩绮这位老主顾是英雄周志开的母亲，他感慨地说："我一直不知道她是周老太太，真不知道她还要靠拍卖亡儿的遗物生活。"

当晚，朱民威通宵写出长篇通讯《致敬英雄的母亲》，报刊发表后又一次引起全国强烈反响，人们深切缅怀烈士，向英雄母亲致敬。

1945 年 6 月 11 日，四大队自湖北恩施机场出动八架 P-51 战斗机出击江苏徐州机场，23 中队分队长严仁典率战友踊跃参战，他们飞临敌人目标上空，猛烈扫射地面停放的飞机、木船和营房，为自己敬仰的中队长周志开报仇。战斗中，严仁典击毁敌机一架，木船三艘，为了更准确打击敌人，他不断调低飞行高度，不幸被日军炮火击中牺牲，成为四大队全面抗战中最后一名阵亡者。

　　1945年秋，黄花分外香，抗日战争迎来最后胜利。重庆和全国人民一道沸腾了，市民奔走相告，喜极而泣，全城大街小巷贴满标语，悬挂起彩灯，欢呼声、锣鼓声、鞭炮声响彻云霄……百姓以各种形式庆祝抗战胜利。红旗飘飘，花香阵阵，青山含笑，碧波荡漾。人们没有忘记周志开，很多人自发到重庆黄山公墓祭奠周志开等空军烈士。

　　旭日东升，云霞灿烂。空军第四大队23中队赵晓光、刘帅手捧黄色菊花，在周志开墓前敬了一个标准的军礼，他们眼含热泪说："队长，杀害您的倭贼细藤才因战机引擎故障毙命，其他几个偷袭的倭贼也被击毙了！我们给您报了仇！小鬼子被彻底赶走了！中华民族伟大抗战胜利了！您未竟的事业我们来完成！您期盼的幸福生活即将来到了！我们一定踏着您的足迹，实现中国航空强国梦！"正说着，一只漂亮的黄蝴蝶扇动翅膀在志开墓前花丛中穿梭飞舞，花蝶相映，动静有致。突然，黄蝴蝶落在刘帅肩上停留片刻，然后在赵晓光、刘帅眼前潇洒飞舞，久久不愿离去。赵晓光、刘帅惊呆了，两人不约而同喊道："队长，您回来了！……请放心，英雄自有传人！"

　　一年后，解放战争爆发，赵晓光、刘帅起义，加入中国人民解放军，为新中国航空事业培养了大批人才。

　　山河破碎民凋敝，碎裂此身何所惜。丹心碧血染苍穹，英魂千古颂传奇。周志开这位有着明星范儿的孤胆英雄，披着绚丽的云霞，一飞冲天而去，化作一颗明亮的星星，闪耀苍穹！周志开播撒的青春生命种子穿过硝烟，跨越时代，在中华大地绽放璀璨英雄花！

2020年10月第一稿

2021年7月第五稿

2022年12月第十一稿

2023年4月第十二稿

后　记

莫让青史尽成烟

> 海阳天使降津门，银幕人生梦中原。
> 长城震荡狼烟急，投笔从戎志冲天。
> 三载航校冠群雄，受命危难壮河山。
> 孤胆神鹰声鹊起，首战昆仑捷报传。
> 掀天揭地鬼神惊，中弹百发战犹酣。
> 单机全歼悍倭贼，梁山英雄美名传。
> 空色人生秉性忠，侠骨柔肠云霄恋。
> 一代天骄断长阳，雪落无声恨绵绵。

　　这是具有明星范儿的中国空军抗战王牌飞行员周志开烈士的辉煌人生足迹。周志开是民政部公布的第二批著名抗日英烈之一，富有传奇色彩。燕山滦水孕育的冀东人多侠骨豪迈之气，周志开即是其中的杰出典范。周志开童年、少年随父母辗转天津、开封居住，从军后鏖战神州上空，但冀东是他的根，燕山的厚重，滦水的激越，渤海的坦荡，铸就了他的魂。遗憾的是，这位曾经叱咤风云的传奇"战神"一度消失在时光隧道中，在冀东老家鲜为人知。近年，周志开引起一些军史专家及热心网友关注，但均局限于其空军战斗生涯荣誉顶峰的梁山空战，没有其完整事迹介绍，甚至籍贯、出生日期等信息不乏差错。烽火烈士焉能忘？青史岂能尽成烟？

　　在纪念抗战胜利 75 周年调研空战史料过程中，我偶然"结识"了周志开，为家乡走出这位智勇双全的孤胆英雄感到骄傲，也为英雄事迹被尘封感到不安。于是，工作之余踏上寻访周志开抗战足迹的征程。四年内，寒来暑往，行程两万余里，踏遍大半个中国，从河北唐山、天津、北京、河南开封，到江苏南京、湖北长阳、重庆、成都等地，查阅档案，寻访知情者，搜集碎片信息，考证辨析残缺史料，特别是在河北滦县、辽宁沈阳寻访到周志开两位年近八旬的堂侄儿周任之、周行之两位老人。在重庆寻访到烈士弟弟、九旬老人周志兴前辈。在成都寻访到烈士妹妹、百岁老人周志同前辈。在南京第二历史档案馆、湖北省长阳土家族自治县档案馆查到周志开事略及抗战捐躯过程的珍贵史料。在书稿付梓出版之际，我先后到重庆南山空军抗战纪念园周志开烈士墓、湖北长阳龙潭坪烈士牺牲地、暂厝地调研走访，表达深切缅怀之情。这位血染苍穹的悲壮英雄渐渐"复活"在我内心深处。

综合调查走访与史料考证，1919年农历腊月初十，周志开生于天津。他的祖籍为河北原滦县柏各庄（今滦南县），从清末到民国，周家是名副其实的官宦世家，周志开的曾祖父周慎枢、祖父周暻、大伯周予觉祖孙三代居官清廉，关心百姓疾苦，热心教育事业，祖孙三人被称为"海阳三周"（柏各庄历史曾为海阳县管辖）。周志开的祖父周暻曾是清末二品官员，晚年辞官栖身天津。周暻提倡新学，桃李满天下，中华民国临时政府教育总长蔡元培、外交总长王宠惠、在云南举旗反袁的唐继尧，都是他的得意门生。周志开的父亲周予孜先后担任民国河南、山东高等法院院长，母亲王倩绮是民国陆军上将王芝祥的侄女，名门大家闺秀，儿子捐躯后，被国民政府授予"空军之母"。1924年，周予孜调河南开封地方审判厅任职，携带家眷从天津迁入开封。自此，周志开在开封求学。周志开读中学时，梦想成为一名电影演员，在银幕上演绎多彩人生。然而，九一八的枪炮声粉碎了他浪漫的明星梦，他立志冲天救国。1935年6月，周志开瞒着家人，偷偷报考杭州笕桥中央航空学校，直至接到录取通知书时他才告诉家人。就读航校期间，周志开进入第七期驱逐班学习，他聪明勤奋，学习成绩始终名列前茅。1937年七七事变爆发后，周志开奉命提前毕业，被分配到中国空军第四大队任见习官，开启保家卫国、浴血长空的战斗生涯。周志开历任空军第四大队第22中队飞行员、分队长、第24中队副队长、第23中队中队长。

周志开身材魁梧、体形健美、肌肉发达，两道浓眉，双目炯炯有神，器宇不凡。在空军第四大队，他被空军弟兄们私下评为四大美男之一。周志开待人谦和有礼、侠肝义胆，他性格腼腆，当众说话偶尔脸红，但也自信，动作潇洒，表情真挚丰富。周志开与陌生人见面，习惯自我介绍："我——周志开。"他感情深沉、思维缜密，琴棋书画、猜谜、联句、对对子，样样精通。众多美女纷纷向他表白爱慕之情，他不为所动。有关心周志开的人问他："你为什么不结婚？"他总是笑而不答，或是以别的话题打岔。别人问得紧了，他索性说："空即是色，色即是空！"英雄焉能无所爱，拔剑四顾心茫然。山河破碎，生灵涂炭……在他内心深处，祖国就是他的恋人，他爱得深沉，爱得含蓄……

周志开更大魅力在于他内涵的"帅"，那就是作为一名军人的血性担当与过人胆识，始终抱着"我死则国生"的念头与强敌鏖战长空。周志开飞行技术出众，骁勇善战，无论敌机数量如何多，性能怎样优越，每次升空作战，他总是勇往直前，所向披靡。空中"拼刺刀"，周志开冷静、机敏、果敢，霹雳扑杀战技令日军飞行员魂飞胆寒。在短短五年战斗生涯中，周志开有战绩四十五次，个人击落敌机六架，创造一次战斗单机追歼三架日机的空战奇迹，成为空军第一位获得青天白日勋章的飞行员。在捍卫陪都重庆期间，他经常单机与前来轰炸的日机群缠斗。1940 年 6 月 11 日，周志开在重庆市郊与日轰炸机遭遇，他首先击落一架轰炸机，随后咬住另外一架，连续射击三次均未得手，他直接冲入日机编队搏斗，直到子弹打光才脱离。战后，周志开发现机身有九十九个弹孔和一个被炮弹炸开的窟窿。此后，这位骁勇雄鹰愈战愈勇，不断刷新克敌纪录，他多次钻到敌轰炸机火网里实行"掉尾"攻击。周志开最为传奇的是 1943 年 6 月 6 日梁山空战。敌机突然来袭，我地面大乱，飞行员纷纷躲避炸弹袭击。周志开冒着敌机轰炸跳上距自己最近的战斗机，他来不及扣上保险带和保险伞，顾不上关闭座舱密封盖，急速腾起，单机与八架敌机周旋缠斗。战斗中，他犹如神龙，冲散敌机编队后，加速追赶逃跑的机群残部，集中火力，先后击落三架敌机，成为家喻户晓的抗战明星。然而，就是这样一位传奇空中"战神"却饮恨鄂西长空。1943 年 12 月 14 日，周志开驾驶 P-40 战斗机执行阵地侦察敌军及敌船运输状况。途中，周志开突然遭遇四架敌中岛 II 式钟馗战斗机偷袭，飞机坠入湖北长阳县龙潭坪附近山岩上，周志开不幸壮烈捐躯，时年二十五岁。关于周志开坠机善后史料记载：飞机中弹坠落后没有爆炸，机头前发动机被撞成碎片，机身部分尚完整，周志开的头颅不见了……这令英雄捐躯变得扑朔迷离，演绎出各种传说。周志开残存的遗体初埋于战机坠落地的小山顶，后来迁入重庆黄山空军烈士墓。壮志未酬身先去，山河垂泪天地悲。坠机第二日，长阳下了一场大雪，安葬烈士时，现场无人不落泪、扼腕叹息……

周志开身上集结儒释道文化精神特质，极具人格魅力，他短暂的一生诠释了中华文化最高境界。无论是早期想当电影明星，还是后来成为空军战斗英雄，有着鲜明的儒家"内圣外王"的理想人格，但其内心深处却流露道家本色，他行事低调，喜欢一个人沉思，拒绝世间一切诱惑，淡然无我。佛家慈悲大爱也深植其内心深处，他从不愿杀生，哪怕是一只动物，一只昆虫，甚至对鬼子也想活捉，绝不以个人优势狂轰滥炸。周志开捐躯后事略记载："然秉性忠厚，心地慈祥，每遇敌机，辄先迫令降落生俘，不从，始予击毁。从不愿担任轰炸，畏伤夺命。如奉令袭击，亦必冒险低降，对准目标方投弹。"这位铁血男儿从外表到骨子里的帅气穿越时光，折服世人，纵逝八十载，犹闻侠骨香。周志开的"帅"不仅源自他英俊潇洒的相貌，更源自他大海般的胸襟，源自他夕阳般的深沉思想，源自他长城般的冲天壮举，源自他溁水般的侠骨柔肠……鹰击长空，星陨大地。周志开短暂青春生命诠释了最纯粹的英雄底色，他的血永远是滚烫的，他壮丽人生灿烂瑰丽，一如天空那道彩虹。

穿越时空隧道，周志开这位传奇飞将的鲜明个性在我心中越来越清晰，有一种似曾相识的感觉，他冲天救国的壮举令我血脉偾张，他独特人格力量令我震撼不已。一种强大内心驱动力促使我擦亮英雄的名字，还原英雄伟岸形象，传播英雄事迹。抗战硝烟散去七十余载，我不是战争亲历者，不能与前辈一起浴血长空，无法像当年战地记者一样再现英雄悲壮冲天的细节，也无法像史学家一样宏观叙事，呈现历史广度与深度。史学与新闻的惆怅激发我文学创作欲，依托文学艺术再现英雄短暂辉煌一生。真实不仅是新闻与历史的生命，也是文学的生命。然而，英雄的至亲与战友大都凋零，有限残缺零碎史料仅留下英雄模糊"骨架"，立体还原这位有血有肉的英雄形象无疑是巨大挑战。我唯恐细节创作脱离史实，愧对前辈。我怀着崇敬之情遨游浩如烟海的史料，极力捕捉哪怕关于周志开一个词的记载，进而苦思冥想，仿佛像当年采访他的战地记者一样，边写边"聊"，我力求文学周志开与历史周志开不仅形似，而且神似，人物美感不仅合理，更具有历史穿透力，经得起时间检验……苦心人，天不负，无论在挖掘史实线索还是创作细节，经常得到意外惊喜，如获知《万县文史资料》刊发亲历者关于周志开击毁三架日机的采访回忆，但不清楚是哪一期，搜索孔夫子旧书网站，20世纪80年代以来出版的《万县文史资料》旧书多达10余期，我随意挑选一本第二期买来，书中果然收录当年《川东日报》记者程齐宣侧面回忆周志开梁山单机追歼三架日机的文章。更惊奇的是，初稿构思出来的诸多细节，在后来发现的史料中居然得到确认。如少年周志开听母亲王倩绮讲"岳母刺字"的故事，母亲带着弟弟妹妹从开封转道武汉来到重庆逃难行程，母亲劝回家探亲的周志开"赶快找个姑娘成家"以及志开委婉含蓄的答复……这些创作出来的细节在周志开大妹周志同的回忆文章《二哥周志开永远活在我们心中》一文中都有记载，完全一致。刻画志开性格，构思其爱好，如喜欢黄色、疼爱小孩、热衷科研、擅长写诗等，均在后来拜访志同、志兴老人时得以证实。我首次来到山城重庆，有一种似曾相识的感觉。第一次到湖北长阳龙潭坪走访调研，在岩湾坪（志开坪）竹林深处顺利寻觅到烈士遗骸暂厝地（最初安葬地），当我献上黄菊花拜祭完走出竹林时，一只黄蝴蝶在头顶上下翻飞……冥冥中，分明是英灵相助。因此，全书内容尽管是文学表达，但绝大部分内容都有史料依据。谜一样的周志开需要后人读懂他、传承他的精神，我庆幸触摸到周志开不俗的灵魂，创作灵感不断涌来，其鲜明个性、生动的形象、丰富的心理活动、诸多生活战斗场景描写等犹如一泓清泉涌出……我顿悟，我与志开前辈隔时空"结缘"实属必然，不仅源自内心敬仰，更在于自身蕴含英雄某些性格。2022年12月18日，我怀着沉重心情修改志开捐躯一章，当夜，我世上唯一的至亲——九十四岁慈母被疫情带走了，噩耗传来，泪如泉涌……从历史穿越现实的泪珠，好沉重。

抗战纪实小说不好写，写好空战更不容易。创作中，我立足历史、新闻、文学交汇处，沟通过去、现在和将来。当然，文学真实的内涵在于生活与艺术真实融合，表现于再造的合理性与作者的主观情感志趣。《孤胆神鹰》在尊重主体史实基础上，个别细节不拘泥历史，而是遵循艺术真实，特别是在英雄人物心理活动刻画上，有超越时代局限的理想化成分，蕴含作者英雄情结及新时代审美特点。这份自信源于对烈士发自心灵深处的虔诚与敬畏。烈士身后荣辱沉浮令我感慨深思。烽火年代，志开献出青春生命，身首异处，头颅化作长阳山脉，躯体融入重庆南山热土，惨烈之痛穿越时光。然而，硝烟散去，特殊年代，烈士墓遭劫，英雄仅存的遗骨被他生前保护的村民肆意践踏，这是一个民族彻骨之痛。好在青史凭真定是非，吹尽狂沙始到金。真正的民族英雄终将得到应有的荣光。触摸历史痛处，我创作的周志开文学形象沉痛而厚重，带有唯美色彩。塑造周志开独具特色的美学价值，意在呼唤英雄归来，精神还乡，传承爱心，诠释担当。促使社会反思，我们该如何呵护英烈。

　　从周志开身上，我触摸到气吞山河、悲壮激昂的中国空军抗战。当时，无论从飞机数量、性能上还是飞行员人数上，中国都无法与日本相比。"我们的身体、飞机和炸弹，当与敌人兵舰阵地同归于尽！"这是笕桥中央航校石碑上的训条，在惨烈悲壮的中国空军抗战中，很多从航校走出的飞行员用青春生命践行自己的誓言。亚洲第一例进行自杀性攻击就发生在中国空军，他就是中央航校第三期学员沈崇诲。像周志开一样，沈崇诲立志以身许国，也无暇顾及个人婚姻，直到牺牲前仍孑然一身。"从来征战无归日，两翼斑斑血染红。"这些年轻飞行员靠落后的飞机与强敌浴血鏖战，明知每次升空都是以命相搏，但还是义无反顾前仆后继血洒长空，他们战出华夏军魂，战出民族血性！以青春生命谱写一曲曲气吞山河、悲壮激越的乐章！据统计，中国空军共有四千三百二十一名飞行员血洒长空……中国空军是国民党军队中抗战最为彻底、最为英勇的部队，是国民党军队唯一没有战俘的部队。周恩来给予抗战时空军高度评价："我国的空军，确是个新的神鹰队伍，正因为他们历史短而没有坏的传统，所以民族意识特别浓厚，而能建树了如此多的伟大成绩，这更增加了我们的敬意。"凝眸中国空军悲壮的抗战史，我渐渐读懂周志开在国家民族危亡之际冲天救国的壮举，读懂他的人生信条，读懂他身边众多空军抗战英雄的生死抉择……他们并不属于哪一党哪一军，而是属于整个中华民族。因此，《孤胆神鹰》并非传奇飞将周志开的个人传记，他背后站立着众多被埋没的空军抗战烈士，他们的英名永远铭刻在华夏子孙心灵深处！他们忠心救国的民族气节与视死如归的捐躯精神与日月同辉，与大地同在！作品无论是主人公周志开个体典型刻画，还是英雄群体扫描，旨在追求一种精神新高度，铭记那段气壮山河的历史。切记，忘记悲壮历史，意味着悲剧重演。

风云际会壮士飞，誓死报国不生还。华表柱头千载后，旅魂依旧回家山。悲怆的中国空军抗战烈士化作苍穹星辰，永远熠熠生辉。我们没有条件在硝烟中与前辈们一起冲锋陷阵，用镜头拍下他们慷慨赴死的悲壮瞬间。我们能够拂去时光尘埃，用笔头书写他们气吞山河的诗篇，以艺术真实还原他们浴血长空驱倭寇、荡气回肠震河山的伟大壮举。

感谢周志开的妹妹周志同、弟弟周志兴、堂侄儿周行之、周任之四位老人的真情讲述。感谢南京第二历史档案馆、北京国家图书馆等单位在查档时提供便利。感谢诸多热心朋友帮助，特别是湖北省长阳县档案馆主任向家舟、政协滦南县文史卫科长杜盛兰、滦州市委宣传部常务副部长武铁东、成都热心人士杨宇先生、浙江财经大学法学院学生颜璟等朋友在考证过程中的热心帮助。感谢南京航空联谊会的大力支持，特别感谢花山文艺出版社有关领导的鼎力相助，使得书稿得以顺利出版。

由于水平所限，时间仓促，书中缺陷在所难免，敬请专家学者及广大读者给予批评指正。